Serena Avanlea – Zeit der wilden Rosen

ÜBER DAS BUCH

Ein bezaubernder Rosengarten.
Ein charmantes Herrenhaus.
Aber welches Geheimnis verbirgt sich hinter der Fassade?

Südengland, 1952. Schon nach dem ersten Tag in der Rose Hill Psychiatrie weiß Caitlin nicht mehr, wie sie es dort aushalten soll. Auch wenn sie Freude daran hat, in ihren freien Stunden den verkommenen Rosengarten wiederherzurichten, ist ihr schon bald klar, dass die brutalen Therapiemethoden selten hilfreich sind. Erst als ein neuer Arzt im Sanatorium auftaucht und sich rigoros gegen die menschenunwürdigen Therapien einsetzt, scheint es einen Lichtblick zu geben. Aber ist das dunkle Geheimnis, das er mit sich herumträgt, am Ende schlimmer als alles andere?

Jahrzehnte später reist die junge Ärztin Dalina aus den USA nach England, um das Erbe ihrer Großmutter anzutreten. In dem leerstehenden Herrenhaus blättert die Tapete von den Wänden und zwischen den heruntergekommenen Möbeln findet sie immer mehr grauenvolle Hinweise, die sie alles, was sie über ihre Großeltern wusste, infrage stellen lassen. Schon bald drängt sich die Frage auf: Was geschah zu der Zeit, als die wilden Rosen noch blühten?

ZEIT DER WILDEN ROSEN

SERENA AVANLEA

Deutsche Originalausgabe

c/o

Papyrus Autoren-Club,

R.O.M. Logicware GmbH

Pettenkoferstr. 16-18

10247 Berlin.

Lektorat: Eva Maria Nielsen www.lektoratderrotefaden.de

Covergestaltung: Wolkenart - Marie-Katharina Wölk,
www.wolkenart.com unter Verwendung von Shutterstockbidern von:
©Scharfsinn, ©Peangdao, ©kzww, ©Roman Babakin, ©Khomulo Anna,
www.shutterstock.com

Bestellung und Vertrieb:

Nova MD GmbH, Vachendorf

ISBN: 978-3-96443-881-2

www.facebook.com/SerenaAvanlea

www.instagram.com/serena.avanlea

www.youtube.com/c/SerenaAvanlea

KAPITEL 1

Caitlin

Einen Ort wie diesen hatte ich mir anders vorgestellt. Auch wenn ein massives Tor bewies, dass man hier nicht so einfach hereinkam.

Und vermutlich auch nicht heraus.

Aber was hatte ich denn erwartet? Einen Gebäudeklotz mit Gittern vor den Fenstern? Von der Rückbank unseres Bentleys beobachtete ich meinen Vater. Mit festen Schritten ging er auf das Tor zu, meldete uns über eine hochmoderne Sprechanlage an und kurz darauf schwang es auf. Wie immer hatte er einen dunkelbraunen Anzug an. Fünf Jahre nach Mutters Tod trug er immerhin kein schwarz mehr, aber über dunkelbraun war er nie hinausgekommen.

Als er zum Auto zurückkehrte, warf er mir ein

Lächeln zu. Glaubte er wirklich, ich würde nicht bemerken, wie aufgesetzt es war?

»Da wären wir also endlich.«

Ich schwieg.

Er startete das Auto und die Kieselsteine knirschten unter den Reifen, als er die lange Auffahrt hochfuhr.

Das Herrenhaus aus soliden Kalksteinen zeichnete sich vor dem Himmel ab. Mit seinen Bogenfenstern aus weißem Holz schien es unsere Ankunft genau zu beobachten. Obwohl der Wein, der am Gebäude hochkletterte, momentan keine Blätter trug, gab er dem Haus etwas Idyllisches.

Trotzdem würde ich unter gar keinen Umständen hierbleiben.

»Sieht doch ganz nett aus, oder?«

Ich betrachtete die Spitzdächer mit den Verzierungen, die zahlreichen kleinen Schornsteine und die wild wuchernden Pflanzen im Vorgarten. Mich überkam der Wunsch, die Rosen so zurückzuschneiden, wie Mutter es mir gezeigt hatte, das Unkraut zu entfernen und die ausufernden Büsche zusammenzubinden.

Aber deswegen waren wir nicht hier.

Vater stieg ohne zu zögern aus. Danach öffnete er meine Tür und nickte in Richtung des Eingangs. Er wurde von zwei Säulen, über denen sich die Terrasse des Obergeschosses ausbreitete, überschattet. Ich atmete tief ein und stieg ebenfalls aus dem Wagen. Die kühle Luft roch nach nassem Gras und schaffte sofort Platz in meinem Kopf – sie war so vollkommen anders als in London. Kurz bevor wir die Tür erreichten, ertönte ein gellender Schrei, der mich zusammenzucken ließ. Ich blieb stehen. Was war das? Es klang, als würde jemand unerträgliche Schmerzen erleiden. Ich lauschte, ob noch etwas zu hören war, aber nur der Wind raschelte leise in den Bäumen.

Mein Vater drehte sich mit zusammengepressten Lippen zu mir um. Er legte eine Hand auf meinen Rücken, während wir die letzten Meter zur Tür gingen, als bestünde die Gefahr, dass ich ihm sonst davonlaufe.

Tatsächlich hatte ich bereits darüber nachgedacht. Aber wo sollte ich hinlaufen? Der Krieg hatte nicht nur uns mit einem Bruchteil dessen zurückgelassen, was wir einmal hatten. Besitztümer eingeschlossen. Und wer würde einer wildfremden jungen Frau helfen, die regelmäßig durchdrehte? Sogar ohne meine Anfälle wäre es schwierig, irgendwo unterzukommen.

Er atmete tief ein und betätigte mit einem lauten Pochen den kreisrunden Türklopfer, der in der Mitte von einer Rose geziert wurde. Nach einigen Minuten öffnete uns eine rundliche Frau mit geröteten Wangen und freundlichen Augen. Ein paar gelockte Strähnen lugten unter ihrem weißen Häubchen hervor.

»Guten Tag, wir haben einen Termin bei Professor Berker«, erklärte mein Vater.

Die Frau trat zur Seite, um uns einzulassen. »Ich werde Sie anmelden, bitte folgen Sie mir.«

Im Vorraum schlug mir ein eigentümlicher Geruch entgegen. Eine Mischung aus altem Holz und Seife. Auf der linken Seite wurde der kleine Raum von einer Wand aus riffeligen Milchglas abgetrennt, rechts war eine Flügeltür in die geflieste Wand eingebaut. Zielstrebig ging sie hindurch und führte uns in einen langen Flur, von dem links und rechts alle fünf Schritte eine Tür abging. Jede einzelne von ihnen war geschlossen.

Nachdem wir sieben oder acht passiert hatten, blieb die rundliche Frau stehen und klopfte an die Tür zu ihrer Rechten.

Ein Herr öffnete sie und verzog seinen Mund sogleich zu einem Lächeln. Sein Körper wirkte gedrungen und die Halbglatze passte nicht zu dem üppigen dunklen Vollbart, dessen Oberhaare reinweiß waren. Mit offenen Armen ging er auf meinen Vater zu und ergriff seine Hand. »John, ich freue mich, dich zu sehen! Wie lange ist es her?«

»Es müssten bald zehn Jahre sein.«

»Kinder, Kinder, wie die Zeit vergeht.«

Er streckte auch mir seine Hand hin und als ich sie entgegennahm, hätte ich sie am liebsten sofort fallengelassen, denn sie fühlte sich wie ein ausgetrockneter Fisch an.

Die Schwester zog sich diskret zurück und er bat uns, in seinem Büro Platz zu nehmen. Er setzte sich hinter einem dunklen Schreibtisch in einen Holzstuhl mit Lederbezug auf der Sitzfläche, der ihn wie einen Thron wirken ließ. Ich schaute durch das vergitterte Erkerfenster, das hinter ihm lag und beobachtete, wie die grauen Wolken gemächlich über den Himmel zogen, während sich die beiden unterhielten. Erst als der Name meiner Mutter fiel, horchte ich auf.

»Es tut mir so leid, was mit Mary passiert ist. Als ich es gehört habe, hat es mir das Herz gebrochen.«

Mein Vater senkte den Blick. »Wir alle mussten Verluste erleiden.«

Seine Standardantwort, um schnell das Thema zu wechseln.

Von meinem Platz aus versuchte ich, die Titel der

Bücher in dem schlichten Regal aus Kirschholz zu entziffern.

Moderne psychiatrische Methoden in der Anwendung

Psychochirurgie als Verfahren zur Heilung von Wahnvorstellungen

Insulinkuren zur Behandlung von Schizophrenie – Eine kontrollierte Studie

Überwiegend psychologische Themen. Keine Überraschung.

»Und du bist also unser Problemkind?« Der Professor sah mich an, als hätte er mir soeben ein Kompliment gemacht.

Ich beschloss, nicht zu antworten. Mit zwanzig Jahren empfand ich mich nicht mehr als Kind – auch wenn ich es vom Gesetz aus war.

»Ja, Caitlin hat seit mehreren Jahren immer wieder diese Anfälle.«

Seit Mutters Tod, ergänzte ich in Gedanken, aber das ließ er natürlich unerwähnt. Ich hatte ebenfalls keine Lust zu besprechen, in welcher Schockstarre er mich hinterlassen hatte. Ich würde den Geruch des Kellers nie vergessen, in dem ich hilflos alles hatte mit ansehen müssen.

»In den letzten Monaten hat es sich verschlimmert. So langsam weiß ich mir nicht mehr zu helfen.« Vater griff nach meiner Hand und drückte sie kurz. »Dabei will ich einfach nur, dass es ihr gut geht.«

»Hmm.« Professor Berker nickte verständnisvoll.

Lächelnd wandte er sich wieder an mich. »Na, was machen wir denn mit dir, außer notschlachten?« Umgehend brach er in ein bellendes Gelächter aus.

Ich bedachte ihn mit einem angewiderten Blick, doch erst als er Vaters Entsetzen sah, erstarb sein Lachen. Er räusperte sich. »Nur ein Scherz, selbstverständlich.« Danach rückte er seine Brille zurecht und wurde ernst. »Man sagt, dass Epilepsie so alt ist, wie die Menschheit. Es gibt mittlerweile verschiedene Therapieansätze. Wir, als private Institution, können es uns erlauben, nach den neusten Therapiemethoden zu arbeiten. Ein Luxus, den sich die Sanatorien in öffentlicher Hand nicht leisten können.«

Mein Blick fiel auf den hölzernen Schädel auf dem Schreibtisch, dessen Oberfläche in viele kleine Bereiche eingeteilt war, auf denen unterschiedliche Namen standen. *Ehrgeiz, Fleiß, Hingebung* las ich unter anderem.

Professor Berker war meinem Blick gefolgt und strich liebevoll über den Kopf. »Phrenologie gehört leider nicht mehr dazu. Es ist ein Erbstück meines Großvaters. Zu seiner Zeit war es modern, von der Schädelform auf den Charakter zu schließen. Heute wissen wir, dass es ganz so einfach nicht ist.« Wieder dieses bellende Lachen. Er warf einen Blick auf seine goldene Armbanduhr und stand auf. »Kommt, ich führe euch herum. Dabei kann ich am besten zeigen, was Rose Hill zu bieten hat.«

»Sehr gern.« Vater erhob sich enthusiastisch und auch ich stand langsam auf. Der Professor führte uns zurück in den Flur und deutete auf eine weiß lackierte Eisentür am Ende des Ganges. »Rechts von uns sind die Therapieräume, dort dürfen wir jedoch nicht stören.« Er schlug die entgegengesetzte Richtung ein und wir folgten ihm in die Richtung, aus der wir gekommen waren. »Momentan befinden wir uns im Südflügel, wir nutzen ihn als Verwaltungsbereich. Das gesamte Personal hat hier seine Räume und die, die auf Rose Hill wohnen, auch ihre Schlafzimmer. In diesem Bereich ist außerdem der Aufenthaltsraum der Schwestern und Assistenzärzte – was momentan allerdings nur einer ist. Wir sind leider etwas unterbesetzt, erwarten aber baldige Verstärkung.« Er öffnete die Tür vor der riesigen Flügeltür, durch die wir gekommen waren. »Ah, Edmond, hervorragend!«, sagte er zu einem gut gebauten jungen Mann mit hellblonden Haaren. »Darf ich dir John und Caitlin Montgomery vorstellen? Caitlin wird eine Weile bei uns verbringen.«

»Ach ja?« Mit wachsamen Echsenaugen glitt sein Blick über meinen Körper und ich zog meinen Mantel enger an mich heran. »Was fehlt der Kleinen denn?«

Professor Berker schien die Bemerkung nicht unangemessen zu finden, sondern lustig. »Die Gute leidet an Fallsucht. Aber das werden wir schon hinbekommen.« Er zwinkerte mir zu.

»Mit welchen Therapien arbeitet ihr denn hier?«

»Rose Hill hat sich den neusten und wirksamsten Therapiemethoden verschrieben.« Seine Stimme klang sehr fachmännisch. »Ich halte mich bezüglich medizinischer Entwicklungen regelmäßig auf dem Laufenden und lese die medizinischen Publikationen zum Thema. Deswegen genießen die hiesigen Patienten den Luxus, dass wir sogar Hydrotherapien, also Wasserheilkunde, einsetzen und mit Insulinkuren arbeiten. Künftig wollen wir die Therapieformen auch noch weiter ausbauen.«

Er holte sich von meinem Vater ein anerkennendes Nicken ab, bevor wir weitergingen, und öffnete die Flügeltür auf der gegenüberliegenden Seite des Eingangs. Wir betraten einen riesigen Raum, mit mindestens fünfzehn Bogenfenstern. Die himmelblaue Decke wurde von weißen, halbrunden Streben durchzogen und in der Mitte mit dunkeln Stuckelementen verziert. Am Ende der Halle gab es sogar eine Bühne. Die wenigen Möbel, es standen nur ein paar Tische und Stühle herum, wirkten verloren.

Aber nicht so verloren, wie die Menschen hier drin.

In einer Ecke saß eine dunkelhaarige Frau mit leerem Blick und wiegte sich stumm hin und her. Kurz vor der Bühne lag eine Frau in einem verwaschenen Kleid bewegungslos auf dem Boden – doch weder der Professor noch die grauhaarige Krankenschwester, die an einem von zwei Tischen mit weiteren Patienten saß, schenkte ihr Beachtung. An der gegenüberliegenden Wand saß ein kahlköpfiger Mann auf einen umgedrehten Stuhl. Er hatte seine Arme auf die Lehne gelegt und seinen Kopf darin vergraben.

»Da staunt ihr, was? Der Aufenthaltsraum, oder Dayroom, wie wir ihn auch nennen, ist das Herzstück vom Rose Hill Sanatorium. Böse Zungen könnten behaupten, dass das alles« – er deutete an die stuckverzierte Decke – »viel zu schade für ein Irrenhaus ist, doch für mich ist das Beste für die Patienten gerade gut genug.«

Ich wunderte mich, dass selbst er den Begriff »Irrenhaus« verwendete, blieb aber still. Immerhin schien er sich tatsächlich um die Patienten zu bemühen.

Plötzlich erfüllte ein lautes »Aeeeh!« den Raum und

ich zuckte zusammen. Professor Berker lächelte entschuldigend. »Das passiert hier schon mal.« In Richtung der am Boden liegenden Patientin rief er: »Alles okay, Lucinda!«

Er setzte sich wieder in Bewegung, als die Tür, durch die wir gekommen waren, aufflog und ein junger Mann mit kurzen dunklen Haaren hereinkam. Seine Augen waren rund und an den inneren Augenwinkeln hat er eine sichelförmige Hautfalte. Als er mich entdeckte, strahlte er über das gesamte Gesicht und rannte auf mich zu. Unsicher wich ich einen Schritt zurück, doch das hinderte ihn nicht daran, mich fest in seine Arme zu ziehen und an sich zu drücken.

»Schöööööön«, rief er und griff in meine welligen Haare. »Blond! Monty will auch blonde Haare.«

Der Professor kam und zog ihn von mir weg. »Jetzt lass mal das Mädchen, Monty. Ihr habt noch genug Zeit, euch kennenzulernen.«

Wir gingen weiter und betraten eine geräumige Küche. Die Frau, die uns geöffnet hatte, lief eifrig zwischen vorbereiteten Zutaten und Töpfen hin und her. Sie war also gar keine Krankenschwester, sondern Köchin.

»Na, was gibt es heute Leckeres, Marigold?« Professor Berker hob den Deckel eines Topfes und inspizierte den Inhalt, als würde er eine Untersuchung durchführen.

»Irish Stew«, antwortete sie leicht außer Atem.

»Das klingt köstlich.« Er klopfte ihr auf den Po, bevor wir die Küche verließen.

Kurz darauf betraten wir einen Schlafsaal, der von einem weiteren ellenlangen Flur abging. Ein muffiger

Geruch schlug mir entgegen. An jeder Wand standen fünfzehn Betten, kaum dreißig Zentimeter auseinander. Unter einigen Bettdecken zeichneten sich Körper ab und auf einem Bett saß ein glatzköpfiger Mann, der uns neugierig musterte. Eine Frau schreckte aus dem Schlaf hoch und blinzelte uns müde an.

Sollte ich etwa hier schlafen? Ich sah meinen Vater an, der genauso entsetzt wirkte. »Wird Caitlin hier schlafen?«

Berker schloss die Tür wieder hinter uns, bevor er antwortete. »Normalerweise schon. Unter diesen speziellen Umständen und weil Mary und ich«, er zögerte, bevor er weitersprach, »weil wir uns so gut kannten, will ich aber eine Ausnahme machen.« Wir schritten einen weiteren endlosen Korridor entlang. »Hier neben den Waschräumen gibt es noch ein paar leerstehende Zimmer. Ich werde Carl, unseren Hausmeister, beauftragen ein Bett herüberzuschieben.«

Vater wirkte erleichtert und ich warf ihm einen bitterbösen Blick zu. Er kann wirklich nicht erwarten, dass ich hierbleibe.

»Ihr wundert euch sicherlich, dass wir nicht wie in den meisten großen Institutionen die Männer von den Frauen trennen«, sagte Professor Berker, während wir die Lagerräume besichtigten. »Das ist in einer kleinen Institution wie Rose Hill leider nicht machbar. Ich würde doppelt so viel Personal brauchen und wie gesagt, sind wir bereits unterbesetzt. Das macht aber nichts.« Er lachte auf. »Alles ist allein meine Entscheidung. Und es läuft gut, so, wie es ist.« Er klopfte mir auf die Schulter. »Du wirst sehen, Caitlin, in ein paar Monaten bist du wieder komplett hergestellt.«

Monate? So lang wollte ich auf keinen Fall bleiben.

»Das wäre schön«, sagte mein Vater und lächelte liebevoll in meine Richtung.

Der Professor klatschte in die Hände. »Das war also mein bescheidenes kleines Anwesen.« Er rückte seine auffällige Uhr zurecht. »Warum werft ihr nicht einen Blick in den Garten, während Carl euer Gepäck reinbringt? Ich fürchte, ich muss mich nun wieder meinen Pflichten widmen. Melde dich bei Schwester Agnes, wenn du soweit bist, Caitlin!« Er deutete auf eine unscheinbare Tür. »Hier kommt ihr direkt in den hinteren Teil des Gartens.«

Nachdem wir die Tür passiert hatten, kamen wir in einen höher gelegenen Teil des Gartens, der von einer schmalen Mauer aus Feldsteinen umsäumt wurde. Kleine Trampelpfade führten durch wild wachsende Rosen und Buchsbäume. Es ließ sich noch erahnen, dass der Garten einmal wunderschön gewesen war, mittlerweile hatte das Unkraut aber eine stattliche Größe angenommen und die richtigen Pflanzen verdrängt. Hinter dem erhobenen Garten tat sich eine riesige Grünfläche auf, die den Blick auf einen See freigab. In der Ferne konnte ich zwei Graugänse sehen, die dort gemächlich ihre Bahnen zogen.

Ich merkte, dass Vater mich beobachtete, und sah zu Boden. Die Zeit wurde knapp. Mir musste jetzt etwas einfallen. Als wir am Ende des Mauergartens angekommen waren, stießen wir auf eine verwitterte Treppe, die mit kreisrunden Moosflecken übersät war. Links und rechts thronten ovale Blumenkübel auf zwei kleinen Säulen und dahinter tat sich ein Laubengang aus efeubewachsenen Säulen auf. Als wäre es abgesprochen gingen wir zeitgleich die paar Stufen nach oben, anstatt die offenen Wege auf dem Gelände einzuschlagen.

»Es macht doch alles einen sehr guten Eindruck«, sagte mein Vater schließlich.

»Bitte lass mich nicht hier!«, krächzte ich, da meine Stimme von dem vielen Schweigen noch nicht zurückgekehrt war.

»Caitlin ...«, begann mein Vater.

»Bitte!«, flehte ich. »Wir können doch warten, bis in London ein Platz für mich frei wird. Die sind immerhin auf Epilepsie spezialisiert.«

»Und das hat seinen Preis.« Er senkte den Blick und ich spüre Mutlosigkeit durch meine Adern fließen. Mutters Tod und der meines Bruders, wenige Jahre zuvor, überschattete so viel, dass ich manchmal vergaß, dass wir auch alles andere verloren hatten. Geld spielte mittlerweile doch eine Rolle.

»Vielleicht bessert es sich auch so wieder.« Ich legte meine gesamte Hoffnung in meine Stimme.

»Ich weiß ... dass du das hier nicht willst.« Er deutete auf das Herrenhaus, das uns mit seinen Bogenfenstern nicht aus den Augen ließ. Ich sah schemenhafte Bewegungen dahinter, sodass ich das Gefühl hatte, dass es lebte. »Aber wir haben es so oft diskutiert. Lass es uns also wenigstens versuchen.«

»Vater ...«

»Drei Monate.«

Ich verschränkte die Arme und sah zum See.

»Bitte. Drei Monate, das ist alles, was ich verlange.« Seine Stimme senkte sich zu einem Flüstern. Er wirkte so einsam und verlassen wie eine vereinzelte Trauerweide auf einer weitläufigen Wiese. »Deine Anfälle häufen sich immer mehr. Ich könnte es nicht ertragen, noch einen Menschen zu verlieren, den ich liebe.«

Schwester Agnes gab mir einen Stapel Bettwäsche und Laken und zeigte mir mein Bett. Im Schlafsaal.

»Professor Berker sagte, ich könnte ein eigenes Zimmer haben.«

Sie lachte auf.

»Nicht?«

»Darf es vielleicht auch noch Frühstück ans Bett sein? Wir sind ein Sanatorium, Liebchen, kein Hotel. Und jetzt mach dein Bett fertig.«

Es war ein einfaches eisernes Krankenhausbett auf Rollen, am Ende einer langen Reihe mit weiteren Betten. Meine Kleidung hing ich auf die Holzbügel in einen der schlichten Schränke, die an zwei Wänden des Raumes standen. Ich machte mich tatsächlich daran, das Bett zu beziehen. Früher hätte ich es nicht allein geschafft, aber seit wir durch einen Fliegerangriff unser Haus verloren hatten und wir ohne Angestellte auskommen mussten, war es kein Problem mehr. Ich war nur unschlüssig, was ich als Nächstes machen sollte.

Schließlich ging ich zur Aufenthaltshalle. Meine Schritte hallten im Flur wider und ich öffnete ein paar falsche Türen, bis ich sie fand.

Unschlüssig blieb ich am Eingang stehen. Mir bot sich ein ähnliches Bild wie zuvor am Nachmittag. Der Junge mit den auffälligen Augen sprang sofort auf und kam auf mich zu, als er mich entdeckte. Er rannte mir entgegen und schloss mich in die Arme.

»Da bist du ja wieder!«

»Ja, ... ich ... werde eine Weile bei euch bleiben«, erklärte ich, während ich seinen Klammergriff von mir löste und mich nach der Schwester umsah. Doch sie half gerade einem langsam schlurfenden Mann auf dem Weg zum nächsten Stuhl.

»Toll!« Erfreut klatschte er in die Hände. »Wie heißt du?«

»Caitlin.«

Er schlang seine Arme erneut um mich und drückte mich fest. Mit weit von mir gestreckten Armen sah ich mich hilfesuchend um. Ich war so eine Nähe nicht gewohnt und wusste nicht, wie ich mich verhalten sollte. Doch keiner beachtete uns. Zum Glück ließ er schon bald darauf von allein von mir ab.

»Komm, ich zeige dir alle!« Er griff nach meiner Hand und zog mich durch den Saal. »Das ist Braylee.« Er deutete auf den glatzköpfigen Mann, der nun mit verschränkten Armen der Wand zugewandt saß und sie anstarrte. Monty zog mich näher an ihn heran und trat vor die Mauer, genau in sein Sichtfeld. »Guck mal, Braylee, wer jetzt bei uns ist.«

Der Glatzkopf runzelte die Stirn, verdichtete die Augen zu zwei Schlitzen und gab so ein tiefes Schnauben von sich, dass mir ein Schauer den Nacken herunterlief. Ich trat einen kleinen Schritt zurück.

»Das ist Caitlin. Ist sie nicht wunderschön?«, fragte Monty ungeachtet dieser Abwehrhaltung vollkommen unbefangen und ich wurde rot.

Braylee knurrte etwas und wandte sich wieder der Außenmauer zu.

»Komm, gehen wir weiter.« Erneut griff er nach

meiner Hand. »Der da vorn mit dem gestreiften Hemd ist Flint und das hier ist Lorna.« Er blieb vor einer jungen Frau stehen, die dunkle Haare hatte und so blasse Haut, dass sie mit ihren starken Ringen unter den Augen gespenstisch aussah. Sie wirkte noch verlorener, als ich mich fühlte.

Monty stellte mich wieder überschwänglich vor, doch sie sagte nichts.

»Wie lange bist du schon hier?«, fragte ich, als die Stille unangenehm wurde.

Unendlich langsam hob Lorna den Kopf und studierte mein Gesicht. Ich zuckte beinahe zusammen, denn in ihren Augen stand reine Angst geschrieben – ein Ausdruck, den ich während der Fliegerangriffe im Luftschutzbunker allzu oft gesehen hatte.

»Ist ... alles in Ordnung mit dir?«, flüsterte ich und merkte im gleichen Moment, wie unangemessen eine solche Frage hier war. Wenn alles in Ordnung wäre, wäre keiner von denen hier.

Sie antwortete nicht.

Nein, sie sah mich an, als sei ich die Verrückte. Aber vielleicht war ich das ja auch.

»Sie sagt nie was«, erklärte Monty. »Aber sie ist trotzdem meine Freundin«, er legte einen Arm um sie und sie ließ es geschehen.

»Oh, dort drüben ist Lucinda.« Zu meinem Entsetzen rannte er zu der hellblonden Frau, die am Boden lag, und redete auf sie ein.

Wie zu meiner Rettung schlug die Schwester nun auf einen Gong. »Rekreationszeit ist vorbei«, rief sie im Befehlston in den Raum. »Wir begeben uns jetzt alle in den Schlafsaal.« Ich unterdrückte ein Seufzen der

Erleichterung und verließ eilig den Raum, bevor dieser seltsame Junge mich mit noch mehr Umarmungen überhäufen konnte. Kurz vor der Tür sah ich noch mal zurück zu Lorna, doch die war schon wieder in ihre eigene Welt abgedriftet.

Und wo war meine Welt? Hier gehörte ich jedenfalls nicht hin. Niemals würde ich es monatelang aushalten. Ich hatte zwar Probleme, aber ich war nicht so wie die Menschen hier.

Im Schlafsaal waren alle damit beschäftigt sich bettfertig zu machen. Mein Nachbar lag schon unter der Decke und hatte die Augen geschlossen. Keine der Frauen schien sich daran zu stören, dass hier auch Männer im Raum waren. Verstohlen suchte ich das Nachthemd und meine Waschsachen aus meinem Koffer und zog mich ins nächste Badezimmer zurück. Auf keinen Fall würde ich vor dreißig Leuten meine Kleidung ablegen.

Nachdem ich zurückgekehrt war, legte ich mich gerade rechtzeitig unter die gestärkte Bettwäsche und rollte mich zusammen, denn kurz darauf ging das Licht aus. Ich rieb meine kalten Füße aneinander, erst jetzt wurde mir bewusst, wie laut es im Schlafsaal war. Da war ein Wispern, mehrere Schnarcher übertrumpften sich gegenseitig und wurden vom leichten Röcheln untermalt, ein Rascheln und Knistern. Aus dem Bett zu meinem Kopfende hörte ich es außerdem leise wimmern.

Ich versuchte zu verdrängen, dass lauter seltsame Menschen um mich herum lagen. War es nicht ein wenig wie vor einigen Jahren, als ich mit anderen Jugendlichen wegen des Kriegs auf einen Landsitz gebracht wurde?

Damals hatten wir auch mit mehreren Leuten in einem Raum geschlafen.

Allerdings hatte keiner von ihnen so einen kaltblütigen Ausdruck in den Augen gehabt wie dieser Glatzköpfige. Braylee, wie Monty ihn genannt hatte. Und an den lethargischen Flint auf dem Boden mochte ich auch nicht denken.

Ich wusste, dass ich so niemals einschlafen würde.

Alles war fremd. Ich studierte die schattenhaften Umrisse im Zimmer, versuchte mich auf den Geruch nach Wäschestärke zu konzentrieren und die anderen Duftmarken auszublenden. Erst nach Stunden schlief ich ein.

Doch es dauerte nicht lange, bis die Schreie mich wieder weckten.

KAPITEL 2

Dalina

»Dr. Woodrow! Bitte warten Sie einen Moment.«

Dalina blieb stehen und schloss für einen Moment die Augen, bevor sie sich zur Empfangsdame des Krankenhauses umdrehte. »Ja?«

Sie verließ ihren Posten hinter dem Tresen und kam watschelnd auf sie zu. »Der Oberarzt braucht Sie im OP auf der Vier. Ein Notfall.«

Die Müdigkeit fiel trotz der Doppelschicht von Dalina ab. Mit eiligen Schritten lief sie zurück zu den Fahrstühlen und rief alle drei auf einmal. Während sie die leuchtenden Pfeile über den eisernen Kästen beobachtete und versuchte, sie durch bloße Willenskraft zu überzeugen, den Fahrstuhl schneller zu ihr zu schicken, vibrierte ihre Hosentasche.

Sie zog das unscheinbare Handy hervor. Ihre Mutter.

Schon wieder.

Während ihrer Schicht hatte sie siebenmal angerufen. Diesmal ergab sie sich ihrem Schicksal.

»Ich bin noch im Dienst, Mom. Was gibt's? Mach es bitte kurz, ich muss in den OP.«

»Kannst du für mich nach England fliegen?«

Dalina lachte lautlos auf und stieg in den Fahrstuhl, der endlich gekommen war und drückte auf die Vier.

»Mit Sicherheit nicht. Wie stellst du dir das vor? Ich stehe haarscharf vor einer Beförderung, da kann ich jetzt nicht einfach den Kontinent verlassen.« Sie hätte sich noch weiter in Rage reden können, für diese gedankenlose Frage ihrer Mutter. Doch sie unterbrach sich selbst. »Warum fragst du das überhaupt?«

»Ich habe einen unglaublich aufregenden Brief bekommen. Das wollte ich dir schon das ganze Wochenende erzählen, aber du gehst ja nie ans Telefon.«

»... weil ich gearbeitet habe, Mom!«

»Und vorbeikommen tust du auch nie. Es ist schon wieder Wochen her, dass du zuletzt hier warst, aber das merkst du vermutlich gar nicht. Immer heißt es nur Arbeit, Arbeit, Arbeit. Und dass deine arme Mutter hier mutterseelenallein in der Wohnung sitzt, kümmert dich gar nicht. Ihr Ärzte wollt immer so viel Gutes tun, aber dass man auch bei der Familie anfangen kann ... auf die Idee kommt ihr nicht.«

Nicht schon wieder.

»Es tut mir leid, Mom.« Dalina verließ den Aufzug und senkte ihre Stimme zu einem Flüsterton. Der Flur war menschenleer und sie wollte niemanden unnötig wecken. »Für mich waren die letzten Jahre auch nicht einfach. Gerade deswegen möchte ich ungern alles aufs Spiel setzten, wofür ich gearbeitet habe.«

Sie blieb mit der Hand an der Tür zur Intensivstation stehen. Ihre Mutter murmelte etwas Mürrisches, doch Dalina unterbrach sie. »Hör mal, ich muss jetzt dringend in den OP. Aber ich ruf dich heute Abend an, dann kannst du mir alles ganz genau erzählen.«

Ohne eine Antwort abzuwarten, legte sie auf und lief zu den Operationssälen.

Am Waschbecken stand schon der Chefarzt, Dr. Duncan. Sie trat neben ihn und begann ebenfalls ihre Hände mit der antibakteriellen Seife einzureiben.

Er warf ihr einen Seitenblick zu. »Ich habe extra nach dir gefragt.«

Dalina schnaubte. »Hättest du nicht nach Maja fragen können? Ihre Schicht hat gerade begonnen, während ich seit sechsunddreißig Stunden wach bin.«

»Aber du bist so gut mit Kaiserschnitten, wenn die Patientin wach ist. Du hast eine beruhigende Wirkung auf die Patienten.« Seine Lippen berührten ihren Hals, als er weitersprach. »Nicht nur auf die übrigens.«

Dalina musste lächeln und war versucht, George wegzuschieben, doch dann hätte sie mit der langwierigen Prozedur des Händewaschens von vorn beginnen müssen.

Die OP-Schwester betrat den Raum und George schnellte von ihr fort, als hätte er sich verbrannt. »Was erwartet uns?«, fragte er im geschäftsmäßigen Tonfall.

»Amelie Steward, zweiundzwanzig Jahre. Sie wurde eingeliefert mit krampfartigen Bauchschmerzen.

Es hat sich herausgestellt, dass sie schwanger ist.

34. Woche. Zwillinge«

Kopfschüttelnd griff George nach dem Handtuch. »Wo sind diese jungen Dinger nur immer mit ihren Gedanken? Martha wusste es schon in der neunten Woche. Und ab der zwölften ist sie aufgegangen wie ein Hefekloß.« Er lachte freudlos auf. »Ist für den Kaiserschnitt alles vorbereitet?«

»Ja, es kann sofort losgehen«, versicherte die Schwester.

Gemeinsam betraten sie den Operationssaal. Der Chefarzt stellte sie vor und erklärte der Patientin, was auf sie zukommen würde. Ein Tuch war vor ihrem Bauch dreißig Zentimeter hochgespannt, damit die junge Frau ihn nicht sehen konnte. Viele Patienten verunsicherte es zu sehr zu sehen, wie in das eigene Fleisch geschnitten wurde – auch wenn sie dank der Betäubung nichts spürten.

Dalina nahm mit einem warmen Lächeln neben dem Kopf der Patientin Platz, da sie nur im Notfall assistieren musste.

Behutsam strich sie die blonden Haare der Frau zurück, die vermutlich eigentlich hellblond waren, durch den Schweiß aber in dunklen Strähnen an ihrer Stirn klebten.

»Amelie, richtig?«

Sie nickte unsicher.

»Das mag jetzt alles etwas gruselig für dich aussehen, aber es wird sehr schnell gehen. Du hast Glück, denn du wirst heute vom Chefarzt höchstpersönlich operiert.«

Das entlockte ihr ein winziges Lächeln.

»Manchmal dauert es nur fünf Minuten und schon

ist das runzlige Wesen da und schaut dich mit großen Augen an. Bei dir sind es ja zwei, dann dauert es vielleicht etwas länger. Aber ich verspreche dir, in spätestens zwanzig Minuten können wir dir deine Babys auf die Brust legen.«

Für einen Moment versank sie in ein seliges Lächeln, doch dann kehrte die Unsicherheit zurück.

»Aber ich ...«

»Was, meine Liebe?«

»Ich weiß gar nicht, ob ich eine gute Mutter sein kann«, flüsterte sie. »Das war alles so nicht geplant. Mein Freund und ich sind erst seit drei Wochen zusammen.«

Dann war er vermutlich nicht der Vater. Aber immerhin war sie in einer festen Beziehung.

Tränen liefen über das Gesicht der Frau mit den scheuen Augen. Dalina griff nach ihrer Hand und drückte sie. »Es wird alles gut werden.«

»Und hier haben wir schon Nummer eins.« George hielt ein krächzendes Wesen hoch. Es wirkte, als würde es sich unter Wasser bewegen. Er reichte es weiter an die Schwester, die es in ein Handtuch hüllte und der Mutter gab.

»Und hier nun Nummer zwei.«

Diesmal nahm Dalina das kleine Bündel entgegen, da die Mutter in ihrem Zustand nicht beide Babys gleichzeitig halten konnte. Sie starrte in die tiefblauen Augen und fragte sich, wie sehr die zwei Wesen das Leben ihrer Mutter auf den Kopf stellen würden. Ungeplante Schwangerschaften kamen immerhin selten zum richtigen Zeitpunkt.

Sie hatte jedenfalls keine Ahnung, was sie tun würde,

wenn sie plötzlich schwanger sein sollte. Das wäre eine Katastrophe.

Zum Glück war das ausgeschlossen. Sie verhütete immer. Und erst neulich hatte sie ihre Periode gehabt. Sie wusste noch genau, wie sie sich geärgert hatte, dass sie nicht im Meer schwimmen konnte. Endlich hatte George es gewagt, sie an einen öffentlichen Ort mitzunehmen – und das ein ganzes Wochenende – und dann machte Mutter Natur ihr auf diese Weise einen Strich durch die Rechnung.

Das war im Juni. Anfang Juni, um genau zu sein.

War das möglich?

Dalina rechnete nach. Und dann gleich noch mal. Glich ein viertes und fünftes Mal die Daten ab. Aber sie kam immer wieder auf das gleiche Ergebnis.

Das war vor sieben Wochen.

KAPITEL 3

Caitlin

Ich stand vor dem Bogenfenster neben der Bühne, als Edmond mit einem so weiten Grinsen auf mich zukam, dass es schien, als sei die Haut um seinen Mundwinkel kurz vor dem Zerreißen.

Dieser Monty hatte den halben Vormittag wie eine Klette an mir gehangen und erst als Schwester Agnes ihn zurechtgewiesen hat, ließ er mich endlich alleine. Ich habe versucht, sie über die Schreie auszufragen, aber sie hat lediglich mit einem Schulterzucken erklärt, dass das schon mal vorkäme. Ansonsten konnte ich mit niemandem sprechen. Das Frühstück war die reinste Zumutung. Alle saßen an den Holztischen und schaufelten Porridge in sich rein. Der ganze Raum war von einem Schmatzen erfüllt, das immer mal wieder von

Lucindas lauten »Aeeehh!«-Ausrufen übertönt wurde. Schleimig-graue Breiklumpen hingen am Kinn von Flint, der mir gegenüber saß, und es hatten sich milchige Pfützen auf den Tischen gesammelt.

Ich habe kaum einen Bissen hinunter bekommen und die Köchin hat mich gefragt, ob es mir nicht geschmeckt hat, als sie an mir vorbeigeeilt ist, um die Schüsseln einzusammeln. Vermutlich machte sie sich Sorgen, da ich schon am Vortag den Rosenkohl nicht gegessen habe.

»Zeit für deine erste Therapie, Caitlin.«

Ich senkte den Blick, da ich zwischen Edmonds Zähnen Essensreste entdeckte und folgte ihm durch den Flur mit den hübschen Bodenfliesen zu einer ausladenden Treppe, die mit rotem Samtstoff bezogen war.

»Was für eine Art von Therapie werde ich bekommen?«, erkundigte ich mich unterwegs.

»Der Professor hat für den Start die Hydrotherapie verordnet.«

Hydro. Aus dem Lateinunterricht wusste ich noch, dass das so viel wie »Wasser« bedeutete. Gestern hatte der Professor etwas von Wasserheilkunde gesagt. Vermutlich wird es das sein.

Wir betraten ein Zimmer, in dem eine Ecke von einem Paravent abgeteilt war. Edmond deutete darauf. »Mach dich bitte jetzt frei, bevor wir in das Behandlungszimmer gehen.«

Mir wurde heiß. Noch nie zuvor hatte ich mich vor einem fremden Mann ausgezogen. »Gänzlich?«

Er musste mir meinen Schrecken angesehen haben, denn beschwichtigend erklärte er: »Ja, vollkommen. Oder willst du mit Kleidung in die Badewanne?« Ein heiseres Lachen drang aus seiner Kehle. »Ich weiß, es ist unüblich für so eine feine Dame wie dich, das in männlicher Anwesenheit zu tun, aber alle Schwestern sind unabkömmlich. Du musst dir aber keine Sorgen machen. Ich bin Arzt. Du bist nicht die erste Frau, die ich nackt sehe.«

Aufmunternd nickte er in Richtung des Raumteilers und ich ging zögerlich darauf zu. So langsam wie möglich zog ich ein Kleidungsstück nach dem anderen aus, faltete sie ordentlich zusammen und legte sie gestapelt auf den mahagonifarbenen Stuhl mit geschwungenen Beinen.

Edmond räusperte sich.

»Ich bin gleich so weit«, rief ich über die hauchdünne Stoffwand. Dann überwand ich mich und entledigte mich mit staksigen Bewegungen auch der Unterwäsche. »Kann ich vielleicht ein Handtuch haben?«

»Papperlapapp, wir sind ja gleich da.«

Edmond hatte anscheinend die Geduld verloren und kam zu mir hinter den Raumteiler. Mit hungrigen Augen tastete er meinen Körper ab, sodass ich mich nicht nur nackt fühlte, sondern wie ein Stück Fleisch hinter dem Ausstellungsglas eines Metzgers.

»Na komm!« Er ging auf eine Schwingtür mit zwei kreisrunden Fenstern zu. Im Raum dahinter standen zehn weiße Wannen auf schimmernden Messingfüßen. Jede von ihnen war mit einem Wasserhahn ausgestattet. Irgendwas fehlt jedoch. Ich kam aber nicht darauf, was es war.

Eine Schwester schaute auf, als wir reinkamen. Durch ihre braunen Haare und dazu passenden Augen glich sie einem aufgescheuchten Reh.

Mit einem fragenden Ausdruck im Gesicht wandte

sie sich an Edmond, nachdem sie mich kurz gemustert hat.

»Das ist Caitlin. Sie wird heute die Hydrotherapie bekommen.«

»Aber der Professor hat -«

»... genau das angeordnet«, schnitt Edmond ihr das Wort ab. »Bereite bitte die Badewanne vor.«

Sie nickte und huschte zur nächsten freien Badewanne. Hätte man nicht all das vorbereiten können, als ich meine Kleidung noch anhatte?

Ich sah mich weiter im überdimensionierten Badezimmer um, um die Wartezeit zu überbrücken. Von den zehn Wannen waren nur vier belegt. Lediglich die Köpfe schauten heraus. Der Rest der Badewanne war mit einem großen Leinentuch bedeckt, das mit Schleifen an der Seite befestigt worden war. Die Patienten hatten ein kleines Handtuch auf der Stirn liegen und starrten so ausdruckslos vor sich hin, dass ich nicht nur wegen des kalten Fußbodens eine Gänsehaut bekam.

Auf einmal merke ich, wie sich ein weicher Stoff um meine Schultern legte. »Es wird noch ein paar Minuten dauern, bis die Wanne voll ist«, sagte die Schwester mit piepsiger Stimme und ich schloss sie sofort ins Herz, während ich das Handtuch enger um meine Schultern zog.

Erst jetzt erkannte ich Lorna. Sie lag in der Wanne neben der, die die Schwester für mich vorbereitete. Doch auch sie schaute nicht in meine Richtung.

»Na gut, Caitlin. Wenn ich bitten dürfte ...«

Edmond stellte sich neben die Wanne und bot mir seine Hand als Stütze an.

»Das kann ich doch machen!« Die Schwester trat auf die Wanne zu.

Edmond grinste gönnerhaft. »Schon in Ordnung, das übernehme ich heute höchst persönlich.«

Ich unterdrückte ein Seufzen und ging mit wackeligen Schritten auf die Wanne zu. Widerwillig ergriff ich seine Hand, ließ das Tuch von meinen Schultern gleiten, während ich auf einem Bein balancierte, um das andere über den Beckenrand zu schwingen. Mein Kopf kam seinem dabei gefährlich nah und ein eitriger Geruch stieg mir in die Nase. Ich zwang mich, das zu ignorieren, denn in wenigen Sekunden konnte ich die gesamte Widerlichkeit von mir waschen. Erwartungsfroh tauchte ich meinen großen Zeh in das Wasser – und zog ihn sofort wieder zurück.

Jedes einzelne Härchen an meinem Körper schoss in die Luft.

»Das ist ja eiskalt!«, rief ich atemlos.

Edmonds Gesichtsausdruck konnte ich zunächst nicht richtig einordnen. Eine Mischung aus Qual und ... etwas anderem.

Erst später wurde mir klar, was es war: Er hat mit aller Kraft ein Lachen unterdrückt.

Wo hörte meine Haut auf? Wo fing das Wasser an?

Vielleicht löste sich meine Haut mittlerweile auf und ich lag in einer milchig-roten Flüssigkeit aus Blut und Hautfetzen und konnte froh sein, dass das Leinentuch, das über der gesamten Wanne lag, mir den Anblick verwehrte.

Sobald Edmond dem Raum verlassen hatte, habe ich die Schwester angefleht. »Bitte, lassen Sie mich hier wieder raus.«

»Es tut mir leid«, hat sie gewispert. »Ich kann mich den Anweisungen des Arztes nicht widersetzen.«

»Bitte! Ich bin mir sicher, dass diese Art von ... Therapie in meinem Fall nicht hilft.«

Mit einem entschuldigenden Lächeln hat sie den Kopf geschüttelt, ist zum Patienten neben der Tür geeilt und schließlich verschwunden, nachdem sie sein Handtuch auf der Stirn ausgetauscht hatte.

Zu Beginn hatte ich noch Kraft, um wütend zu sein. Lautstark schrie ich nach den Ärzten und Schwestern. Erst höflich, aber bestimmt, dann immer fordernder. Nichts geschah – für Stunden.

Irgendwann war nur noch Panik und Verzweiflung in meiner Stimme.

Ich hatte all meine Wut herausgeschrien, aber keiner kam, um nach uns zu sehen und so blieb mir nichts, als meiner eigenen Stimme zu lauschen, die das Haus schrill und verzerrt an mich zurückgab. Ich flehte Lorna und die anderen neben mir an, mitzumachen, aber sie nahmen mich kaum wahr.

Danach strampelte ich mit den Beinen und zerrte am Tuch, doch es war zu fest an die Wanne geknotet. Es dauerte, bis meine Wut abgeebbt war, doch wenn wir hier eins hatten, war das Zeit.

Die Kälte spürte ich nach mehreren Stunden nicht mehr, sie war einer dumpfen Taubheit gewichen. Ich lag nur noch da, starrte an die Decke und versuchte mich an die Geschichten zu erinnern, die Mutter mir als Kind erzählt hatte.

Mein Kopf glitt zur Seite und zu meiner Überraschung sah ich Leben in Lornas Augen. Sie waren von einem ungewöhnlich hellen Blau.

»Wie lange?«, flüsterte ich heiser.

Sie deutete ein Kopfschütteln an.

»Den ganzen Tag?« Ich konnte die Panik in meiner Stimme nicht unterdrücken.

Für einen Moment schloss sie die Augen. Als sie sie wieder öffnete, war ihr Blick so voller Mitleid, dass in meiner Kehle ein dicker Kloß heranwuchs, der das Schlucken erschwerte.

Das konnte nicht sein! Mittlerweile lag ich ungefähr seit fünf Stunden im Wasser. Noch mal so eine lange Zeit würde ich keinesfalls aushalten.

Mit einem Klicken öffnete sich die Tür und die scheue Schwester kam herein.

»Na endlich«, entfuhrt es mir und mein Körper wurde ganz leicht aus Vorfreude auf die Erlösung.

Die Schwester zog einen eisernen Wagen mit Gläschen hinter sich her. Ich sah, wie sie dem ersten Patienten über den Kopf strich und das Handtuch wechselte. Er gab ein fast tierisches Grunzen von sich.

Die Prozedur wiederholte sie bei den drei anderen und schließlich war ich an der Reihe. Eine bleierne Kraftlosigkeit erfasste mich, denn wenn wir Nahrung bekamen, konnte das nur eins bedeuten.

Ich mobilisierte meine letzten Kraftreserven. »Darf ich raus?«

Sie mied meinen Blick.

»Bitte.«

Sie presste die Lippen zusammen, während sie mein Handtuch wechselte. An meinen Mund hielt sie ein Glas. Ich wollte nicht trinken, aber ich war so hungrig und durstig, dass ich gierig die Flüssigkeit hinunterschluckte. Ein zuckrig-süßer Geschmack breitete sich in meinem Mund aus, danach fühlte ich mich gestärkt.

»Wie lange soll das hier noch weitergehen?«

»Bis der Therapiezyklus beendet ist.« Sie stellte das leere Glas auf den Servierwagen und lief in Richtung der Tür.

»Wie lange dauert so ein Zyklus?«, rief ich ihr nach.

Doch sie verließ wortlos den Raum.

KAPITEL 4

Dalina

Dalinas Handy fing an zu klingeln, während sie sich zwischen dem Portemonnaie, Lippenstift und der diskreten Tüte aus der Apotheke zu der kleinen Innentasche vortastete, die sie für den Schlüssel reserviert hatte. Sie hielt inne und zog es aus ihrer Manteltasche. Es könnte immerhin wichtig sein. Das Krankenhaus. Oder George. Doch als ihr erneut das Bild ihrer Mutter künstlich entgegen lächelte, das sie zu ihrem Kontakt gespeichert hatte, ließ sie es kurzerhand wieder in die Tasche wandern.

Endlich fand sie den Schlüssel, zog die Tür im richtigen Moment fest zu sich, als sie ihn im Schloss drehte und trat ein. Erleichtert atmete sie die vertraute Luft ein, in der ein Hauch Kaffee lag. Nach drei Nachtschichten nach Hause zu kommen, fühlte sich immer an, als hätte sie eine lange Reise hinter sich. Seufzend legte sie die Handtasche auf dem ausladenden Lesesessel ab, hing den taillierten Wollmantel an die Garderobe und fuhr mit ihren Fingern durch ihr kastanienbraunes Haar, das der Mantel statisch aufgeladen hatte.

Sie setzte sich auf ihr Sofa und sah unschlüssig nach draußen. Ihr Blick wanderte zu ihrer Handtasche und sie beobachtete sie, als sei sie ein exotisches Tier, das sich die meiste Zeit still verhielt, aber jeden Moment nach ihr schnappen könnte.

Dort drin war er.

Ihr Handy klingelte erneut. Dalina lauschte den leicht verzerrten Tönen, die aus ihrer Manteltasche kamen und sah sich in ihrer Wohnung um. Der gestreifte Kaffeebecher stand noch auf der Ablage über der Spülmaschine. Sie war wieder viel zu spät gewesen. Ansonsten war ihre Küche wie immer vollkommen aufgeräumt, was aber vor allem daran lag, dass sie sie kaum nutzte.

Die Tür zum Schlafzimmer stand halb offen und gab den Blick auf ihre zurückgeschlagene reinweiße Bettdecke frei. Als wäre sie in ihrem Alltag nicht von genügend weißen Decken umgeben, hatte ihre Mutter gemeckert. Es war ihr genauso unverständlich, wie ihre Tochter daran Gefallen finden konnte, wie an der Ledercouch, die Dalina aufgestellt hatte. Ihr Vater hatte sie schon in seiner Junggesellenwohnung gehabt – lange bevor ihre Mutter in sein Leben getreten war und mit stilsicherer Hand todschicke Möbel ausgesucht hatte. Dalina liebte die kaffeebraune Couch über alles –

obwohl sie durchgesessen und an den Kanten abgewetzt war.

Seufzend ließ sie sich nach hinten sinken. Das Klingeln war verstummt und die Stille hatte etwas Erdrückendes.

Sie sollte es wirklich hinter sich bringen.

Dalina stand auf, ging zwei Schritte auf die Handtasche zu und bog ab in Richtung Küche. Trinken war wichtig. Mechanisch stellte sie einen Becher unter die Maschine, legte eine Kapsel ein und beobachtete, wie sich Bläschen um den Kaffeestrahl bildeten.

Was sollte sie tun, wenn sie mit ihrer Vermutung richtig lag?

Der Kaffeestrahl ebbte ab. Eine Schaumschicht hatte sich auf dem Getränk gebildet, aber sie machte keine Anstalten, die Tasse an sich zu nehmen.

War Kaffee während der Zeit nicht sogar verboten? Wenn sich ihre schlimmsten Befürchtungen wirklich bestätigten, hätte sie weitaus größere Probleme. Aber dieser Gedanke machte das alles so greifbar, dass sich ein Kloß in ihrem Hals bildete. Wie ihre Mutter wohl reagieren würde? Und George? Der würde toben, das war keine Frage. Natürlich wäre alles allein ihre Schuld. Sie hätte besser aufpassen müssen. Aber das hatte sie ja eigentlich auch.

Eigentlich.

Sie hielt die Ungewissheit nicht länger aus, ließ den Kaffee stehen und ging mit festen Schritten auf ihre Handtasche zu. Die weiße Tüte leuchtete ihr entgegen. Als sie auf dem Weg ins Badezimmer an ihrem Mantel vorbei kam, klingelte ihr Handy erneut. Seufzend zog sie es aus der Tasche. Ihre Mutter würde nicht aufgeben, bis sie mit ihr gesprochen hatte. »Ich kann jetzt nicht, Mom, ich rufe dich später zurück, ja?«

»Aber es ist etwas Unglaubliches passiert.« Ihre Mutter klang aufgeregt.

»Mag sein, aber ich habe jetzt wirklich keine Zeit. Ich melde mich, so schnell ich kann.« Bevor ihre Mutter etwas erwidern konnte, legte sie auf und ging ins Badezimmer.

Sie setzte sich auf den geschlossenen Toilettendeckel und las die Anweisungen durch. Dabei wusste sie auch so, wie es funktionierte. Kurz hatte sie darüber nachgedacht, einen Test aus dem Krankenhaus mitgehen zu lassen. Aber was, wenn sie jemand dabei erwischte? Es gab auch so genug Getuschel. Dabei bemühten George und sie sich immer diskret zu sein. Und er war auch nicht gerade überschwänglich in seinen Gesten ihr gegenüber. Sie konnte froh sein, wenn er ihr im Krankenhausalltag ein kurzes Lächeln zuwarf. Gemeinsame Mittagessen waren tabu. Trotzdem schienen die Kollegen etwas zu ahnen. Sie merkte es an den Blicken und an den Gesprächen der Schwestern, die verstummten, sobald sie hinzukam.

Deswegen war es besser gewesen die zwanzig Dollar in einen überteuerten Apothekentest zu investieren. Sie packte ihn aus und folgte den Anweisungen.

Sie hätte gedacht, dass es länger dauert, aber das Ergebnis war sofort da. Sie hätte es wissen müssen, aber es wurde in Filmen so konsequent anders dargestellt, dass man es irgendwann nicht mehr hinterfragte. Sie hatte schon geplant, was sie in der Wartezeit machen würde und sich selbst gesehen, wie sie vor der Tür ruhelos auf und ab ging und schließlich vorsichtig wieder in das Badezimmer tapste, um das Ergebnis zu erfahren. Und nun waren die zwei Striche bereits da, als sie noch dabei war, die Hose wieder zuzuknöpfen. In ihren Kopf stoben tausende Gedanken gleichzeitig in unterschiedliche Richtungen. Dabei hatte sie es doch geahnt. Sie wollte losschreien, losrennen und ihren Kopf wie ein Kind unter ihrer Bettdecke verstecken, um die Wahrheit nicht ertragen zu müssen. Doch sie stand nur da und starrte die Striche an.

Sie zwang sich, tief durchzuatmen.

Mit bedächtigen Schritten ging sie zurück in den Wohnbereich und sank mit dem Test in der Hand auf das Sofa. Sie studierte das rosaweiße Plastikteil, als verberge sich dahinter eine tiefere Logik, die sie erst noch durchschauen musste. Dabei war das Ergebnis ganz klar und einfach. Zwei Striche. Die Irrtumswahrscheinlichkeit lag bei nur drei Prozent. Mit 97 prozentiger Sicherheit war sie also das, was sie gerade jetzt auf keinen Fall sein wollte.

Sie war schwanger.

~

Wenig später hatte Dalina ihren Mantel wieder übergezogen und lief ziellos durch die Gegend. *Schwanger.* Tausende Male hatte sie dieses Wort gehört und doch fühlte es sich komisch an, als ihre Gedanken dieses Wort nun in Verbindung mit ihr formten.

Schwanger.

Ein Baby in ihrem Bauch. Sie hatte nie Kinder gewollt. Mit achtundzwanzig war es zwar kein Skandal mehr, ungewollt schwanger zu werden, aber sie hätte trotzdem nie vermutet, dass ihr das passieren könnte. Geschah das nicht nur bei nachlässigen Teenies? Sie hatte die Pille immer sehr gewissenhaft genommen.

Wie sollte sie es George beibringen? Sollte sie es ihm überhaupt sagen? Aus der Ferne leuchtete ihr das weiße U auf Königsblau entgegen – eine der Haltestellen der Bostoner U-Bahn. So einfach würde sie es ihm nicht machen. Er hatte immerhin seinen Teil dazu beigetragen.

Sie lief zur Station und eilte die Stufen hinunter, weil in der Ferne ein Ächzen und Rasseln die Ankunft der nächsten Bahn ankündigte. Es wurde immer lauter, bis sie schließlich aus dem dunklen Tunnel hervorstieß und mit einem ohrenbetäubenden Quietschen vor den Fahrgästen zum Stehen kam. Beim Einstieg ließ Dalina einer jungen Mutter mit Kinderwagen den Vortritt. Sie warf ihr ein dankbares Lächeln zu, das Dalina nicht erwidern konnte.

Ein brennender Kloß wuchs in ihrem Hals, nachdem sie einen Blick auf das propere Baby mit den runden Wangen und der weißen Mütze geworfen hatte. Die roten Hände zu Minifäusten geballt vor dem Mund.

In ihrem Leben war kein Platz für Kinder. Für schreiende Babys schon gar nicht. Die nächste Beförderung war zum Greifen nahe – und das nicht nur, weil sie mit dem Chefarzt schlief. In den letzten Jahren hatte sie unermüdlich gearbeitet. Jede Extraschicht an sich gerissen und noch zu Hause die Bücher gewälzt und das Internet durchforstet, wenn es einen unlösbaren Fall gab. Die nächste freie Stelle sollte ihr gehören. Aber mit Baby? Keine Chance. Auch nicht, wenn sie bereits nach drei Monaten in Teilzeit zurückkehrte. Wie sollte sie das allein schaffen?

Sie würde es abtreiben müssen.

Nur mit halbem Bewusstsein nahm Dalina wahr, wie an jeder Station Menschen aus der Bahn heraus- und wieder hineinflossen. Ein unbedeutender Mix aus bunten Farben.

Vielleicht würde George sich von seiner Frau trennen? Aber er war nicht gerade der väterliche Typ. Seine zwei Kinder im Teenageralter waren die meiste Zeit auf einem Internat und kannten wahrscheinlich seine Putzfrau besser als ihn.

Dalina legte ihren Kopf an die Scheibe und sah aus dem Augenwinkel den Kiosk mit den drei wackeligen Zeitschriftenständern auf Rollen, die schmutzigen Fliesen, die sie in ihrer Wartezeit schon so oft studiert hatte und schließlich das blau-weiße Schild *Bowdoin* mit den stilisierten Zeichnung der Stadt in schwarz-weiß darunter. Ihre Station! Sie sprang auf, als die Türen bereits piepten. Mit ihrem Körper warf sie sich dazwischen, hinderte sie daran, sich zu schließen. Sie wartete, bis der Öffnungsmechanismus einsetzte und zwängte sich nach draußen.

Wie sie sich nach der Abtreibung wohl fühlen würde?

Den vertrauten Weg lief sie wie in Trance, bis schließlich der halbgläserne Klotz auf dem in großen Lettern *Massachusetts General Hospital* prangte, vor ihr lag. Die Glastüren glitten geräuschlos zur Seite und sie machte sich auf den Weg in die Radiologie.

Schon wieder klingelte ihr Handy und ein Blick auf das Display verriet, dass ihre Mutter sich nicht so schnell geschlagen gab. Aber sie konnte jetzt kein normales Gespräch führen. Und für die vernichtende Verurteilung ihrer Mutter, wenn sie hörte, was los war, fühlte sie sich nicht stark genug.

»Hey Dalina, hast du die Nase noch immer nicht voll von uns?« Michael, der ebenfalls Assistenzarzt war, zwinkerte ihr zu, als sie sich im Flur begegneten.

»I-ich ... habe nur etwas vergessen.« Sie rang sich ein Lächeln ab und fühlte sich, als würde sie eine Rolle in einem Theaterstück spielen, während sie sprach.

Zum Glück musste sie bald darauf abbiegen, sodass er nicht noch mehr Fragen stellen konnte.

Auf dem Flur zur Radiologie kam ihr eine der Schwestern ihrer Station entgegen. »Solltest du nicht schlafen?«, rief sie ihr freudig entgegen.

Dalina quittierte das mit einem Grinsen und sah sich suchend um, als sie die Station erreichte. Gerade überlegte sie, wen sie unauffällig nach George fragen könnte, da sah sie ihn am Ende des Flures aus einem Patientenzimmer kommen. Seine aufrechte Haltung bei seiner großen Statur hätte sie überall auf den ersten Blick erkannt. Er diskutierte mit Doktor Morrigan, dem Jagdhund unter den Oberärzten, mit dem er auch privat befreundet war. Sie lief den beiden entgegen. »Könnte ich Sie kurz sprechen, Dr. Duncan?«

George runzelte die Stirn. »Kommen Sie später in mein Büro, ich habe zu tun.« Er wandte sich bereits zum Gehen.

»Bitte, es ist sehr wichtig.«

Er zögerte eine Sekunde. Dann sagte er im leicht entnervten Tonfall: »Na schön, begleiten Sie mich zu meinem nächsten Patienten. Er liegt auf der Fünf.«

Dann wandte er sich an seinen Kollegen. »Wir sehen uns später.«

Dalina musste ein paar Schritte rennen, um zu ihm aufzuschließen.

»Was gibt es denn, bist du schon wieder hungrig?« Er warf ihr einen anzüglichen Blick zu. Wie gewohnt änderte er sein Verhalten um hundertachtzig Grad, sobald sie allein waren. Er behauptete, das sei nur zu ihrem Schutz.

Dalina schüttelte den Kopf. »Ich denke, es wäre besser, wenn wir etwas Privatsphäre zum Reden hätten.«

»Na schön, komm mit.« Er bog überraschend in die Tür zum Treppenhaus ein, die zu seiner Rechten lag. »Ich wollte dir sowieso noch etwas zeigen.«

Schwer atmend folgte sie ihm die zwei Treppen nach oben. Ging das mit der Kurzatmigkeit etwa schon los?

Ganz oben angekommen stieß George eine graue Eisentür auf. Kühle Luft wehte ihnen entgegen. Sie folgte ihm auf das Dach des Gebäudes.

Er breitete die Hände aus, als gehörte es ihm. »Ist das nicht großartig? Ich habe den Schlüssel vom Hausmeister für ein großzügiges Trinkgeld bekommen. Jetzt können wir uns immer hier treffen. Das bekommt garantiert keiner mit.«

Mit gerunzelter Stirn betrachtete Dalina die klobigen Ausgänge der Lüftungsschächte, die Risse in den Ausbuchtungen der Oberlichter und die riesigen Antennen und Sendemasten. Am Rand wölbten sich die Steine nach oben. An den Kanten hatte sich das dunkle Grau schwarz gefärbt - wahrscheinlich durch das

Wasser, das sich in Pfützen an mehreren Stellen gesammelt hatte und den aschgrauen Himmel spiegelte.

»Also, warum wolltest du mich so dringend sprechen?« Auffordernd sah er sie an und ihr wurde klar, dass sie sich keine Worte zurechtgelegt hatte. Ein Fehler. Wie erzählte man so eine Neuigkeit? Vielleicht hätte sie einfach den Test mitbringen sollen und das Ergebnis für sich sprechen lassen sollen.

»Es ... es gibt Neuigkeiten.« Sie hielt seinem fordernden Blick nicht stand.

»Und die wären?«, hakte er nach, als sie nicht weitersprach.

Sie räusperte sich. »Ich ... äh ... wir ... also ich bin ... schwanger.«

»Was?« Seine Augen weiteten sich. Dann sah sie den Zorn darin aufsteigen. »Du meintest doch, du nimmst die Pille!«

»Das tue ich ja auch.«

»Wie konnte das denn passieren?« Er schrie beinahe und schlug gegen die eiserne Tür. »Gott, das ist eine Katastrophe!«

Eine eisige Brise fegte über sie hinweg, wehte ihr das Haar ins Gesicht, aber es hätte auch genauso gut Georges Handfläche sein können. Sie hatte zwar gewusst, dass ihre Neuigkeit nicht auf Freude stoßen würde, aber nicht damit gerechnet, wie schmerzhaft sich seine Ablehnung anfühlen würde. Immerhin sah sie die Sache so wie er.

Er atmete tief durch, massierte seine Stirn und lief ein paar Schritte. »Das ist okay, wir kriegen das hin.« Seine Stimme war so ruhig, als müsse er sich selbst davon überzeugen. Dalina nickte. Er trat auf sie zu und legte seine Hände auf ihre Schultern. »Du möchtest es doch wegmachen lassen, oder etwa nicht? Nachdem, was du alles schon erreicht hast? Ich habe gehört, dass Dr. White ins Ausland gehen wird. Das könnte deine Stelle sein. Es ist der denkbar schlechteste Zeitpunkt für ein Baby.«

»Ich weiß«, sagte Dalina.

Er strich über ihre welligen Haare und Dalina kam nicht umhin sich zu fragen, ob es ihre braunen oder Georges blonden Haare erben würde.

»Gut. Dann machen wir es so. Mach dir keine Sorgen. Es wird so sein, als wäre es nie da gewesen. Vollkommen unkompliziert.«

Dalina verharrte regungslos, während er sie an sich drückte.

Er sah auf die Uhr. »Shit, mein Fünf-Uhr-Termin. Ich muss gehen. Aber ich freue mich, dass wir uns einig geworden sind. Danke, dass du kein Drama aus der Sache machst. Ich habe schon immer gemocht, wie unkompliziert du bist.« Er küsste ihre Stirn und ging auf die Eisentür zu. »Ein Baby wäre momentan wirklich das Letzte, was ich in meinem Leben gebrauchen kann.«

George und Kinder – das passte genauso gut zusammen wie die Teletubbys und der Clown von Stephen King. Dalina schloss für einen Moment die Augen. Sie dachte an den Säugling im Kinderwagen, vorhin in der Bahn. Diese kleine Faust mit den Mini-Fingernägeln. Diese wissenden Augen und die niedliche Stupsnase. Das alles könnte aus dem Zellhaufen in ihrem Bauch entstehen. Oder sie könnte es wegmachen lassen – schnell und unkompliziert, wie er sagte.

Wegmachen. Wie das schon klang. Als wäre es ein

Haufen Dreck, denn man mit Handfeger und Schippe auflesen und wegwerfen könnte.

Mit der Türklinke in der Hand wandte er sich Dalina zu. »Ich rufe dich morgen noch mal an.«

Er wirkte fremd. Hatten diese zusammengepressten Lippen sie wirklich vor nicht allzu langer Zeit geküsst?

George runzelte die Stirn. »Hast du gehört, Dalina? Ich melde mich bei dir. Du musst mir nicht auf die Mailbox sprechen oder so – ich habe die nächsten zwölf Stunden Schicht und kann mich vorher nicht melden.«

Langsam nickte Dalina. Sie hob den Kopf und betrachtete ihn, ohne ihn richtig wahrzunehmen.

Kopfschüttelnd ging er davon.

Wieder klingelte ihr Handy.

KAPITEL 5

Caitlin

Zwei Tage und zwei Nächte. So lange haben sie uns im Wasser gelassen. Ich erinnere mich noch genau an das Gefühl der Panik, als mir nach dem Abendbesuch klar wurde, dass sie uns vor der Nacht nicht aus der Wanne holen würden.

»Wir bleiben die ganze Nacht hier, nicht wahr?«, flüsterte ich zu Lorna.

Sie hatte ein Nicken angedeutet.

»Und dann? Dürfen wir dann endlich raus?«

Ein mitleidsvoller Blick.

»Wie lange? Wie lange müssen wir dann hierbleiben?«

Mit einem plätschernden Geräusch hob ich meinen Arm, so weit wie möglich unter das Laken, um ihm für einige Minuten Pause von dem alles verzehrendem Wasser zu gewähren.

Lorna blinzelte zwei Mal.

Ich schluckte, denn mir war bewusst, dass sie damit keine Stunden gemeint hatte.

Irgendwann musste ich trotz der Kälte eingenickt sein. Es war fast so, als würde sich das Wasser in unser Gehirn nagen und den Bereich, der normalerweise für die Gedanken da ist, mit wässriger Gleichgültigkeit füllen. Aber vielleicht sollte ich dankbar dafür sein. Alles schmerzte. Die durchgesessenen Hüftknochen, die Gelenke, wenn ich sie minimal bewegte. Die Haut.

»Als Kind haben wir immer meine Großeltern in ihrem Sommerhäuschen besucht«, sagte ich mit leiser, ein wenig heiserer Stimme zu Lorna. Sie drehte den Kopf zu mir und schaute mich neugierig an.

»Das Haus war weiß mit dunkelgrünen Fensterläden. Der ganze Garten war voller Wildblumen, da sie unter dem Jahr keine Zeit hatten, sich darum zu kümmern. Da waren büscheweise wilde Rosen, so viele, dass sie üppig über den weißen Zaun wuchsen. Schon von Weitem leuchteten einem die rosa Blüten entgegen und im Spätsommer kochte Großmama daraus Tee. Es war der leckerste Tee, den ich je getrunken habe. Noch heute erinnere ich mich an den süßlich-fruchtigen Geschmack auf meiner Zunge.«

Ein leichtes Lächeln umspielte Lornas Lippen.

»Das Haus war ganz anders als ihre Villa in London. Großvater war Arzt. Sein Stadthaus in London hatte drei Stockwerke, goldene Türgriffe, Marmorfußboden und einen beeindruckenden Kronleuchter, gleich wenn man hereinkam.« Er war durch die Mitwirkung an einer zukunftweisenden Forschung zu einer Menge Geld gekommen, aber das erwähnte ich ungern.

»Trotzdem hätte ich das Sommerhaus sofort dafür eingetauscht. Am liebsten hätte ich das ganze Jahr dort gelebt«, setzte ich meine Geschichte fort.

»Was ... was ist damit passiert?«

Ich fuhr zusammen. Im ersten Moment dachte ich, Lorna hätte mir geantwortet. Aber die Stimme war rau und tief. Sie kam von der gegenüberliegenden Seite des Raumes. Die anderen Patienten waren die ganze Zeit so ruhig gewesen, dass ich sie beinahe vergessen hatte.

»Der Krieg ...«, erklärte ich und hörte verständnisvolles Gemurmel. Das Häuschen war uns enteignet worden und als der Krieg zu Ende war, hatten wir so viele Scherben zum Zusammenfügen, dass wir uns darum nicht kümmern konnten.

Ich sank zurück in meinen Dämmerzustand, lauschte dem Summen des Hauses, dass so stetig und einlullend war, dass es mich in den Schlaf wog. Erst das Rasseln eines Schlüssels holte mich zurück in die Wirklichkeit. Ich schreckte hoch und das harte Platschen des Wassers gegen eine Wand aus Eisen rief mir unmittelbar in Erinnerung, wo ich war. Ich kniff die Augen zusammen und sah Edmond, der sich über die erste Wanne beugte und Notizen machte. Geduldig wartete ich, bis er bei mir war. Ich schaute ihm in die Augen und nahm alles von meiner Stimme zusammen, das noch übrig war. Trotzdem glich sie eher einem Ächzen. »Ist das jetzt endlich genug?«

Er warf mir einen prüfenden Blick zu.

Ich schloss meine Augen und als ich sie wieder öffnete, lief eine stille Träne meine Wange hinunter, geboren aus der Hoffnung, dass das alles schon bald ein Ende haben könnte.

Edmond studierte seine Aufzeichnungen. Schließlich seufzte er. »Schwester Britany, bring gemeinsam mit Schwester Edith die Patienten zurück.«

Ohne mich eines weiteren Blickes zu würdigen, wandte er sich ab und verließ den Raum. Ich war froh, denn die Tränen der Erleichterung flossen nun ohne Unterlass. Als gäbe es nicht genug Flüssigkeit um mich herum.

Schwester Britany verließ den Raum für einen Moment, kam dann zu mir und löste das Laken, das um meine Wanne gespannt war. Die stämmige Schwester Edith, die wie eine Hebamme wirkte, betrat kurze Zeit später das Badezimmer und gemeinsam hievten sie mich hoch. Mit einem gurgelnden Geräusch, das ich vermutlich nie wieder schön finden kann, verschwand das Wasser wie ein flüssiger Wirbelwind im Abfluss.

Meine Beine knickten weg wie Zahnstocher, als sie mein Gewicht tragen sollten – jetzt verstand ich, warum die zweite Schwester nötig war. Wie ein nasser Sack hing ich zwischen den beiden. Meine Zähne klapperten aufeinander und meine Haut hatte eine milchigblaue Farbe angenommen. Während Edith mich stützte, legte Britany ein Handtuch um meine Schultern. Obwohl der Frotteestoff vom vielen Waschen hart war, fühlte er sich für mich an wie feinster Kaschmir und ich stellte mir vor, wie die kleinen Fäden die zerstörerische Nässe in sich aufsaugten.

Die Schwestern führten mich in den Nebenraum und ich sah zu Lorna, als wir ihre Wanne passierten. Ich hatte ein schlechtes Gewissen, weil ich so erleichtert war, dass ich als Erste raus durfte. Doch zu meiner Überraschung schenkte sie mir ein leichtes Lächeln. Ich bewunderte ihre Stärke.

Im Nebenraum lag meine Kleidung noch auf dem Stuhl, so, wie ich sie vor zwei Tagen dort hingelegt hatte. Nur mit Hilfe der Schwestern schaffte ich es, alles anzuziehen, ohne zusammenzuklappen. Danach brachten mich die beiden in den Dayroom.

»Darf ich den Rest des Tages in meinem Bett verbringen?«, fragte ich, als ich merkte, welche Richtung sie einschlugen. Sogar die vielen Geräusche und Gerüche würde ich dafür in Kauf nehmen. Mir war noch immer eiskalt und ich wollte nichts anderes, als mich mit einem guten Buch im Bett zu verkriechen. Und ich musste eine Möglichkeit finden, Vater von diesem Vorfall zu berichten. Er würde außer sich sein, wenn er erfuhr, was sie hier unter »Wasserheilkunde« wirklich verstanden.

»Alle Patienten haben sich während des Tages im Dayroom aufzuhalten. Er heißt nicht umsonst so«, klärte mich Schwester Edith im brummenden Tonfall auf. Ich verzichtete darauf, anzubringen, dass am Tag meiner Ankunft auch einige im Schlafsaal waren.

Schwester Britany öffnete schwungvoll die Tür zum Aufenthaltsraum, der gerade wunderschön mit Sonnenlicht durchflutet wurde. Doch ich wusste es nicht zu schätzen. Mir kam es vor, als hätten in den letzten zwei Tagen die Jahreszeiten gewechselt und dass ich nicht mehr die Caitlin war, die damals zu ihrer Therapie abgeholt worden war.

»Caitlin Montgomery zurück nach achtunddreißig Stunden Hydrotherapie«, rief die mollige Schwester der

Aufseherin zu, bevor beide wieder verschwanden. »Caitlin!« Da war sie wieder, die leicht nasale Stimme voller Euphorie. Monty stürmte auf mich zu. »Ich hab dich ja so vermisst. Wo warst du so lange?«

»Ich war ... zur *Therapie*.«

»Ohhh.« Besorgt sah er mich an. »Blöde Therapie?«

Ich nickte.

Er nahm mich in die Arme und drückte mich. Ganz fest.

Zu meiner Überraschung merkte ich, dass es guttat.

»Dann ruh dich erst mal aus. Setz dich da vorn hin. In die Sonne.«

Mein wässriges Gehirn war dankbar für die konkreten Anweisungen und so folgte ich seinem Vorschlag.

Ich blieb den Rest des Tages dort sitzen.

Lucindas abgehackter Schrei erfüllte den Raum und ich zuckte nicht mehr zusammen.

Meine Gedanken liefen in Zeitlupe und ich wusste, wenn jetzt jemand reinkam, um die Psychiatrie zu besichtigen, würde er keinen Unterschied merken.

Ich sah aus wie eine von ihnen.

KAPITEL 6

Dalina

»Du musst unbedingt herkommen«, hatte ihre Mutter angeordnet, als Dalina sie endlich zurückgerufen hatte. Aus einem Impuls heraus hatte sie ein paar Urlaubstage eingereicht, von denen sie mehr als genug hatte, da sie in den vergangenen fünf Jahren so gut wie nie freigenommen hatte.

Jetzt saß sie in ihrem Citroën auf dem Weg nach Winchester, wo ihre Mutter in einem typischen Vorstadthaus wohnte.

Sie musste sich konzentrieren, denn in der Nacht hatte sie kaum Schlaf gefunden. Immer wieder geisterten Georges kalte Augen durch ihre Gedanken und sie sagten *Du willst es doch wegmachen lassen?*, gefolgt von dem Baby mit den Pausbacken mit der weißen Mütze.

Sie lenkte das Auto auf die Auffahrt hinter der Garage und ließ es dort stehen.

Ihre Schritte wurden immer kleiner, als sie auf die dunkelgrün lackierte Haustür zuging.

Sie war im Begriff, den Klingelknopf zu drücken, als die Tür aufgerissen wurde.

»Da bist du ja, Liebes!«

Ihre Mutter strahlte sie an und Dalina kam nicht umhin zu bemerken, dass der Rotton des Lippenstifts die Zähne gelber wirken ließ, als sie waren – hütete sich aber davor, ihre Mutter darauf hinzuweisen.

»Komm rein, komm rein! War die Interstate wieder so voll? Das liegt alles an den Bezahlstationen, es ist eine Frechheit, wie viel sie uns jedes Mal dafür abknüpfen, eine Straße zu benutzen. Ich meine, es ist eine dämliche Straße, sie ist nicht aus Gold oder so. Im Gegenteil, sie könnten sie ruhig mal wieder neu machen, es war ziemlich ruckelig, als ich letztes Mal nach Boston gefahren bin. Findest du nicht auch? Guck mal, ich habe den Flur neu dekoriert, gefällt es dir?«

Dalina stellte ihre Tasche ab.

Sie hatte kaum ihren Mantel ausgezogen, da hielt ihre Mutter ihr einen Brief entgegen.

»Hier! Deswegen solltest du herkommen. Der ist mit dem Stempel *Vertraulich!* vorige Woche gekommen.

Ich hätte gern schon früher mit dir darüber gesprochen, aber du hast ja nie Zeit für mich.«

Dalina ignorierte den vorwurfsvollen Ton und folgte ihrer Mutter ins Wohnzimmer und ließ sich auf einen Sessel gleiten.

Neugierig faltete sie den hoch offiziell aussehenden Brief auseinander.

Sehr geehrte Frau Woodrow,
leider konnten wir Sie nicht früher ausfindig machen. Nach dem Tod Ihrer Mutter sind Sie die rechtmäßige Erbin und wir haben einige rechtliche Angelegenheiten mit Ihnen zu besprechen bezüglich eines nicht angetretenen Erbes Ihrer Mutter. Kommen Sie bitte so schnell wie möglich nach England, Mayfield, um alles persönlich zu besprechen.

Mit freundlichem Gruß
Glenn Hayes

Dalina runzelte die Stirn. Ihre Großmutter war bereits seit vielen Jahren tot.

»Was hat das zu bedeuten? Was soll Großmutter geerbt haben? Waren nicht all ihre Verwandten im oder kurz nach dem Krieg gestorben?« Sie sah ihre Mutter erwartungsvoll an.

Ordelia stand auf und trat zum Fenster. »Es gab da noch jemanden.« Sie schien die Gräser zu beobachten, die sich im Wind wiegten. »Als ich achtzehn war, hat er sich bei mir gemeldet. Aber deine Großmutter hat mir verboten, mit ihm Kontakt aufzunehmen. Das war einer der Gründe für unseren großen Streit.« Sie verschränkte die Arme. »Er klang nett und ich hätte ihn gern in England besucht. Aber deine Großmutter hat um sich gebissen wie eine Wölfin, deren Junge bedroht werden, als sie herausgefunden hat, dass er mir sogar ein Flugticket geschickt hatte.« Ordelia schüttelte ihre

Hand, als hätte sie etwas zu Heißes angefasst. »In tausende kleine Fetzen hat sie es zerrissen – und das war vor der Zeit, wo alles online gespeichert wurde. Dann musste ich ihr versprechen, mich niemals bei ihm zu melden. Ich habe sie für verrückt erklärt und sie meinte, ich verstehe das alles nicht. Aber sie wollte es auch nicht erklären.«

»Hast du dich jemals bei ihm gemeldet?«

Ordelia schüttelte den Kopf. »Kurz darauf habe ich herausgefunden, dass ich schwanger bin, und war erst mal darauf konzentriert, mein eigenes Leben mit dir aufzubauen. Heute ist ja alles anders als alleinerziehende Mutter, aber damals? Ich hätte mir genauso gut ein umgedrehtes Kreuz auf die Stirn tätowieren können.«

Dalina legte den Kopf schief.

»Du hast ja keine Ahnung.«

»Es waren die Achtziger, nicht die Fünfzigerjahre, Mom.«

»Trotzdem! Auf jeden Fall hatte ich erst mal andere Sorgen. Ein paar Jahre später habe ich einen Brief an die Absenderadresse geschrieben, aber er ist zurückgekommen. Ich war zu spät.« Sie ließ die Schultern sinken und sah hinaus. »Nun werde ich nie erfahren, wer er war und was er wollte, denn wie du weißt, steige ich in kein Flugzeug.« Sie wandte sich vom Fenster ab und zögerte. Schließlich räusperte sie sich. »Na ja und deswegen ... Ich weiß, du bist beschäftigt ... aber das ist wirklich wichtig. Deswegen dachte ich, dass du vielleicht ...« Ihre Mutter beendete den Satz nicht.

Dalina fuhr sich durch die Haare, während sie ihre Optionen abwägte. Sie könnte weiterhin jeden Tag arbeiten gehen und dort George über den Weg laufen.

Oder sie gönnte sich diese Auszeit und dachte über alles in Ruhe nach.

Außerdem hatte sie den Kontinent noch nie verlassen, wollte aber schon immer mal nach Europa. Gerade England interessierte sie sehr.

Sie drehte den Brief hin und her. »Mayfield? Wo liegt das überhaupt? Ist Granny nicht in London aufgewachsen?«

»Ja, darüber habe ich mich auch schon gewundert. Mayfield ist der Ort, wo sie eine Zeitlang in der Psychiatrie war.«

»Und da hat sie etwas geerbt?«

Ihre Mutter zuckte die Schultern. »Anscheinend hat sie jemanden nachhaltig beeindruckt. Also, machst du's?«

Dalina nahm sich Zeit zum Überlegen. Dann fing sie langsam an zu nicken. »Es gibt eine Sache, die ich klären müsste … Aber wenn das gut geht, werde ich es machen.«

Ihre Mutter sah sie an, als hätte sie eingewilligt zum Mond zu fliegen. »Wirklich? Das hatte ich mir aber schwieriger vorgestellt. Immerhin wolltest du letztes Jahr nicht mal drei Tage mit mir in den Urlaub fahren.«

Dalina lächelte. »Einige Dinge ändern sich.«

KAPITEL 7

Caitlin

Ich hörte das Klappern des Geschirrs schon von Weitem, als ich den mittlerweile vertrauten Weg zum Speisesaal entlanglief. Seit zwei Monaten war ich im Sanatorium, doch es fühlte sich länger an. Wie immer setzte ich mich zu Monty und Lorna. Lorna lächelte mir inzwischen morgens sogar kurz zu, was ich als großes Kompliment sah. Gesprochen hatte sie noch immer kein Wort mit mir.

»Caitlin, spielen wir nachher wieder Karten?«, fragte Monty mich eifrig.

Ich willigte ein. Was sollten wir auch sonst tun? Die Tage zogen sich wie Kaugummi. Jeder so ereignislos wie der andere. Wenn ich ehrlich war, wunderte es mich nicht, dass keiner der Patienten Fortschritte machte.

Wenn man nicht schon vorher verrückt war, wurde man es spätestens nach ein paar Wochen. Das konnte doch nicht gut sein. Ich hatte schon überlegt, Professor Berker darauf anzusprechen, aber er eilte immer nur durch den Raum und war furchtbar beschäftigt.

Zur Hydrotherapie musste ich nicht mehr. Vater hatte sofort verlangt, mit Professor Berker zu sprechen, und er hatte sich daraufhin bei mir entschuldigt. Sagte, dass alles ein bedauernswertes Missverständnis gewesen sei und die Hydrotherapie eigentlich nur für die manisch-depressiven Patienten vorgesehen wäre, auf die das Sanatorium spezialisiert war.

Bei der Gelegenheit hatte ich ihn auch nach meinem eigenen Zimmer gefragt, aber er sagte, dass er zu dem Entschluss gekommen sei, dass es besser wäre, wenn ich keine Sonderbehandlung bekommen würde.

Nach dem Essen half ich Marigold beim Abräumen. Lorna war ebenfalls im Speisesaal zurückgeblieben. Eigentlich durften wir Patienten das nicht, aber Schwester Agnes hatte im Aufenthaltsraum so viel zu tun, dass sie uns gewähren ließ. Vielleicht fand sie die Regel ebenso sinnlos wie ich.

Ich merkte, dass Marigold immer wieder auf die Bahnhofsuhr sah, die mit ihren einschüchternden Zeigern, über der Tür an der Wand hing, während sie von Tisch zu Tisch hastete und die Teller stapelte.

»Warum gehst du nicht schon in die Küche? Lorna und ich können den Rest machen.« Ich wusste, dass sie nach dem Kochen auch noch die Wäsche für das Sanatorium machen musste.

Mit dem Handrücken wischte sie sich den Schweiß von der Stirn und dachte einen Moment nach. Dann warf sie einen weiteren Blick zur Uhr. »Danke Liebes, ich weiß nicht, was ich ohne euch machen würde.«

»Das ist kein Problem. Es ist ja nicht so, als wenn wir heute noch wahnsinnig viel anderes zu tun hätten.« Im Gegenteil. Ich war froh, wenn durch diese Aufgabe der Vormittag ein wenig schneller vorüberging. Sobald man den Dayroom betrat, schien es, als würden die Uhrzeiger durch Gelee wandern. Ganz egal, wie sehr ich mir verbat, auf die Uhr zu schauen, es vergingen immer nur maximal zehn Minuten.

Lorna schenkte mir ein schwaches Lächeln, als ich ihr meinen Tellerstapel reichte, damit sie ihn auf den Teewagen stellen konnte, den sie vor sich hinschob. »Es tut gut, etwas zu tun zu haben, oder?«

Ich kam mir blöd vor, so etwas Offensichtliches zu sagen, da ich wusste, dass sie nicht antworten würde, aber ich fand, ich sollte es zumindest versuchen. Sie deutete auf den Tisch und ich merkte, dass ich einen Löffel übersehen hatte.

Während Lorna die Tische abwischte, schob ich das Geschirr in die Küche und begann mit dem Abwasch. Vor Marigold lag ein riesiger Berg Kartoffelschalen. Sie schälte so schnell, wie ich noch nie jemanden Kartoffeln schälen gesehen hatte.

»Wie heißt die Schwester mit dem strengen Dutt und dem verbissenen Gesicht?«, erkundigte ich mich. Diese vierte Schwester hatte ich mittlerweile ein paar Mal von Weitem gesehen, aber noch nicht mit ihr gesprochen.

Marigold zog die Nase kraus und ließ eine perfekte runde Kartoffel ins Wasser plumpsen. »Das ist Schwester Davis.«

»Wo sind sie und die anderen Schwestern die ganze

Zeit? Ich sehe sie jedes Mal nur von Weitem und bei uns ist immer nur Schwester Agnes.«

»Keine Ahnung. Ich bin ja den ganzen Tag hier in der Küche ...«

Für eine Weile gingen wir beide schweigend unserer Arbeit nach. Es gab noch immer dieses eine Thema, das mir keine Ruhe ließ. Aber ich konnte mit niemandem darüber sprechen. Zumindest nicht richtig. Lorna hatte mich verschreckt angeguckt und Monty hatte keine Ahnung, wovon ich sprach. Er schien einen sehr festen Schlaf zu haben.

»Kann ich dich was fragen?«

»Alles was du willst, meine Liebe.«

»Also nachts ... und manchmal auch tagsüber ... da höre ich ...« Ich schluckte, denn ich mochte es kaum aussprechen. Aber wenn ich eine Antwort wollte, musste ich es rausbringen. »... da ... da höre ich Schreie.«

Marigold hielt in ihrer Bewegung inne. »Schreie?«

»Ja, ganz grässliche Schreie. Sie gehen durch Mark und Bein – so wie die von Tieren kurz vor der Schlachtung.« Vor meinem inneren Auge lief die Szene ab, wo der Bauer auf dem Landsitz das Schwein jagte, damals, als die Lebensmittelknappheit ihren Höchststand erreicht hatte. Im Krieg hatte ich viele grausige Dinger miterlebt, aber dieses erschütternde, sich überschlagende Quieken würde ich niemals vergessen.

»Ich weiß von keinen Schreien.« Mit einem lauten Scheppern ließ sie den Deckel auf den riesigen Kartoffeltopf fallen.

»Du hast nie welche gehört?«

Marigold schüttelte den Kopf. »Aber du merkst ja, wie es hier zugeht. Es scheint kaum ein Gerät zu geben, das keinen Krach macht. Vielleicht habe ich es überhört. Und abends kehre ich ja ins Dorf zurück.« Marigold war eine der wenigen Angestellten, die nicht auf Rose Hill lebten.

Ich nickte und wischte mit dem Geschirrtuch einige Wasserspritzer von den beige-roten Fliesen mit dem Rautenmuster.

»Ich würde mir keine Sorgen machen, Kindchen. Nicht jeder ist freiwillig an diesem Ort und das macht einige rasend vor Wut. Manchmal muss das einfach raus.«

Auf dem Weg zum Aufenthaltsraum dachte ich über ihre Worte nach. Sollte das wirklich die Erklärung sein?

Ich beschloss, eins meiner Bücher aus dem Schlafsaal zu holen, und blieb auf dem Rückweg, wo der Flur zum unbewohnten Nordflügel abging, stehen.

Der Professor hatte gesagt, dass es hier mehrere leerstehende Zimmer gab. Die Nächte mit dem Wimmern, Schnarchen, Kratzen, Schreien und Rascheln der anderen neunundzwanzig Patienten in diesem Schlafsaal waren noch immer eine Qual für mich. Vielleicht könnte ich mir ja mal anschauen, in welchem Zustand diese Zimmer waren.

Ich öffnete die Zwischentür.

Die Luft, die mir entgegenschlug, war so kalt, dass sie mir wie Wind vorkam.

Da sich hier eigentlich nie jemand aufhielt, wurde kein einziger Raum geheizt. Vorsichtig öffnete ich die erste Tür und fand ein spärlich eingerichtetes Zimmer vor. Ein weißes Waschbecken, ein Feldbett mit Nachtschränkchen.

Natürlich gab es keine Vorhänge oder dergleichen, aber ich könnte nachts die Fensterläden zumachen. Mir schien, als wäre die Temperatur sogleich gestiegen, so viel freudige Wärme durchströmte mich. Verglichen mit dem Schlafsaal, war das hier ein Paradies.

Nachdem ich auch die anderen Räume inspiziert hatte, beschloss ich, das dritte Zimmer zu meinem Reich zu machen. Sie waren alle ähnlich eingerichtet, vermutlich war Rose Hill während des Krieges als Lazarett genutzt worden und die Überbleibsel kamen mir zugute.

Eine Tür klappte laut ins Schloss und ließ mich zusammenzucken. Irgendwie musste ich es nur hinbekommen, dass es keiner mitbekam.

Ich trat ans Fenster und betrachtete den rückwärtigen Garten. Alles wucherte wild durcheinander. Vielleicht könnte ich die Rosenbeete demnächst vom Unkraut befreien? Das würde ihnen sicherlich neue Kraft geben. Schon letztens hatte der Hausmeister in meinem Freigang für mich den Geräteschuppen aufgeschlossen und ich hatte dem mit dem erhöhten Mauergarten begonnen.

Gerade wollte ich weitergehen, als eine Bewegung im Garten mich innehalten ließ. Der nächste Freigang war doch erst am späten Nachmittag! Eine der Hintertüren des Westflügels hatte sich geöffnet. Carl kam umständlich heraus und kurz darauf sah ich auch Edmond. Zwischen sich trugen sie eine Bahre, die mit einem Laken abgedeckt war. Ich hielt die Luft an.

Unter dem Tuch zeichneten sich deutlich die Umrisse eines Menschen ab.

Ich war noch nie unter Wasser. Doch sobald ich leise die Türklinke zum Dayroom herunterdrückte, umfing mich diese gedämpfte Atmosphäre, das Echo, das zu schnell zurückkam. Und dann war da noch der Hauch einer diffusen Bedrohung, die Gewissheit, dass die unmittelbare Umgebung viel mehr verbarg, als man in diesem Moment sah und jeden Moment etwas auftauchen könnte, mit dem man nicht gerechnet hatte. Genau so stelle ich es mir unter Wasser vor.

Ein Blick in die Runde zeigte ein mittlerweile sehr bekanntes Bild. Die Morgensonne malte Schattenbilder der gekreuzten Bogenfenster, über denen ein kreisrundes Fenster thronte, auf den Boden. Edmond hatte mir stolz erzählt, dass selbst dieses ganze Licht zu den modernen Therapiemaßnahmen in Rose Hill zählte.

Wenn das modern war, wie war es hier dann vorher gewesen?

Einige Patienten standen vor den Fenstern und starrten hinaus, andere saßen am Rande des Raumes und schienen die Holzdielen zu betrachten.

Würde in meine Augen die gleiche Leere einziehen, wenn ich nur lange genug hier wäre?

Die restlichen saßen in Kleingruppen zusammen und redeten leise oder spielten Karten.

Mein Blick wanderte zur Kuckucksuhr, aus der um zwölf ein absurder Vogel herausschoss und seltsam fiepte. Beim ersten Mal hatte ich aufgeschrien und mich erschrocken umgedreht – für die anderen war es aber wahrscheinlich der Höhepunkt der Woche gewesen, so wie sie gelacht hatten. Das war einen Monat her und seitdem hatte ich kaum jemanden lachen hören. Es war erst zwanzig vor elf. Für einen Moment schloss ich die Augen. Noch so viele Stunden. Wie sollte ich durch den Tag kommen?

Monty winkte mir zu. »Caitlin, kommst du? Wir wollten doch Karten spielen.«

Ich ging zu seiner Gruppe rüber, die um einen der Tische saß. Nicht weit davon, aber etwas abseits, saß auch Lorna.

»Hier.« Monty legte einen Stapel Karten vor mir ab. »Du verteilst.«

Ich griff danach, obwohl ich eigentlich schreien könnte bei dem Gedanken, schon wieder Mau-Mau zu spielen. Doch Monty freute sich so sehr darüber und man konnte wenigstens eine weitere Stunde damit überstehen.

Wir hatten erst wenige Partien gespielt, als Edmond hereinkam. Sein Blick glitt durch den Raum und blieb an mir hängen. Er sah aus, als sei soeben die Rationierung der Süßigkeiten aufgehoben worden. Mit hastigen Schritten kam er auf mich zu, nahm einen Stuhl und setzte sich verkehrt herum darauf. Obwohl er sportlich gebaut war, sah er dabei ungelenk aus. Er holte sein Notizbuch hervor und ließ mich nicht aus den Augen. »Na, wie geht's uns heute?« Mit seinen Worten weht wieder dieser eitrige Geruch zu mir herüber.

»Wie es dir geht, weiß ich nicht, aber mir geht es blendend.«

»Du wirkst aber etwas bissig.«

»Das könnte daran liegen, dass ich vermute, dass jetzt die stundenlange Beobachtung wieder losgeht.«

Er legte den Kopf schräg. »Tut mir leid, strikte

Anordnung vom Prof. Wann immer er mich nicht braucht, beobachte ich dich. Wir müssen herausfinden, was die Anfälle auslöst.«

Ich warf eine Sieben auf den Kartenstapel und kündigte meine letzte Karte an. »Es wird in nächster Zeit aber kein Anfall kommen, das spüre ich.«

»Das hast du letztes Mal auch gesagt.«

Ich verdrehte meine Augen. »Das war doch etwas ganz anderes. Was macht ihr da hinten im Westflügel eigentlich die ganze Zeit?« Und warum tragt ihr verhüllte Menschen aus dem Hinterausgang? Waren sie etwa ... tot?

Meine Frage brachte ihn dazu, selbstgefällig zu grinsen. »Ich stelle hier die Fragen.«

Gespielt gleichgültig wandte ich mich wieder den Karten zu und sah, dass Monty ebenfalls eine Sieben hatte. »Ha, ha!«, sagte er und freute sich wie ein Kind.

»Wie hast du das wieder geschafft?«

Seine Gewinnquote grenzte an Unmöglichkeit.

Edmond ließ seinen Kugelschreiber klicken. »Dieses Gefühl ... kannst du es genauer beschreiben?«

Lucindas Schrei ertönte und ich ignorierte ihn so gekonnt wie die anderen.

»Das ist schwierig«, gab ich zu. »Es kommt aus der Magengegend ...«

»Also so wie Sodbrennen?«

Ich schüttelte den Kopf. »Es ist nicht greifbar. Vielmehr ist es eine gefühlte Gewissheit.«

Er notierte etwas. »Wie weit vor dem Anfall fühlst du es?«

»Nicht sehr weit. Vielleicht zwei oder drei Minuten.«

Schwester Britany kam herein und eilte auf Edmond

zu. Sie beugte sich zu ihm und flüsterte ihm etwas ins Ohr. Ich unterdrückte ein Schütteln.

Er stand auf und warf mir einen kurzen Blick zu, als hätte er mein Schaudern bemerkt. »Wir machen später weiter.« Eilig verließ er den Raum.

»Habt ihr eine Ahnung, was sie im Westflügel die ganze Zeit machen?«

Monty schüttelte den Kopf, Lorna starrte weiter in die Leere. Flint und Lucinda konnten auch nicht helfen und zuckten mit den Schultern.

»Schwester Agnes?«, rief ich durch den Raum. Sie kam zu uns herüber. »Was machen der Professor und die Schwestern eigentlich im Westflügel?«

Sie zögerte eine Sekunde und senkte ihren Blick.

Bevor sie antworten konnte, spürte ich es. Vielleicht, weil wir so viel darüber geredet hatten. »Oh nein«, entfuhr es mir und die Schwester sah mich mit geweiteten Augen an. Ich sprang auf, um aus dem Raum zu rennen, denn ich hasste es, wenn mir andere dabei zusahen. Doch ich schaffte es nur bis in die Mitte des Raumes. Dann wurde alles schwarz.

Schweißüberströmt wachte ich in meinem Bett auf und brauchte einen Moment, um mich zu orientieren. Erst als mein Blick auf das Waschbecken fiel, wusste ich, dass ich nicht zu Hause, sondern im Sanatorium war. Stimmt, der Anfall. Danach war ich so erschöpft, dass ich den restlichen Tag auf meinem Zimmer verbracht habe. Ich musste eingeschlafen sein. Dafür war ich nun hellwach, dabei war der Morgen vermutlich noch weit entfernt.

Ich streckte meine Arme, um meinen Rücken zu dehnen, der vom vielen Liegen schmerzte. Und zuckte zusammen, als ein gellender Schrei ertönt. Gleich darauf noch einer. Es war wieder diese sich überschlagende Stimme, die bei mir eine Gänsehaut auslöst. Doch diesmal hörte ich auch einen flehentlichen Unterton.

Was sollte ich nur tun?

Ich wünschte, ich hätte jemanden zum Reden. Am liebsten meine Mutter. Ich war alt genug, um ohne sie zurechtkommen, aber jetzt merkte ich wieder, wie sehr ihr Verlust noch immer schmerzte. Sie wusste immer eine Lösung für all meine Probleme. Was würde sie jetzt tun?

Vermutlich würde sie sagen »Liebes, wie soll ich dir helfen, wenn du selbst noch nicht weißt, worum es geht?« Und damit hatte sie recht.

Entschlossen schlug ich die Decke zurück und schwang meine Beine aus dem Bett. Ich erschauderte, als die Kälte aus dem Steinfußboden in meine nackten Füße kroch. Der dünne Stoff meines Nachthemds fühlte sich wie Butterbrotpapier an, als er an meinen Waden herunterglitt, während ich aufstand. Ich verfluchte mich selbst, dass ich keinen Bademantel eingepackt hatte.

Damals hatte ich immer noch geglaubt, dass ich meinen Vater umstimmen könnte, und hatte eher willkürlich einige Kleidungsstücke in den Koffer geworfen. Sonst hätte ich auch viel mehr Bücher eingepackt. Und Hausschuhe. Ich griff nach einer der kratzigen mausgrauen Wolldecken, die vermutlich aus Kriegszeiten übrig geblieben waren, und legte sie wie ein Dreieckstuch um meine Schultern. Dann schlich ich zur Tür und drückte mit angehaltenem Atem die Klinke herunter.

Vorsichtig streckte ich zuerst meinen Kopf in den Flur und lugte nach links und nach rechts. Es war alles ruhig und leer. Das Mondlicht, das durch die Fenster hereindrang, war hell genug, um mir den Weg zu weisen. Auf Zehenspitzen tapste ich den Flur entlang und wäre fast gestolpert, als ein weiterer durchdringender Schrei durch die Nacht schnitt. Ich zwang mich selbst, ruhig zu atmen und ging weiter.

Ebenso vorsichtig wie meine Zimmertür öffnete ich die Tür zum Dayroom, die jedoch leise knarrte, und durchquerte ihn. Er hielt noch immer etwas Wärme, sodass ich überrascht war, als mir die kühle Luft des nächsten Flurs entgegenschlug. Hatte jemand die Eingangstür offen gehalten? Eigentlich war sie immer fest verschlossen.

Ich schluckte meine Angst herunter, zog die Decke enger um mich und passierte mit angehaltenem Atem die Räume der Mitarbeiter. Endlich kam die Tür zum Westflügel. Im Mondschein wirkte die weiß gestrichene Tür bedrohlich und ich zögerte, bevor ich die Hand nach der Klinke ausstreckte.

Ich wollte sie herunterdrücken und machte mich darauf gefasst, schon bald auf den unerbittlichen Widerstand verschlossener Türen zu stoßen, doch die Klinke glitt problemlos nach unten.

Doch was war das? Ein scharrendes Geräusch erklang und ließ mich in meiner Bewegung erstarren. Dann spürte ich feuchtwarme Luft in meinem Nacken. Ich fuhr herum und erkannte eine aschgraue Person im fahlen Licht.

»Willst du zu mir?«, fragte sie mit abschätziger Stimme.

KAPITEL 8

Dalina

Als Dalina in Brighton aus dem Zug stieg und sich vor dem Bahnhof umsah, entdeckte sie ein verwaistes Taxi auf dem Park-and-Ride-Streifen und ging darauf zu. Sie liebte den Anblick der aristokratisch anmutenden schwarzen Gefährte, die so vollkommen anders waren als die aufdringlichen amerikanischen Kanarienvogel-Versionen. Der Fahrer, der sie offensichtlich kommen sah, faltete die Zeitung zusammen und stieg aus, um das Gepäck zu verstauen. »Was führt Sie nach Mayfield?«, begann er das Gespräch, nachdem Dalina auf der Rückbank Platz genommen hatte.

»Familienangelegenheiten«, antwortete Dalina knapp. Der Fahrer horchte auf. »Oh, Sie haben hier Familie?«

»Ich hatte. Mittlerweile wohnen wir in den USA, wie Sie wahrscheinlich heraushören. Aber meine Großmutter hat hier mal gelebt.

»Ach ja? Wie ist ihr Name? Vielleicht kenne ich Ihre Familie. Dalina zögerte. Dann rang sie sich doch zu einer Antwort durch: »Das bezweifle ich, denn sie hat nicht direkt im Dorf gelebt.«

Der Fahrer nickte verständnisvoll. »Also auf dem Hügel. Da hat Ihre Mutter aber Glück gehabt. Das Sanatorium war damals eines der fortschrittlichsten seiner Zeit. Es hatte in den Fünfzigern den besten Ruf in ganz England, weil dort einige große Erfolge erzielt wurden.«

»Ach wirklich?«, fragte Dalina interessiert. Das hörte sie zum ersten Mal und es freute sie – ansonsten waren über die frühen Jahre in einer Psychiatrie oft grausame Dinge zu hören.

»Der Leiter des Sanatoriums wurde mehrmalig ausgezeichnet. Wir sind noch heute sehr stolz auf ihn, aber damals hat der Bürgermeister sogar eine Straße nach ihm benannt. Die Berker Street führt den Hügel hinauf, direkt zum Sanatorium.«

»Beeindruckend! Das wusste ich nicht.«

»Nun ja, wir mögen ein verlassenes Nest sein, aber auch wir haben unsere berühmten Persönlichkeiten«, sagte der Fahrer schmunzelnd. Dann bog er in eine Gasse ein und hielt an. »So hier wären wir. Das Little Daisy Bed & Breakfast.«

»Vielen Dank«, sagte Dalina und nahm das Gepäck von ihm entgegen.

»Wie hieß denn jetzt Ihre Mutter?«, erkundigte sich der freundliche Taxifahrer.

Dalina lächelte über seine Beharrlichkeit. »Woodrow«, sagte sie und unterdrückte ein Seufzen. »Caitlin Woodrow.«

Der Taxifahrer riss seine Augen auf. »Woodrow!?«

Dalina nickte, obwohl ihr in dem Moment klar wurde, dass sie den Mädchennamen hätte nennen sollen. »Kennen Sie sie etwa?«

Der Taxifahrer schüttelte etwas zu schnell seinen Kopf. »Ich muss weiter«, sagte er und ließ sie grußlos stehen.

KAPITEL 9

Caitlin

Endlich hatte der Frühling seine wärmende Hand über das Land gelegt, die trägen Grashalme zum Leben erweckt und die tristen Zweige sprießen lassen. Monty und ich hatten uns für einen Spaziergang im Park entschlossen und genossen die frische Luft. Ich war gern hier draußen, auch wenn der Garten mit den kahlen Bäumen und Sträuchern momentan noch trostlos wirkte, aber immerhin entging ich so Edmonds Blicken. Sie fühlten sich an, als würden sie meine Arme hochkriechen, unter den Kragen meines Kleides bis auf meine Haut wandern und dort jeden Millimeter auskundschaften.

Egal, wie sehr ich mich schüttelte und wand, ich konnte sie nicht verscheuchen.

Er besaß nicht mal den Anstand, den Blick abzuwenden, wenn ich ihn ansah.

»Wollen wir den Geheimgang gehen?« Monty trug die übliche Begeisterung in seiner Stimme und ich nickte lächelnd. Wir bogen in einen schmalen moosbewachsenen Steinweg am Rande des Gebäudes ein, der bis in den weitläufigen Park führte. Kurz bevor wir den See erreichten, tauchte am anderen Ende des Weges eine Gestalt auf. Es war Carl, der Hausmeister, erkannte ich, als wir uns einander näherten. Seine Kleidung war dreckverschmiert und er trug eine Schaufel über die Schulter. Was hatte er im Park gemacht?

»Tach«, murmelte er, als sich unsere Wege kreuzten, und nickte uns zu, ohne stehen zu bleiben.

»Warum kennt er den Geheimgang?«, zischte Monty mir zu.

»Anscheinend ist er ein ebenso guter Entdecker wie du«, antwortete ich, um ihm seine schöne Illusion nicht zu nehmen, denn der Geheimgang war alles andere als geheim. Aber er hatte etwas märchenhaftes und ich mochte ihn ebenso gern wie Monty.

Diesmal gingen wir am Ende des Weges nach rechts, da ich dort noch nie gewesen war. Ich mochte es, neue Bereiche zu erkunden. Mittlerweile kannte ich jedoch fast alles vor dem massiven Zaun mit den furchteinflößenden Spitzen, der das weitläufige Gelände begrenzte. Auch das Haus kannte ich mittlerweile fast so gut wie den Inhalt meines Koffers. Neulich hatte ich mich sogar zu der ausladenden Treppe geschlichen. Die gesamten oberen Stockwerke waren eigentlich gesperrt, aber zum Glück blieb bei der Unterbesetzung des Pflegepersonals keine Zeit, dies zu kontrollieren. Ich war wie ein Geist die Stufen hochgehuscht, von der jede einzelne hellblau bemalt und mit einem eisernen Blumenemblem verziert war. Oben angekommen hatte ich systematisch die Räume abgesucht. Vielleicht gab es ja noch etwas, das wir unten gebrauchen konnten?

Auf jeden Fall hatte ich eine Nähmaschine und wunderschönen Blümchenstoff entdeckt, der nur dazu benutzt wurde, um Möbel abzudecken. Vielleicht könnte ich damit Trennwände für den Schlafsaal nähen. Die Patienten hätten so immerhin ein wenig Privatsphäre.

Der Park wirkte nun wie ein Wäldchen und zu meinem Entzücken stießen wir bald auf ein Häuschen aus roten Backsteinen. »Oh, was ist das denn?«

»Das ist das Pförtnerhaus.« Monty war stolz, dass er meine Frage beantworten konnte.

»Wie hübsch«, entfuhr es mir, als wir näher kamen. Voller Entzücken betrachtete ich den Erker und die Holzbalken, die das typische Fachwerkmuster bildeten. Ich trat an das Fenster und konnte nicht anders, als meine Augen mit den Händen abzuschirmen, um in das Innere zu spähen. Drinnen standen ein paar große Boxen und Möbelstücke, die mit Tüchern verhangen waren. Außerdem gab es einen riesigen Kamin. Es war ein Jammer, dass es leer stand. Ein gepflasterter Pfad führte um das Haus und ich machte mich auf den Weg, um das Haus zu umrunden. Monty folgte mir, wie ein Küken seiner Mutter.

Auf der Rückseite, zwischen zwei leeren Blumenkübeln, entdeckte ich es und blieb so abrupt stehen, dass Monty in mich hineinlief.

»Was hast du?«

»Ein Fahrrad!«, flüsterte ich ehrfürchtig, da mir

bereits tausende neue Möglichkeiten durch den Kopf gingen, die es mir eröffnen könnte. Ich war seit Ewigkeiten nicht gefahren, aber hieß es nicht immer, dass man es nicht verlernen könne?

»Das nehmen wir mit«, beschloss ich und begann sogleich die Eimer und Kisten, die den Weg versperrten, zur Seite zu räumen. Die Reifen waren platt und die Kette abgesprungen. Mit einem alten Stück Stoff entfernte ich Spinnweben und war dabei so aufgeregt wie ein Kind zu Weihnachten.

Quietschend setzte es sich in Bewegung, als ich es vom Haus wegschob und ich lächelte während des gesamten Rückwegs.

»Lass uns gleich im Schuppen nachsehen, ob das richtige Werkzeug vorhanden ist.« Als wir auf das Gebäude zusteuerten, wo neben der Werkstatt auch der Unterstand für den Kleinbus und Professor Berkers Wagen war, hörten wir Geräusche. Recht eindeutige Geräusche. Genau genommen, die Laute, die ich aus meiner Kindheit kannte. Sie drangen immer mal wieder aus dem Schlafzimmer der Nachbarwohnung zu uns. Und wenn Tom und ich nachfragten, was es war, war es meinen Eltern äußerst unangenehm.

»Weißt du was, lass uns doch lieber erst ins Haus gehen. Vielleicht erlaubt der Professor gar nicht, dass ich das Rad nutze, dann wäre es unsinnig, jetzt schon die Werkzeuge mitzunehmen.«

Monty lauschte. »Was ist das?«

»Keine Ahnung. Komm, lass uns weitergehen. Ich bin auch hungrig. Vielleicht gibt uns Marigold einen Snack.« Mit Zwischenmahlzeiten war Monty eigentlich immer zu locken.

»Da ist doch jemand im Schuppen. Lass uns hallo sagen.«

»Ich habe irgendwie so ein Gefühl, dass diese Menschen gerade nicht gestört werden wollen.«

Doch Monty ging weiter auf die Tür zu. »Monty, warte!« Ich stürmte hinterher, die Stöhngeräusche wurden lauter.

»Vielleicht braucht jemand unsere Hilfe!«, sagte er besorgt, während ich nach seinem Arm griff und versuchte, ihn zurück zum Haupthaus zu ziehen.

»Ich bin mir ganz sicher, dass es ihnen gut geht«, flüsterte ich, da man uns drinnen bestimmt schon hören konnte, und zog noch mal an seinem Ärmel, als das ekstatische Stöhnen schneller und lauter wurde.

Alarmiert griff Monty nach der Klinke und stieß die Tür auf. Ich versuchte ihn vom Eingang wegzuzerren, denn ich hätte ihm die Szene, die sich uns bot, gern erspart. Mit offenem Mund starrte er auf Schwester Edith, die sich mit den Armen auf das Dach von Professor Berkers Bentley stützte. Die Strumpfhose hing um ihre Knöchel, das Schwesternkleid war hochgeschlagen. Den Po hatte sie Edmond entgegengereckt, der direkt hinter ihr stand.

Panisch blickte sie uns an.

Edmond fing sich schneller wieder. Zu meinem Entsetzen grinste er schäbig, griff nach den drallen Hüften der Schwester, die sich ihm soeben entziehen wollte und fing vor unseren Augen an, hart in sie hinein zu stoßen.

»Na, möchtest du auch mal?«, fragte er herablassend.

Ich zog Monty zurück und knallte die Tür zu. Das sollte als Antwort genügen.

»Also darf ich damit ins Dorf fahren?« Mit hoffnungsvollen Augen sah ich Professor Berker an. Er schaute von seinen Papieren hoch. »Natürlich, du bist hier schließlich keine Gefangene. Lass dir von Carl den Code für das Tor geben. Wenn du mich jetzt entschuldigst, ich habe noch zu tun.«

»Ach so, da gibt es noch etwas, dass ich gern fragen wollte.«

»Ja, Caitlin?«

»Mich würde interessieren, was Sie eigentlich im Westflügel machen.«

Er antwortete nicht sofort, daher schoss ich noch ein »Ich finde Therapien sehr spannend« hinterher.

Professor Berker lachte auf, als hätte ich etwas Lustiges erzählt. »Nun hör aber auf. Das geht wirklich zu weit. Du bist Patientin.«

Als er mein betrübtes Gesicht sah, sagte er: »Sagen wir einfach, ich tue alles, was in meiner Macht steht, damit es den Patienten besser geht.«

»Aber ich höre manchmal Schreie.«

Er erstarrte kaum merklich, dann sah er mir fest in die Augen. »Manchmal muss es einem erst schlechter gehen, bevor es einem besser geht.«

~

Draußen begann ich sofort, das Fahrrad zu reparieren. Es tat gut, eine Aufgabe zu haben. Die Kette hatte ich nach einigen Versuchen wieder auf das Zahnrad bekommen, aber ehrlich gesagt hatte ich keine Ahnung, wie ich die Reifen flicken sollte. Dabei hatte ich in der kleinen Tasche unter dem Sattel sogar Flickzeug entdeckt, doch sowas hat früher immer mein Bruder Tom für mich gemacht. Ich konnte nicht ohne den obligatorischen Stich in meinem Inneren an ihn denken. Nach neun Jahren sollte es besser sein, doch die Lücke, die er hinterlassen hat, schmerzte noch immer wie ein abgeschnittener Finger.

Ich kniete vor dem Fahrrad, die Hände gefleckt vom Kettenfett und sah aus den Augenwinkeln, wie Braylee im Garten spazieren ging. Es war ein merkwürdiges Bild, den wandelnden Wandschrank zwischen den zögerlich sprießenden Rosenstöcken zu sehen. Er wirkte in sich versunken, als nehme er die Welt um sich herum nicht wahr. Vielleicht war es ja auch so.

Ich wendete mich wieder dem Rad zu und schnaufte frustriert, als es mir wieder nicht gelang, den Mantel vom Reifen zu lösen, um an den Schlauch zu gelangen. Das Klappen der Hintertür riss mich aus meiner Konzentration und kurz darauf sah ich Lorna, die sich fröstelnd die Arme rieb und mich betrachtete. Ich richtete mich auf und deutete auf das Fahrrad. »Damit werde ich ins Dorf fahren.«

Ich wunderte mich über ihre strahlend weißen Zähne und erkannte im gleichen Moment, dass es daran lag, dass ich sie noch nie lächeln gesehen hatte.

»Vielleicht kannst du ja mal mitkommen«, schlug ich vor und jetzt strahlte sie sogar.

»Schön«, sagte sie und fast wäre ich zusammen gezuckt, obwohl ihre Stimme seidig war. Instinktiv ging ich nicht darauf ein, dass sie noch nie mit mir gesprochen hatte und fragte sie einfach, ob wir reingehen sollten. Planlos liefen wir durch das Haus, das uns mit dem Schließen der Tür wieder in seine Zeitlupenwelt aufgenommen hatte. Ich sah Braylee durch das Fenster, der weiter durch die verschlungenen Gartenwege lief und dachte an Lorna, die so oft wie möglich versuchte, an meinen Aktivitäten teilzuhaben.

Jeder hier schien genauso an der grässlichen Eintönigkeit zu ersticken, wie ich selbst. Das konnte einfach nicht gesund sein.

Wir kamen am Schlafsaal vorbei und Lorna zögerte.

»Möchtest du zu deinem Bett?«

Vehement schüttelte sie ihren Kopf. Ich setzte aus Gewohnheit zu einer weiteren Frage an, die sie mit einer Kopfbewegung beantworten konnte, als ich sie etwas flüstern hörte.

»Dort ist es einfach nur schrecklich.«

~

Als ich Stunden später in meinem eisigen Bett lag und den Geräuschen im Haus lauschte, gingen mir Lornas Worte durch den Kopf.

Sie hasste den Schlafsaal.

Ich erinnerte mich an das beklemmende Gefühl, das ich hatte, als ich dort schlafen musste.

Sie war eine junge Frau, nur wenige Jahre älter als ich. Warum sollte es ihr anders gehen? Und auch den anderen, Monty, Flint, Lucinda und selbst Braylee. Nur weil er einschüchternd wirkte, hieß es noch lange nicht, dass nicht auch er sich nach ein wenig Privatsphäre sehnte. Letztendlich waren wir doch alle Menschen mit den gleichen Bedürfnissen. Aber mit der Personalknappheit war nicht daran zu denken, dass jeder ein Einzelzimmer bekam.

Gab es eine Möglichkeit, ihnen trotzdem zu helfen?

Fieberhaft suchte ich nach Möglichkeiten und sank erst spät in einen unruhigen Schlaf, aus dem ich bereits wenig später von der Morgenglocke herausgerissen wurde. Gähnend machte ich mich auf den Weg in den Frühstücksraum, stutze aber, als ich im Nebengang Schwester Edith und Schwester Britany miteinander wispern hörte.

Schnell drückte ich mich zurück in eine Nische und hielt den Atem an. Erzählte sie ihr etwa von der Sache im Schuppen? Doch es schien um etwas anderes zu gehen. Schwester Edith hatte den Kopf in den Händen vergraben und massierte sich mit den Fingerkuppen die Stirn. »Und dann habe ich ihm 70 mg von dem Calcium Chlorid und Coramine Gemisch gegeben, aber er hat sich immer noch nicht geregt.«

Ich konnte leider nicht hören, was die andere antwortete und hörte als nächstes: »Nein, der Professor war unauffindbar. Er war wahnsinnig wütend – hat mich angeschrien, dabei habe ich mich doch genau an seine Anweisungen gehalten«, sagte sie mit erstickter Stimme.

Direkt vor mir ging die Tür zum Essensraum auf. Ich unterdrückte mein Erschrecken, löste mich von der Wand und tat so, als sei ich gerade erst den Flur entlang gekommen.

Braylee kam heraus und warf mir einen finsteren Blick zu.

»Guten Morgen«, sagte ich freundlich und er gab ein Knurren zurück.

Beim Frühstück belagerte Monty mich und spannte mich danach zum Kartenspielen ein, sodass ich erst kurz vor dem Mittagessen dazu kam, wieder über das seltsame Gespräch nachzudenken. Warum war Schwester Edith so verzweifelt gewesen? Ich wünschte, ich könnte einfach zum Professor gehen und ihn fragen.

Ich machte mich auf den Weg zur Hintertür, die in den rückwärtigen Rosengarten führt. Mit einem schabenden Geräusch fuhr der Riegel zur Seite und ich trat hinaus. Gierig sog ich die frische Luft ein, die den Grauschleier aus meinem Kopf vertrieb und genoss den Hauch vom Frühling, der darin lag. Endlich. Die winterliche Kargheit machte das Leben in Rose Hill noch unerträglicher und ein paar freudige Strahlen der Sonne machten vieles lebendiger.

Während ich mich zum Fahrrad wandte, seufzte ich innerlich – ich hatte keine Ahnung, wo ich ansetzen musste. Dann stutzte ich. Zwei pralle Reifen, fest wie die aufgeplusterten Wangen eines Kindes, blickten mir entgegen.

Suchend ließ ich meinen Blick über die zart sprießenden Rosenstöcke, die Buxushecke und durch die kahlen Bäume wandern. Ich konnte niemanden entdecken. Kurz entschlossen schwang ich mich auf das Rad und wagte eine Proberunde. In den feinen Steinen zeigten sich schon bald die Schlangenlinien, die ich fuhr. Dann erinnerten das Fahrrad und ich uns daran, wie es richtig ging und wir nahmen Fahrt auf. Der Wind fuhr mit kalten Fingern durch die Knöpfe meines Kleides, ließ meinen Rock flattern und ich fühlte mich so glücklich und frei wie ein Vogel.

Dann entdeckte ich von meiner erhöhten Position jemanden in grauer Kleidung mit einem gesenkten, kahlen Kopf im Teil des Gartens hinter der Hecke spazieren. Als ich ihn erreichte, stand er vor dem See und beobachtete, wie das Wasser in immer größer werdenden Ringen an das Ufer schwappte. Das Quietschen meiner Bremsen zerstörte den friedlichen Moment, doch Braylee sah weiterhin auf das Wasser hinaus.

»Hast du das Fahrrad repariert?«

Erst dachte ich, er würde meine Frage ignorieren, doch dann wandte er sich mir zu und sah mich an, als hätte ich ihn beleidigt. »Ich konnte es nicht ertragen, wie du dich mit dem Ding abgemüht hast«, blaffte er mich an, vergrub die Hände in den Taschen und setzte sich wieder in Bewegung.

Langsam fuhr ich neben ihm her. »Danke, auf jeden Fall!« Ich hatte beschlossen, seinen mürrischen Tonfall zu ignorieren und mich auf dem Inhalt zu konzentrieren. »Wo hast du das gelernt?«

Er zuckte mit den Schultern. »Ich bin Mechaniker.«

Dann sah er mich zum ersten Mal richtig an, und auf einmal wirkte er gar nicht mehr so wütend wie sonst.

Am Nachmittag radelte ich ins Dorf.

Diesmal war ich besser vorbereitet und hatte eine Jacke angezogen. Noch einmal blickte ich zum Sanatorium zurück, das mit seinen Fenstern so wirkte, als würde es mein Tun aus der Ferne beobachten.

Danach schwang ich mich auf das Rad. Bäume und Sträucher sausten blitzschnell an mir vorbei, denn ich holte alles aus meinem neuen Gefährt raus, was möglich war.

Rose Hill hieß nicht umsonst »hill«, also »Hügel«, denn es lag weit oben, über dem Dorf. Ich hatte daher eine wahnsinnige Geschwindigkeit drauf, als ich Mayfield erreichte. Zu spät realisierte ich, dass dies ein Fehler war, denn die rostigen Bremsen hatten ihre besseren Tage lange hinter sich gelassen. So fest ich konnte, zog ich sie wieder und wieder an und ging dazu in den Rücktritt. Es knatschte und quietschte, jedoch wurde ich nur minimal langsamer. Die Straße machte eine enge Kurve und noch immer war ich viel zu schnell unterwegs.

Sollte ich mich vom Rad fallen lassen? Eine Hauswand raste auf mich zu oder war es umgekehrt? Ich konnte schon die einzelnen Steine sehen und begann zu schreien.

Kurz vor dem Zusammenprall kniff ich die Augen zusammen. Dann wurde ich zur Seite gerissen.

»Hoppla!«

Langsam machte ich die Augen wieder auf und blinzelte. Ein junger Mann mit modernem Seitenscheitel und viereckiger Brille lachte mich an. »Das wäre beinahe schief gegangen.«

»Ja, vielen Dank für Ihre Rettung!« Er war zu mir gesprintet, hatte mich festgehalten und dadurch vom Fallen bewahrt.

»Ich habe dich noch nie hier gesehen – ich darf doch »Du« sagen, oder?«

»Gerne.« Seine andere indirekte Frage umging ich erst mal. Ich wusste nicht, wie er darauf reagieren würde. Doch so einfach ließ er mich nicht entkommen.

»Bist du hier zu Besuch?«

»So ähnlich«, sagte ich und konnte offensichtlich

nicht verhindern, dass mein Blick den Hügel hoch wanderte.

»Du kommst vom Sanatorium. Arbeitest du dort?«

Ich biss mir auf die Unterlippe und sein Gesicht nahm einen erschreckten Ausdruck an. Schnell erklärte ich die Situation. »Ich habe ... Fallsucht.«

»Epilepsie?«

»Ja, genau.« Den Fachbegriff hatte ich mit Absicht nicht verwendet. »Du bist gut informiert.«

Er zuckte die Schultern. »Berufskrankheit.«

»Du bist Arzt?«

»Nein.« Lachend ließ er den Fahrradlenker los und bückte sich nach ein paar Büchern, die er in der Eile fallengelassen hatte. »Ich verwalte das hiesige Archiv und die Bibliothek.« Wie zum Beweis hielt er die in dunklem Leder gebundenen Bücher hoch.

»Ich wusste nicht, dass es hier eine Bibliothek gibt.« Noch während ich den Satz aussprach, kam ich mir blöd vor, schließlich wusste ich rein gar nichts über Mayfield. Nicht mal die Einwohnerzahl oder wo die Hauptstraße war.

»Sogar die umfangreichste in ganz Südengland.« Er konnte den Stolz, der in seiner Stimme mitschwang, nicht verbergen. »Komm doch vorbei, wenn du Lust hast. Es ist die zweite Nebenstraße, hinter dem Rathaus, du kannst es gar nicht verfehlen.« Er zögerte einen Moment. »Wobei, vielleicht doch ... der Eingang ist ziemlich unauffällig. Aber es gibt ein Schild.« Er winkte ab. »Du wirst es schon finden. Komm einfach vorbei!«

»Das mache ich gern«, versicherte ich ihm und es stimmte. Ich liebte Bücher und auch, wenn ich nichts über Mayfield wusste, so ahnte ich doch, dass sich die

Beschäftigungsmöglichkeiten in Grenzen halten würden.

»Warte noch kurz«, rief ich ihm hinterher.

Er hielt inne und drehte sich zu mir um.

»Wo ist die Hauptstraße?«, fragte ich ihn und seinem Fingerzeig entnahm ich, dass ich mich bereits auf der Main Street befand.

Wie erwartet, gab es nicht wirklich viel zu sehen. Ein paar Minuten verweilte ich vor einem Hauswarengeschäft und war beeindruckt von der Masse des Angebots. Da wir auf Rose Hill aber rundum versorgt wurden, gab es nichts, was ich brauchte. Ich lief weiter und entdeckte eine kleine Post.

Kurz darauf passierte ich eine entzückende Chocolaterie, die gerade eröffnet worden war. *Homemade Mayfield Fudge* stand in Schnörkelschrift auf einem sonnengelben Schild. Allein bei dem Gedanken lief mir das Wasser im Mund zusammen. Ich erlaubte mir, vor dem hellgrün gestrichenen Gitterfenster neben der passenden Bogentür stehenzubleiben. Entzückt begutachtete ich die liebevoll verzierten Pralinen, die ein Heidengeld kosteten, denn Süßigkeiten waren noch immer rationiert. Für einen Moment spielte ich mit dem Gedanken, mir dennoch eine Kleinigkeit zu leisten. Mein Vater hatte mir ein großzügiges Taschengeld da gelassen, doch dann verwarf ich ihn. Es gab sicherlich etwas Sinnvolleres, wofür ich das Geld nutzen konnte.

Nach ein paar weiteren Metern kam ich an einer Apotheke vorbei, auf deren Spitzdach ein großer

Schornstein thronte, dann hatte ich auch schon das Rathaus erreicht. Es war nur ein wenig breiter, als ein normales Stadthaus, doch mit seinen drei Stockwerken und einem großen Turm und zwei kleineren im Hintergrund, hatte es doch etwas Eindrucksvolles. Der nach oben hin schmaler werdende Bau war mit dem obligatorischen Wetterhahn und einer riesigen Uhr ausgestattet. Es war gerade mal eine halbe Stunde vergangen, seit ich hier war und offensichtlich gab es nichts mehr zu sehen.

Da ich jedoch keine Lust hatte, bereits den Rückweg anzutreten wandte ich mich in die nördliche Richtung vom Rathaus und bog in die Straße ein, die der Bibliothekar mir zuvor beschrieben hatte.

Nach einigen Metern entdeckte ich ein kleines Schild, das an einem geschwungenen Messinghaken angebracht war, der in die Gasse hineinragte. Jetzt verstand ich, was er mit »unscheinbar« gemeint hatte. Der Eingang der Bibliothek versteckte sich zwischen zwei Mauervorsprüngen und war so schmal, dass selbst ich Sorge hatte, ob ich frontal hindurchpassen würde.

Hätte nicht auf einem hellgelben Bogen über der Tür in Großbuchstaben »Archiv & Bibliothek« gestanden, hätte ich sie niemals hier vermutet. Zum Glück stand die Tür offen.

Ich lehnte mein Fahrrad an die Mauer und trat in die Dunkelheit. Eine Steintreppe führte nach oben. Dort empfing mich ein überraschend großer Raum, der nur aus dunklem Holz und Büchern zu bestehen schien. Es roch nach Zedernholz, Leder und Büchern. In der holzvertäfelten Decke waren Oberlichter eingebaut. Überall ragten unzählige meterhohe Regale in den Raum, jedes davon übervoll mit Büchern. Vereinzelt standen Tische aus demselben Holz herum, an dessen Rändern sich ebenfalls Bücherregale im Kleinformat befanden. Es war das wahr gewordene Paradies eines jeden Bücherwurms.

Mit den Fingern fuhr ich über das hölzerne Geländer, das den Lesebereich begrenzte, als der Bibliothekar mit einem Stapel Bücher in der Hand aus einer der hinteren Regalreihen kam.

»So schnell hätte ich dich nicht wieder erwartet«, sagte er mit einem leichten Lachen. »Ich bin übrigens Adrian.«

Ich stellte mich ebenfalls vor und wir tauschten ein paar Belanglosigkeiten aus, bevor ich ihm sagte, weswegen ich gekommen war. »Es gibt ehrlich gesagt eine Sache, die ich gern recherchieren würde.«

Seine Augen erwachten sofort zum Leben. »Darf ich erfahren, was es ist? Vielleicht kann ich dir bei deiner Suche behilflich sein.«

»Ich ...« Für einen Moment betrachtete ich die Schnallen an meinen Schuhen. Ich war nicht sicher, ob ich ihn einweihen konnte. Aber andererseits, was hatte ich zu verlieren? »Ich würde gern etwas darüber lesen, ob es Dinge gibt, die den Heilungsprozess im Sanatorium unterstützen könnten. Also abgesehen von den Therapien ... Ich habe gemerkt, dass es mir unglaublich guttut, eine Aufgabe zu haben und das hat eigentlich keiner im Sanatorium. Deswegen habe ich überlegt, ob es nicht hilfreich wäre, wenn wir alle etwas zu tun hätten und vielleicht hat ja schon jemand darüber etwas geschrieben.«

Adrian legte den Bücherstapel auf den nächsten Schreibtisch und ging ein paar Schritte auf mich zu.

»Das ist eine hervorragende Idee! Ich helfe dir sehr gern. Setz dich einfach hier hin und ich übernehme den Rest.«

Er rückte einen Stuhl hinter dem ersten Schreibtisch zurück und sah mich auffordernd an.

Die nächsten Stunden verbrachte ich an genau diesem Tisch unter dem Licht der schummerigen Lampe und Adrian brachte mir stapelweise Bücher. Man merkte, dass er vollkommen in seinem Element war, denn er war unermüdlich. Trotzdem fand ich lange nichts, was mir weiterhalf. Doch als ich kurz davor war aufzugeben, griff ich nach einer dünnen Zeitschrift und entdeckte etwas Erstaunliches. Ich setzte mich ruckartig aufrecht hin.

Adrian kam herbeigeeilt. »Hast du etwas gefunden?«

»Ja, ich glaube schon. Hier!« Ich deutete auf das medizinische Fachblatt, das vor mir lag. »Es ist ein Artikel von einem William Rush Dunton. Er sagt, dass Beschäftigung ein menschliches Grundbedürfnis ist und eine sinnvolle Beschäftigung deswegen therapeutisch sein kann.« Meine Augen überflogen noch einmal den Text.

»Beschäftigung hat einen positiven Effekt auf die Gesundheit und das Wohlbefinden, da sie den Alltag strukturiert und dem Leben Sinn gibt. Es ist dabei zu beachten, dass jeder Mensch andere Beschäftigungen wertschätzt«, las ich vor. Meine Gedanken flogen sofort zu Braylee, dem es anscheinend gefallen hatte, mein Rad zu reparieren, was ich wiederum anstrengend fand.

»Genau, wie ich vermutet hatte.« Das Papier knisterte, als ich es aufgeregt in die Höhe hob. »Darf ich das mitnehmen?«

Adrian bekam einen gequälten Gesichtsausdruck. »Eigentlich sind Zeitschriften für den Präsenzbestand«

Ich muss wirklich kläglich ausgesehen haben, denn kurz darauf fügte er hinzu: »Aber ich werde für dich eine Ausnahme machen. So groß ist die Nachfrage hier schließlich momentan sowieso nicht.« Er nickte in den leeren Raum. »Trage dich einfach auf dieser Leihkarte ein.«

~

Ich fühlte mich, als würde die Energie in mir sprudeln, obwohl ich ächzend den Hügel hinaufradelte. So einfach der Weg hinunter gewesen war, so sehr hatte ich jetzt zu kämpfen.

Aber das störte mich kaum, denn gedanklich war ich nur bei dem Artikel in der Fachzeitschrift. Jetzt, wo ich meine vage Vermutung bestätigen konnte, gab mir das ganz andere Möglichkeiten.

Professor Berker hatte gesagt, dass er nach den neusten Methoden arbeitete. Vielleicht würde er es auch mit dieser Ergotherapie, wie sie hieß, versuchen?

Als ich das Eisentor hinter mir schloss, erinnerte ich mich, wie missmutig ich bei meiner Ankunft gewesen war. Davon war nichts mehr zu spüren. Auch, wenn man gegen meine Epilepsie offensichtlich wenig tun konnte, denn hier hatte sich nichts geändert, könnte ich vielleicht den anderen helfen.

Ich stellte das Fahrrad neben die Hintertür und schlüpfte hindurch. Wie sollte ich meine Erkenntnisse dem Professor am besten nahebringen? Lautes Geschrei und Gepolter schlugen mir entgegen und unterbrachen meine Gedanken.

Alarmiert rannte ich den Flur hinunter zum Aufenthaltsraum, aus dessen Richtung der Lärm gekommen war. Je näher ich kam, desto lauter wurde es. Mittlerweile konnte ich Braylees Stimme erkennen und ein Gewirr aus anderen. Was war denn bloß los? Ich riss die Tür auf und sah, wie Braylee von Edmond und den drei Schwestern umringt war und krampfhaft versuchte, einer Zwangsjacke zu entkommen. Kehlige Laute, wie die eines Tieres, drangen aus seinem Mund und in seinem Blick lag etwas Irrationales.

Edmond holte aus und stach eine Spritze in seinen Hals, woraufhin Braylee zusammenklappte wie ein Buch. Von Schwester Britany und Edith gestützt, wurde er aus dem Raum geführt.

Schwester Agnes blieb bei uns und ich lief auf sie zu. »Was ist denn passiert?«

»Braylee hatte wieder einen seiner Ausraster«, sagte sie, während sie Blutflecken vom Boden wischte. Erst hinterließ es hellrote Schlieren zwischen den Blumenfliesen, dann wischte sie erneut drüber und es war weg. »Warum tue ich mir das eigentlich an?«, hörte ich sie murmeln.

»Was wird mit ihm geschehen?«

»Er wird jetzt in die Isolation genommen.«

Braylee tat mir leid. So eine Einzelverwahrung war mit Sicherheit schrecklich. Bevor ich noch weiter darüber nachdenken konnte, kamen Professor Berker und Edmond in den Aufenthaltsraum. Sie trugen zwei riesige Stühle, es folgten die zwei Schwestern, die ebenfalls diese Ungetüme mit sich trugen. Wortlos gingen sie wieder hinaus und holten weitere Stühle, so lange bis achtundzwanzig im Raum standen. Ich schluckte, denn ohne Braylee waren wir achtundzwanzig Patienten.

Professor Berker klatschte in die Hände. »Alle mal herhören bitte. Der Ausfall oder vielmehr der Ausraster heute von Braylee war kein Einzelfall. Da wir euch nicht ständig bewachen können, werdet ihr die Tage zu eurer eigenen Sicherheit fortan auf diesen komfortablen Sicherungsstühlen verbringen. Bitte sucht euch einen Platz und wartet bis Edmond oder eine der Schwestern euch fixiert hat.« Er wollte den Raum verlassen und ich sprach ihn an, sobald ich meine Stimme gefunden hatte. »Professor!?«

Mit einem milden Lächeln kam er auf mich zu und umschloss meine Hand mit seinen Fingern. »Caitlin. Es tut mir leid, aber ich kann für dich keine Ausnahme machen, nur weil deine Mutter und ich ...« Er unterbrach sich selbst. »... weil deine Mutter und ich uns sehr nahe standen. Auch du bist Patientin.« Mit den Worten verließ er den Raum und es fühlte sich an, als wäre die Temperatur zeitgleich um einige Grade gesunken.

Einige der Patienten nahmen tatsächlich in einem der Stühle Platz, andere rührten sich nicht von der Stelle. Auch ich wartete erst mal ab. Schließlich kam Edmond zu mir und wollte mich zum letzten freien Stuhl führen.

»Edmond, das könnt ihr doch nicht machen ...«

Sein Lachen rief eine Gänsehaut auf meinen Armen hervor. »Es ist nur zu eurer Sicherheit«, sagte sein Mund, doch seine Augen widersprachen.

»Zu meiner Sicherheit? Ich gefährde doch niemanden.«

»Ach ja? Und was ist, wenn du wieder einen deiner Anfälle hast? Kannst du garantieren, dass du keinen anderen Patienten in Mitleidenschaft ziehst?«

»Nein, das kann ich nicht. Aber wie du weißt, spüre ich es meist kurz vorher, wenn ein neuer Anfall kommt. Zum anderen weißt du genau, dass sie meist so heftig sind, dass auch diese Gurte nichts bringen werden.«

Sein Grinsen erinnerte an einen Wolf. »Darüber würde ich mir keine Sorgen machen.« Er legte meinen Arm auf die ausladende Lehne des Stuhls und zurrte den Ledergurt so fest, dass er sich in meine Haut fraß. »Diese Stühle sind genau für so etwas konzipiert. Sie haben extra feste Gurte. Es ist unmöglich, zu entkommen.«

KAPITEL 10

Dalina

Dalina drückte auf den Klingelknopf, der von schnörkeligem Messing eingefasst war, und hörte bald darauf Treppenstufen im Inneren des Hauses knarren. Eine rundliche Frau um die siebzig mit dünnen Lippen, Lachfalten um den Augen und großen Kreolen in den Ohren öffnete ihr die Tür. »Sie müssen Dalina sein, herzlich willkommen! Kommen Sie nur herein. Ich bin Marjorie, ich zeige Ihnen Ihr Zimmer.«

Dalina folgte ihr die Treppe mit den teppichbezogenen Stufen hinauf und fand sich kurz darauf in einem Zimmer mit antik anmutenden Möbeln wieder. Es gab ein riesiges Bett, das üppig mit Decken und Kissen beladen war, einen Nachttisch mit geschwungenen Beinen, einen Lesesessel und einen dunklen Schrank.

Von mehreren Regalen und überall wo es sonst möglich war, reckten ihr Rehe aus Porzellan die Köpfe entgegen. Aus allen Ecken und Winkeln starrten sie Dalina freundlich grinsend und manchmal etwas ängstlich an.

Marjorie hatte ihr währenddessen für die familiäre Atmosphäre das Du angeboten.

»Handtücher sind im Bad und Frühstück mache ich täglich von sieben bis neun. Passt das?«

»Ja, vielen Dank.«

»Und für jetzt habe ich einen kleinen Afternoon Tea vorbereitet. Das ist ein Service des Hauses für alle neu ankommenden Gäste. Ich habe sogar frische Scones gebacken. Komm einfach herunter, wenn du soweit bist.«

Dalina zwang sich zu strahlen. »Wie lieb, das wäre aber wirklich nicht nötig gewesen.« Viel lieber hätte sie sich mit einem Buch auf den Sessel gekuschelt – so entspannte sie am besten.

»Doch, doch. Mir ist es sehr wichtig, dass Sie sich hier wohl fühlen.«

Als Dalina eine Viertelstunde später die schmale Treppe wieder hinunterging, wartete in der Küche bereits ein gedeckter Tisch auf sie.

»Bitte, nimm Platz«, sagte Marjorie, während sie duftenden Tee aus einer filigranen Kanne in eine geblümte Tasse schenkte.

»Hier sind die Scones und in den kleinen Gefäßen sind Clotted Cream und Marmelade.« Sie schob alles in Dalinas Richtung und griff dann selber beherzt zu.

»Erzählen Sie doch erst mal, was führt Sie den weiten Weg über den Ozean zu uns?«

Ehe Dalina antworten konnte, wurde die Tür aufgerissen. Eine Frau mit Wollmütze, unter der granatapfelrote Haare hervorlugten, streckte ihren Kopf herein. »Mum, hast du noch große weiße Laken, die du entbehren kannst?«

»Madeline, ich habe einen Gast.«

»Oh, Entschuldigung.« Die Frau schien Dalina erst jetzt wahrzunehmen und nickte ihr kurz zu. »Hallo. Was ist jetzt mit den Laken, Mum?«

Marjories Augen verdichteten sich. »Doch nicht etwa für eine Protestaktion!?«

»Die Luxushotels werden das Ende von Mayfield sein! Willst du, dass nur noch Frauen im Nerzmantel mit Chihuahua in der Handtasche durch das Dorf laufen? Denkst du, es steigt noch jemand in dein zugestelltes B&B ab, wenn sie in einem Hotel mit Spa und Golfplatz wohnen können?«

Marjorie sah so verletzt aus, dass Dalina Mitleid bekam.

»Du weißt, wie ich zu der Sache stehe«, sagte sie leise.

Mit einem entnervten Seufzen dreht die junge Frau sich um und stiefelte davon.

Marjorie räusperte sich und lächelte Dalina an. »Bitte entschuldigen Sie die Unterbrechung. Meine Tochter ist manchmal etwas ... impulsiv.

Wo waren wir stehen geblieben? Sie wollten gerade erzählen, was Sie herführt, nicht wahr?«

Einen Moment überlegte sie, dann entschied sie, dass sie der gutherzigen Frau ruhig sagen konnte, wie es war.

»Meine Mutter hat geerbt. Leider kann sie nicht kommen, daher bin ich hier für die Testamentseröffnung.«

Marjorie beugte sich vor und zog den mit Marmelade beschmierten Scone zurück, in den sie soeben beißen wollte. »Ach wirklich? Ich wüsste nicht, dass in letzter Zeit jemand gestorben ist.«

»Es ist schon länger her. Es hat lediglich gedauert, bis wir ausfindig gemacht wurden.«

»Tatsächlich?« Sie hatte es noch immer nicht geschafft, vom Scone abzubeißen, und irgendwas sagte Dalina, dass dies nicht oft vorkam. »Und wer ist das wohl, den sie beerbt hat?«

»Er heißt Nyle Berker.«

Ihrer Hausdame fiel das Gebäck aus der Hand.

»Professor Berker?«

KAPITEL 11

Caitlin

Sie meinten es wirklich ernst. Jeden Tag brachten sie uns pünktlich nach dem Frühstück zu unseren Stühlen. Stunde um Stunde spürte ich, wie sich das Holz in meine Hüftknochen bohrte, während ich versuchte, aus den Flecken an der Wand Bilder zu erkennen, oder beobachtete, wie die Blätter der Bäume unermüdlich im Wind flatterten.

Lediglich zu den Mahlzeiten kamen wir wieder frei und zum Schlafen natürlich. Ich kann mich nicht erinnern, wie viele Stunden ich damit verbrachte, dem rhythmischen Ticken der Uhr zu lauschen und die Sekunden zu zählen, um mir zu beweisen, dass die Zeit doch verging – oder qualvoll versuchte, das Ticken zu ignorieren. Jedes einzelne schnitt in meine Seele und machte mir schmerzhaft bewusst, wie sehr meine Lebenszeit hier vergeudet wurde, da sie ins Nichts floss.

Wie oft versuchte ich, auch ohne Hände mein linkes Knie zu kratzen? Anstarren allein half zumindest nicht.

Meine Gedanken flogen immer wieder zu meinem Vater. Er wäre außer sich, wenn er wüsste, was sie hier mit uns machten. Mein Blick blieb immer wieder an dem Telefon hängen, das für Notfälle auf einem Ecktisch stand. Es so nah zu wissen und doch nicht benutzen zu können, war eine Qual.

Anfangs musste ich noch innerlich über mich selbst lachen, voller Verzweiflung, denn ich hatte zuvor in der Bibliothek herausgefunden, wie wichtig sinnvolle Beschäftigung war. Nichts von alldem war mehr möglich und ich würde mittlerweile eine weitere Partie Mau-Mau mit Monty so aufregend finden wie eine Achterbahnfahrt.

Wenigstens saß mir Lorna in ihrem Stuhl gegenüber. Manchmal schnitten wir Grimassen oder hoben gleichzeitig in einer bestimmten Reihenfolge unsere Fingerkuppen an, um uns zu unterhalten. Mehr ging nicht.

Ich kann ich nicht genau sagen, wie viel Zeit vergangen war, als er den Raum betrat.

Aber ich konnte mir gut vorstellen, wie wir für ihn ausgesehen haben müssen.

Wie eine Reihe aufgeregter Frettchen.

In gleichmäßigen Abständen, in den übergroßen Stühlen sitzend, reckten wir unsere Köpfe hoch und starrten ihn mit erwartungsvollen Augen an. Ein fremdes Gesicht war ein spektakuläres Abenteuer in unserer Welt aus Eintönigkeit.

Mit flatterndem weißen Kittel lief er einige Schritte in den Raum. Wut kroch in seine Augen, als er unsere ledernen Fesseln entdeckte.

»Ist das immer so?«, fragte er mit einer sehr tiefen Stimme Lorna, die ihm am nächsten war.

Sie nickte unsicher.

»Wie lange?«

Jetzt zuckte sie mit den Schultern. Ich hätte ihm gern geantwortet, doch auch ich hatte mittlerweile den Überblick verloren.

»Vierunddreißig Tage, sechs Stunden und achtundvierzig Minuten.«

Flint sah zufrieden aus, nachdem er die Angabe gemacht hatte.

Der dunkelhaarige Doktor schnaubte und verließ mit lauten Schritten den Raum.

Wenig später drangen Wortfetzen eines hitzigen Gesprächs zu uns herüber. Etwas wie »unangemessen«, »18. Jahrhundert« und »nicht mehr zeitgemäß« war herauszuhören und ich wagte es, eine leise Hoffnung zu schöpfen.

Dann wurde es still.

Später kamen die drei Schwestern, Edmond und der neue Arzt herein und machten sich daran, bei jedem einzelnen von uns die Fixierung zu lösen.

Ich hatte das Glück, dass der Unbekannte sich schon bald an meinem Stuhl zu schaffen machte und ich flüsterte ihm dankbar zu:

»Haben Sie das arrangiert?«

Er warf mir einen resignierten Blick zu und

murmelte eine Antwort, die ich nicht verstehen konnte, trotzdem dankte ich ihm und rieb meine Handgelenke, deren Haut durch die einschneidenden Riemen ganz rot war.

Während die Schwestern und Ärzte damit beschäftigt waren, die Stühle wieder zurückzuschieben, standen die Patienten zögerlich im Raum herum - so als hätten wir alle vergessen, wie Sozialkontakte funktionierten.

Alle außer Monty wohlgemerkt.

Er streckte die Arme in die Lüfte und rief theatralisch

»Juchuuu, endlich sind wir wieder frei!« und viele von uns mussten grinsen.

Danach stürmte er auf Lucinda, Flint, Lorna und schließlich auch auf mich zu und schloss uns tief in die Arme. »Ist es nicht großartig, dass wir endlich wieder rumlaufen können?«, fragte er und ich stimmte ihm zu. »Wollen wir Karten spielen?«

»Vielleicht später.« Auch wenn ich mich bis vor kurzem noch darauf gefreut hatte, wollte ich meinen Kopf erst mal für etwas anderes freihalten. Aus den Augenwinkeln beobachtete ich den neuen Arzt. Jede seiner Bewegungen wirkte energiegeladen, so als brenne in ihm ein loderndes Feuer. Ich hatte das Gefühl, dass wenn man genau hinsah, man die einzelnen Funken aus ihm sprühen sehen konnte.

Hatte es ihn so erzürnt, dass wir fixiert worden waren?

Das würde sehr für seinen Charakter sprechen.

Aber sollte er sich dann nicht jetzt mit uns freuen? Sein inneres Feuer fand jedoch lediglich neues Futter, denn hinter seinem Blick brodelte es.

Ich sah mich noch einmal um. Noch immer herrschte Aufregung. Also nutzte ich die Gunst der Stunde und schlich mich so langsam wie möglich in den Flur.

In den Flur der Angestellten.

Mit angehaltenem Atem und auf Zehenspitzen zählte ich die Türen zu meiner Rechten ab und als ich die siebte erreicht hatte, legte ich meine Hand auf die Klinke. Ohne auch nur das geringste Geräusch zu verursachen, drückte ich sie herunter – und wunderte mich selbst darüber, dass dies gelang. Da mir das Schicksal anscheinend wohlgesonnen war, betrat ich das Büro des Professors und schloss die Tür hinter mir. Schnell entdeckte ich, was ich gesucht hatte.

Das Telefon stand auf dem edlen Mahagoniholz-Schreibtisch. Ohne noch weiter zu zögern, wählte ich Vaters Nummer. Bereits nach dem dritten Klingeln hob er den Hörer ab und ich wäre fast in Tränen ausgebrochen, als seine vertraute Stimme an mein Ohr drang.

»Vater«, schluchzte ich auf.

»Caitlin!« Ich konnte die Sorge in seiner Stimme hören. »Geht es dir gut?«

»Bitte! Du musst mich hier abholen, ich halte es keinen Tag länger aus.«

»Was ist denn passiert? Ich komme natürlich!«

»Sie haben …« Ich kam nicht dazu, den Satz zu beenden. Als ich die gedämpften Stimmen durch die Tür hörte, warf ich den Telefonhörer sofort auf die Station zurück. Sekunden später öffnete sich die Tür und ich sah in die verdutzten Gesichter von Professor Berker, Edmond und dem neuen Arzt.

Der Professor trat auf mich zu. »Caitlin, was machst du hier?«

Mit Mühe schaffte ich es, ihn freundlich anzulächeln. »Ich … Ich wollte mit Ihnen sprechen.«

Sein Gesicht verfinsterte sich. »Dann platzt du einfach so in mein Büro rein?«

»Tut mir leid. Ich … Ich ...«

Wahrscheinlich war es nicht die beste Idee, aber ich konnte mich nicht davon abhalten, das zu sagen, was ich als Nächstes sagte.

»Anscheinend habe ich durch den fehlenden Kontakt zur Außenwelt in den letzten Wochen vollkommen meine guten Manieren verloren. Ich bitte aufrichtig um Entschuldigung.«

Nur der Neue verstand meine Anspielung, denn in seiner Miene spiegelten sich Skepsis und Belustigung zugleich.

Professor Berker wurde sofort wieder freundlich. »Das macht doch nichts, mein Kindchen. Aber ich muss dich bitten, ein anderes Mal wiederzukommen. Lass dir von Schwester Agnes für morgen einen Termin geben, bitte. Heute habe ich noch eine dringende Dienstbesprechung.« Er gestikulierte zu seinen Mitarbeitern. »Edmond. Nathaniel.«

Ich nickte und verließ den Raum. Auf dem Weg zurück zum Dayroom versuchte ich, mich selbst immer wieder zu beruhigen.

Nicht mehr lange, nicht mehr lange. Schon bald wird Vater hier sein und dann nimmt er dich mit nach Hause und alles wird gut.

Zumindest für mich. Nur ungern ließ ich Lorna, Monty und all die anderen hier zurück, aber vielleicht konnte ich auch außerhalb des Sanatoriums etwas für sie tun.

Als ich später am Abend zu meinem Zimmer lief, traf ich auf Edmond. Zum Glück war es, noch bevor ich durch die Zwischentür zum Nordflügel gegangen war. Doch zu meiner Überraschung zog er mich genau dort hin. Er hatte doch nicht etwa mein Geheimnis entdeckt?

»Was soll das?«

Edmond setzte sein schmieriges Grinsen auf.

»Ich dachte mir, es interessiert dich bestimmt, dass wir in der heutigen Dienstbesprechung für deine kleine Freundin Lorna eine Einzeltherapie festgelegt haben.«

Der Tonfall, in dem er sprach, verhieß nichts Gutes. »Einzeltherapie? Was bedeutet das?«

»Ach, nichts Besonderes. Nur dass die gute Lorna zwei Wochen lang in einer gemütlich gepolsterten Zelle mit ganz weichen Wänden verbringen wird, damit sie sich nicht weh tut, wenn sie sich gerade ganz tüchtig darüber ärgert dort zu sein.«

»Jeder würde in einer solchen Zelle ausrasten!«, erboste ich mich. »Warum tut ihr Lorna das an?«

Edmond zuckte mit den Schultern.

»Ihr Zustand hat sich in den letzten zwei Jahren, seitdem sie hier ist, kaum geändert. Deswegen ist es an der Zeit, neue Maßnahmen auszuprobieren.«

»Und ob sie sich geändert hat! Allein in den drei Monaten, die ich hier bin, ist sie viel zugänglicher geworden. Vielleicht versucht ihr es einfach auf dem falschen Weg?«

»Willst du etwa die hochkarätige Meinung des Professors anzweifeln?«, fragte er mit hochgezogenen Augenbrauen.

»Der Professor hat keine Ahnung von Lorna. Er sieht sie ja kaum. Die meiste Zeit verschwindet er in diesem unzugänglichen Trakt, was auch immer ihr dort treibt …«

Ich erkannte, dass Edmond meine einzige Chance war. »Bitte, kannst du dich nicht für sie einsetzen? Ich bin mir sicher, dass ihr eine Isolation nicht guttun würde.«

Edmond kam langsam auf mich zu. Mir wurde übel, als sich sein Geruch in meine Nase schlängelte.

Er legte einen Arm um mich, und ehe ich wusste, was geschah, legte er seine andere Hand auf meinen Oberschenkel und ließ diese gemeinsam mit einem Stück meines Kleides nach oben wandern.

»Nun ja, wenn du dich ein wenig erkenntlich zeigst, bin ich mir sicher, dass ich etwas für dich tun kann.«

In dem Moment, wo ich mich aus seiner Umarmung wand, hörte ich eine Stimme vom Ende des Flures. »Entschuldigung, ich wollte nicht stören!«

Noch bevor einer von uns antworten konnte, war der neue Arzt schon durch die Tür verschwunden.

»Du Widerling!«

Ich freute mich, wie gut es mir gelungen war, all meine Abscheu in meine Stimme zu legen.

Edmond ließ sich nicht beeindrucken.

Er verschränkte die Arme.

»Ich nehme an, das heißt, dass du dich nicht für deine kleine Freundin einsetzen willst?

Die Kirchturmuhr von Mayfield schlug dreimal und ich wusste, dass es endlich sicher genug sein sollte, mich mal wieder auf eine Tour durch die eisigen Flure zu begeben. Ich zog mir eine hässliche aber sehr kuschelige Strickjacke über, die mir Marigold netterweise mitgebracht hatte, als ich einmal mein Dilemma mit dem fehlenden Bademantel erwähnt hatte.

Dann schlüpfte ich noch in Wollsocken, damit ich extra leise über die steinernen Böden, die trotz des Frühlings eine klamme Kälte ausstrahlten, schleichen konnte. Auch wenn nur Halbmond war, leuchtete dieser hell genug, um mir meinen Weg durch die Flure zu leiten. Die Fenster mit den gekreuzten Streben warfen immer noch lange Schatten auf den Boden, aber mittlerweile war ich hier nachts schon so oft entlang geschlichen, dass ich mich sogar daran gewöhnt hatte. Wenn man ganz genau hinhörte, hörte man das leise Summen des Hauses - was mir wie immer eine gewisse Sicherheit gab. Außerdem hatte ich diesmal nicht vor, in den verbotenen Trakt vorzudringen.

Nein, diesmal hatte ich mein Ziel schnell erreicht. Als ich die Tür zum Schlafsaal öffnete, schlug mir abgestandener Geruch entgegen. Der feste Atem von siebenundzwanzig Menschen und ein leises Schnarchen war zu hören. Ich zählte die Reihen ab, bog in die fünfte ein, von der ich wusste, dass Lorna dort ihr Bett hatte.

Ich hatte mir vorher schon überlegt, wie ich sie am besten wecken konnte, ohne sie zu ängstigen, doch als ich an ihr Bett trat, wand sie mir sofort den Kopf zu und schlug die Augen auf, die mich mit einem fragenden

Blick musterten. Ich gestikulierte ihr, mir zu folgen. Wir gingen gemeinsam zurück in den Flur, wo ich sie in eine Nische zog. Natürlich fragte sie mich nicht, was los war, aber ihr erstaunter Blick sagte alles.

»Hör mal, Lorna, ich habe erfahren, dass sie vorhaben, dich in eine Isolationszelle zu stecken. Das wird mit Sicherheit grauenvoll. Zwei Wochen lang ganz ohne Kontakte. Das kann ich nicht zulassen, wir müssen etwas dagegen tun!«

Ich sah die Angst in ihrem Gesicht, als sie nickte.

»Es würde sicherlich schon reichen, wenn der Professor sieht, dass du dich positiv entwickelst. Und das tust du doch auch, oder? Fühlst du dich nicht schon ein wenig besser?«

Lorna nickte erneut langsam.

»Das dachte ich mir. Also, bitte tu mir den Gefallen, und zeig dem Professor auf irgendeine Art und Weise, dass es dir inzwischen besser geht. Ich denke, so könnten wir es vielleicht noch verhindern, dass du für so lange Zeit ganz allein in eine Zelle musst.«

Nun sah sie mich skeptisch an.

»Bitte!« Schon zum zweiten Mal heute legte ich alles Flehentliche in meinen Blick, was ich in meiner Seele finden konnte.

»Bitte Lorna, du musst es versuchen! Ich verspreche auch, dass wir danach was gegen diesen grässlichen Schlafsaal machen. Vielleicht kannst du auch einfach eins der Einzelzimmer belagern und für die anderen nähen wir wenigstens Trennwände, damit jeder ein bisschen Privatsphäre hat.«

Lorna starrte vor sich hin.

Ich berührte sie leicht an der Schulter. »Ich bin ohne

dich doch aufgeschmissen«, flüsterte ich und deutete mit dem Kopf auf die Umgebung.

Sie sah mich an und ein leichtes Lächeln umspielte ihre Lippen.

Nachdem ich mich von Lorna verabschiedet hatte, stahl ich mich wie ein Mäuschen zurück zu meinem Zimmer. Als ich die Tür zum Nordflügel öffnete, stieß ich jedoch gegen einen warmen Körper und sah zunächst nur einen weißen Kittel, der leicht aschgrau aussah. *Edmond!*, dachte ich im ersten Moment, doch dann realisierte ich, dass der Geruch, der vom Körper ausging, angenehm war. Ein sanfter Hauch von Seife und Kiefernholz.

Der Neue, dieser Nathaniel, wie ich aufgeschnappt hatte, sah mich düster an. »Sie nutzen diesen Flur hier ja ganz schön aktiv.«

«Ja. Ich … Ich«.

Mir fiel keine Ausrede ein. Die Toiletten konnte ich nicht nehmen, da diese in der anderen Richtung lagen. »Ich hatte etwas zu erledigen.«

»Mitten in der Nacht?«

»Manchmal gibt es eben dringende Angelegenheiten, die keine Minute länger warten dürfen.«

Ich überlegte einen Moment. Vielleicht könnte der neue Arzt mir sogar helfen?

Er wirkte zwar, als würde eine Gewitterwolke über ihm schweben, aber immerhin hatte er uns auch aus der Fixierung befreit. Sicher stand er den Behandlungsmethoden ähnlich kritisch gegenüber wie ich selbst.

Ich nahm meinen Mut zusammen und gestand in

ihm mein Anliegen. »Es geht um Lorna. Ich habe gehört, dass sie ab morgen für zwei Wochen in die Isolation soll. Das dürfen Sie auf keinen Fall zulassen! Sie macht gerade so gute Fortschritte und wenn sie wieder von uns abgeschnitten wird, wird ihr das auf keinen Fall guttun.«

Der Neue zog seine Augenbrauen zusammen. »Woher haben Sie diese Information?«

»Von Edmond. Er ...«

Er unterbrach mich. »Wenn Sie Ihre privaten Beziehungen nutzen, um in die Therapiemethoden hineinzupfuschen, dann ist es kein Wunder, wenn hier kaum ein Patient Fortschritte macht. Wie lange geht das schon so mit Ihnen und Edmond?«

»Nein, so ist es auf keinen Fall! Edmond und ich sind kein -«

Doch er wandte sich schon wieder zum Gehen und fiel mir erneut ins Wort. »Ach wissen Sie was, ich will's gar nicht wissen. Es geht mich nichts an.«

»Aber Sie verstehen nicht!«

Er winkte ab.

»Tun Sie's für Lorna!«, rief ich ihm halb flüsternd hinterher.

Er blieb stehen, drehte sich langsam um, und musterte mich. »Glauben Sie mir, Isolationszellen sind das geringste Problem, das wir hier im Moment haben.«

KAPITEL 12

Dalina

Vor dem Notartermin am nächsten Tag schlenderte Dalina durch die Kopfsteinpflaster-Gassen von Mayfield. Nachdem sie eine steinerne Brücke passiert hatte, erstreckte sich vor ihr bereits die Hauptstraße. Graue Häuser aus Feldsteinen, einige mit kleinen Erkern, andere mit Efeu bewachsen, gaben dem Dorf etwas so Uriges, dass es ihr das Herz aufgehen ließ. Sie passierte einen Pralinenladen mit lila Marquise, einen Gemischtwarenladen und einen kleinen Supermarkt. Sie kaufte eine Tüte Kräuterbonbons und erkannte, dass sie diesem Village-Shop vor einer dieser charakterlosen Riesenhallen in den USA immer den Vorzug geben würde.

Selbst das Rathaus ließ ihr Herz höher schlagen,

denn es versuchte das, was ihm an Größe fehlte, durch mehrere Türmchen wieder wettzumachen. Warum war sie nicht schon viel eher hierher gekommen? England war herrlich, selbst das Wetter war blendend und nicht so schlecht, wie alle behaupteten – und das im Herbst.

Der Hauptstraße folgte sie bis zum Ende und hörte dort das Meer rauschen, sodass sie einer Nebenstraße folgte, um noch etwas am Ufer entlangzulaufen. Sie hielt ihre Nase der Sonne entgegen und ließ den Wind mit ihrem Haar spielen, bevor sie weiter schlenderte und beobachtete, wie die tosende Brandung gegen die Felsen peitschte. Sie ließ sich Zeit, denn momentan war sie ständig müde.

Als sie eine verwitterte Bank entdeckte, die irgendwann mal gelb gewesen sein musste, setzte sie sich dankbar darauf und genoss ein paar Minuten der Ruhe.

Was mochte dieser ominöse Professor Berker ihrer Mutter vererbt haben?

Und warum hatte ihre Granny ihn niemals erwähnt? Das war ihr ein Rätsel. Eigentlich hatte sie sich immer sehr gut mit ihrer Großmutter verstanden und die Ferienausflüge nach New England, wo diese in einer weißen Villa mit efeugrünen Fensterrahmen wohnte, sehr genossen. Sie starb, als Dalina erst vierzehn Jahre alt war und damals hatte sie wochenlang geweint.

Als ihre Uhr am Handy zeigte, dass sie sich langsam auf dem Weg zum Notar machen musste, erhob sich trotz ihrer Neugierde nur widerwillig.

Zu gern hätte sie noch mehr Zeit hier an der Küste verbracht. Dieser Ort hatte etwas Magisches. Sie fühlte sich auf Anhieb heimisch – so, wie sie es in Boston niemals gefühlt hatte.

Der Notar hatte sein Büro unweit des Rathauses und Dalina fand es daher problemlos. Auf der Glasscheibe stand in eleganten schwarzen Lettern *Immobilien und Nachlasspflege Glenn Hayes.* Sie betrat den Raum und ein Mann Ende dreißig mit zurückgegelten Haaren erhob sich von seinem Schreibtisch. Lächelnd kam er auf sie zu. »Ms Woodrow?«

»Ja, die bin ich.« Sie schüttelte seine Hand und wunderte sich, dass der Druck nicht so überfest war, wie sie es bei ihm erwartet hatte. »Aber bitte, nennen Sie mich doch Dalina.«

»Gern! Ich freue mich sehr, Sie endlich begrüßen zu dürfen. Es tut mir aufrichtig leid, dass es so lange gedauert hat, bis wir diese Testamentsvollstreckung beginnen konnten. Mein Vorgänger, Mister Herbart, war schon etwas … Wie soll ich sagen?«

Glenn strich seine glatten Haare zurück.

»Nun ja, er war schon etwas betagt und hat vielleicht auch deswegen seine Geschäfte nicht mehr so gewissenhaft geführt, wie es ein Notar sollte.«

Er ging zurück zu seinem hochmodernen Schreibtisch, der vor der linken Wand stand, und bedeutete ihr, auf dem Stuhl gegenüber Platz zu nehmen.

»Sie können sich nicht vorstellen, in was für einem Zustand die Büroräume und auch die Akten waren, als ich das Büro übernommen habe.

Es war alles noch auf Papier!

Er schien seinen Computer nur als Deko genutzt zu haben. Ich habe Monate gebraucht, um alles aufzuarbeiten und ein wenig Licht in das Chaos zu bringen.«

Er lachte freudlos auf und Dalina versuchte, ihn aufmunternd anzusehen.

»Als ich entdeckt habe, dass das Testament von Mister Berker schon so viele Jahre unangetastet herumliegt, dachte ich, ich könne meinen Augen nicht trauen. Mein Vorgänger hatte nur am Rand hauchdünn mit Bleistift notiert: *C. möchte nicht*. Und dann hat er die Sache anscheinend auf sich beruhen lassen. Keine Ansprache der nächsten Erben oder eine Einleitung auf Erbverzicht.« Glenn gestikulierte mit einigen Blättern in der Hand in der Luft herum. »Es ist wirklich schrecklich unangenehm, wie das gelaufen ist.«

»Kein Problem«, sagte Dalina. »Es war nicht Ihre Schuld und meine Mutter und ich haben nichts vermisst. Aber was haben wir denn nun eigentlich geerbt?« Sie richtete sich auf und versuchte unauffällig einen Blick auf das oberste Papier zu erhaschen, das Glenn in der Hand hielt.

Er legte die Papiere jedoch beiseite und zog eine hellbeige Mappe zu sich heran. Er zögerte, bevor er sie aufschlug, und tat dies dann in Zeitlupe. Dann lehnte er sich zurück, schlug seine Beine übereinander, nur um sie gleich danach wieder parallel zu stellen und seine Hände säuberlich neben die Akte zu legen. »Nun, die Sache ist die: Das Testament beinhaltet mehrere Posten. Da wäre seine Münzsammlung, die dreiundzwanzig Stücke umfasst – seine Sammlerleidenschaft war wohl erst relativ spät entflammt, denn sehr weit ist er ja nicht gekommen.« Er lachte über seinen Scherz, was Dalina in diesem Rahmen etwas unangebracht fand, auch, wenn sie Professor Berker nicht kannte.

Als Glenn merkte, dass Dalina nicht eingestimmt

war, fasste er sich schnell wieder und fuhr fort. »Des Weiteren hätten wir seinen Treuhandfonds in Höhe von 683.037,51 Pfund.«

Dalina klappte der Mund auf. Mit so viel hatte sie nicht gerechnet.

»Und nun kommen wir zu dem größten Posten: Das neun Hektar große Grundstück und«, er machte eine Kunstpause und warf ihr einen bedeutungsvollen Blick zu, »das gesamte ehemalige Rose Hill Sanatorium, das sich hier oben auf dem Hügel über Mayfield befindet.«

Dalina starrte ihn an. »Ist das … ist das Ihr Ernst?«, flüsterte sie.

Glenn nickte siegessicher.

»Ein Sanatorium? Ein ganzes Sanatorium? Das ist ja ... Das ... Das gibt es ja nicht!«

Glenn schlug wieder die Beine übereinander. »Doch das gibt es und wir haben es hier in Mayfield. Sie verstehen nun sicherlich, warum es so wichtig war, dass Sie herkommen.«

Dalina nickte beklommen. »Kann ich es sehen? In welchem Zustand ist es? Und was befindet sich mittlerweile darin?«

»Es steht schon seit mehreren Jahren leer. Wie der Zustand ist, kann ich Ihnen nicht sagen, da ich es alleine nicht betreten darf. Aber ich habe das hier.« Er wedelte mit einem Schlüsselbund. »Wenn Sie möchten, kann ich Sie gleich hochfahren und dann werfen wir zusammen einen Blick darauf. Ich könnte Sie sogar beim Verkauf beraten, sollte das infrage kommen, denn ich bin nicht nur Nachlassverwalter, sondern auch Immobilienmakler.«

»Na ja«, sagte Dalina zögerlich. Sie war hin- und

hergerissen zwischen dem Wunsch, das Sanatorium auf der Stelle zu sehen und dem Verlangen, dies ganz allein zu tun. »Also, wenn das nicht zu viele Umstände macht?«

»Absolut nicht.« Glenn stand auf und wirkte, als hätte er sehnsüchtig darauf gewartet. »Kommen Sie, mein Auto steht direkt vor der Tür.«

Sein Auto entpuppte sich als gelbes Cabrio, das für ein Schlechtwetterland wie Großbritannien vermutlich nicht die beste Wahl war. Es erinnerte sie an den Wagen, den George gefahren hatte und in den Dalina sich niemals freiwillig gesetzt hätte.

Anscheinend wollte Glenn ihr auch noch demonstrieren, was sein Auto unter der Motorhaube zu bieten hatte, denn er raste so schnell durch das Örtchen, dass Dalina in der Kurve an die Seite gedrückt wurde und sie dem Drang nicht widerstehen konnte, sich an dem Griff der Tür festzuklammern.

Glenn wertete das offensichtlich als Kompliment, denn er entblößte seine zu perfekte Zahnreihe, als er ihr einen Seitenblick zuwarf.

In einer Kurve glitzerte das Regenwasser des Vortags in der Beuge und Dalina sah einen Mann, groß wie ein Basketballspieler, den Bürgersteig entlanggehen. Mit Sicherheit hatte Glenn ihn auch gesehen, doch anstatt langsamer zu fahren, trat er aufs Gaspedal und nahm die Kurve so rasant, dass dieser Bär von einem Mann eine volle Ladung Wasser abbekam.

»Hey!«, rief er erbost und im Rückspielgel sah sie,

wie er mit den Händen über sein kariertes Hemd fuhr. Dalina machte sich in ihrem Sitz so klein wie möglich, aber durch das offene Verdeck war sie sicherlich trotzdem problemlos zu erkennen.

Glenn quittierte das Ganze nur grinsend mit einem übertriebenem »Ups!«

Durch seinen halsbrecherischen Fahrstil waren sie immerhin bereits nach wenigen Minuten oben auf dem Hügel und der Notar hielt vor einem leicht verrosteten dunklem Tor, in das eine Sonne eingearbeitet war. In eiserner Schnörkelschrift war *Rose Hill* zu lesen. Glenn war ausgestiegen, fingerte mit dem Schlüssel am Schloss herum und schob es kurze Zeit später weit auf, sodass sie hindurchfahren konnten.

Die Kiesauffahrt machte eine enge Kurve und Dalina traute ihren Augen kaum, als sie das Gebäude entdeckte. Das riesige, leicht verwitterte Herrenhaus mit Bogenfenstern und Pflanzen, die an den grauen Backsteinen emporkletterten, sah es aus, als wäre es direkt aus einem Märchen entsprungen. Sie liebte solche altehrwürdigen Häuser. Sollte dies hier nun wirklich ihnen gehören?

»Nicht schlecht, oder?«, erkundigte sich Glenn, stieg aus und warf schwungvoll die Tür zu.

»Allerdings.« Dalina kletterte in aller Ruhe aus dem Wagen, denn sie fühlte sich nicht imstande, den Blick vom Haus abzuwenden. »Insbesondere weil ich mit tausend Pfund und einer Zigarettenschachtel mit nur persönlich wertvollen Dingen aus Kriegszeiten gerechnet habe.«

Glenn lachte. »Dann wollen wir mal nachschauen, was Rose Hill von innen zu bieten hat.«

Sie folgte ihm die drei Treppenstufen hinauf und

beobachtete, wie er mehrere Schlüssel ausprobierte, bis er schließlich einen fand, der passte.

Als sie eintrat, hatte Dalina noch ein aufgeregtes Kribbeln gefühlt, aber die Bläschen lösten sich umgehend auf und wichen einem jähen Schock, als sie sich umsah. Sie standen in einem weiten Flur, mit einer gläsernen Flügeltür mit zerschlagenen Scheiben zu ihrer Rechten und einer Tür in einer Wand aus Glasbausteinen zu ihrer linken. Die Fenster waren nachlässig mit einigen Brettern zugenagelt. Vereinzelte Sonnenstrahlen schafften den Weg ins Innere. Der Boden aus grünen und weißen Karofliesen war mit Schutt, Dreck und allerlei Müll bedeckt. In jeder Ecke häuften sich Putz, kaputte Fliesen, Kabel und Stofffetzen.

Dalina atmete tief ein und bereute es im selben Moment, denn die Luft war abgestanden und so muffig, als würde noch dreißig Jahre alter Schweiß darin hängen.

»Oh«, sagte Glenn schlicht. Unter ihren Schuhen knirschte es, als sie ein paar Schritte gingen und die abgeschabte Flügeltür passierten.

Dalina erhaschte durch einige offenstehende Türen erste Blicke in die Zimmer. Verdreckte Regale, umgeworfene Stühle und wackelige Schreibtische. An den Wänden waren in Schwarz und Blau sinnlose Wörter und Namen gesprayt. Am Ende des Flures ließ sich schemenhaft das eiserne Gestell eines Krankenhausbettes erkennen. Es wirkte so verloren und fehl am Platz, dass Dalina eine Gänsehaut bekam.

Schmatzende Geräusche hallten an den Fliesen wider, als sie den Flur weiter durchschritten und Dalina sah, dass der Boden feucht war. War ihre Granny als junge Frau hier gewesen?

War sie über diesen Boden gelaufen?

Eine laute Melodie erfüllte den Flur.

Dalina zuckte zusammen. Der Ton wurde durch den Hall verzehrt und er wirkte wie aus einer anderen Welt.

Glenn tastete seine Sakkotaschen ab, zog ein Handy hervor und entschuldigte sich mit einer Handbewegung. Er verschwand in den nächstbesten Raum.

Dalina versuchte nicht zu lauschen, da er offensichtlich Privatsphäre wollte. Doch das Haus verschluckte ohnehin das Meiste, sie konnte lediglich heraushören, dass es kein freundliches Gespräch war, das er führte. Eher im Gegenteil. Als er zurückkam, war von seiner Wut jedoch nichts mehr zu bemerken.

»Es tut mir leid, aber ich muss leider zurück. Es hat sich etwas sehr Dringendes ergeben. Soll ich Sie mit zurücknehmen? Wir könnten morgen wiederkommen.«

Dalina überlegte einen Moment, dann schüttelte sie den Kopf. »Ich werde hierbleiben und mich noch ein wenig umschauen, wenn ich darf. Ich kann später zurück ins Dorf laufen. Ein kleiner Spaziergang macht mir nichts aus.« *Und ist gut für die Schwangerschaft,* ergänzte sie in Gedanken.

Glenn zögerte einen Lidschlag lang, holte den Schlüsselbund heraus und hielt ihn ihr zwischen Daumen und Zeigefinger hin.

»Natürlich *dürfen* Sie. Es ist schließlich Ihr Haus.«

Er lachte scheppernd. »Natürlich nur, wenn Sie das Erbe annehmen.« Dalina streckte die Hand aus und umschloss den Schlüssel so fest, dass er sich schmerzhaft in das Fleisch bohrte. »Danke.«

Als Glenn weg war, öffnete sie sporadisch immer wieder eine Tür und spähte in den Raum. Es war einfach nicht zu schaffen, jedes einzelne Zimmer anzuschauen. Zumindest, wenn sie nicht die Nacht hier verbringen wollte. Sie erschauderte allein bei der Vorstellung. Schon jetzt schien das Echo ihrer Schritte lauter, das Quietschen der Türen gequälter.

War es ein Fehler gewesen, allein hierzubleiben?

Sie öffnete die nächste Tür und war überrascht. Großzügiges Licht aus riesigen Bogenfenstern durchflutete den Raum. Eine dunkle Holzverkleidung lief halbhoch an der Wand entlang, begann aber an vielen Stellen zu schimmeln und die Tapete darüber blätterte ab. Auch hier gab es vereinzelte Graffiti, ein Stuhl mit offenen Sprungfedern, alte Eimer, Eisenstangen und Stofffetzen lagen herum. Doch durch die weißen Bogen, die über die hellblaue Decke liefen und die Bogenfenster miteinander verbanden und den Stuckelementen, war noch immer erkennbar, wie schön der Raum ein mal gewesen war.

Doch dann entdeckte sie an der Wand mit den beiden Türen eine verstaubte Kuckucksuhr, aus der ein obskurer Vogel wie eingefroren heraushing. Es wirkte so skurril, dass sich die Haare in Dalinas Nacken aufstellten. Schnell wandte sie den Blick ab.

Am hinteren Ende des Saals war in der rötlichen Wand eine kleine Bühne eingelassen worden. Dalina ging darauf zu und schloss für einen Moment die Augen. »Hast du hier einst deine Tage verbracht, Grandma?«, fragte sie sich still.

Und dann hörte sie es.

Ein Türenklappen. Gleich darauf schnelle Schritte. Dalina fuhr herum. Sie ging in die Richtung, aus der das Geräusch gekommen war. »Hallo?« Ihre Worte klangen abgehackt, als würde das Echo zu schnell zurückkommen.

Niemand antwortete.

Sie ging die letzten Schritte bis zur Tür, öffnete sie und gelangte in einen neuen Flur. Wieder ein Geräusch. Eine Art Kichern.

»Hallo, ist da jemand?«

Nun war es vollkommen still.

»Glenn? Bitte sagen Sie etwas, wenn Sie hier sind.«

Nichts. Dalina verharrte noch eine halbe Minute in ihrer Position und lauschte, doch es war nichts mehr zu hören. Vermutlich waren Vögel oder irgendwelche anderen Tiere in einen der oberen Räume eingedrungen. Sie schüttelte sich bei dem Gedanken, hier ganz allein einer fetten Ratte über den Weg zu laufen.

Sie verließ den hübschen Raum durch eine Tür, die entsetzlich knatschte, durchquerte einen weiteren langen Flur, an dessen Boden sich sogar einige Pflanzen dem Licht aus den Fenstern entgegenstreckten. Entschieden öffnete sie die nächste Tür. Sie betrat ein mittelblaues Zimmer. Das Fensterglas fehlte hier gänzlich, deswegen roch es viel angenehmer und Dalina sog die Luft in sich ein, als sie sich umsah. Auch hier blätterte die Farbe von den Wänden. Auf dem Fußboden hatten nur wenige Fliesen überlebt, der restliche Boden war von Schmutz übersät. Von diesem Zimmer ging eine weitere Tür ab, die sie vorsichtig öffnete. Im Inneren stand eine dunkle Messingwanne auf vier Füßen. Zu Dalinas Entzücken hatte sich hier ein Graffitikünstler die Mühe gemacht, die Silhouette einer Frau, die sich die Haare wusch über die Badewanne zu sprühen. Es gab dem Badezimmer so etwas Menschliches, das wunderschön und gruselig zugleich war. Sie holte ihr Handy heraus, um es zu fotografieren, als sie wieder schabende Geräusche hörte.

Diesmal eindeutig.

Und sie kamen näher. War also doch jemand hier? Und wenn ja, warum hatte die Person nicht auf ihr Rufen reagiert? Dalina ließ das Handy wieder in ihre Tasche gleiten und schlich auf Zehenspitzen zur Tür. Jetzt erkannte sie das Knatschen der Tür zum großen Saal, die sie kurz vorher passiert hatte. Vorsichtig lugte sie durch den Türspalt und drückte sich sogleich wieder in den Raum. Sie hielt die Luft an. Am Ende des Flurs zeichnete sich eindeutig eine dunkle Gestalt ab.

KAPITEL 13

Caitlin

Lorna überraschte mich am nächsten Tag. Ich hatte zwar gehofft, dass sie sich bemühen würde, meinen Ratschlag umzusetzen, aber doch war da diese leise Angst, dass sie es nicht schaffen würde. Nun musste ich wirklich anerkennen, dass sie *alles* gab.

Jedem, dem sie begegnete, lächelte sie zu. Während sie sonst die meiste Zeit in ihrem Essen herumstocherte, aß sie an diesem Morgen ihr gesamtes Frühstück auf und verfolgte aufmerksam die Gespräche am Tisch.

Im Dayroom setzte sie sich sogar an einen der Gruppentische beteiligte sich an den Spielen. Als Professor Berker, Edmond und Nathaniel zur Visite kamen, lächelte sie die drei an. Ich verneigte mich innerlich vor ihr, denn ich war nicht sicher, ob ich das an ihrer Stelle geschafft hätte.

Professor Berker schritt mit seinem Klemmbrett durch den Raum und gab bei jedem einzelnen Patienten verschiedene Anweisungen. Schließlich traten sie auf Lorna zu.

»Miss Bryson wird für einige Wochen in die Isolation gehen«, ordnete der Professor an.

Schwester Agnes sah überrascht auf. »Aber gerade heute scheint es ihr außerordentlich gutzugehen. Ich habe sie lange nicht so viele Fortschritte machen sehen. Ich denke nicht, dass die Isolation jetzt förderlich wäre.«

Edmond sah aus, als hätte er eine Nacktschnecke verschluckt, als er sprach. »Gibst du hier neuerdings die ärztlichen Anweisungen?«

Schwester Agnes senkte den Blick. »Nein, natürlich nicht. Ich dachte nur… Professor Berker kann es nicht schaffen, alle Patienten stetig im Blick zu behalten, dann sollte ich doch berichten, was ich beobachte.«

»Das ist richtig. Aber dafür hat Professor Berker uns.« Edmond gestikulierte in Richtung des neuen Arztes und sich selbst. »Und ich muss sagen, dass ich bei Lorna weiterhin eine Stagnation feststelle. Wir sollten es mit der Isolation versuchen.«

Nur schwer konnte ich mich zurückhalten ein lautes »Nein« durch den Raum zu rufen. Jetzt wäre die Gelegenheit gewesen, sich für Lorna einzusetzen, aber ganz offensichtlich wollte er es mir heimzahlen.

Der Neue ergriff das Wort. »Ich muss Schwester Agnes recht geben. Ich finde auch, dass Lorna heute einen unglaublich positiven Eindruck macht und mit einer Isolation könnten wir diese Verbesserungen auf der Stelle zerstören. Lassen Sie uns doch noch abwarten, wie sich das Ganze weiterentwickelt.«

Professor Berker schien die Worte abzuwiegen und ich meinte, ein leichtes Nicken in seinen Zügen entdecken zu können, doch dann sagte Edmond: »Lorna Bryson ist nun schon über zwei Jahre hier und bisher hat sich ihr Zustand kein bisschen verbessert. Eher im Gegenteil. Wir müssen jetzt mal Maßnahmen ergreifen, sonst können wir uns gegenüber ihrer Angehörigen nicht mehr rechtfertigen. Und bald ist wieder Besuchstag. Aber wenn hier alle gegen die Isolation plädieren ... Bei der ICT im Westflügel ist gerade ein Platz frei geworden.«

Ich hatte keine Ahnung, was ICT war, aber am Gesichtsausdruck von Nathaniel erkannte ich, dass es nichts Gutes war.

»Das halte ich für keine gute Idee«, warf er sofort ein. »Über ICT in Verbindung mit Depressionen gibt es keinerlei Studien ...«

»... weswegen es unsere große Chance ist, die Wirksamkeit der Therapie für diese Patienten zu beweisen.«

Die konnten Lorna doch nicht einfach als Versuchskaninchen nehmen!

Auch Nathaniel protestierte zum Glück.

Edmond warf ihm einen seiner herablassenden Blicke zu, die er wahrlich meisterhaft beherrschte. »Ach kommen Sie, soweit ich weiß, standen Sie in Ihrer letzten Position dem Fortschritt auch nicht im Wege. Eher im Gegenteil.«

Wieso sagte Nathaniel nichts dagegen? Er starrte Edmond einfach nur düster an. Aber Professor Berker würde dieser absurden Idee doch nicht nachgehen, oder?

Edmond wandte sich an seinen Vorgesetzten. »Es ist schon eine Weile her, dass wir größere Erfolge mit unseren Therapien hatten. Denken Sie nur an die ganze Fachpresse und die Interviews, die wir geben müssten.«

Professor Berker strich durch seinen Bart.

»Und es kommt ja nicht nur uns zugute. Auch Lorna ist sicherlich froh, wenn wir etwas finden, mit dem wir sie aus dem Schneckenhaus herauslocken können.«

Professor Berker notierte etwas auf dem Brett und sagte schließlich: »In Ordnung. Dann ist es entschieden. Schwester Agnes, bringen Sie Lorna in den Westflügel. Noch heute Vormittag. Und jetzt sollten wir draußen weiter machen, solche Gespräche sollten nicht vor den Patienten geführt werden, sondern in der Dienstbesprechung.«

Edmond wackelte mit dem Kopf. »Die kriegen doch eh nichts mit. Und wenn doch, dann haben sie sich das ganz allein zu verschulden.«

Er sah nicht in meine Richtung, aber sein Grinsen ließ keinen Zweifel, wen er damit gemeint hatte.

Nach der Visite kam der neue Arzt zu mir herüber. Langsam und zögerlich. Falls er ein schlechtes Gewissen hatte, geschah ihm das recht.

Lorna hatte so verzweifelt gewirkt, als sie weggeführt wurde. Und alles, was ich machen konnte, war, mein gesamtes Mitleid in meinen Blick zu legen. Es hatte mir das Herz gebrochen und am liebsten hätte ich einen Stuhl durch den Aufenthaltsraum geworfen oder eine Wand eingeschlagen.

Ich hasste diese Hilflosigkeit!

Der reumütige Arzt sah mir in die Augen und doch wirkte es, als würde er einen Punkt neben meinem Kopf fixieren, als er sagte, dass er mich den ganzen Tag beobachten solle.

»Dann viel Spaß«, grummelte ich und machte mich auf den Weg in die Kammer neben dem Aufenthaltsraum. »Ich werde heute den Tag an der Nähmaschine verbringen.«

Ich wollte endlich die Trennwände für die Betten im Schlafsaal nähen. Wenn ich Lorna sonst schon nicht helfen konnte, wollte ich wenigstens mein Versprechen halten und dafür sorgen, dass es dort ein wenig erträglicher wurde.

Nathaniel zuckte mit den Schultern, verließ den Raum und kam kurze Zeit später mit einem Fachmagazin zurück, mit dem er einige Meter von mir entfernt Platz nahm.

Ich war schnell so in meine Arbeit versunken, dass ich seine Anwesenheit vergaß. Erst als er mir ein vorbereitetes Stück Stoff reichte, nahm ich ihn wieder wahr. Überrascht stellte ich fest, dass es genau die richtige Größe hatte. Er musste mich beim Zuschneiden genau beobachtet haben.

»Mein Magazin habe ich durch und Sie sagten, wir werden noch den ganzen Tag hier verbringen, also kann ich mich genauso gut nützlich machen«, erklärte er.

Ich wollte ihn böse anfunkeln, aber es gelang mir nicht richtig, weil ich mich zu sehr darüber freute, dass er mir half. Offensichtlich war er sich für keine Arbeit zu schade.

»Was bedeutet ICT?« Die Frage lag schon seit einiger

Zeit auf meiner Zungenspitze.

Er wich meinem Blick aus und konzentrierte sich auf das nächste Stoffstück. »Es tut mir leid, dass ich Lorna nicht davor bewahren konnte.«

»Das ist nicht Ihre Schuld«, sagte ich, auch wenn ich insgeheim dachte, dass er es schon stärker hätte versuchen können. »Was passiert denn nun in dieser ICT?«

Er hielt mir den Stoff entgegen. »Ich bin leider nicht befugt darüber zu reden.«

Entnervt entließ ich die Luft aus meiner Lunge und für eine Weile sagte keiner von uns etwas. Ich würde aber herausfinden, um was es in dieser ominösen Therapie ging. Gleich heute Nacht.

»Was wird das hier eigentlich?«, fragte er schließlich.

»Ich nähe Trennwände für den Schlafsaal.«

Anerkennend strich er über den Stoff. »Das ist sehr nobel von Ihnen.«

»Na ja, ich mach dies ja nicht ganz uneigennützig. Ich habe mir eine solche Trennwand gewünscht und warum soll ich für die anderen nicht auch welche machen? Es ist ja nicht so, als wenn ich hier umkommen würde vor lauter Aufgaben, die ich zu tun habe …«

Er lachte leise auf. Dann wurde er wieder ernst. »Aber dann heißt es ja, dass Sie auch im Schlafsaal nächtigen müssen.«

Schnell senkte ich meinen Blick und konzentrierte mich wieder auf die Nähmaschine. Ich war eine schlechte Lügnerin und er durfte auf keinen Fall mein kleines Geheimnis erfahren.

»Natürlich, jeder Patient muss im Schlafsaal nächtigen. Das ist hier ja kein Hotel«, lieh ich mir die Worte, die Schwester Agnes damals verwendet hatte.

Er runzelte die Stirn.

»Verwundert Sie das?«

»Nun ja, in einigen anderen, moderneren Psychiatrien ist man der Meinung, dass man allen Patienten zu so viel Selbstständigkeit und Freiheit verhelfen sollte wie nur möglich. Und Sie scheinen mir …« Er beendete den Satz nicht.

»Ich erscheine Ihnen was?«

Er sah mir in die Augen. »Sie scheinen mir der Inbegriff von Freiheit und Selbstständigkeit zu sein.«

Eigentlich hätte ich laut lachen müssen, aber sein Blick fesselte mich und ich freute mich einfach nur, dass er das gesagt hatte.

»Was meinen Sie mit moderneren Psychiatrien? Ich dachte, in Rose Hill wird nach den neuesten Forschungen gearbeitet?«

Er bekam einen Hustenanfall. Als er sich wieder beruhigt hatte, fragte ich: »Ist dem nicht so?«

Er lächelte, was ihn erstaunlich attraktiv machte. »Neu und innovativ ist sicherlich Definitionssache.«

~

Nach zwei weiteren Stunden waren über die Hälfte der Trennwände geschafft. Ich hatte das Gefühl zu ersticken, wenn ich auch nur eine Minute länger in diesem Raum blieb. Ich ließ mich nach hinten sinken und massierte meine Schläfen.

»Wie wär's mit einem Spaziergang um den See?«, fragte ich müde und ohne Elan.

Er legte grinsend den Kopf schräg.

»Soll das ein Date sein?«

Ich hätte mich dafür ohrfeigen können, denn ich fühlte, wie ich hochrot anlief und mir fehlten erstmalig die Worte. Doch bevor ich die freche Antwort, die ich in den letzten Windungen meines Gehirns endlich gefunden hatte, ausspucken konnte, zogen schon wieder die Gewitterwolken vor sein Gesicht, so als würde er es bereuen für eine halbe Minute Spaß gehabt zu haben und er stand auf.

»Dann kommen Sie«, grummelte er umso mürrischer – als müsse er es wieder wettmachen.

Stumm verließen wir das Haus, passierten den Rosengarten, den ich automatisch auf Unkraut prüfte. Ich musste es dringend wieder jäten. Wir ließen den Laubengang hinter uns, der inzwischen von zartgrünen Blättern überwuchert wurde. Die Sonne brachte kleine Wellen auf dem See zum Glitzern und streichelte meine Haut.

Wie abgesprochen schlugen wir den Weg zum See ein, doch keiner von uns sprach. Allein der Gesang der Vögel begleitete uns.

Wir durchquerten den Park und ich konnte gar nicht genug vom Farbenspiel der Sonne in den Blättern bekommen. Sie zauberte bei ein und demselben Baum die unterschiedlichsten Grüntöne hervor. Es war, als hätten meine Augen beim Nähen zu lange auf den Stoff direkt vor meiner Nase geschaut. Jetzt besuchten sie zum Ausgleich immer wieder Punkte in der Entfernung.

Und dann war da etwas, das nicht in das frühsommerliche Grün passte. Verwaschenes Grau. Und Bewegungen. Ich kniff meine Augen zusammen, fixierte den Punkt.

Ein Mensch. Mitten im Wald. Aber ich sah ihn nur

zur Hälfte. Er bückte sich immer wieder. Machte er Sport? Es waren rhythmische Bewegungen.

Wir kamen noch etwas näher an ihn heran. Endlich verstand ich. Er schaufelte.

Carl verbuddelte etwas mitten im Wald.

Ich warf Nathaniel einen Blick zu, doch er war in Gedanken versunken. Also blieb ich stumm. Ich wollte nicht die Erste sein, die das Wort ergriff.

Der Weg führte uns vom Wäldchen weg und ich versuchte die Szene zu vergessen. Verstohlen betrachtete ich Nathaniel von der Seite. Die Sonne hatte sich auch in seinen Haaren verfangen und ließ seine dunklen Haare am Rand golden leuchten. Sein gutes Aussehen machte mich verlegen. Schnell sah ich in die andere Richtung und suchte die Wiese, die sich nun zu unserer Linken ausbreitete, nach Tieren ab, um mich auf etwas anderes zu konzentrieren.

Wir hatten bereits den halben See umrundet, als ich das Schweigen zwischen uns nicht länger ertragen konnte und die Stille brach.

»Danke, dass Sie sich heute Morgen für Lorna eingesetzt haben.«

Er musterte mich von der Seite. »Das habe ich nicht für Sie getan. Es gab keine medizinische Indikation, die eine Isolation notwendig gemacht hätte.«

Ich nickte langsam und lauschte auf das Schwappen des Wassers gegen das Ufer. »Es gibt noch etwas, das ich klarstellen wollte.«

Er zog eine Augenbraue hoch.

»Edmond und ich sind kein Paar.«

Er sagte nichts. Im Grunde genommen zeigte er sogar keinerlei Reaktion.

»Wirklich nicht!«, beteuerte ich.

»Sie sind mir keinerlei Rechenschaft schuldig. Und Edmond ist selbst schuld, wenn er seinen Eid bricht und eine Beziehung zu einer schutzbefohlenen Patientin anfängt. Aber damit habe ich nichts zu schaffen. Ich halte mich da raus.«

»Was soll das denn heißen ‚schutzbefohlene Patientin'? Ich brauche doch keinen Schutz! Ich bin vollkommen eigenverantwortlich. Nur weil ich zwischendurch epileptische Anfälle habe, heißt das noch lange nicht, dass ich nicht weiß, was ich tue!«

»Soso. Sie geben es also zu?«

»Oh Gott!« Ich raufte mir durch die Haare. »Glauben Sie das etwa wirklich?«

Wieder musterte er mich kurz, sagte aber nichts.

»Nie im Leben würde ich mich in ihn verlieben. Selbst wenn er der letzte Mann auf der Erde wäre. Eher würde die Menschheit aussterben. Ich meine, haben Sie ihn mal gerochen?«

Das entlockte ihm ein Lächeln.

»Was gibt es da zu grinsen?«

»Nichts, es ist nur ...«

»Nur was?«

»Mir ist natürlich spätestens seit der Visite klar, dass er Ihnen nicht wohlgesonnen gegenübersteht.«

Ich unterdrückte das erboste Grummeln, das in meinem Oberkörper hochbrodelte. Er hatte es die ganze Zeit gewusst und mich nur aufgezogen. Eigentlich sollte ich sauer sein. Trotzdem saß auch ein Grinsen in meinen Mundwinkeln.

»Was genau haben Sie so spät nachts eigentlich im Flur gemacht?«

»Nichts Bestimmtes.«

Ich legte meinen Kopf schief und er atmete hörbar aus.

»Ich habe Schlafstörungen«, erklärte er. »Wenn ich mich erst mal eine geraume Zeit im Bett hin und her gewälzt habe, weiß ich, dass es nichts mehr bringt. Dann muss ich einfach aufstehen und herumlaufen.«

»Verstehe.« Das tat ich wirklich. Lag ich nicht auch selbst oft genug wach im Bett und war es leid, den Geräuschen zu lauschen?

Eine Weile spazierten wir schweigend nebeneinander her und jeder schien seinen Gedanken nachzuhängen. Schließlich ergriff ich erneut das Wort. Meine Neugierde hatte gesiegt.

»Wo genau haben Sie vorher gearbeitet? Was war das für ein Sanatorium, das nach den allerallerneuesten Methoden gearbeitet hat?«

Ich hatte für ein lockeres, unverfängliches Gesprächsthema sorgen wollen, doch mein Plan verfehlte seine Wirkung. Ich konnte förmlich sehen, wie seine Miene sich verschloss.

»Es ... es war westlich von London«, antwortete er knapp. »Aber es ist abgeschlossen und ich möchte nicht darüber reden.«

So schnell wollte ich mich nicht geschlagen geben. »Ach kommen Sie, wir müssen noch den ganzen Tag miteinander verbringen und Sie wissen so viel über mich. Dann ist es nur fair, wenn ich ein paar Dinge über Sie erfahre.«

Zu gern wollte ich noch mal diesen Schalk in seinen Augen locken und ihn ein wenig zum Lachen bringen. Das war eine Aufgabe, die mir mindestens so viel Spaß machen könnte wie für bessere Zustände bei meinen Mitpatienten zu sorgen. Plötzlich streckte er seine Hand aus und hinderte mich am Weitergehen. »Warten Sie mal, hören Sie das?«

»Was denn?« In dem Moment, wo ich antwortete, verstand ich, was er gemeint hatte.

»Caitliiiiiiiin!«

In der Ferne rief jemand meinen Namen.

Mit meinen Augen suchte ich die Rückversicherung, dass er das Gleiche gehört hatte wie ich. Als er nickte, legte ich meine Hände trichterförmig vor meinen Mund und rief in die Richtung, aus der ich meinen Namen gehört hatte. »Wir sind hier!«

Wir liefen schneller den feuchten Kiesweg entlang und als wir die nächste Kurve genommen hatten, sah ich in der Ferne Monty auf dem von mir wiederentdeckten Fahrrad auf uns zu rasen. Mit quietschenden Reifen kam er vor uns zum Stehen.

»Caitlin!« Er rang nach Luft, bevor er weitersprach und ich hätte ihn am liebsten geschüttelt, damit die Worte schneller aus ihm hervorpurzelten.

»Der Professor!«, sagte er endlich. »Er will dich sehen.«

Fragend sah ich zu Nathaniel. Er zuckte mit den Schultern.

»Dringend. Es geht um Leben und Tod.« Monty hielt mir das Fahrrad hin, von dem er gerade abgestiegen war und ich raste los.

KAPITEL 14

Dalina

»Hallo?«, rief eine angenehm tiefe Stimme in den Flur und Dalina wagte es, den Kopf aus dem Zimmer zu strecken. Massenmörder kündigten sich immerhin selten durch eine laute Begrüßung an.

Noch konnte sie nichts erkennen. Doch dann bewegt sich eine dunkle Gestalt auf sie zu.

Der dazugehörige Mensch war gar nicht dunkel gekleidet, erkannte sie, als das Licht nicht mehr blendete. Er trug ein kariertes Hemd und verwaschene Jeans.

Voller Matschspritzer.

Dalina konnte nur hoffen, dass er in dem schummerigen Licht nicht bemerkte, dass ihre Wangen sich tiefrosa gefärbt hatten. »Was tun Sie hier?«, fragte sie bissiger, als sie beabsichtigt hatte.

»Ich ... es tut mir leid. Habe ich Sie erschreckt?« Er ging einen Schritt auf sie zu. »Ich musste die Gelegenheit einfach nutzen. In der Regel ist hier nie jemand. Seit Jahren warte ich darauf, hier reinzukommen, und als ich dann gesehen habe, wie Sie den Hügel rauf fuhren ...«

»Dachten Sie, Sie dringen mal eben in Privateigentum ein?«

Er riss seine Augen auf. »Nein! Das wollte ich auf keinen Fall. Aber es gibt etwas, das ich schon lange suche und von dem ich vermute, dass es hier ist. Und Sie müssen zugeben, dass es hier nicht mehr allzu viel gibt, das ich kaputt machen könnte.« Mit dem Kopf deutete er auf die kaputten Fliesen, die mit Schutt bedeckt waren, und die Tapete, die sich von den Wänden schälte.

Gegen ihren Willen musste Dalina lächeln, doch bevor sie irgendetwas Weiteres sagen konnte, knarzten die Dielenböden über ihnen. Dalina sah hoch und entdeckte kleine Schmutzpartikel, die von der Decke rieselten. »Sagten Sie nicht, hier wäre in der Regel niemand?«

»Das ist auch so. Das Anwesen steht schon so lange leer. Spätestens seit sich in den 70ern herumgesprochen hat, dass es hier spukt, hat sich kaum noch jemand hergewagt.«

»Das scheint Sie nicht davon abgehalten haben, herzukommen?«

»Ich gebe nicht viel auf so ein Gerede.«

Mit der Hand bedeutete er ihr, ihm zu folgen und sie durchschritten den Flur mit schnellen Schritten, um zu dem ausladenden Treppenhaus zu kommen, das sie zu Beginn schon gesehen hatte. Immer zwei Stufen auf einmal nehmend, hastete er mit seinen kräftigen Beinen nach oben und war dabei so schnell, dass sie Probleme hatte, hinterherzukommen. Schon bald hatte er den Raum ausfindig gemacht, der direkt über dem war, wo sie sich aufgehalten hatten. »Kommen Sie her, das müssen Sie sich unbedingt ansehen«, rief er Dalina zu, als sie die letzte Stufe genommen hatte. Er war wieder in den Flur gekommen und als sie den Raum betrat, blieb ihr für einen Moment der Atem stehen.

Bücher über Bücher. Bücher in allen möglichen Zuständen und lose Papiere lagen über den Boden verteilt. Kein Stückchen Fußboden war mehr zu sehen, das Chaos hatte alles unter sich vergraben. Dalina schnappte nach Luft.

»Hier muss wohl die Bibliothek oder das Archiv gewesen sein«, sagte der Fremde.

Dalina nickte langsam, während sie vorsichtig über die Papierberge stakste, um alles genauer in Augenschein zu nehmen.

»Psychochirurgie als Verfahren zur Heilung von Wahnvorstellungen«, lautete der ausgeblichene Titel auf einem tiefroten Buch, das bäuchlings auf dem Boden lag. Ihre Augen suchten jeden Schnipsel, den sie entdecken konnte, nach dem Namen ihrer Großmutter ab. Die Versuchung war einfach zu groß. Der junge Mann schien zu bemerken, dass sie etwas suchte, und fragte nach.

»Meine Großmutter«, erklärte Dalina. »Sie war in den Fünfzigern hier Patientin.«

Der Fremde zog zischend die Luft ein, äußerte sich aber nicht weiter dazu. »Wie hieß sie? Ich könnte Ihnen bei der Suche helfen«, bot er an. »Caitlin Montgomery«, sagte Dalina, während sie einen blassen Aktenordner unter einem Stapel hervorzog und anfing, die Papiere durchzugehen. Fein säuberlich getippte Berichte auf vergilbtem Papier. Einige bekannte psychologische Begriffe stachen ihr in die Augen, doch den Namen ihrer Großmutter entdeckte sie nirgendwo. Dalina griff nach dem nächsten Ordner und in stiller Eintracht arbeiteten sich beide durch das Chaos.

Viele Papiere waren jedoch unleserlich, weil die Tinte inzwischen ausgeblichen war und über einige zogen sich dunkle Tintenflecken. Der Rohrschach-Test mal anders, dachte Dalina sarkastisch.

»Das bringt so alles nichts«, sagte der Mann im Holzfällerhemd schließlich. »Wir müssten viel systematischer vorgehen.«

»Einen Moment noch, bitte.« Dalina hatte sich inzwischen bis zur hintersten Ecke des Raumes vorgearbeitet und stieß auf einen ganzen Stapel Akten. Sie hatten teilweise noch die Trennblätter mit den Buchstaben zwischen sich und waren sogar ansatzweise alphabetisch sortiert. Mit angehaltenem Atem wühlte sie so lange bis sie entdeckte, was sie suchte. Mallory, Morgan ... aber keine Montgomery. Enttäuscht warf Dalina die Akte zurück auf den Stapel und richtet sich mit einem kleinen Ächzen auf. Ihre Knie schmerzten von dem vielen Hocken und langsam wurde es draußen dunkel.

»Kommen Sie mal«, rief der Fremde aufgeregt. »Hier steht etwas über eine Montgomery!«

So schnell, wie es das Meer aus Büchern und Papieren zuließ, stapfte Dalina zu ihm und riss ihm förmlich das Blatt aus der Hand. Sie hätte es nicht für möglich gehalten, in der Unordnung so schnell etwas zu finden, aber da stand eindeutig der Name ihrer Großmutter. *Caitlin Montgomery.*

Die halbe Seite war weggerissen, doch darüber konnte sie in feinsäuberlicher Handschrift noch einige Dinge auf dem gelben Papier mit den Tintenflecken entdecken.

28.1.1952: 72 Stunden Hydrotherapie

Hydrotherapie? Wie das wohl sein mochte? Dalina biss sich auf die Lippe, denn sie hatte bisher über die Hydrotherapie der Fünfzigerjahre nichts Gutes gehört. Aber hatte der Taxifahrer nicht gesagt, dass hier nach den neuesten Methoden gearbeitet worden war? Vielleicht hatten sie hier also schon einen der neueren Hydrotherapieansätze verfolgt?

»Und? Ist es Ihre Großmutter?«

»Ja, das könnte sie tatsächlich sein. Danke, dass Sie -«, bevor Dalina weiterreden konnte, hörten sie diesmal eindeutig Stimmen. Sie waren verzerrt und schienen aus einem der Räume am Ende des Ganges zu kommen. Ein Blick zum Fremden zeigte, dass auch er es gehört hatte. Er zögerte nicht lange und war mit wenigen Sprüngen aus dem Bücherzimmer verschwunden. Dalina folgte ihm, so schnell sie konnte, sah ihn noch gerade in einem Zimmer verschwinden und eilte hinterher.

»Ich bin mir sicher, dass es hier rausgekommen ist«, flüsterte der Fremde. Beide lauschten gebannt – dort war tatsächlich ein Geräusch. Und es wurde immer lauter. Der Fremde sah sich noch nach dem Ursprung um, während Dalina »Vorsicht« kreischte und sich mit ihrer gesamten Körperkraft auf den Fremden stürzte und ihn aus dem Raum riss. Taumelnd fielen sie zu Boden – kurz bevor die Decke über ihnen zusammenbrach und ein Dachbalken polternd hinter ihm zu liegen kam. Die Luft war hellbeige durch den Staub, der nun überall umherschwirrte. Vor Schreck konnte Dalina sich zunächst nicht bewegen. Der Fremde roch frisch und salzig, als hätte sein Hemd frische Meeresluft eingefangen. Die Pupillen seiner grauen Augen umgab ein hellgrüner Kreis. Ihr Herz klopfte wild. Erst als er sich vorsichtig erkundigte, ob alles okay bei ihr sei, wurde sie sich bewusst, dass sie ihn anstarrte.

»Ja. Mit mir ist alles in Ordnung. Was ist mit dir?« Nach diesem Erlebnis schien es ihr angemessen, umständliche Höflichkeitsformen abzulegen.

»Mir geht es gut – und das habe ich dir zu verdanken. Ich weiß nicht, wie ich das je wiedergutmachen kann.« Er überlegte kurz. »In Harlows Pub kriegt man ein ganz anständiges Steak. Wir könnten dort zu Abend essen. Dann kann ich dir als Amerikanerin auch zeigen, wie richtiges Bier schmeckt.«

Er lachte leise und Dalina rappelte sich langsam hoch und klopfte den Staub von sich. »Also auf den Schrecken kann ich auf jeden Fall etwas zu trinken gebrauchen. Ich bin mir nur nicht sicher, ob Bier stark genug ist.«

»Für dich kaufe ich auch den teuersten Whisky im ganzen Laden.« Er lächelte ihr verschmitzt zu und erst jetzt wurde Dalina bewusst, wie unverschämt gut er aussah. Warum war ihr das vorher nicht aufgefallen?

»Gern«, antwortete Dalina, obwohl ihr inzwischen eingefallen war, dass sie in ihrem Zustand keinen

Alkohol trinken durfte, aber dafür würde sie sich später eine Ausrede einfallen lassen.

»Und nun lass uns dieses gottverdammte Anwesen verlassen. Ich habe für heute genug außergewöhnliche Dinge erlebt.«

Erst als sie nach draußen kamen und der frische Wind sie umwehte, wurde Dalina bewusst, wie knapp alles gewesen war.

Ihr Begleiter schenkte ihr ein leicht schiefes Lächeln, das seine Augen zum Leuchten brachte. »Ich bin übrigens Jared Bryson. Wann darf ich Sie zum Essen abholen, Miss ...?« Er ließ den Satz ins Leere laufen, um ihren Namen zu erfahren.

»Woodrow. Dalina Woodrow ist mein Name.«

Zum zweiten Mal in dieser Woche sah sie, wie sich ein Gesicht verdunkelte, nachdem sie ihren Namen genannt hatte.

Doch diesmal war es mehr. Viel mehr.

Es sah nahezu nach Entsetzen aus. »Ich dachte, Ihr Name wäre Montgomery?« Sein Tonfall bestätigte Dalinas Vermutung. Sie schüttelte leicht den Kopf. »Montgomery ist der Mädchennamen meiner Großmutter. Sie hat später geheiratet. Habe ich mir deswegen mein Abendessen verspielt?«, fragte sie scherzhaft.

Doch Jared schien ganz und gar nicht zum Scherzen aufgelegt zu sein. Er vergrößerte den Abstand zwischen ihnen. »Vielleicht kann ich mich unter diesen Umständen tatsächlich irgendwie anders revanchieren. Nennen Sie mir doch einfach Ihre Kontonummer oder so.«

KAPITEL 15

Caitlin

In Windeseile raste ich auf das Anwesen zu, das mit den weißen Fensterläden, die teilweise halb geschlossen waren, heute traurig wirkte. Achtlos warf ich das Rad auf die Seite und sah noch, wie es im Beet mit den Wildrosen landete, als ich durch die Hintertür stürmte.

Mein Körper fühlte sich an, als würde er nur noch aus Unbehagen bestehen. Wenn der Professor mich so dringend sprechen wollte, konnte es nichts Gutes bedeuten. Bestimmt ging es um Lorna.

Sie hätten sie nicht fortbringen dürfen. Ich rannte über den Flur und meine Schuhe mit dem kleinen Absatz klangen wie eine ganze Pferdeherde auf Asphalt, so schnell war ich unterwegs.

Dann stieß ich die Tür zum Büro auf.

Professor Berker saß hinter seinem Schreibtisch.

»Caitlin«, sagte er mit einem Unterton, den ich nicht einordnen konnte, als er mich entdeckt hatte.

»Professor? Warum wollten Sie mich so schnell wie möglich sehen?«

Er räusperte sich und deutete auf den Stuhl vor seinem Schreibtisch auf dem ich mich bei meinem ersten Tag auf Rose Hill ebenfalls gesetzt und unwohl gefühlt hatte.

Ungeduldig nahm ich Platz und wandte keine Sekunde meine Augen von ihm ab.

Er räusperte sich erneut und am liebsten hätte ich ihn angeschrien, dass er endlich sprechen solle.

»Warum ich dich sprechen wollte ...« Er veränderte seine Sitzhaltung und studierte für einen Moment die handschriftlichen Notizen, die vor ihm lagen. Konnte er es sich denn nicht merken, warum er mit mir reden wollte? »Es hat einen … Zwischenfall gegeben.«

»Einen Zwischenfall? Ich hatte mir schon gedacht, dass Lorna diese Therapie nicht gut bekommen würde.«

»Lorna?« Verwunderung zeichnet sich auf seinem Gesicht ab. »Nein, da ist alles in Ordnung.« Er lockerte seine goldene Armbanduhr und schob sie nach links und wieder nach rechts. »*Zwischenfall* ist vielleicht nicht das richtige Wort. Es gab einen Unfall.«

»Einen Unfall? Was für einen Unfall?«

Panisch wühlte ich in meinem Kopf nach Personen, die hier von einem Unfall betroffen sein konnten. Aber Lorna ging es gut, hatte der Professor gesagt und Monty hatte mich abgeholt. Marigold hatte ich vor Kurzem in der Küche gesehen und zu viel mehr Personen hatte ich kein wirklich enges Verhältnis. Also warum hatte er mich hierhergerufen?

»Wie es aussieht, ist dein Vater heute Nachmittag mit seinem Wagen von der Straße abgekommen«, sagte er schließlich. Mit seinen Worten saugte er jedes bisschen Normalität und Zufriedenheit, die in den letzten Tagen wieder in meinem Leben Einzug erhalten hatten, aus der Luft. Ich atmete nur noch pure Fassungslosigkeit.

»Was ist passiert?«, hauchte ich nahezu tonlos. Da war sofort diese Gewissheit, dass es das Schlimmste bedeutete, was ich mir vorstellen konnte. Aber ein winziger Funke, der Hauch eines Hoffnungsschimmers, vertrieb tapfer das Schwarze aus meinen Gedanken.

»Sein Auto. Es wurde kopfüber auf einem Feld in der Nähe von Mayfield gefunden. Er hat eine Kurve zu schnell genommen.«

»Ist er im Krankenhaus? Kann ich ihn sehen? Kann ich mit ihm sprechen?« Der Hoffnungsfunke verlieh meiner Stimme einen hellen Klang. Sie wirkte so mädchenhaft, wie ich mich seit Ewigkeiten nicht gefühlt hatte.

Mit Daumen und Zeigefinger massierte er seine Stirn und die Schläfen, mied meinen Blick. Dann begann er langsam den Kopf zu schütteln.

Es war nur eine angedeutete Bewegung von wenigen Millimetern.

In seinem Gesicht zeichnete sich deutlich der Schmerz ab, den er für mich mitfühlte. Mit jeder noch so kleinen Bewegung füllten sich meine Augen mehr mit Wasser. Bis sie überliefen und jeder Lidschlag eine Träne auf die Reise schickte. Ich konnte nicht mehr sprechen, denn wenn ich das getan hätte, wäre nichts als ein riesiger Schluchzer aus mir herausgekommen. Ich hatte vermutet, dass ich all meine Tränen schon bei Mutters Tod vergossen hatte. Jetzt wurde ich eines Besseren belehrt. Es waren noch viele ungeweinte Tränen übrig.

Abrupt stand ich auf, der Stuhl fiel um und ich riss die Tür auf und rannte über den Flur. Mir war soeben eins klar geworden. Das war alles meine Schuld.

~

Auf halbem Wege begegnete ich Nathaniel, der versuchte mich an den Handgelenken festzuhalten.

»Was ist los?«, fragte er mit Besorgnis in seiner Stimme, doch ich riss mich los. Rannte vorbei am verschreckten Monty, quer durch den Windfang, ohne jegliche Vorsichtsmaßnahmen, in mein Zimmer. Es war mir egal, wenn jemand mein Geheimnis erfuhr.

Alles war mir egal.

Die Person, die mir am meisten bedeutete auf der Welt, war mir entrissen worden.Rauskatapultiert aus dem Leben, nur weil ich wie eine Fünfjährige nach meinen Eltern gebettelt hatte. Ich schmiss mich aufs Bett und weinte hemmungslos. Warum hatte ich ihn angefleht, herzukommen? Ich wäre doch in der Lage gewesen, alles selber zu regeln.

Ein Fehler, den ich nie wiedergutmachen könnte.

Irgendwann waren die Tränen versiegt und ich starrte nur noch die Wand mit den zahlreichen winzigen Löchern an, die sich in eine diffuse weiße Masse verwandelte. Selbst das beruhigende Summen des Hauses war einer schonungslosen Stille gewichen.

Ab jetzt war ich die einzige Montgomery. Was sollte ich ohne ihn tun?

Die Schuld kratzte tiefe Furchen in meine Seele.

Hätte ich ihn nicht aufgelöst angerufen, wäre er nicht überstürzt aufgebrochen. Ich wusste nicht, dass er tatsächlich losgefahren war, hatte gedacht, wir würden erneut telefonieren. Er war eigentlich immer ein vorsichtiger, wenn nicht sogar übervorsichtiger Fahrer gewesen. Dass er aus der Kurve geworfen wurde, passte ganz und gar nicht zu ihm.

Es war alles meine Schuld.

Sie ruhte wie ein Granitklotz auf meiner Brust. Kalt und unnachgiebig. Sie nagte mich von innen aus und ließ nur eine leere Caitlin-Hülle zurück.

Als es plötzlich an der Tür klopfte, zuckte ich zusammen.

Ich hatte mich in Sicherheit gewogen und geglaubt, dass niemand von diesem geheimen Zimmer wusste. Gebannt hielt ich den Atem an. Die Türklinke bewegte sich nach unten.

Ganz langsam.

Bald darauf sah ich Monty, der mit fragenden Augen durch den Türspalt spähte. Ich nickte ihm zu und er schob sich in den Raum und hielt mir seinen Lieblingsbecher hin. Ich zwang mich zu einem traurigen Lächeln und nahm die Tasse entgegen. Er hatte Tee gekocht.

Erst jetzt entdeckte ich, dass er nicht alleine war.

Nathaniel war hinter ihm ins Zimmer gekommen. »Ich hoffe, wir treten Ihnen nicht zu nahe, aber ich habe mir wirklich Sorgen um Sie gemacht. Monty wusste zufällig, wohin Sie sich oft zurückziehen.« Er deutete mit dem Kopf in meine Kammer.

Es überraschte mich, dass Monty mitbekommen hatte, dass ich hier mein Zimmer hatte und rechnete ihm hoch an, dass er die ganze Zeit dieses Geheimnis bewahrt hatte.

Nathaniel hielt mir eine goldene Schachtel mit Schleife hin. Edel verzierte Pralinen versteckten sich darin.

»Was-«

»Die kommen ebenfalls von Monty«, beeilte er sich zu sagen.

Monty grinste stolz. »Aus meinem Geheimfach!«

Ich runzelte meine Stirn.

»Das war wirklich verrückt. Mitten im Flur zum Schlafsaal geht Monty auf einmal auf eins der Bilder zu und klappt es zur Seite. Dahinter verbirgt sich ein kleiner Tresor, den er mit lauter Köstlichkeiten gefüllt hat.«

»Pssssst!« Monty legte beschwörend einen Finger an die Lippen. »Und die sind nur für dich. Damit es dir wieder besser geht.«

»Danke«, flüsterte ich und nippte an meinem Tee. Ich wollte erst mal nichts sagen, da ich meiner Stimme immer noch nicht trauen konnte. Der Gong zum Abendessen ertönte und Monty sah mich traurig an.

»Geh«, flüsterte ich. »Sie werden dich sonst vermissen und du sollst nicht meinetwegen hungern müssen. Verrate aber bitte niemanden, wo ich bin.«

Monty warf den Kopf hin und her. »Ich kann gut Geheimnisse für mich behalten.«

Ich legte meine Hand auf seine Schulter. »Ja, das kannst du.«

Wir starrten beide die Tür an, die Monty hinter sich

geschlossen hatte. Schließlich wandte Nathaniel sich mir zu. »Es wird Ihnen jetzt kein Trost sein, aber ich weiß genau, wie Sie sich fühlen. Also, ich meine, falls Sie darüber reden wollen, ich …« Er räusperte sich. »Ich bin für Sie da. Egal wann. Sie können immer zu mir kommen.«

Er sah mir in die Augen. Tief in mir drinnen regte sich etwas. Etwas, das sich gut anfühlte und ich kam mir verlogen vor.

»Was soll das werden? Gesprächstherapie?«

Da war wieder dieses leichte Lächeln auf seinen Lippen. »In den USA schwört man darauf.«

»Okay.« Ich lächelte, obwohl ich noch vor wenigen Minuten gedacht hatte, dass ich es nie wieder könnte. »Die sind uns dort sicherlich um einiges voraus.«

Eine Weile saßen wir schweigend da. In mir gab es lediglich diesen einen Gedanken, der meinen Kopf vollkommen erfüllte, und alle anderen Gedankenstränge sofort auffraß.

»Ich kann nicht glauben, dass ich nun auch noch ihn verloren habe. Er war der Einzige, den ich noch hatte.« Um die Tränen davon abzuhalten wieder über mein Gesicht zu fließen, schloss ich meine Augen.

Er setzte sich neben mich und legte seine Hand auf meine. Diese liebevolle Geste ließ erst recht alle Dämme brechen. Ich schluchzte auf. »Ich bin jetzt vollkommen allein«, flüsterte ich, doch er schüttelte den Kopf. Er zog mich in seine Arme und hielt mich fest. Ich klammerte mich an ihn, als sei er das letzte bisschen Halt, das ich in meinem Leben noch hatte.

Er ließ mich nicht allein.

Auch nicht, als der Raum von Dunkelheit durchzogen wurde, die irgendwann einem kalten, fahlen Licht wich. Erst dann schlief ich ein.

Ich wachte unter der kratzigen Wolldecke auf, als es schon wieder taghell war.

Neben mir lag ein kleiner Zettel. Herausgerissen aus einem Block. Ich las ihn durch und konnte nicht anders, als ihn danach an mein Herz zu drücken.

KAPITEL 16

Dalina

»Ein Herrenhaus? Wie meinst du das?« Die Stimme von Dalinas Mutter schlug beinahe Purzelbäume, nachdem sie endlich die Zeit gefunden hatte, ihr von dem Erbe zu berichten. »Etwa ein richtiges Herrenhaus mit endlos vielen Räumen, einer Treppe vor dem Eingang ...«

»... mit rotem Wein bewachsen, bodentiefen Bogenfenstern, so dunkel, dass du fast das Gefühl hast, das Haus würde dich beobachten und einem riesigen Garten hinter dem Haus.«

»Das gibt es ja nicht«, hauchte ihre Mutter ins Telefon. »Vielleicht muss ich meine Flugangst doch überwinden.«

»Das Anwesen ist aber ordentlich in die Jahre

gekommen. Ein Flügel ist nahezu verfallen, Fenster wurden eingeschlagen, überall liegt Schutt und Dreck. Aber was noch übrig ist, ist wirklich schön. Da gibt es zum Beispiel diese Wendeltreppe aus verschnörkeltem Messing.«

»Wow! Warum hat Mutter mir das alles vorenthalten? Das ist ja kaum zu glauben.«

»Das frage ich mich auch die ganze Zeit. Hat sie wirklich nie etwas von ihrer Jugend erzählt?«

»Das Thema hat sie gemieden wie die Titanic den Eisberg.«

Dalina verzichtete darauf, sie auf den hinkenden Vergleich hinzuweisen. »Sobald es auch nur ein wenig in die Richtung ging, hat sie das Thema gewechselt. Was machen wir denn nur damit?«

»Gute Frage. Ich werde mich zunächst über alle Optionen informieren und -«

Der Boden knarrte und als sie zur Tür sah, entdeckte sie, dass sie einen Spalt offenstand. Marjorie steckte ihren Lockenkopf in den Raum. »Frühstück ist fertig«, trällerte sie.

Dalina hielt das Handy von ihrem Mund weg, bevor sie antwortete. »Ich komme gleich.«

»Wer ist denn da?«, erkundigte sich ihre Mutter.

»Die B&B-Besitzerin. Ich muss aufhören, Mom. Versuch noch ein wenig Schlaf zu bekommen, ja? Wir reden morgen weiter.«

Dalina ging die Treppe herunter. Sie wusste nicht, warum sie ihre Mutter so schnell abgewürgt hatte, nachdem diese sich extra einen Wecker mitten in der Nacht gestellt hatte, damit sie telefonieren konnten, aber sie hatte ein ungutes Gefühl bei halboffener Tür über diese Dinge zu sprechen. Immerhin wirkte Marjorie nicht gerade wie die personifizierte Diskretion. Im Gegenteil. Unten angekommen wurde sie dafür aber vom Duft von frischen Scones und Kaffee begrüßt.

»Ah, da bist du ja schon. Nimm gerne Platz, ich bin fast fertig.«

Dalina setzte sich auf die Eckbank hinter dem filigranen Porzellanteller mit den Blümchen.

»Wie wäre es heute mit einem richtigen traditionellen English Breakfast mit gebackenen Bohnen, Würstchen, Spiegelei und Hash Browns?«

»Danke, ich ... Wobei ... Das probiere ich sehr gern.« Sie hatte einwenden wollen, dass sie lieber süß frühstückte, merkte aber, dass sie richtigen Heißhunger auf die Dinge bekommen hatte, die Marjorie aufgezählt hatte. Dass ein so kleines Wesen sie schon so stark beeinflusste, war ein Wunder.

»Und darf man fragen, wie es beim Notar war?«, fragte Marjorie, während sie die Eier aus dem Kühlschrank holte.

Nach kurzem Zögern erzählte Dalina von der Erbschaft. Das Geld ließ sie unerwähnt, aber dass Rose Hill einen neuen Besitzer hatte, würde sich sowieso nicht lange verheimlichen lassen. Und vielleicht konnte Marjorie ihr weiterhelfen.

»Weißt du, was damals geschehen ist? Warum wurde Rose Hill geschlossen?«

Mit der Bratpfanne kam Marjorie auf sie zu und lud eine ordentliche Portion Bohnen auf Dalinas Teller. Es duftete herrlich. Erst jetzt merkte Dalina, dass sie am Vortag nahezu nichts gegessen hatte. Sie sollte dringend besser auf sich achten.

»Das war ein ziemlicher Skandal damals. Ich war ja noch klein, aber ich weiß, dass die Erwachsenen wochenlang über nichts anderes geredet haben. Was aber genau der Grund war …« Für einen Moment hielt sie beim Rühren inne. »Ich erinnere mich nicht mehr.«

Dalinas Hoffnung sank bereits zu Boden, als Marjorie weitersprach. »Aber ich kenne jemanden, der mit Sicherheit weiterhelfen können wird.«

Sie richtete sich auf. »Ach ja? Wer?«

»Meine Mutter. Sie war Köchin im Rose Hill Sanatorium.«

~

Nach dem Frühstück machte Dalina sich auf den Weg in das Archiv von Mayfield. In ihrem Reiseführer stand, dass es zu den größten von ganz Südengland gehörte und das war perfekt für ihren Plan. Wenn Marjorie recht hatte und etwas Großes in den Fünfzigern passiert war, das Professor Berker dazu bewogen hatte, das Sanatorium zu schließen, musste davon in der Presse berichtet worden sein.

Sie lief durch die Straßen von Mayfield, die sie wieder einfach nur entzückend fand, auch wenn es heute schon deutlich herbstlicher war.

Beinahe hätte sie den Eingang zum Archiv verpasst. Er war klein und unscheinbar und hinter einem Mauervorsprung verborgen. Nachdem sie die steile Treppe hinaufging, fand sie sich in einem atemberaubenden, riesigen Raum wieder, den man dem grauen Steinhaus nicht zugetraut hätte. Bis unter die Decke gingen die hölzernen Regale, von denen jedes einzelne lückenlos mit Büchern gefüllt war. Ein Geländer aus Mahagoniholz, dessen dunkler Glanz von mehreren Dachfenstern zum Strahlen gebracht wurde, säumte den Eingangsbereich. Der Geruch von Bienenwachs und Papier verbreitete heimelige Wohlfühlstimmung. Der Empfangstresen war nicht besetzt. Unschlüssig trat sie auf das ihr am nächsten stehende Regal zu und begann die Buchrücken der historisch anmutenden Bücher zu studieren.

»Kann ich Ihnen helfen?«, fragte eine tiefe, melodische Stimme.

Sie drehte sich um und die Antwort verließ ihren Kopf, ohne den Mund zu passieren.

Es war der Typ vom Vortag.

»Ich … Ich …«

Er zog eine Augenbraue in die Höhe und musterte sie wortlos.

Sie schaltete in den Selbstbeherrschungsmodus, den sie auch für komplizierte Operationen im Krankenhaus nutzte. »Ich würde gern in die regionale Tageszeitung aus der Mitte der fünfziger Jahre reinschauen.«

Er nickte knapp und lief zielstrebig los. Dalina hätte gern ihr Vorhaben erklärt, aber der gerade Rücken, den er ihr so eifrig zugedreht hatte, sprach die gleiche Sprache wie Menschen, die im Fahrstuhl hochkonzentriert den Boden beobachteten.

Einzelne Versatzstücke der Buchtitel nisteten sich in ihrem Gehirn ein, doch Jared schritt so schnell zwischen den dicht bestückten Regalreihen voran, dass keine Zeit blieb, sie genauer zu begutachten.

Am hinteren Ende, in einem schattigen Teil des Raumes, blieb er stehen.

»Hier sind die Zeitungen archiviert.« Er deutete auf

einen schmalen Holzstuhl. »Bitte nehmen Sie Platz.« Daraufhin verschwand er wieder in den Reihen und kam bald darauf mit einem Stapel dicker Ordner zurück. »Hier wären die Ausgaben aus dem gesamten Jahr 53.«

Dalina seufzte innerlich. Der Stapel war so hoch wie ein Ameisenbär. Und das war nur das eine Jahr. Sie zog den ersten Ordner heran, während er wieder verschwand und bald darauf mit dem nächsten Stapel zurückkam. So ging es weiter, bis sie von kleinen Türmen aus Ordnern umzingelt war, die alle darauf warteten, dass sie in ihr Innerstes schaute.

»Das wäre dann alles.«

Er wandte sich zum Gehen, zögerte jedoch für einen Moment. Ein kleiner Teil von Dalina sprang erfreut in die Luft und hoffte, dass er seine Hilfe anbieten würde. Doch, ohne sie eines weiteren Blickes zu würdigen, ging er davon.

~

Dalina war schon bald in die Zeitungsabschnitte versunken. Bücher, Zeitschriften ... eigentlich alle geschriebenen Worte, hatten schon immer diese Wirkung auf sie. Egal, was um sie herum passierte, sie konnte immer sofort in sie versinken, und sich mit großen Augen in der neuen Welt, die sich dort vor ihr eröffnete, umschauen. So manch einem wäre diese Arbeit vielleicht verhasst, aber ihr Problem war eher, dass sie es viel zu spannend fand, in die vergangene Zeit einzutauchen. Immer wieder blieben ihre Augen an Artikeln hängen, wie die Eröffnung der Chocolaterie oder die Neugestaltung der Büroräume des Nachlassverwalters. Das musste der leicht chaotische Vorgänger von Glenn gewesen sein. Er lächelte auf dem Schwarz-Weiß-Bild fröhlich in die Kamera und war Dalina spontan sympathisch.

Nach drei Stunden hatte sie sich gerade mal bis ans Ende des Jahres 53 vorgearbeitet, als ihr Magen lauthals verkündete, dass er Aufmerksamkeit wollte. Unter anderen Umständen hätte sie ihn vielleicht ignoriert. Durch die Arbeit im Krankenhaus war sie es gewohnt, die eine oder andere Mahlzeit einfach zu überspringen. Aber es ging nicht mehr nur um sie.

Langsam erhob sie sich und rieb sich die schmerzhaften Knie. Viel zu lange hatte sie auf dem Stuhl gehockt, die Beine überschlagenen. Zum Glück sahen ihre storchenartigen Schritte wieder normal aus, als sie den Empfangstresen passierte. Jared schien vollkommen in ein Buch vertieft zu sein. Sie wartete eine Weile, dass er aufschaute, um seine Lektüre nicht zu unterbrechen. Als dies nicht geschah, räusperte sie sich vorsichtig. Da er auch daraufhin nicht aufsah, redete sie einfach drauflos. »Könnte ich die Sachen für einen Moment so lassen? Ich möchte mir nur kurz was zu essen holen.«

Essen. Das, wozu er sie am Vortag, bevor er den Bofrost-Modus eingeschaltet hatte, noch ausführen wollte. Ihr Unterbewusstsein schickte zu ihrer Verärgerung rote Farbe an ihre Wangen. Was war denn nur los? Vermutlich sorgten die Hormone dafür, dass sie sich wie ein vierzehn-jähriges Fangirl benahm und nicht wie eine gestandene Ärztin.

Er zuckte lediglich mit den Schultern, was ihr Hunger für ein »ja« verbuchte und sie machte sich auf den Weg nach draußen.

Die frische Luft tat gut. In einem nahe gelegenen Deli

kaufte Dalina ein Sandwich und einen Schokoriegel und machte sich auf den Weg zum Strand. Sie wollte das bescheidene Lunch wenigstens mit einem hervorragenden Ausblick genießen. Sie hatte gerade das kompromittierende Papier des Schokoriegels, den sie als Nachttisch verspeist hatte, im Mülleimer versenkt, als sie hörte, wie jemand ihren Namen rief. Sie drehte sich um und sah eine hoch gewachsene Gestalt mit zurückgegelten Haaren und weit geöffneten Armen auf sie zukommen.

»Schön, dass ich Sie sehe. Ich wollte mich sowieso noch mit Ihnen in Verbindung setzen. Es tut mir so leid, dass ich gestern so überstürzt aufbrechen und Sie alleine lassen musste. Und das, wo Sie hier überhaupt niemanden kennen ...«

Dalina winkte ab. »Das ist doch überhaupt kein Problem. Ich komme auch gut allein zurecht.«

Er grinste sie an. »Das bezweifle ich keinen Moment. Trotzdem würde ich mein Verhalten gern wiedergutmachen. Wie wäre es, wenn ich Sie heute Abend zum Essen einlade?«

Dalina fischte nach einer höflichen Ausrede, doch bevor sie etwas sagen konnte, fuhr er fort.

»Ganz unverbindlich natürlich«, versicherte er umgehend. »Man könnte es sogar auch Geschäftsessen nennen. Ich würde Ihnen gern Ihre Optionen erläutern, was Sie mit dem Erbe machen können. Dazu bin ich gestern nicht mehr gekommen. Ich nehme an, Sie wollen verkaufen?« Er zuckte mit den Schultern. »Was will man schließlich als Amerikanerin mit einem Anwesen in England?« Er lachte auf.

»Ich ...«, stammelte Dalina heute schon zum zweiten

Mal. Sie war fast geneigt nein zu sagen, denn eigentlich hatte sie überhaupt keine Lust mit diesem schmierigen Typen essen zu gehen. Aber dann sah sie aus der Entfernung Jared am Strand spazieren. Seine Miene verdüsterte sich, als er zu ihnen hinüberschaute. Aus einem Impuls heraus setzte sie ein Lächeln auf und sagte zu Glenn: »Ja, gern. Ich möchte unbedingt erfahren, was ich machen kann.«

Als Dalina ins Archiv kam, saß Jared auf dem altgewohnten Platz und hatte sich über eine Zeitung gebeugt.

»Ich gehe wieder an die Arbeit«, rief sie ihm fröhlich zu. Sie hatte beschlossen, dieses Kleinkindgehabe nicht länger durchgehen zu lassen. Er schien jedoch noch lange nicht genug zu haben und benahm sich wie ein Eichenbaum im Winter.

Stunde um Stunde zog Dalina die einzelnen Ordner zu sich heran und blätterte eine Zeitung nach der anderen durch. Es war nicht so, dass sie nichts Interessantes gefunden hätte, aber es gab keine Artikel oder Themen, die auf negative Ereignisse im Sanatorium hindeuteten. Im Gegenteil. In den späteren Jahren, zu denen sie vorübergehend gewechselt war, wurde Professor Berker sogar in den höchsten Tönen gelobt. Er hatte für zukunftsweisende, viel angenehmere Zustände im Sanatorium gesorgt, wie es damals in keiner anderen psychiatrischen Klinik der Fall war. Auf Rose Hill hatte jeder Patient Privatsphäre, so gut es ging. Wenn es kein einzelnes Zimmer gab, hatten sie wenigstens getrennte Schlafbereiche und jeder hatte sinnvolle Aufgaben, denen er während des Tages nachgehen konnte. Das stand im starken Kontrast zu den sonstigen Verhältnissen eines psychischen Sanatoriums, die damals eher einer Verwahrungsanstalt glichen.

Fein säuberlich legte sie die letzte Mappe auf den Stapel zurück und machte sich wieder auf den Weg zum Ausgang. Am Eingangstresen blieb sie einen Moment stehen. Natürlich schaute er auch diesmal nicht hoch.

»Ich suche nach einem größeren Ereignis in den fünfziger Jahren. Was hat das Sanatorium damals zum Schließen bewogen?«

Er lachte tonlos auf. »Danach hast du die ganze Zeit gesucht?«, fragte er. Seine Stimme klang so verächtlich, als hätte sie ihn gebeten, aus jedem Buch die Seiten einzeln auszureißen und zu verbrennen. Aber immerhin duzte er sie wieder.

»Marjorie hat etwas in der Richtung erwähnt und ich möchte mehr darüber erfahren, was damals geschehen ist.«

Jared stand langsam auf und kam auf sie zu. Er sah ihr fest in die Augen und sie spürte eine Welle des Zorns, bevor er antwortete.

»Das kann ich dir genau sagen.« Er fixierte sie weiterhin und sie hatte das Gefühl, als bohrten sich allein durch seinen Blick Nägel durch ihren Oberkörper und nagelten sie an die Wand.

»Dein Großvater hat dafür gesorgt, dass meine Großmutter zu Vollinvalidin wurde.«

Erschrocken sah sie ihn an. Die Worte versiegten in ihrem Mund. Ihr Verstand war zu sehr damit beschäftigt, das soeben gehörte zu verarbeiten, dem irgendwie einen Sinn abzugewinnen. Aber es gelang ihr nicht.

KAPITEL 17

Caitlin

Als ich aufwachte, war es totenstill im Haus. Vermutlich war es tief in der Nacht und selbst das Haus döste vor sich hin.

Aber ich war hellwach.

Ich griff nach meiner Strickjacke und hörte ein leises Knistern. Der Zettel von Nathaniel, der auf meinem Nachttisch lag, war heruntergefallen.

Er hatte etwas davon geschrieben, dass nur Menschen mit kalten Herzen wirklich einsam wären und ich mir keine Sorgen machen müsse.

Ich bückte mich und sah dabei auf dem Boden etwas aufblitzen, obwohl der Mond nur schwach ins Zimmer schien. Erst als ich danach griff, erkannte ich, was es war. Nathaniels Schlüsselbund.

Er klirrte in meiner Hand, als ich ihn hochhob. Sofort ging ich alle Möglichkeiten durch. Sollte ich ihm den später ungenutzt zurückgeben? Oder sollte ich es wagen? War es ein Wink des Schicksals?

Kurz entschlossen zog ich meine Schuhe an und ging los. Ich lief wie in Zeitlupe, damit ich nicht mal einen Luftzug verursachte. Trotzdem war mein gesamter Körper angespannt, bereit, jeden Moment davonzurennen. Als ich die Zimmer der Angestellten passierte, schlich ich auf Zehenspitzen. Zum Glück war nur aus einer Tür ein lautes Schnarchen zu hören.

Ich konnte es kaum glauben, dass ich ohne Vorkommnisse die Tür zum Westflügel erreichte.

Es dauerte, bis ich alle Schlüssel durchprobiert hatte. Endlich hatte ich einen gefunden, der in das Schloss glitt, und das Klickern kam mir viel zu laut vor.

Doch dann fiel er mir aus den Händen und scheppernd zu Boden. Sofort rannte ich in die Nische hinter dem Flurschrank, wo allerlei Laken aufbewahrt wurden und einem Türrahmen, darauf gefasst, dass jemand Moment eine Tür aufflog. Aber es blieb still.

Ich verharrte noch eine Weile und als weiterhin alles ruhig blieb, versuchte ich es erneut. Erst als ich den unbekannten Flur betreten und die Tür hinter mir geschlossen hatte, wagte ich es, wieder tief einzuatmen.

Die Luft war durchzogen von Schweiß und etwas Eigenartigem, leicht Süßlichen. Nachdem ich ein paar Schritte gegangen war, wusste ich, woran es mich erinnerte. Die verfaulten Äpfel aus Grandpas Garten. Wie passte das hierher?

Langsam schlich ich den dämmrigen Flur entlang.

Am Ende sah ich drei offene Türen, durch die dumpfes Licht fiel.

Dieser Teil des Hauses war ziemlich heruntergekommen. Leises Wimmern drang aus den Räumen. Mit jedem Schritt, den ich weiterging, wurde es lauter.

Nun musste ich mich wirklich zusammennehmen, in den ersten Raum zu gucken, musste mich daran erinnern, dass ich schon so weit gekommen war und nicht aufgeben sollte.

Dass Lorna vermutlich hier war.

Vielleicht konnte ich sie retten.

Ich tat den letzten Schritt und fand mich in einem Raum mit sieben Betten wieder. Jedes einzelne war belegt. Die dicke, fauligsüße Luft ließ Übelkeit in mir aufsteigen. Da war Braylee, der leise wimmerte. Aber noch viel gruseliger waren die anderen, die teilnahmslos vor sich hinstarrten. Trotzdem waren alle an die Betten gebunden.

Mit zwei Schritten war ich an Braylees Bett, legte meine Hand auf seine Stirn. »Was ist mit dir? Was haben sie dir angetan?«

Er griff nach meinem Handgelenk und drückte es so sehr, dass es schmerzte. »Nicht! Bitte nicht!!!!«, flehte er und ich sah Tränen in seinen Augen.

»Braylee, ich bin's, Caitlin! Was machen sie hier mit euch?«

Er wollte sich aufbäumen, kämpfte mit den Fesseln und schrie seine Verzweiflung aus voller Kraft in den Raum.

»Schschsch«, versuchte ich ihn zu beruhigen. »Bitte, Braylee, ich kann dir so nicht helfen. Die Pfleger werden kommen, wenn du so laut bist.«

Ich weiß nicht, ob er mich verstanden hatte, aber er sank zurück in seinen stillen Jammergesang. Schnell ließ ich meine Augen über die anderen Patienten gleiten. Die meisten hatte ich noch nie gesehen – was nur bedeuten konnte, dass sie bereits seit Monaten hier lagen.

Braylee schrie erneut los, als ich den nächsten Raum betrat. Es standen ähnlich viele Betten in dem Raum. Wieder sah ich mich nach Lorna um, konnte sie aber nicht entdecken. Alles, was ich sah, war, dass die Patientin zu meiner Linken in ihrer Verzweiflung schon den Putz von den Wänden gekratzt hatte. Die Spuren ihrer Fingernägel waren deutlich zu erkennen.

Ich hastete in den nächsten Raum. Wie viel Zeit mochte mir bleiben, bis jemand nach den Patienten sah?

Endlich entdeckte ich sie. Lorna lag im zweiten Bett hinter der Tür, den Kopf zur Wand gedreht. Ich beugte mich über sie, strich ihre Haare zur Seite und wiederholte immer wieder ihren Namen.

Doch sie reagierte nicht.

Und dann hörte ich das Klappen der schweren Eisentür.

Panisch sah ich mich um. Wo sollte ich hin?

Die Schritte kamen näher. Der Weg, den ich gekommen war, fiel also weg. Es gab keinerlei Schränke.

Nun hörte ich, wie die mir unbekannte Schwester mit den Patienten im Nebenraum sprach. Es musste diese Schwester Davis sein.

Lorna murmelte etwas vor sich hin und ich sah zu ihr. Das Laken ihres Bettes hing halb heraus.

Vielleicht würde das funktionieren.

Ich zog den Stoff so tief wie möglich runter und kletterte unter das Bett.

~

So schnell wie es möglich war, ohne zu viel Lärm zu machen, lief ich zurück in meine kleine Kammer. Zwei Stunden hatte ich unter dem Bett verharren müssen, bis die Schwester abgelenkt genug gewesen war, dass ich durch die Hintertür wieder verschwinden konnte.

Schon von Weitem erkannte ich ihn. Nathaniels dunkle Silhouette zeichnete sich vor der taubengrauen Wand ab, vor der er auf und ab lief.

Er war die letzte Person, die ich jetzt sehen wollte.

Er hatte mich angelogen.

Als er mich hörte, ging er einen Schritt auf mich zu, streckt die Arme nach mir aus, doch ich schlug sie von mir weg und drängte mich an ihm vorbei in mein Zimmer.

Er folgte mir.

Ich wandte ihm den Rücken zu und betrachtete durch das Fenster die rosafarbenen Rosen, die von der Sonne zum Leuchten gebracht wurden. »Wieso hast du mir nicht gesagt, was sie dort oben treiben?«

»Ich …«

Wütend drehte ich mich um. »Du wusstest, was die Insulinschocktherapie wirklich bedeutet. Dass sie dort die Menschen … quälen!« Ich starrte ihn an und musste mich zusammenreißen, um nicht mit beiden Fäusten auf ihn einzuschlagen und das ganze Haus zusammenzuschreien.

Wieder versuchte er, auf mich zuzutreten und meine Hände in seine zu nehmen. »Caitlin, bitte, es tut mir leid. Ehrlich. Ich wusste nicht, wie ...«

Weiter kam er nicht mit seinem Satz, denn nun griff

ich doch nach seiner Hand und stieß mit letzter Kraft ein paar Worte hervor.

»Es ist so weit.«

Tief hinter meinen Ohren begann es zu sausen und ich bekam dieses diffuse Gefühl, eine Ahnung, dass die Welt einen Fingerbreit näher auf mich einrückte. Der Anfall war nicht mehr weit entfernt.

Nathaniel zögerte nicht. In Windeseile schob der den Stuhl und ein paar große Kartons zur Seite, sodass eine große Fläche auf dem Boden entstand. Dann spürte ich für ein paar Minuten nichts mehr.

Als ich erschöpft in diese Welt zurückkehrte, fragte ich ihn als Erstes, wie viel Zeit vergangen war.

Er sah auf seine Uhr »Etwas mehr als zehn Minuten.«

Ich kletterte vom Boden hoch auf mein Bett und vergrub den Kopf in meinen Händen. Nathaniel setzte sich dicht neben mich auf die Matratze und strich immer wieder über mein Rücken.

»Warum hast du es mir nicht gesagt?«, fragte ich mit sehr leiser Stimme.

»Ich konnte es einfach nicht. Letztendlich gibt es nichts, was wir tun können und ich wollte dich nicht auch noch damit belasten.«

»Bitte lass mich allein.« Ich fixierte den Boden, um seinen Augen auszuweichen. Er stand nicht sofort auf. »Caitlin, bitte. Ich ...«

Ich schüttelte den Kopf, um ihn davon abzuhalten zu sprechen.

Mit belegter Stimme flüsterte er: »Es tut mir leid.« Dann verließ er das Zimmer. Lange Zeit konnte ich nicht einschlafen. Immer wieder tauchten Bilder der vor sich hinvegetierenden Menschen vor meinem inneren Auge auf. Lorna, die so fremd aussah, dass ich sie zunächst nicht erkannt hatte. Jegliches Leben war aus ihren Augen gewichen. Es war mir egal, dass es eine Therapiemethode sein sollte. Wenn sie so etwas mit den Menschen machte, konnte es nicht gut für Lorna sein. Ich musste sie da rausholen. Und die anderen ebenso. Erst als ich einen Plan geschmiedet hatte, fand ich in den Schlaf.

Das energische Klopfen meiner Fingerknöchel an der massiven Tür hallte im ganzen Flur wider. Bereits kurz danach hörte ich Berkers enthusiastisches »Heeeer-reih-ein!«, das durch die Wände gedämpft wurde.

»Caitlin!«, rief er erfreut, als ich eintrat und warf einen raschen Blick auf seine goldene Uhr, während er sie zurechtrückte. »Gut, dass du hier bist, ich wollte sowieso mit dir sprechen.«

»Ach ja?« Ich konnte die Verachtung in meiner Stimme nicht verbergen.

»Aber erzähl doch erst mal, mein Kind, was hast du auf dem Herzen?« Er legte sich in seinem Ledersessel zurück und überschlug die Beine.

»Ich war im Westflügel.«

Eigentlich hatte ich erwartet, dass er sich sogleich in wilde Rechtfertigungen flüchten würde, aber nichts dergleichen geschah. Er sah mich einfach nur fragend an.

»Ich habe sie gesehen«, zischte ich. »Lorna, Braylee ... und all die anderen, die dort liegen und von denen ich keine Ahnung habe, wie sie heißen. Das kann nur bedeuten, dass sie bereits seit über drei Monaten in diesen Zimmern liegen und vor sich hinsiechen.«

Er verzog keine Miene.

»Ist es das, was Sie unter modernen Therapiemethoden verstehen? Mich erinnert das eher an Foltermethoden aus dem Mittelalter. Das ist doch menschenunwürdig!«

Ich war von meinem Stuhl aufgesprungen.

»Caitlin, Caitlin.« Berker schüttelte langsam den Kopf. »Nun beruhige dich doch.« Er deutete auf meinen Stuhl. »Bitte setz dich wieder.« Seinen schwarz-goldenen Kuli zwischen den Fingern rollend, sprach er weiter. »Ich kann mir vorstellen, dass dieser Anblick von Menschen in der ICT für ein junges Mädchen wie dich erst mal sehr erschreckend ist. Aber du musst mir glauben, es ist das Beste für die Patienten. Tatsächlich gibt es momentan kaum eine Therapie, mit der man größere Erfolge bei psychisch kranken Menschen erzielen kann. Denkst du denn, für uns ist es leicht?«

Ich sah ihn skeptisch an und antwortete nicht.

»Die Patienten stehen unter permanenter Beobachtung. Was meinst du, warum ich kaum woanders bin? Die Dosis muss graduell gesteigert werden und einige Patienten bekommen bis zu hundertfünfzig Einheiten am Tag. Dann besteht noch die Gefahr, dass sie ins Koma zurückfallen und es muss fast rund um die Uhr eine Schwester anwesend sein.«

Nur mit Mühe verkniff ich mir die sarkastische Bemerkung, die mir auf den Lippen lag.

»Aber warum machen wir das alles, fragst du dich?

Weil sich die Mühe lohnt. Hier …« Er stand auf, lief zum Regal und nahm eines der Bücher heraus.

»Hier steht es:

Bei Patienten, die gut auf die Insulinschocktherapie reagieren, ist nach dem ersten Aufwachen für ein bis zwei Stunden ein verbesserter seelischer Zustand festzustellen. Der Patient zeigt gegenüber den Ärzten ein viel wärmeres und freundlicheres Verhalten und für eine gewisse Zeitspanne sind sie sich ihrer eigenen Halluzinationen bewusst.«

Er klappte das Buch zu und sah mich triumphierend an. Mir fielen eintausend Einwände ein, aber ich brachte nur einen einzigen hervor:

»Aber Lorna hat doch gar keine Halluzinationen.«

Berker nickte.

»Wie meinst du, hat man herausgefunden, dass die ICT bei Patienten mit Schizophrenie wirkt?«

Ich zuckte mit den Schultern. Es war mir in der Tat ein Rätsel, wie jemand auf die Idee kommen konnte, einem psychisch kranken Menschen Insulin zu spritzen, um ihn dadurch in ein künstliches Koma zu versetzen. So hatte Nathaniel es mir erklärt.

»Durch Ausprobieren. Das ist das Einzige, was wir machen können. Wir versuchen die unterschiedlichsten Dinge bei den Patienten und wenn wir eine wirksame Sache finden, tragen wir sie in die Welt hinaus. Aber dazu muss jeder seinen Beitrag leisten.«

»Sie nutzen sie als Testperson?«

»Es ist doch für ein höheres Gut. Wenn wir Lorna helfen können, die Depressionen zu überwinden, dann vielleicht vielen anderen ebenso.«

»Aber was ist der Preis, den Sie zahlen müssen, wenn es nicht klappt? Der Preis, den sie zahlen muss?«

Ich setzte mich auf und realisierte, dass ich mittlerweile fast schrie.

Er wischte meine Einwände mit einer Handbewegung fort. »Das ist doch nur ein geringes Opfer, im Vergleich zu dem, was wir bewegen könnten.«

Ich erinnerte mich an Carl und Edmond, die ich mit der Bahre aus dem Hinterausgang des Westflügels hatte kommen sehen. »Ach ja? Dann sagen Sie mir eins. Sind schon Menschen an dieser grauenvollen Behandlungsmethode gestorben?«

Er klappte den Mund auf und wieder zu.

»Sind schon Menschen im Rose Hill Sanatorium an der Insulinschocktherapie gestorben?«, präzisierte ich meine Frage und ließ ihn keine Sekunde aus den Augen.

»In ... der medizinischen Forschung«, er setzte sich auf seinem hölzernen Thron zurecht, »und bei einer Therapie mit dieser Komplexität sind gewisse ... Verluste nicht zu vermeiden.«

»Wie viele?«, fragte ich und tränkte die Worte dabei in Verachtung in ihrer reinsten Form.

»Ich werde gewiss keine vertraulichen Forschungsinformationen mit einer Patientin teilen.«

Ich schnaubte. »Kein Problem.« Er schaute überrascht auf. »Ich habe nicht vor, hier länger Patientin zu sein.«

»Wie meinst du das?«

»Mein Vater und ich haben mich auf eigenen Wunsch eingewiesen«, sagte ich und lehnte mich zurück, »und nun werde ich Rose Hill auf eigenen Wunsch verlassen.«

Er lachte auf, noch während ich auf dem Absatz kehrtmachte und die Tür ansteuerte.

»Du bist noch nicht volljährig, Caitlin.«

»Meinetwegen verbringe ich die letzten Monate in einem Kinderheim.« Mir blieb vermutlich ohne verbleibende Verwandtschaft nichts anderes übrig. Aber das war immer noch besser als hier zu sein. Und um Lorna hier rauszuholen, würde ich mir etwas einfallen lassen. Meine Hand lag bereits auf der Klinke, als er das Wort ergriff.

»Aber es gibt da doch diesen Onkel ...«

»Woher wissen Sie das?«, fragte ich, ohne mich umzudrehen. Denn ich hatte ihn nie kennengelernt, er war schon seit Jahren verschollen.

»Nun ja. Um darauf zurückzukommen, warum ich dich sprechen wollte ...«

Langsam drehte ich mich um und als ich sein hämisches Grinsen im Gesicht sah, wusste ich die Antwort - auch wenn ich alles darum gegeben hätte, dass sie anders lautete.

KAPITEL 18

Dalina

Am nächsten Tag fuhr Dalina mit dem ersten Bus nach Brighton. Das Seniorenheim war zwar eine funktionale aber freundliche Einrichtung. Wände, Tischdecken und Vorhänge waren in warmen Orangetönen gehalten und es wirkte sauber und ordentlich.

Mit einem Blick auf ihr Handy stellte sie sowohl fest, dass George angerufen hatte, als auch, dass sie viel zu früh für die Besuchszeit angekommen war.

Sie bummelte durch die Innenstadt und trank in einem Café einen Latte Macchiato und bestellte auch gleich Scones mit Cream dazu.

Das englische Gebäck hatte es sich im Handumdrehen neben Mousse-au-Chocolat und Muffins in ihrem Herzen bequem gemacht. Und nicht nur dieses

Gebäck, merkte sie, auch das Land eroberte Stück für Stück ihr Herz.

Auch wenn einige Dorfbewohner etwas eigenartig waren. Und andere wiederum anstrengend, fügte sie gedanklich hinzu, als sie an den Abend mit Glenn dachte. Er hatte sie vom B&B abgeholt und ihr sogleich das Du angeboten. Statt des üblichen Marken-Anzugs, in dem sie ihn bisher nur gesehen hatte, trug er eine Lederjacke, die über und über mit silbernen Schnallen besetzt war. Sie war fast geneigt, zu fragen, ob da auch noch eine Jacke unter den Schnallen war oder ob seine Jacke von einer gefährlichen Schnallen-Pest befallen war. Aber sie hatte die leise Ahnung, dass er diesen Humor nicht verstehen würde.

Anscheinend hatte er ihren Blick jedoch bemerkt, denn er erklärte: »Ich muss ja in meiner Branche jeden Tag einen Anzug tragen. In meiner Freizeit ziehe ich mich daher gern etwas legerer an.«

Dalina beschränkte sich auf ein verständnisvolles Nicken, denn wenn sie den Mund geöffnet hätte, hätte sie zwangsläufig loslachen müssen.

Da das einzige Restaurant im Dorf überfüllt gewesen war, hatte er sie in das niedliche Café Erd-Bär geführt, wo es vollwertige Snacks zu essen gab. Glenn hatte sich geärgert, dass er nun nicht französisch essen konnte, aber Dalina kam das gerade recht und bestellte die Home Made Fries mit einer Gemüsefrikadelle und Salat. In letzter Zeit hatte sie ständig Heißhunger auf Pommes frites.

»Puh, wie lange dauert es denn noch?« Unruhig wanderte sein Blick zur Küche.

»Wir haben doch vor fünf Minuten erst bestellt.«

Er lächelte ein Zahnpastawerbungslächeln. »Sorry. Geduld ist nicht gerade meine Kernkompetenz.«

»Kein Problem. Lass uns doch die Zeit nutzen, um das Geschäftliche schon mal zu besprechen.«

»Ah, eine Frau, die gleich zur Sache geht. Das gefällt mir!«

Er erzählte ihr, wie er ihr als Immobilienmakler zur Seite stehen könne und bot sogar an, das für eine geringere Provision als üblich zu machen.

»Aber wieso?«, hakte sie nach.

»Mir ist es einfach wichtig, dass Rose Hill in die richtigen Hände gerät. Daher bin ich sogar bereit, Abstriche zu machen.«

Schließlich kam die Kellnerin mit zwei Tellern aus der Küche. Ihr Hipster-Dutt wackelte dabei fröhlich hin und her.

»Na Joan, musstet ihr die Kartoffeln erst noch ernten, oder was war da los?«, fragte er sie und Dalina wäre am liebsten im Erdboden versunken.

»Natürlich. Wie du weißt, wird hier alles vollkommen frisch zubereitet. Aber wenn dir das zu gesund ist, geh doch zum Supermarkt rüber. Die haben bestimmt noch ein bisschen Gammelfleisch zum Wegwerfpreis für dich abgepackt.« Sie lächelte ihn zuckersüß an und Dalina musste grinsen.

»Ihr kennt euch?«, fragte sie, als Joan wieder verschwunden war.

»Ja, wir waren in einer Klasse früher. Joan ist nur irgendwie in ihrem Studentenleben hängengeblieben. Lebt immer noch in einer WG und kellnert, obwohl sie einen Abschluss in Psychologie hat. Sie ist auch mit meiner Frau befreundet.«

Ein Glück, dann gehörte Flirten nur zu seiner Verkaufstaktik.

»Also, hast du eine Rose für mich?«

Dalina hatte keinen Schimmer, was er damit sagen wollte und offenbar sah man ihr das auch an.

»Rose wegen Rose Hill ...« Erwartungsfroh grinste er.

»Ich verstehe noch immer nicht ...«

»Du hast nie den *Bachelor* geguckt? Was hast du denn die letzten Jahre gemacht?«

Dalina lächelte verlegen. »Gearbeitet?«

»Darf ich mich dann auf die Suche nach einem Käufer machen? Ich werde nicht ruhen, bis ich dieses wunderschöne Haus und die Besitzerin, die dem in nichts nachsteht, glücklich gemacht habe.«

Mit diesen Worten hatte er seine Hand auf ihre gelegt. Sie war warm und verschwitzt. Dalina griff nach ihrem Glas, um sie höflich loszuwerden. Leider war es leer. Unauffällig stellte sie es zurück und versicherte ihm, es sich zu überlegen.

~

Ein Blick auf das Handy verriet, dass die Besuchszeit nun startete und so lief sie zurück zur Seniorenresidenz. An der Anmeldung wurde ihr gesagt, dass sie im Residenz-Café Platz nehmen sollte. Bald darauf wurde eine hagere alte Dame mit einem freundlichen Gesichtsausdruck in den Raum geschoben. Ihre Ähnlichkeit zu Marjorie war nicht zu übersehen. Dalina stand auf und schüttete ihre Hand und stellte sich vor.

»Sie wundern sich vermutlich, warum ich Sie besuchen komme, obwohl wir uns gar nicht kennen.«

Das gesamte Gesicht der Dame erstrahlte, als sie lächelte und einige Fältchen verschwanden daraufhin.

»Bitte, nenn mich doch einfach Marigold. Offen gestanden ist es mir ganz egal, warum du da bist. Eine Erbschleicherin kannst du nicht sein, denn der pfirsichfarbene Kasten hier verschlingt meine gesamte Rente ... Ich freue mich einfach, dass ich mal Besuch bekomme.« Sie zwinkerte mir zu. »Und wenn es dann noch von so einer hübschen Amerikanerin ist umso mehr. Aber da bin ich natürlich sofort neugierig, was eine adrette Dame wie dich zu einer alten Schachtel wie mir führt.«

Sie lachte auf. »Ihre Tochter meinte, dass Sie mir vielleicht weiterhelfen können. Ich habe vor Kurzem erfahren, dass ich geerbt habe hier in England. Und zwar ein ehemaliges Sanatorium. Das Rose Hill Sanatorium, um genau zu sein.«

»Rose Hill!?« Marigolds Augen weiteten sich und für einen Moment sah es so aus, als würde sich ein Film auf der anderen Seite abspielen. »Du meine Güte. Da hast du aber einen Fang gemacht. Das Haus hat mich schon als Kind beeindruckt. Wie es da hockt auf dem Hügel, umgeben von hunderten von Rosen ... Es wirkt fast, als hätte es eine eigene Seele.«

»Ja, das Haus hat gewiss einen ganz besonderen Charme. Ich habe nicht schlecht gestaunt, als ich erfahren habe, dass es uns gehört. Sie müssen wissen, dass wir keine Ahnung hatten. Meine Großmutter ist schon vor mehreren Jahrzehnten in die USA ausgewandert und meine Mutter und ich waren vollkommen ahnungslos, dass sie noch Familie in England hatte. Daher bin ich offen gestanden auch hier ...«

Die alte Dame sah Dalina aufmerksam an. Von der

Demenz, von der Marjorie gesprochen hatte, war nichts zu bemerken.

»Ich hatte gehofft, dass Sie mir vielleicht weiterhelfen können, herauszufinden, was passiert ist. Ich frage mich, warum das Sanatorium geschlossen wurde. Es gibt Andeutungen, dass mein eigener Großvater damit zu tun hatte. Aber das kann ich mir eigentlich nicht vorstellen. In den USA hat er großes Ansehen genossen. Es ist alles sehr rätselhaft für mich und als ich erfahren habe, dass Sie dort gearbeitet haben, musste ich sofort herkommen.«

»Ja, ich habe dort gearbeitet, aber allzu viel weiß ich offen gestanden auch nicht. Ich war nur in der Küche und habe vieles nur am Rande mitbekommen, denn ich bin ja jeden Abend wieder nach Hause gefahren. Aber ich erinnere mich noch an ein paar Dinge. Wie hieß deine Großmutter, wenn ich fragen darf, Liebes?«

»Caitlin.«

Jetzt schlug die alte Dame doch tatsächlich die Hand vor den Mund. »Caitlin Montgomery ist deine Großmutter?«

»Ja, das ist sie.«

»Ich erinnere mich noch sehr gut an Caitlin.«

Bildeten sich da Tränen in den Augenwinkeln der Dame?

»Wirklich?« Das war mehr, als Dalina zu wagen gehofft hatte.

»Oh ja, sie war etwas ganz Besonderes. Schien erst gar nicht richtig hineinzupassen ins Sanatorium, denn sie war nicht verrückt, wie sie immer wieder betonte. Aber nachher hatte sie sich richtig gut eingelebt. Am Anfang hatte sie sich immer wieder Sorgen gemacht, das weiß ich noch. Einmal erzählte sie mir, dass sie nachts Schreie gehört hat.«

»Schreie? Woher kamen die Schreie und was war da los?«

»Das habe ich nie herausfinden können. Es wurde immer wieder von fragwürdigen Behandlungsmethoden gemunkelt und das war dann letztendlich, glaube ich, auch der Grund, dass alle das Sanatorium so überstürzt verlassen haben.«

Ich schluckte.

»Weißt du, was das für Methoden waren?«

Sie zuckte mit den Schultern. »Ich war wie gesagt nur die Köchin. Ich versteh davon nicht wirklich viel. Aber es waren halt solche Methoden, wo einfach nur verschiedene Sachen ausprobiert wurden und die schlugen wohl eher ins Gegenteil um, als dass sie hilfreich waren. Die Menschen haben gelitten. Monate-, wenn nicht ihr Leben lang.«

Die nächsten Worte brachte Dalina nur flüsternd über die Lippen. »Und dafür ist dieser Professor Berker verantwortlich.«

»Keine Sorge, Liebchen.« Sie tätschelte Dalinas Hand. »Soweit ich weiß, ist Professor Berker gar nicht betroffen. Er war es nicht, der diese umstrittenen Methoden durchgeführt hat. Nein, er hatte immer nur das Gute für die Patienten im Sinn, das hat er immer wieder betont. Hätte die Stadt sonst eine ganze Straße nach ihm benannt?«

»Aber wer war es denn, der mit diesen fragwürdigen Methoden gearbeitet hat?«

Die alte Dame presst ihre Lippen aufeinander. »Warten Sie einen Moment, mir ist momentan der

Name entfallen, aber ich komm gleich wieder darauf, gleich weiß ich's wieder.«

Sie starrte in die Ecke links oben im Zimmer und Dalina konnte fast fühlen, wie sie innerlich ihr Gehirn durchkämmte.

Dann trafen sie ihre Augen wie ein Pfeil.

»Woodrow. Das war Doktor Woodrow.«

KAPITEL 19

Caitlin

Eins. Zwei. Drei. Vier. Fünf. Sechs. Sieben.

Sieben türkise Blumen umrankt von vier rundlichen und vier länglichen Blättern in Beige. In den Aussparungen sind wieder Blumen und so reihte sich Blume an Blume und zusammen ergaben sie einen hinreißend hübschen Fußboden, auf den ich jetzt schon seit einer geraumen Weile starrte.

Es war ein Versuch.

Vielleicht konnte ich die Anfälle fernhalten, wenn ich hoch konzentriert war. Mich keinerlei Reizen aussetzte. Insgeheim wusste ich, dass es nicht klappen würde. Es hatte schon seit anderthalb Wochen nicht mehr geklappt.

Seit Vaters Beerdigung kamen die Anfälle jeden Tag.

Manchmal zweimal. Es war nicht mehr die Frage, ob ein Anfall kommen würde, es ging nur noch um das Wann. Ich traute mich kaum noch, das Haus zu verlassen. Zu groß war die Angst, dass ich auf einem der Wege zusammenbrechen würde.

Teilnahmslos betrachtete ich das Geschehen im Aufenthaltsraum. Monty unterhielt sich mit Schwester Agnes, es gab die obligatorische Kartenspielrunde und viele saßen, so wie ich, einfach nur da und starrten vor sich hin. Was hatte ich nur für Pläne und Ideen gehabt, was ich noch alles einführen und verändern wollte. Ein paar Trennwände gab es, aber ich wollte noch interessante Beschäftigungsmöglichkeiten suchen und vielleicht sogar ein paar Ausflüge arrangieren.

Aber es war alles sinnlos. Wozu?

Es war doch viel einfacher, nur hier zu sitzen und nichts zu machen. Die Tage vergingen auch so.

Wann immer er konnte, sah Nathaniel nach mir. Ich hatte anfangs versucht, auf ihn sauer zu sein, habe es aber nicht geschafft. Zu sehr brauchte ich seine beruhigenden braunen Augen und seine sanfte Stimme. Sie gaben mir Kraft für den Tag und Halt in einer Zeit voller Unsicherheit.

Für einen Moment schloss ich die Augen und atmete tief ein. Der Boden schien mich anzusaugen. Jeder Schritt fiel mir unglaublich schwer, trotzdem erreichte ich mein Ziel. Einer der Tische, der am Fenster stand.

Ich holte mein Buch mit dem hellblauen Umschlag, der mit filigranen Blümchen bestickt war, aus meiner Tasche. Meine Finger glitten über den seidigglatten Stoff, bevor ich zu schreiben begann. Nathaniel meinte, dass es mir vielleicht helfen könnte. Ich wusste nicht, ob es tatsächlich gegen die Epilepsie half, aber es tat mir gut, diese Aufgabe zu haben. Ich erzählte dem Buch alles, was seit meiner Ankunft auf Rose Hill passiert war und merkte, dass das Schreiben eines der wenigen Dinge war, die mir noch Freude bereiten konnten. Viel konnte ich heute jedoch nicht berichten. Die Tage waren grau und verschwammen ineinander, als würden ihre Grenzen aus Wasser bestehen, das ineinander floss.

Als Nathaniel den Raum betrat, lächelte mein Herz. Er sah sich im Raum um und nachdem er sich versichert hatte, dass alles in Ordnung war, kam er auf mich zu. Er legte mir seine Hand auf den Rücken und erkundigte sich nach mir.

»Hast du was von Lorna gehört?«

Mit traurigen Augen schüttelte er den Kopf.

»Sie haben ihr noch eine weitere Woche verordnet.« Ich senkte meinen Blick und er verhakte sich wieder in dem endlosen Muster der Bodenfliesen.

»Es tut mir leid«, flüsterte er und ich sah zu ihm hoch und schüttelte den Kopf.

»Du kannst ja nichts dafür.«

Er presste die Lippen zusammen.

»Ich muss leider wieder los«, sagte er.

»Eigentlich hatte ich es zur Bedingung gemacht, dass ich nicht für die ICT eingeteilt werde, aber nun habe ich Berker gesagt, dass ich es doch machen werde. So kann ich den Patienten besser helfen. Nicht nur Lorna und Braylee, auch Lucinda und Flint sind in den Westflügel gekommen.« Und dann war er auch schon wieder verschwunden.Der Nachmittag schlich weiter vor sich hin und ich konzentrierte mich nun auf das beruhigende Summen des Hauses.

KAPITEL 20

Dalina

Dalina stand am Fenster ihres Zimmers und ließ ihren Blick über die Fachwerkhäuser von Mayfield wandern. Regentropfen klatschten gegen das Glas. Einige rutschten sofort hinunter, hinterließen eine wässrige Spur, andere blieben auf der Stelle kleben.

Wenn sie durch die Tropfen hindurchsah, stand die Welt kopf, fiel ihr zum ersten Mal auf.

Was für eine ironische Metapher für ihr Leben. Bis vor Kurzem dachte sie noch, dass das kleine Wesen in ihrem Bauch ihre bisherige Welt auf den Kopf stellen würde. Dann das Erbe. Und nun sollte ihr Großvater nicht mehr der sein, für den sie ihn gehalten hatte?

Den sie bewundert hatte? Er war der Grund gewesen, dass sie bereits mit sieben Jahren beschlossen hatte, Ärztin zu werden.

Ein sanftes Kitzeln in ihrem Bauch lenkte sie von den trüben Gedanken ab. Unwillkürlich streichelte sie über die leichte Rundung, als könne sie damit eine Antwort geben.

»Ist alles in Ordnung bei dir? Ich habe dich gestern beim Abendessen vermisst.«

Dalina fuhr herum und sah in Marjories rundliches Gesicht.

»Ich hatte zu tun.« Sie konnte ihre Verärgerung in der Stimme nicht verstecken. Auch wenn dies ein familiäres Bed & Breakfast und kein Hotelzimmer war, fand sie es unmöglich, das Marjorie immer wieder ungefragt hereinplatzte. Insbesondere in Momenten wie diesen.

»Mir war anfangs auch immer übel.«

Dalina runzelte die Stirn. »Was willst du damit sagen?«

Marjorie nickte in Richtung von Dalinas Bauch. »Meine Liebe, es ist ziemlich offensichtlich, dass du schwanger bist.«

»Bitte?«

»Ach, komm. Das musst du doch nicht verheimlichen. Das ist doch nicht zu übersehen, so wie du immer wieder über deinen Bauch streichelst.«

Fieberhaft überlegte Dalina, ob sie das wirklich getan hatte.

»Dann hast du doch sicherlich einen Mann, der auf dich wartet in den USA, oder? Wann wirst du das Anwesen denn verkaufen? Ich würde nicht mehr allzu lange warten. Er wartet sicherlich schon sehnsüchtig darauf, seine kleine Familie wieder bei sich zu haben.«

Dalina verengte ihre Augen zu zwei schmalen Schlitzen. »Du willst nur daran, dass ich die Hand auf meinem Bauch gelegt habe, erkannt haben, dass ich schwanger bin?«

»Ich … Er… Na ja, du hast auch kein Ei gegessen und das Fleisch sollte ich gut durchbraten … Da habe ich einfach eins und eins zusammen gezählt. Aber wie ist es denn nun? Wirst du Glenn mit dem Verkauf des Anwesens beauftragen? Er ist ein ganz hervorragender Immobilienmakler, wenn er nicht gerade Notar ist.«

»Das habe ich noch nicht entschieden«, presste sie hervor, um nicht das zu sagen, was sie eigentlich sagen wollte. Sie ging zu ihrem Koffer, um ihre Strickjacke rauszuholen, denn durch den Wetterumschwung fröstelte sie. Als sie die Klappe zur Seite schlug, blitzte ihr der fröhlichgelbe Schwangerschaftsratgeber, den sie am Flughafen gekauft hatte, aus der Seitentasche entgegen. Eine Welle des Zorns erfasste sie. Sie wusste, dass sie ihn immer ganz genau in die Seitentasche zurückschob und den Reißverschluss zuzog. Sie konnte gar nicht anders. George hatte sich oft darüber lustig gemacht, dass sie diesen Zwang hatte, Dinge immer hundertprozentig genau zurückzulegen. Auch sie selber verfluchte sich manchmal dafür. Dass er nicht mehr an seinem Platz war, konnte nur eins bedeuten.

»Du hast meine Sachen durchsucht«, stellte sie mit tonloser Stimme fest. Marjories Gesicht verfärbte sich in ein tiefes Rot.

»Wie kommst du darauf?«, fragte sie und stemmte die Hände in die Hüften.

»Versuch gar nicht erst, es zu leugnen. Ich bin mir sicher.«

»D-das ist eine Unverschämtheit. Niemals würde ich die Sachen meiner Gäste durchsuchen.«

Dalina zog den Ratgeber aus der Seitentasche und wedelte damit herum. »Warum ist mein Schwangerschaftsratgeber dann nicht mehr, wo er vorher in der Tasche war?«

»Das weiß ich doch nicht. Vielleicht bildest du dir das ein? Es war anscheinend bisschen viel in letzter Zeit für dich. Du entwickelst ja schon Wahnvorstellungen. Du dachtest ja auch schon, dass es auf dem Anwesen spukt. Das ist doch nicht mehr normal.«

Dalina wurde stutzig. Sie hatte Marjorie nie erzählt, dass sie diese seltsamen Stimmen und Geräusche auf Rose Hill gehört hatte. Sie griff nach dem Pullover, den sie am Vortag getragen hatte, und pfefferte ihn in den Koffer. »Wie viel schulde ich dir für das Zimmer? Ich werde heute noch abreisen.«

Marjorie sah sie mit hochgezogenen Augenbrauen an. »Das würde ich mir überlegen. Du wirst keine einzige andere Unterkunft finden.«

Dalina zuckte mit den Schultern. Von solch einer lächerlichen Drohung würde sie sich keine einzige Minute beeindrucken lassen. Eher würde sie unter einer Brücke schlafen, als noch einen Tag länger bei dieser Intrigantin zu wohnen.

~

Wenig später zog sie ihren schweren Koffer in das kleine Café Erd-Bär. Ein freundliches Läuten begleitete sie, als sie die gläserne Tür öffnete und sie tauchte in das gedämpfte Stimmengewirr und die warme Luft, die nach frisch gebackenem Kuchen duftete, ein.

Es war außergewöhnlich voll und sie freute sich, einen kleinen Tisch im hinteren Teil zu entdecken, der gerade frei wurde.

Gut eingedeckt mit einer ganzen Kanne Tee und Scones mit Clotted Cream, öffnete auf ihrem iPad die Seite mit den Bed & Breakfasts. Sie stellte die Filter so ein, dass ihr nur verfügbare Unterkünfte angezeigt wurden und rief die Ergebnisse auf.

Ein unruhiges Kribbeln kroch vom Bauch aus ihre Wirbelsäule hoch.

Fünf Ergebnisse.

Das war alles. Eins sollte über zweihundert Pfund pro Nacht kosten und die anderen sahen wenig einladend aus.

Die Handfläche kitzelte von innen, so schnell brauste das Blut durch sie hindurch, als sie nach ihrem Handy griff.

In absteigender Grässlichkeit telefonierte sie die Liste ab – doch ein ums andere Mal wurde sie abgewiesen. Selbst die abgeramschte Unterkunft zum absoluten Wucherpreis hatte kein einziges Zimmer mehr frei und die unfreundliche Rezeptionistin besaß sogar die Dreistigkeit, sie wegen ihrer Anfrage auszulachen.

»Entschuldigen Sie bitte, es war wirklich unhöflich von mir anzunehmen, dass die Angaben auf Ihrer Website aktuell sind«, sagte Dalina, brachte die Dame damit ins Stottern und erntete ein kleines Triumphgefühl, bevor sie auflegte.

Es verflog jedoch schnell, als sie die hereinbrechende Dämmerung durch das Fenster sah.

Was sollte sie nur tun?

Die Gäste an den Nachbartischen hatten inzwischen schon alle gewechselt und sie saß noch immer an ihrem kleinen Tisch.

Sie bestellte einen Saft und begann auf gut Glück noch ein paar Hotels und Pensionen anzurufen, in der Hoffnung, dass einige ihre Websites nicht auf den neuesten Stand hielten oder jemand kurzfristig abgesagt hatte. Doch sie hatte kein Glück.

Als Joan, die Kellnerin mit dem Hipster-Dutt, die sie auch schon beim letzten Mal bedient hatte, das Getränk brachte, sprach Dalina sie an.

»Kennen Sie vielleicht noch eine gute Unterkunft? Oder auch einfach nur *irgendeine* Unterkunft? Ich brauche dringend etwas für die nächsten Tage.«

Die Kellnerin sah sie mit einem Hauch von Entsetzen an. »Sie sind hier um diese Zeit und haben keinen Schlafplatz?«, versicherte sie sich ungläubig.

Dalina nickte. »So ist es.«

Jetzt sah Joan so aus, als hätte sie starke Schmerzen. »Das ist … ungünstig.« Sie musterte sie und sah dann kurz zur Decke. »Warten Sie einen Moment, ich werde sehen, was ich tun kann und ein paar Telefonate führen.«

»Danke.« Dalina lächelte sie an und nahm einen extra großen Schluck Saft, als sie weg war. In ihrem Inneren loderte die Nervosität und sie versuchte, sie in eine dunkle Kammer ihres Gehirns zu verbannen. Lieber führte sie noch ein paar mit Hoffnung gefüllte Telefonate, doch sie hatte wieder kein Glück.

Umso größer war ihre Erleichterung, als Joan lächelnd auf sie zukam. »Ich habe alle meine Bekannten angerufen, von denen ich weiß, dass sie ein Gästezimmer haben. Aber jetzt, wo das Festival in der Nähe von Brighton ist, wird jede noch so kleine Abstellkammer vermietet. In unserer WG ist nicht mal mehr die Couch in der Küche frei. Zum Glück ist ein Bekannter von mir aber ein absoluter Eigenbrötler und der würde sich eher seinen linken Arm abschneiden, als Gäste aufzunehmen.« Sie biss sich auf die Unterlippe und Dalina sah sie unsicher an. »Das gilt natürlich nur für die typischen Touristen«, beeilte sie sich zu sagen. »Er ist auch sehr hilfsbereit. Insbesondere Leuten in Not hilft er sehr gern. Er hat sich sogar bereit erklärt, gleich vorbeizukommen, damit ihr euch kennenlernen könnt.«

Dalina nickte langsam. Was würde das für ein seltsamer Mensch sein und wollte sie wirklich bei jemanden übernachten, der so misanthropisch veranlagt war? Aber was hatte sie für eine Wahl auf der anderen Seite? Selbst in den Nachbarorten war alles ausgebucht und sie hatte ja nicht mal ein Auto, um darin zu übernachten.

»Also gut«, sagte sie zaghaft.

Als sie den norwegisch anmutenden Blondschopf in das Café kommen sah, der sich suchend umschaute, schlug sich gedanklich selbst vor die Stirn. Ein misanthropisch veranlagter Eigenbrötler?

Darauf hätte sie auch selbst kommen können!

Schnell schickte sie einige Stoßgebete an den Gott, an den sie sonst nicht glaubte, in den Himmel.

Lieber Gott, ich weiß, ich hab kein Recht, dich um irgendwas zu bitten und offensichtlich magst du mich auch nicht besonders, aber bitte, bitte, bitte, wenn es irgendwie geht, dann mach, dass dies nicht meine einzige Übernachtungsgelegenheit ist.

Sie beobachtete, wie er mit der Kellnerin redete und sah wie in Zeitlupe, dass Joan auf ihren Tisch deutete und erkannte in HD, wie das Lächeln aus Jareds Gesicht verschwand.

Beide kamen auf ihren Tisch zu und Dalina zwang sich äußerlich ruhig zu bleiben.

»Dalina, das ist er. Die gute Seele unseres Dorfes, die sich bereit erklärt hat, dir ein Dach über den Kopf zu geben. Jared, das hier ist-«

»Wir kennen uns bereits«, brummte er kurz angebunden.

Dalina räusperte sich. »Ach, ehrlich gesagt, das ist mir jetzt total unangenehm, dass du extra hergekommen bist, aber ...«, sie schwenkte ihr Handy in der Luft hin und her, »gerade eben hatte ich doch noch Glück und ich habe eine kleine Pension im Nachbarort gefunden, die noch ein letztes Bett frei hatte.«

Mit einem Lächeln, von dem sie hoffte, dass es nicht so künstlich aussah, wie es sich anfühlte, sprach sie weiter. »Du hast deine Wohnung also für dich, und ich muss deine Gastfreundlichkeit nicht in Anspruch nehmen.«

Joan hatte sich bereits verabschiedet, um den Gästeansturm bewältigen zu können, aber Jared bedachte sie mit einem überaus skeptischen Blick. »Ja?«

»Ja, ist das nicht großartig? Ich hatte die Hoffnung schon aufgegeben. Aber anscheinend ist mir da oben doch jemand wohlgesonnen. Ich hatte das Glück, dass jemand in letzter Minute abgesagt hat.«

Jared zuckte mit den Schultern. »Na gut, wie du meinst. Aber …«, er kratzte sich am Hinterkopf, »also, wenn du aus irgendwelchen Gründen doch nicht dorthin kannst, kannst du bei mir vorbeikommen. Ich wohne direkt über dem Archiv.«

»Gut zu wissen, aber das wird nicht nötig sein. Ich werde mit dem nächsten Bus rüberfahren.«

»Wie du meinst«, murmelte er, wandte sich damit ab und stapfte aus dem Raum.

Wenig später kam die Kellnerin wieder an ihren Tisch. »Was ist passiert? Wirst du doch nicht bei ihm schlafen?«

»Nein, es hat sich noch etwas anderes ergeben. Sag mal, kann ich irgendwo Campingsachen kaufen?«

Joan riss ihre Augen auf. »Du willst doch bei diesem Wetter nicht etwa campen?«

»Nein, auf keinen Fall.« In dem Hostel, wo ich noch ein Bett gefunden habe, sollte man seinen eigenen Schlafsack mitbringen ...«

»Ach so, verstehe. Hier in Mayfield haben wir nur den kleinen Gemischtwarenladen, wo es alles Mögliche gibt. Aber ich glaube nicht, dass sie auch Campingsachen haben. Da müsstest du schon rüberfahren nach Brighton.« Sie schaute auf die Uhr. »Das wird heute aber vermutlich nichts mehr.«

Dalina sah aus dem Fenster, wo schon alles in ein verwaschenes Grau getaucht wurde. »Du hast recht, aber danke für den Tipp und für deine Hilfe.«

Sie legte einen größeren Geldschein auf den Tisch und verabschiedete sich. Als sie nach draußen trat, trafen vereinzelte Regentropfen auf ihr Gesicht und eine Windböe fegte die Haare hinter ihre Schultern. Sie machte sich auf den Weg zu dem Gemischtwarenladen, den sie vor ein paar Tagen neben dem Rathaus gesehen hatte. Der Ladenbesitzer sprach gerade mit einem Kunden, dessen Gesicht so verkniffen war, wie das einer Bulldogge. Er lächelte ihr mit einem Seitenblick kurz zu, als sie den Raum betrat und so ging Dalina erst mal alleine auf Entdeckungstour. Immerhin konnte sie einen Gaskocher entdecken, aber Schlafsäcke konnte sie tatsächlich nirgendwo finden.

Als der Mann mit den schütteren grauen Haaren seinen Kunden verabschiedet hatte, kam er mit einem warmen Lächeln auf sie. »Kann ich Ihnen helfen?«

»Ich bräuchte eine Lampe, also eine Campinglampe, vielleicht auch zwei oder besser sogar drei, eine Taschenlampe, wenn Sie die haben, eine Luftmatratze und einen Schlafsack.«

Mit sicheren Schritten verschwand der Herr zwischen den Gängen und kam schon bald mit den gesuchten Dingen zurück. Nur einen Schlafsack konnte er ihr leider nicht anbieten, genau wie eine Luftmatratze. Dalina entschied sich für eine Yogamatte und kaufte kurzerhand drei Steppdecken. Sie war schon im Begriff hinauszugehen, als ihr noch etwas einfiel.

»Ach ja, ein paar Putzsachen könnte ich auch noch gebrauchen.« Für den Bruchteil einer Sekunde las sie Verwirrung im Gesicht des Verkäufers, das aber bald darauf durch ein professionelles Lächeln ersetzt wurde. Er verschwand noch einmal im Ladeninneren.

»Und wenn Sie mir dann vielleicht noch ein Taxi rufen könnten ...«

Wenig später stieg Dalina mit fünf riesigen Tüten aus

dem Auto und sah trotz des Regens, der inzwischen eingesetzte hatte, erst mal auf das Gebäude.

Es zeichnete sich dunkelgrau vor einem fast schwarzen Himmel ab und blickte stolz auf sie hinab, während der Wind ihre Haare in alle Richtungen flattern ließ.

Es wirkte ein wenig bedrohlich, musste sie sich eingestehen.

Schnell redete sie sich ein, dass es nur daran lag, dass nirgendwo Licht brannte. Sie lauschte, wie das Motorengeräusch des Taxis immer leiser wurde. Dann war die Stille so übermächtig, dass es fast weh tat. Vielleicht sagte sie deswegen halblaut zu sich selbst: »Okay, dann wollen wir mal.«

KAPITEL 21

Caitlin

Carl streckte seine Hand aus und ich legte das Geld hinein. »Versuche bitte zwei bis drei Staffeleien mitzubringen, je nachdem, wie viel sie kosten. Und dann brauchen wir so viele Leinwände wie möglich. Den Rest des Geldes darfst du für deine Mühe behalten.«

»Danke.« Er lächelte, was durch den fehlenden linken Schneidezahn immer etwas schelmisch aussah. »Aber das macht doch wirklich keine Umstände, ich fahre schließlich ein Mal pro Woche ins Dorf runter und besorge alles, was wir brauchen.«

»Trotzdem. Du sollst ja auch etwas davon haben. Ich sehe dich immer nur am Schuften.« Tatsächlich schien er immer schwer beschäftigt zu sein, auch, wenn ich ihn selten im Haus sah – was für einen Hausmeister meiner Meinung nach merkwürdig war. Ich zwinkerte ihm zu und ging zum Dayroom.

Dort sprang Monty durch den Raum und sang fröhlich vor sich hin. »Heute kommen mich meine Eltern besuchen!«, wiederholte er immer wieder voller Freude.

Ich lachte auf. »Das glaube ich kaum.«

»Doch, doch«, schaltete sich Schwester Agnes ein. »Heute ist der Familienbesuchstag. Hat dir keiner Bescheid gesagt?« Sie biss sich auf die Unterlippe. »Entschuldige, Liebes. Ich hatte es kurz vergessen.«

Ich schüttelte wortlos den Kopf. Berker hatte mich gebeten, ihn fortan *Onkel Nyle* zu nennen. Aber das brachte ich nicht über die Lippen. Es war noch immer unvorstellbar für mich, dass er alles sein sollte, was von meiner Familie übrig war. Müsste es sich nicht auch zumindest ein bisschen wie Familie anfühlen, wenn man verwandt war?

Ich ging zu Lorna herüber, die endlich aus der Therapie gekommen war zusammen mit Braylee und ein paar anderen, die ich noch gar nicht kannte. Ich griff nach ihren Händen, die kalt waren, und erzählte ihr von den Neuigkeiten, die ich soeben erfahren hatte. Wie fast immer zeigte sie keinerlei Reaktion auf meine Erzählungen und betrachtete weiterhin einen imaginären Punkt auf dem Boden.

»Wird deine Familie auch vorbeikommen?«

Ich hatte mit keiner Antwort gerechnet, doch für ein Moment löste sie ihren Blick vom Boden und betrachtete mich. Aber dann verschwand die Erkenntnis aus ihren Augen und sie starrte wieder in das Nichts zwischen uns.

Schon bald wimmelte es auf dem ganzen Gelände von unbekannten Menschen. Immer wieder kamen teure und weniger teure Autos die elegante Auffahrt hochgefahren und parkten vor dem Haus.

Berker kam in den Dayroom und klatschte ein paarmal in die Hände, um die Aufmerksamkeit der Menschen zu erregen. »Wenn ich Sie bitten darf mir zu folgen, wir starten mit der Besichtigungstour.«

Schwerfällig setzte sich eine große Menschentraube in Bewegung. Ich blieb neben Lorna sitzen, doch Berker signalisierte mir, ebenfalls zu kommen. Schon nach dem ersten Zimmer erkannte ich, dass es die Tour war, die Vater und ich gemacht hatten. Ich erinnerte mich daran, wie wütend ich auf ihn gewesen war und dass ich mich benommen hatte, wie ein bockiges Kleinkind. Mittlerweile hätte ich mich dafür ohrfeigen können. Er hatte nur mein Bestes gewollt. Dass ich nicht mehr leide, denn mit jedem Anfall zog mehr Angst in seinem Kopf ein. Es war zu viel gewesen, dass er bereits Mum und Tom hatte verlieren müssen.

Nachdem wir die wichtigsten Räumlichkeiten im Haus besichtigt hatten, ging unsere Truppe durch die Hintertür in den Mauergarten. Der herrliche Sommertag passte kein bisschen zu meiner Stimmung. Die Rosen und auch die Hortensien, Bartnelken, Lupinen und Lilien strahlten mir in bunten Farben entgegen und die Leute begannen zu flüstern.

Eine Frau mit extravagantem Hut, die sich als Montys Mutter herausgestellt hatte, stand neben mir. Ich hörte, wie sie ihren Mann ansprach. »Was für ein wunderschöner Garten! Er ist ja besser angelegt, als die professionellen Gärtner es bei unserer Villa machen.«

Berker, der die Bemerkung offensichtlich gehört hatte, ergriff das Wort. »Diesen Garten hat meine Nichte Caitlin angelegt. Einige der Patienten haben sie dabei unterstützt, aber das meiste war ihre Idee.«

»Ist es auch Teil des Therapieprogramms?«, erkundigte sich ein Mann mit Schnurrbart und auffälliger Brille.

»Ja«, sagte Berker nach einer kaum wahrnehmbaren Verzögerung.

»Ja, das ist alles Teil unseres ganzheitlichen Therapieprogramms. Beschäftigungstherapie wird in immer mehr Ländern eingesetzt und viele konnten damit große Erfolge erzielen und deswegen bieten wir sie auch hier an und konnten bereits großartige Veränderungen feststellen.«

Anerkennendes Flüstern machte sich in der Menschenmenge breit.

Also hatte er meine Dokumente doch gelesen. Aber warum hatte er dann nie aktiv die Ergotherapie initiiert?

Berker deutete auf Braylee. »Dieser junge Mann hat Caitlin am meisten beim Anlegen des Gartens geholfen. Dadurch haben wir genau den richtigen Zugang zu ihm bekommen, denn sonst ist er durchgehend aggressiv. Durch die sinnvolle Beschäftigung hatte er etwas zu tun und konnte so seine Aggression kanalisieren.« Braylee blieb still, aber er tötete den Professor mit seinem Blick. Ich biss mir auf die Zunge, um keinen Einspruch zu erheben. Unter normalen Umständen hätte ich vermutlich etwas gesagt, aber seit die Anfälle täglich kamen, hatte ich das Gefühl, nicht mehr Ich selbst zu sein. So vieles machte mir Angst. Ich fühlte mich fremd in meiner Haut.

»Und Monty? Hat er auch dabei geholfen?«, erkundigte sich seine Mutter.

»Das kann Ihnen meine Nichte beantworten. Wir werden zurück ins Haupthaus gehen, denn es ist Zeit für den Afternoon Tea«.

Ich lächelte die Dame an. »Monty hat zwar nicht direkt mit den Gartengeräten gearbeitet, aber er hat mir oft Gesellschaft geleistet und mich aufgemuntert und die lustigsten Geschichten erzählt, während ich Unkraut gejätet oder andere eher eintönige Arbeiten verrichtet habe. Ich hätte ihn nicht missen wollen.«

Sie sah niedergeschlagen aus. »Also kriegt er nicht mal das hin.«

»Was soll das heißen? Er hat halt auf seine ganz eigene Weise geholfen. Das ist nicht weniger wert, auch wenn er keine direkte Gartenarbeit gemacht hat.«

»Na ja, ich hätte mir einfach gewünscht, dass er ein bisschen was Sinnvolles in seinem Leben auf die Reihe bekommt. Ich hatte immer davon geträumt einen Sohn zu haben, der Rechtsanwalt wird.« Sie sah zu Monty, der in ein paar Metern Entfernung gut gelaunt von einem Stein zum anderen hüpfte. »Monty wird wohl ewig auf dem Niveau eines Kindes bleiben.«

Meinte sie das ernst? Ich sah die Frau prüfend an. »Aber Monty ist so ein wunderbarer Gefährte. Er ist immer gut gelaunt und voller Lebensfreude. Und ist das nicht das Wichtigste, was man sich für seine Kinder wünschen kann? Ich denke, jede Mutter könnte sich glücklich schätzen, ein so fröhliches Kind zu haben, das für andere Menschen eine solche Bereicherung ist. Das ist doch viel mehr wert als jemand, der für einen Haufen Geld andere Leute ins Gefängnis bringt.«

Die Dame zog die Stirn kraus. »So habe ich das noch gar nicht gesehen.«

Wir hatten keine Gelegenheit, weiter darüber zu sprechen, denn in dem Moment stürmte Monty auf sie zu und zeigte ihnen einen besonders schönen Stein, den er auf dem Kieselweg gefunden hatte. Sein Vater legte ihm freundschaftlich eine Hand auf den Rücken und klopfte ihn leicht. Von Weitem sah ich nun jemanden durch das Gartentor neben der Einfahrt auf unsere Gruppe zurennen und als die Person näherkam, merkte ich, dass ich sie kannte.

»Bin ich zu spät?«, fragte der junge Mann aus dem Archiv.

»Der Rundgang ist vorbei. Wir wollten gerade den Afternoon Tea einnehmen.«, erklärte ich ihm.

»Gut.« Für eine Weile sahen wir uns an und keiner von uns schien zu wissen, was er als Nächstes sagen sollte.

»Wie geht es dir?«, fragte er schließlich.

»Nicht so gut, ehrlich gesagt.« Ich senkte meinen Blick.

»Ist etwas passiert?« Die Sorge stand ihm ins Gesicht geschrieben.

Ich wollte ihn nicht mit dem Tod meines Vaters belasten. Vom Tod meiner Mutter wusste ich, dass die Menschen danach meist hilflos um Worte rangen. Vermutlich hätte ich es bei einer Höflichkeitsfloskel belassen sollen, aber er schien mir auch nicht der Typ für oberflächliches Geplänkel zu sein. Also schob ich alles auf meine Krankheit und erzählte ihm, dass ich mittlerweile täglich Anfälle bekam. Wir betraten gemeinsam das Haus. Die Gruppe war inzwischen schon vorgegangen und wir beide blieben im Flur stehen. Ich konnte förmlich sehen, wie es hinter seiner Stirn auf Hochtouren arbeitet.

»Und da kann man gar nichts gegen machen?«

Ich zuckte mit den Schultern. »Bisher ist noch nichts bekannt. Das Problem ist, dass man nicht genau weiß, was die Epilepsie auslöst und deswegen ist so schwer, ein Gegenmittel zu finden.« Ich zuckte mit den Schultern. »Ich weiß nur, dass ich das so nicht mehr lange aushalte.«

»Es ist zu ungerecht. Ich hasse diese Hilflosigkeit. Es muss einfach irgendetwas geben, was helfen könnte. Egal, bei welcher Krankheit. Es muss eine Lösung geben.«

»Irgendwie, irgendwo gibt es die vielleicht auch. Aber wir haben sie noch nicht gefunden.«

Und wenn ich daran dachte, was dazu gehörte diese Hilfsmittel auszutesten, war ich mir auch nicht mehr sicher, ob ich diese Forschung wollte.

»Warum bist du eigentlich hier?«, erkundigte ich mich. »Doch sicherlich nicht, um mich zu besuchen?« Ich grinste ihn an, um die Stimmung wieder anzuheben.

»Hatte ich das nicht erzählt? Meine Frau, sie ist doch auch hier.«

»Nein, das wusste ich nicht. Wer ist es denn?«

»Lorna. Ich möchte Lorna Bryson besuchen. Wie geht es ihr denn? Weißt du da was? Professor Berker sagte, sie hätte eine neue Therapie ausprobiert und ich habe gute Hoffnung, dass sie dadurch mit den Depressionen besser zurechtkommt.«

KAPITEL 22

Dalina

Mit schnellen Schritten flüchtete Dalina sich durch die Regentropfen unter das Vordach und kramte mit zitternden Händen den großen Schlüsselbund aus der Tasche, den Glenn ihr übergeben hatte. Sie brauchte mehrere Versuche, bis sie den richtigen Schlüssel gefunden hatte, doch schließlich öffnete sich die Tür mit einem unheilvollen Knatschen, das ihr tagsüber nicht aufgefallen war.

»Natürlich knarrt sie. Wie könnte es auch anders sein?«, flüsterte sie sich selbst zu und lächelte ironisch.

Gedanklich ging sie die Räume durch, die sie besichtigt hatten und überlegte, welcher davon am besten erhalten war. Auf jeden Fall einer im oberen Stockwerk. Im Südflügel. Allein der Gedanke an die Einritzungen in der Wand im Westflügel riefen bei ihr eine Gänsehaut hervor.

Es ist vollkommen normal, allein in einem Haus zu sein. Das hast du in deiner Wohnung tausende von Malen gemacht. Beispielsweise, wenn du zu Weihnachten oder Silvester Dienst hattest und alle anderen Bewohner des Mietshauses zu ihren Familien gefahren waren. Da hast du auch vermutlich ganz alleine in deiner Wohnung gesessen und es hat dir nichts ausgemacht, sagte sie zu sich selbst.

Es war ganz egal, dass dies ein riesiges Haus mit über dreißig Zimmern und einem Keller war, den sie noch nicht mal besichtigt hatte. Mit Sicherheit hatten die Randalierer schon vor langer Zeit festgestellt, dass es hier nichts mehr zu holen oder zu zerstören gab und bei diesem Regen wagte sich eh keiner vor die Haustür. Sie hatte nichts zu befürchten. Für einen kurzen Moment eroberte der Gedanke ihr Gehirn, dass sie vielleicht eine Waffe hätte mitbringen sollen, aber sie schubste ihn weit fort von sich.

Was hätte sie darum gegeben, das Licht anknipsen zu können und all die dunklen Schatten zu vertreiben. Für den Moment musste das spärliche Licht ihrer Taschenlampe reichen. Ob es hier auch Mäuse gab? Oder Ratten? Aber vielleicht war das auch gut. So konnte sie immerhin jegliche Geräusche auf die grauen Tierchen schieben. Die Spinnen waren eigentlich sowieso ihr viel größeres Problem, aber sie zwang sich, nicht an sie zu denken. Sie würde sich ein gemütliches Lager bauen mit all den Decken, die sie gekauft hatte, und ihr Buch aufschlagen. Es könnte sogar richtig gemütlich und romantisch werden!

Sie hasste ihre innere Stimme, die kurz darauf fragte, ob sie das wirklich glaubte. Sie leuchtete in alle Räume, die sie im ersten Stock des Südflügels fand und entschied sich für das sauberste.

Dann stellte sie die drei Campingleuchten auf und freute sich, dass es sogleich viel freundlicher wirkte. Schließlich zog sie die Gummihandschuhe über und holte das Putzzeug aus der Tüte.

Da ihr iPad voll aufgeladen war, erlaubte sie sich sogar den Luxus, Musik anzumachen. So hörte sie wenigstens nicht das Kratzen der Äste an den Fensterscheiben. Morgen würde sie das Gerät sicher im Café wieder laden können.

Wenn du diese Nacht überlebst.

Dalina drehte die Musik noch etwas lauter und machte sich an die Arbeit. Sie räumte ein paar größere Steine und Bretter weg, fegte das Zimmer aus und wischte sogar Staub. Dann holte sie einen Holzstuhl, den sie bei ihrer Besichtigung im Raum an Ende des Flures entdeckt hatte, in den Raum. Schon war es viel wohnlicher. Da es erst kurz nach acht Uhr war und sie den Gedanken nicht ertrug, schon jetzt für den restlichen Abend zu lesen, machte sie sich daran, auch den hölzernen Tisch aus dem Nebenraum in ihr provisorisches Zimmer zu ziehen.

Auch wenn sie sich zu Hause nie um Innenarchitektur gekümmert hatte, fand sie Gefallen an dieser provisorischen Gestaltung ihres Zimmers und sie durchstöberte eifrig die anderen Räume. Sie entdeckte einen Messingkorb, ein paar alte Bücher und sogar zwischen den Brettern eines zusammengekrachten

Regals eine kleine Porzellanvase, die sie ebenso mitnahm.

Sie stellte alles auf den Tisch und betrachtet zufrieden ihr Werk. Zu schade, dass sie den eingebauten Kamin im Zimmer nicht anfeuern konnte, denn das würde richtig für Gemütlichkeit sorgen. Sie hätte den Gedanken lieber noch länger vertrieben, aber ihr war klar, dass sie nun endgültig alle Beschäftigungsmöglichkeiten in diesem Haus erschöpft hatte und sie baute mit der Isomatte und den Decken ihr Nachtlager auf.

Sie hatte gerade eine Seite gelesen, als ein Geräusch sie zusammenfahren ließ.

War das die Tür gewesen?

Aber sie hatte doch abgeschlossen. Mit dem Finger zwischen den Seiten schlug sie das Buch zu und lauschte gebannt. War da wirklich etwas gewesen oder waren es nur die heraufbeschworenen Mäuse?

Ein lautes Poltern beantwortete ihre Frage. Das müsste schon eine zwei Meter Ratte sein.

Sie sprang auf. Warum hatte sie sich nicht das Zimmer am Ende des Ganges genommen? Dort hätte sie immerhin noch eine Verbindungstür zum Nebenraum gehabt. Blitzschnell rannte sie zum Fenster und rüttelte an den Scharnieren.

Sie waren verklemmt.

Die Treppenstufen knarrten. Sie hielt die Luft an, obwohl ihr klar war, dass auch das nicht helfen würde. Mit den Lichtern, die sie aufgestellt hatte, war selbst für eine Fledermaus offensichtlich, wo sie war.

Und dann hörte sie Schritte.

Auf dem Flurfußboden lagen noch so viele Steinchen und Schutt, sodass sie genau verfolgen konnte, wie sie näher kamen. Hektisch suchten ihre Augen den Raum ab.

Was konnte sie als Waffe nutzen?

Sie hatte die Wahl zwischen ihrer kleinen Taschenlampe und der Porzellanvase.

Sie griff nach der Vase.

In Kampfhaltung blieb sie vor dem Türrahmen stehen und beobachtete den Eingang.

Dann sah sie den Schatten.

KAPITEL 23

Caitlin

Metallischer Geruch stieg mir in die Nase. Mir blieb gerade noch Zeit, meine Hand auf den Arm von Adrian zu legen. „Bitte, sorge dafür, dass keine Gegenstände in meiner Nähe sind."

Er wusste sofort, was los war. Von der Elterngruppe waren einige Leute stehen geblieben, um auf uns zu warten. Er signalisierte ihnen zu gehen. Dann fand ich mich auf dem Boden wieder und die nächsten Minuten waren wie ausgelöscht aus meinem Gedächtnis. Das Nächste, was ich sah, war Lornas Mann, der sich über mich beugte. »Ist jetzt alles wieder gut?«

Mit einem leisen Stöhnen richtete ich mich auf. Mir war noch etwas schwindelig, aber sonst fühlte ich mich wie immer. Ehrlicherweise musste ich zugeben, dass mir selten ein Anfall so willkommen war, wie der in dieser Minute. Ganz plötzlich verstand ich, warum Nathaniel mir nichts von der ICT erzählt hatte.

Wie hätte ich Adrian sanft beibringen sollen, dass seine Frau die letzten Tage immer wieder in ein künstliches Koma versetzt worden war? Dass es ihr danach schlechter ging als je zuvor? Aber war es nicht genauso falsch, ihn anzulügen?

»Was ist hier los?« Edmond eilte mit flatternden Mantel und herrischem Blick auf uns zu.

Ich erklärte ihm, was passiert war.

»Und was haben Sie hier zu suchen?«, fragte er missmutig an Adrian gewandt.

»Ich wollte Lorna besuchen. Ist sie im Aufenthaltsraum?«

»Tut mir leid, die Besuchszeit ist bereits vorüber.«

»Aber das Nachmittagsprogramm ist doch noch im vollen Gange«, schaltete ich mich ein.

Edmond sah mit hochgezogenen Augenbrauen auf mich herunter. »Ja, für alle, die pünktlich ihre Angehörigen zum Rundgang abgeholt haben. Lorna sitzt aber schon seit Stunden untätig im Dayroom.«

»Edmond, du weißt doch, dass die Familien nur zwei Mal in Jahr Gelegenheit haben sich zu sehen.«

»Natürlich weiß ich das. Und er weiß es auch. So wichtig scheint es ihm also nicht gewesen zu sein.«

»Bitte!« Adrian fuhr sich durch das Gesicht. »Es ging einfach nicht früher.«

»Der Zug hatte Verspätung, ich hatte einen wichtigen Geschäftstermin, ich habe mich verfahren«, äffte Edmond in einer hohen Mickymausstimme.

»Nein, es ist -«

»Das ist mir vollkommen egal. Sie hatten Ihre Chance und Sie haben sie vermasselt. Vielleicht sollten Sie Ihre Prioritäten überdenken.« Er deutete den langen Flur entlang. »Da ist die Tür.«

Adrian schluckte, streckte eine Hand in die Innentasche seines Sakkos und zog ein Lederportemonnaie hervor. Er zog etwas heraus und reichte es mir.

»Kannst du ihr das bitte geben?« Das leichte Zittern in seiner Stimme verursachte ein flaues Gefühl in meinem Magen.

»Natürlich.«

Ich sah ihm nach, bis er durch die gläserne Zwischentür verschwunden war. Erst dann betrachtete ich das Foto.

Ein kleiner Junge in Latzhose.

Er war etwa drei Jahre alt und hatte den Mund vor Lachen weit aufgerissen. War das etwa Lornas Kind?

Ich drehte das Foto um. *Logan* stand dort in fein säuberlicher Handschrift.

Sofort machte ich mich auf den Weg in den Dayroom, der zum Glück sehr leer war, da die meisten noch immer im Speisesaal waren.

Lorna saß teilnahmslos auf ihrem Stuhl und auf einmal fühlte ich mich miserabel.

Auch wenn Berker gelogen hatte, als er sagte, der Garten gehöre zum Therapieprogramm, hatte er mich an meine anfänglichen Bemühungen erinnert. Was hatte ich alles erreichen wollen?

Und jetzt kam es mir vor, als wäre ich nur noch auf meine eigene Misere konzentriert. Natürlich war es anstrengend jeden Tag einen Anfall zu haben, aber die anderen hatten es auch nicht leicht mit ihrer Krankheit

– wenn nicht noch schwerer. Vermutlich wollte Lorna eine gute Mutter sein, aber die Krankheit hielt sie fest in ihren Fängen. Und was Berker über Braylee gesagt hatte, stimmte nur bedingt. Es gab eine Zeit, in der er ruhiger gewesen war. Doch seit der letzten ICT-Phase glich er einem Tiger, der von einer Ecke des Käfigs in die andere schritt. Auch Flint war seit der ICT nicht mehr wiederzuerkennen. Er war noch schweigsamer und wirkte richtig ungehalten. Ich konnte es ihm nicht verübeln. Es musste dringend etwas geschehen. Etwas, das für Aufmunterung sorgte und dafür, dass nicht jeder Tag dem anderen glich. Allmählich wollte ich in den nächsten Tagen meine liegengebliebenen Arbeiten wieder aufnehmen. Aber das reichte noch nicht. Nicht jeder mochte Gartenarbeit. Vielleicht konnte man auch die eine oder andere Sache finden, die einfach umzusetzen war und vielen eine Freude bereitete.

Ich setzte mich neben Lorna. »Es war gerade jemand für dich da.«

Keine Reaktion.

»Adrian. Ich habe mit ihm gesprochen.« Vorsichtig nahm ich ihre Hand. »Er wollte dich unbedingt besuchen, aber dieser grässliche Edmond hat es ihm verboten.« Instinktiv drückte ich ihre Hand und meinte, eine kleine Antwort zu fühlen.

»Er hat mir das hier für dich mitgegeben.« Ich hielt ihr das Foto hin und als ich schon dachte, es würde nichts passieren, erhob sich langsam wie eine vorbeiziehende Wolke, ihre Hand und sie nahm das Bild.

»Logan? Ist das dein Sohn?«

Sie antwortete nicht. Doch nach einer Weile glitt eine einsame Träne ihre Wange herab.

KAPITEL 24

Dalina

In dem Dämmerlicht, das aus ihrem Zimmer in den Flur geworfen wurde, konnte sie nur Umrisse erkennen. Aber die Stimme erkannte sie sofort. Er deutete mit seinem Kopf auf die Vase in ihrer Hand und fragte mit belustigtem Unterton: »Und was hast du damit genau vor?«

Dalina sah von ihrer kleinen Spontanwaffe zu dem Zwei-Meter-Mann und stellte sie mit Nachdruck zurück auf den Tisch.

»Was fällt dir eigentlich ein?«

»Das fragst du mich?« Er kam weiter in ihr Zimmer und sah sich um. »Wie ich sehe, hast du dich schon häuslich eingerichtet?«

Dalina stemmte die Hände in die Hüften. »Du kannst

doch hier nicht nachts einfach reinplatzen. Ist das deine neue Angewohnheit? Hast du vielleicht mal darüber nachgedacht, dass du mich erschrecken könntest?«

»Nein.« Er ließ sich nach einer Runde im Zimmer auf den Stuhl sinken, der bedrohlich ächzte.

»Hast du ... Nein?« Das brachte sie aus dem Konzept. »Ich hatte Todesangst, was hast du denn erwartet?«

»Ich weiß nicht.« Seelenruhig lehnte er sich nach hinten. »Was erwartest du denn, wenn du als junge gutaussehende Frau ganz alleine in ein leerstehendes Herrenhaus ziehst?«

Dalina verschränkte ihre Arme. Von ihm musste sie sich gar nichts sagen lassen. Er hatte ihr immerhin deutlich zu verstehen gegeben, was er von ihr hielt. Jetzt konnte er sich nicht beschweren, dass sie es vorzog, in ihrem eigenen Haus zu schlafen, anstatt seine widerwillig angebotene Gastfreundschaft anzunehmen.

»Dalina, das ist doch kompletter Wahnsinn.« Er stand aus dem Stuhl auf. »Du kannst hier nicht bleiben.«

»Natürlich kann ich das.« Dalina setzte sich demonstrativ auf ihr Deckenlager und nahm ihr Buch in die Hand.

Er lachte auf. »Das kann nicht dein Ernst sein. Weißt du, welche Temperaturen hier nachts herrschen können?« Dalina zuckte mit den Schultern.

»Das hier ist kein Haus. Es ist eine heruntergekommene Ruine und du hier ganz allein – und das als Frau ...«

»Was willst du damit sagen?«, fiel Dalina ihm ins Wort.

»Nichts. Nur, dass Frauen allein aus biologischen Gründen weniger Kraft als Männer haben. Glaube nicht, dass es sich nicht wie ein Lauffeuer herumgesprochen hat, dass die Rose Hill Erbin aufgetaucht ist.«

»Es wird schon gehen. Schließlich ist es nur vorübergehend.« Sie stutzte. »Woher weißt du überhaupt, dass ich hier bin?«

Er grinste geheimnisvoll. »Tja, ich konnte mir einfach nicht vorstellen, dass du tatsächlich noch ein Zimmer gefunden hast. Also habe ich Joan noch mal angerufen und sie hat mir gesagt, dass du nach Campingsachen gefragt hast. Also habe ich Jacob im Store angerufen und gefragt, ob eine Frau bei ihm eingekauft hat, die mit ihrem kastanienbraunen Haaren auf dem Kopf lieber durch die Wand geht als durch die Tür. Er wusste sofort, wen ich meine.«

Dalina funkelte ihn böse an.

»Und er hat mir berichtet, was du alles gekauft hast. Ich würde dir gern sagen, dass ich danach eine wissenschaftliche Triangulationstechnik angewandt habe – aber unter uns: So schwer war es nicht.«

»Mein Gott, diese Menschen vom Land ...«, Dalina vergrub den Kopf in ihren Händen. »Wie haltet ihr das nur aus?«

»Es hat alles seine Vor- und Nachteile« Er wandte sich zum Gehen und winkte ihr zu. »Komm, pack deine Sachen. Wir fahren zu meiner Wohnung.«

»Auf gar keinen Fall. Ich bleibe hier.«

Jared fuhr sich über die Stirn. »Das ist doch bescheuert. Jetzt komm schon mit!

»Mit Sicherheit nicht! Mein Großvater hat das Leben deiner Familie zerstört und ich weiß, dass du mich dafür hasst. Eher übernachte ich auf der Straße als bei dir.« Sie sah sich im Raum um. »Ich bin hier bestens aufgehoben.

Würdest du mich jetzt bitte in Ruhe meinen Feierabend genießen lassen?« Sie deutete auf die Tür und sah ihn auffordernd an.

Jared schüttelte seinen Kopf, aber zu ihrer Überraschung verschwand er tatsächlich.

Sie lauschte, wie seine Schritte über den Flur verhallten, hörte das Knarzen der Treppenstufen und schließlich auch eine Tür, die ins Schloss fiel.

Innerlich seufzte sie. Es war plötzlich wieder so still. Nur das Kratzen der Äste am Fenster war da und das Summen des Hauses. Hatte es etwas Mahnendes?

Sie zog die Decke enger um sich. Fast hätte sie sich gewünscht, dass er nicht ganz so schnell aufgegeben hätte. Es wollte sich einfach keine Gemütlichkeit einstellen. Und es gab so viele Gedanken, die sie verdrängen musste, dass sie kaum noch wusste, was sie denken sollte.

Einbrecher. Randalierer. Spinnen. Toilette. Tote. Massenmörder. War ihr Großvater ein skrupelloser Psychiater? Nagten Ratten lebende Menschen an? Waren in diesem Raum Menschen gequält worden? Menschen gestorben? War ihre Großmutter hier gewesen? Warum hatte sie nicht wenigstens ein großes Messer gekauft?

Ihre Gedanken wurden erneut vom Klappen der Tür unterbrochen. Bald darauf knarrten die Treppenstufen. Ihr Herzschlag beschleunigte sich, aber diesmal war es keine Angst.

Es war eine Mischung aus Hoffnung und Erleichterung.

Sie blieb entspannt sitzen. Anscheinend hatte er noch was vergessen. Und tatsächlich stand Jared kurze Zeit später wieder vor ihr. Aber diesmal trug er eine Kiste, die er nun auf den Boden stellte und direkt daneben einen Seesack, den er geschultert hatte.

»Was soll das werden?«

»Plan B.« Er begann die Kiste auszuräumen, schien etwas zu suchen.

»Und der wäre?«

»Ich habe mir schon gedacht, dass es so weit kommen wird. Berg und Prophet und so. Deswegen habe ich meine Sachen mitgebracht. Du möchtest – warum auch immer – unbedingt hier übernachten. Das kann ich dir nicht verbieten. Aber ich werde dafür sorgen, dass du es nicht alleine machst. Großvater hin oder her, das würde ich niemals über mein Herz bringen. Nicht auszudenken, was dir hier alles passieren könnte.« Er senkte seine Stimme zu einem Flüstern. »Oder hast du schon vergessen, was wir letztes Mal hier gehört haben?«

Jared wühlte in seinem Seesack. Bald darauf warf er Dalina etwas zu, das sie anhand des Stoffes als Luftmatratze erkannte. Dazu holte er einen Blasebalg hervor und warf ihn ebenfalls rüber. »An die Arbeit. Die Kälte von unten ist in Nächten wie diesen mit die schlimmste.«

Dalina lag schon eine bissige Bemerkung über sein Pfadfinder-Wissen auf den Lippen, aber dann erinnerte sie sich an die unschönen Nächte im Zeltlager, wo sie in den frühen Morgenstunden immer erbärmlich gefroren hatte. Ihrem Kind zuliebe folgte sie seinem Vorschlag.

In einiger Entfernung rollte er für sich eine selbstaufblasbare Luftmatratze auf und breitete darauf einen Armeeschlafsack aus. Aus einer Kiste holte er einen zweiten Schlafsack hervor und warf ihn ebenfalls in Dalinas Richtung. »Und zum Schlafen benutzt du den hier.«

Dalina nickte ergeben.

»Bin gleich wieder da.« Ohne eine weitere Erklärung verschwand er aus dem Raum. Vielleicht wollte er sich erleichtern oder hatte etwas in seinem Auto vergessen. Kurze Zeit später kam er mit einer Kiste voller Bretter und kaputter Holzstücke wieder in den Raum zurück und schichtete sie im offenen Kamin auf. Es sah aus, als würde er das täglich machen.

Fast hätte Dalina ihn dafür gelobt, aber sie war immer noch sauer auf ihn. Als jedoch wenig später die Flammen im Kamin loderten und die Ungemütlichkeit zurücktrieben, lächelte sie ihn doch an.

»Das war eine tolle Idee.«

Er grummelte eine unverständliche Antwort und nun saßen beide untätig in der Nähe des Feuers. Schließlich erhob er sich, drehte die inzwischen leere Plastikkiste um, die er mitgebracht hatte und holte mehrere Tupperdosen aus seinem Rucksack. Zu ihrer Überraschung hatte er belegte Brote, Obst und Knabberzeug dabei.

Verstohlen beobachtete sie, wie er eins nach dem anderen aus der Tasche holte und ordentlich auf den improvisierten Tisch anrichtete. Dalina hätte alles darum gegeben, wie eine der spindeldürren Krankenschwestern in diesem Moment sagen zu können *»Ich bin gar nicht hungrig«*, aber das Grummeln in ihrem Bauch verhinderte es.

Er griff nach einem Brot und begann zu essen.

»Willst du nicht?«, fragte er, als sie nicht ebenfalls zugriff.

Ihr Magen knurrte in diesem Moment erneut so laut, dass es vermutlich im halben Haus zu hören war und mit einem schiefen Grinsen griff sie doch zu.

»Jetzt fehlt nur noch eine Flasche Wein«, sagte sie, war aber insgeheim froh, dass er keine mitgebracht hatte und sie keine Ausflüchte erfinden musste, warum sie ihn nicht trinken konnte.

Vermutlich wäre das denn aber auch viel zu datemäßig gewesen. Allein jetzt hatte es schon etwas ungeheuer Romantisches, wie der Regen gegen die zum Glück noch intakten Fensterscheiben peitschte und sie beide zusammen vor dem Kaminfeuer saßen.

Gott, was war nur los mit ihr?

Die Hormone. Das musste einfach mit der Schwangerschaft zusammenhängen. Es gab da doch so etwas wie einen Nestbautrieb. Aber gab es auch einen Runtergekommenes-Haus-Wiederaufbau-Trieb?

»Was?«, fragte er.

Anscheinend hatte sie nicht nur in sich hinein gelächelt.

»Nichts.«

»Gut.« Er klopfte sich die Krümel von den Fingern. »Ich werde jetzt schlafen.«

Dalina nickte. »Ich werde mich auch gleich hinlegen.« Ihr lag noch ein »Danke« auf den Lippen, aber etwas hielt sie davon ab, es laut auszusprechen.

Zwischen den ganzen Decken auf der Luftmatratze und mit dem warmen Schlafsack vor dem Kaminfeuer, war es in der Tat sehr gemütlich – wenn nur das Kaminfeuer das Zimmer nicht in fahles Licht tauchen würde, sodass sie immer noch die abblätternde Tapete und die Graffiti sehen konnte.

Lange Zeit lag sie wach. Normalerweise hätte sie in so einer Situation, wo sie nicht einschlafen konnte, ein Hörbuch oder einen Podcast gehört. Aber sie wollte unbedingt auf der Hut sein für den Fall, dass doch etwas Unerwartetes passierte in diesem Haus, in dieser Nacht.

Sie würde es niemals zugegeben, aber sie war froh, dass Jared nur wenige Meter von ihr lag. Jetzt flüsterte die Nacht, die ganz nah herangekrochen war, bedrohliche Dinge in ihr Ohr, so düster, dass sie sogar das beruhigende Summen des Hauses verdrängten.

Dass sie eingeschlafen war, merkte sie erst, als sie hochschreckte. Da war etwas gewesen. Ganz sicher. Sie versuchte, ihre Sinne zu schärfen und hielt den Atem an, um jegliche anderen Geräusche auszublenden.

Plötzlich drang ein verzerrtes Geräusch an ihre Ohren. Etwas Statisches, wo man sofort wusste, dass es unnatürlich war. Etwas, das hier nicht hingehörte. Mit einem Satz sprang sie aus dem Schlafsack.

Jared war ebenfalls in Sekundenschnelle auf den Beinen und stellte sich beschützend vor sie. Zu ihrer Überraschung erkannte sie, dass er ein Messer von sich gestreckt hielt.

Wo hatte er das so schnell herbekommen? Aber es war nicht der richtige Zeitpunkt, um Fragen zu stellen. Sie lauschten gebannt und als das verzerrte Geräusch erneut ertönte, zuckten sie zusammen. Es war ohrenbetäubend laut. Jared ließ sie los und sie spürte, da, wo vor

Sekunden noch seine Hand gewesen war, Kälte. Er beugte sich zu seinen Stiefeln und flüsterte: »Du bleibst hier.«

»Auf gar keinen Fall. Ich werde keine Sekunde hier im Raum zurückbleiben, wenn du auf die Suche gehst.«

Selbst im fahlen Licht, das durch die Glut des Kaminfeuers das Zimmer erhellte, war nicht zu übersehen, dass er die Augen verdrehte.

Dann machten sich beide auf den Weg.

KAPITEL 25

Caitlin

Die Tür ging auf und Caitlin zuckte zusammen, aber es war nur Nathaniel, der seinen Kopf hereinstreckte.

»Du hattest wieder einen Anfall?« Er stürzte zu ihr ans Bett und legte seine Hand auf ihre Stirn.

»Gott, du bist fürchterlich blass.«

Caitlin zuckte mit den Schultern.

»Ich hatte heute noch keinen, von daher war der wohl überfällig. Aber es ist egal. Lass uns lieber über etwas anderes sprechen.«

Ich erzählte ihm von meinen Plänen, für mehr Abwechslung für Patienten zu sorgen. Er war sofort begeistert. Eine Begeisterung, die er sich nur selten gestattete. »Aber was könnten wir machen, was Spaß macht, aber nicht zu aufwendig ist?« »Wie wäre es, wenn wir einfach mit einer kleinen Gruppe probeweise ins Kino gehen? Eigentlich mag jeder Filme. Ich habe gesehen, dass gerade ein leichter Liebesfilm läuft, eine romantische Komödie ohne Stress und schwierige Themen. Da könnten wir doch sehr viel Spaß haben. Und wenn es mit der Kleingruppe gut läuft, machen wir regelmäßig solche Ausflüge.«

Ich klatschte in die Hände vor Freude. »Das ist eine großartige Idee. Ich war ewig nicht im Kino und den anderen geht es sicherlich ähnlich. Und es ist tatsächlich relativ einfach umzusetzen. Aber wie sollen wir das Ganze bezahlen?«.

»Spätestens nach dem Familienbesuchstag sollten die Kassen der Klinik wieder gut gefüllt sein. Berker veranstaltet diesen ganzen Zirkus doch nur, um für zusätzliche Spenden für das Sanatorium zu werben. Er zeigt, wie ›fortschrittlich‹ es hier vorgeht, um für noch mehr Geld zu werben, damit er seine Forschung weiter vorantreiben kann.« Nathaniel lachte tonlos auf. »Wenn die wüssten, für was für eine Forschung die Gelder verwendet werden, wäre schon längst der allergrößte Skandal ausgebrochen.«

»Können wir das nicht öffentlich machen?«

»Im Prinzip schon. Das Problem ist, dass ich selber nicht sicher bin, ob die ICT Ergebnisse bringt oder nicht. Es gibt immerhin Studien, die das beschwören. Bisher ist es nur unsere Beobachtung, in der es so aussieht, als würde es den Patienten Schaden zufügen. Und das reicht nicht. Wir bräuchten stichhaltige Beweise. Es geht hier immerhin um Menschenleben.«

»Verstehe.« Ich dachte fieberhaft nach. »Wir brauchen es also schwarz auf weiß.« Wie könnten wir an solche Beweise kommen? »Könnten vielleicht die Fachblätter, die Adrian im Archiv hatte helfen?« Berker würde uns seine sicherlich nicht zur Verfügung stellen.

Ich merkte, dass Nathaniel mich anstarrte, und fühlte mich auf einmal luftig leicht, trotz der Erschöpfung. »Was?«

»Nichts. Ich liebe es nur, wie du dich dermaßen in diese Belange hinein steigerst.«

Ich erwiderte seinen Blick und seine Augen zogen mich in eine neue Welt. Eine Welt ohne Probleme, ohne Ungerechtigkeit und Leid. Dort gab es nur kleine, knisternde Glücksbläschen, die mich kitzelten.

Unsere Gesichter näherten sich, bis unsere Münder nur noch Millimeter voneinander entfernt waren.

»Oh Gott, du bist so atemberaubend schön«, flüsterte er, aber es klang, als wäre das etwas Schlechtes.

Ich lehnte mich ihm etwas weiter entgegen. Mein Herz galoppierte ihm leichtfüßig entgegen und ich fragte mich, wie es sein würde seine Lippen zu spüren.

Erwartungsfroh schloss ich meine Augen – nur, um sie einen Moment später wieder zu öffnen.

Er war aufgesprungen, sah auf seine Uhr und stellte fest, dass er sie nicht umhatte. »Ich … Ich habe noch was zu tun.«

Und dann war er verschwunden.

Wenige Minuten später öffnete sich die Tür wieder und damit mein Herz. Hoffnungsvoll schaute ich auf und bemühte mich ganz ruhig zu wirken. »Hast du noch was vergessen?«

Zu meiner Überraschung stand Berker vor mir. »Oh«, sagte ich nur, mehr kam nicht über meine Lippen.

Er grinste mich an. »Caitlin, ich wollte in Ruhe mit dir sprechen.«

Ich setzte mich auf. Er wusste also, dass ich hier ein Zimmer hatte.

Er setzte sich neben mich aufs Bett, weil es keine weiteren Stühle gab. Nun klatschte er mit seinen Händen auf seine Oberschenkel. »Ich habe nachgedacht.«

»Ach ja?«

»Du hattest den Wunsch geäußert, dein eigenes Zimmer zu haben, den ich jedoch nicht respektiert habe. Zu Recht hast du dir hier nun dein eigenes Reich gesucht und mir dadurch gezeigt, wie groß dieser Wunsch ist. Das geht so jedoch nicht. Wenn sich das herumspricht und die Patienten sehen, dass hier noch mehr Zimmer frei sind, wollen über kurz oder lang alle ihr eigenes Zimmer. Das können wir jedoch nicht leisten. Ich habe mir daher eine andere Lösung überlegt.«

»Wo soll ich dann hin?«

»Unten am See gibt es ein kleines Haus. Das ehemalige Pförtnerhäuschen. Ich habe beschlossen, dass wir dich dahin ausquartieren.«

~

Der Umzug war bereits drei Tage später. Anscheinend hatte Berker das alles schon eine Weile geplant, denn seit meinem letzten Besuch bei diesem kleinen Pförtnerhäuschen aus rotem Backsteinen, die teilweise mit Efeu überwuchert waren, hatte sich einiges getan. Die Eingangstür mit dem Rundbogen über dem Türrahmen erstrahlte in einem frischen Weiß. Die zwei Fenster, deren Glas von den Mittelstreben in acht Vierecke geteilt wurden, ebenfalls. Das Häuschen wirkte nun fast herrschaftlich, denn das Dach aus dunklen Ziegeln wurde von einem geschwungenen Bogen gekrönt.

Ich hätte Berker darauf hinweisen können, dass es unsinnig war mich auszuquartieren, nur weil ich seine Verwandte war. Immerhin wohnte er auch im großen Herrenhaus, aber wenn ich ehrlich war, war mir das sogar recht.

Schwester Britany, die mich begleitete, schloss die Tür auf und wir traten ein. Erst sollte Schwester Edith mitkommen, aber das hatte ich abwenden können. Nachdem ich sie in flagranti mit Edmond ertappt hatte, fühlte ich mich in ihrer Nähe etwas unbehaglich. Nicht, weil sie mit jemanden geschlafen hatte, obwohl sie nicht verheiratet war. Diese Einstellung fand ich schon lange nicht mehr zeitgemäß. Aber Edmond? Wie konnte sie nur? Unwillkürlich schüttelte ich mich.

»Gefällt es dir nicht?«, erkundigte sich Britany.

Ich sah mich um. Im Zentrum des Häuschens gab es einen ausladenden Kamin, vor dem ich mich bereits lesen sah. Der Fußboden war aus rustikalen Steinen gepflastert und darüber lagen gemütliche Teppiche.

»Doch, doch«, beteuerte ich. Eine modische Kommode mit Spitzendeckchen stand an der Wand und darauf ein kleiner Koffer, den ich neugierig öffnete. Zu meinem Entzücken stellte ich fest, dass es sich um einen tragbaren Plattenspieler handelte. Direkt daneben eine Kiste mit Schallplatten.

Es gab eine offene Küche mit einem Tresen und auf dem einfachen Schreibtisch, der unterm Fenster stand, dufteten in einer Vase frischen Rosen aus unserem

Garten – spätestens ab dann wusste ich, dass Marigold sich um die Einrichtung gekümmert hatte. Die Fenster wurden durch simple weiße Vorhänge gesäumt, durch die sich das Sonnenlicht schlängelte. Ein Bett stand an der anderen Seite des Zimmers und daneben ein Schminktisch. Außerdem gab es eine weitere Tür, hinter der sich ein Badezimmer verbarg.

»Es ist wirklich wunderschön«, ergänzte ich, als ich mich überall umgesehen hatte. Ich schaute auf die Küchenuhr.

»Wir sollten uns fertig machen. In einer Stunde wollen wir los.«

Britany sah zu Boden. »Ich werde leider nicht dabei sein.«

»Aber warum denn nicht? Hast du keine Lust aufs Kino?«

»Doch. Aber Edmond war dabei, als der Professor mich gefragt hat und er hat sich bereit erklärt euch zu begleiten. Er sagte, es sei sicherer.«

»Pah!« Ich schnaubte erbost. Das war wirklich sehr schlecht für meine Pläne. »Was denkt er denn, was uns da draußen erwartet? Eine Gruppe Hyänen, die uns anfällt?«

»Ich weiß es nicht.«

»Ich werde sofort mit Berker sprechen!«

»Nein, schon gut.«

»Sicher?« Ihre Rehaugen wirkten unendlich traurig. Und Edmond konnte ich auf unserem Ausflug wirklich nicht gebrauchen. Er würde alles kaputt machen.

Sie nickte. »Ich möchte keinen Streit.«

Ich seufzte. Vermutlich war es tatsächlich für dieses Mal zu spät, die Aktion rückgängig zu machen. Für alle weiteren Besuche würde ich jedoch darauf bestehen, dass alle Angestellten sich abwechselten. Und ich musste irgendwie verhindern, dass Edmond mitbekam, was ich insgeheim arrangiert hatte. Aber wie sollte ich das hinbekommen? Mir blieb nichts anderes übrig als zu improvisieren.

Ich zog ein frisches Kleid an, kämmte meine Haare und ging zurück ins Haupthaus.

Im Flur traf ich auf Berker. Als er mich sah, zeichnete sich ein ausladendes Lächeln auf seinem Gesicht ab. »Na, was sagst du?«

»Warum machst du das?«

»Ich möchte, dass du glücklich bist. Gefällt es dir denn nicht?«

Ich studierte seine Züge, um herauszufinden, ob er die Wahrheit sprach. »Doch ... es ist nur ...«

»Ja?«

»Vor Kurzem habe ich noch mit gut dreißig anderen in einem Saal geschlafen. Und jetzt richtest du mir ein ganzes Haus ein? Das kommt etwas plötzlich.«

»Ich kann deine Gefühle gut nachvollziehen.« Er räusperte sich. »Tatsächlich ist es aber so, dass auch an mir Johns Tod nicht spurlos vorübergezogen ist. Seitdem habe ich viel nachgedacht und mir ist einmal mehr bewusst geworden, dass wir eine Familie sind.«

Er legte seine Hand auf meine Schulter, aber ich trat zur Seite.

»Ich sehe es als zweite Chance. Deine Mutter hat mich aus ihrem Leben verbannt ... aber jetzt kann ich vielleicht alles wiedergutmachen.« Die Zwischentür öffnete sich und ein ungewohnter Edmond mit dunklem Sakko erschien. »Können wir los? Es warten schon alle.«

Berker nickte mir zu. Sobald ich die Zwischentür durchquert hatte, tauchte ich in eine Wolke aus Aufregung. Monty hüpfte durch den Flur. »Wann gehts los, wann gehts los?«

»Jetzt«, sagte ich und gemeinsam verließen wir das Haus und liefen zum Microbus.

»Oh, was ist denn das?«, fragte Monty, als wir den Unterstand betraten. Etwas sehr Großes, das von mehreren Tüchern verhüllt wurde, stand hinter den Autos. »Das geht dich nichts an«, blaffte Edmond, doch Monty hatte bereits an einer Ecke des Lakens gezogen und es glitt nach unten. Ein überdimensionaler Operationsstuhl mit einer riesigen Lampe und einem ledernen Befestigungsriemen schüchterte mich ein. Sie würden uns doch nicht schon wieder fixieren wollen?

»Jetzt wissen wir, wofür die Spendengelder draufgegangen sind«, murmelte Nathaniel in mein Ohr und ich nickte.

»Was macht man damit? Werden wir wieder festgeschnallt?«

Edmond war zu Monty hinüber gestampft und schlug ihm auf die Finger. »Das erfährst du schon früh genug.«

Schmollend stieg er in den Kleinbus, vergaß seine schlechte Laune aber schnell wieder und plapperte drauflos, nachdem wir das eiserne Tor passiert hatten.

Gekonnt parkte Nathaniel neben dem Kino. Ich sah mich um, ob ich *ihn* schon irgendwo entdecken konnte.

Als wir ausstiegen, erhob Edmond das Wort. »Okay, wir gehen alle in Zweierreihen in das Gebäude.«

War das sein Ernst? Genauso gut konnten wir uns gleich ein Schild um den Hals hängen: *Entschuldigung, wir haben nicht mehr alle Tassen im Schrank, deswegen benehmen wir uns merkwürdig.*

»Edmond, wir sind doch hier nicht im Kindergarten. Wir können auch ganz normal gehen.«

Monty bestaunte die bunten Filmplakate und vielen Glühbirnen, die den Eingang beleuchteten. Als wir eintraten, fühlte es sich an, als würden wir schweben, so herrlich weich war der Teppichboden. Edmond ging an die Kasse, um die Karten zu besorgen, und wir blieben im Foyer und sogen jedes Detail dieser schillernden Umgebung in uns auf.

Nervös behielt ich den Eingang im Auge. Aber bisher war *er* noch immer nicht zu sehen. Ob er zu spät kam? Vielleicht gab es noch mal Probleme mit dem Babysitter.

Während ich mich umschaute, bemerkte ich, dass die anderen Gäste uns musterten, als würden wir blinkende Lichter tragen. Anscheinend war es doch offensichtlich, dass wir normalerweise nicht hierher gehörten.

Zu allem Unglück schrie Lucinda genau jetzt eins ihrer lauten »Aehhhh!« Unmittelbar wurde es still im Foyer.

»Es ist alles okay, machen Sie einfach mit dem weiter, was Sie gerade gemacht haben«, sagte Nathaniel in die Runde mit seinem charmantesten Lächeln, während ich beruhigend auf Lucinda einredete.

»Nicht, dass das im Film auch so ist«, hörte ich eine Frau mit üppigem Busen zu ihrer Freundin zischen und hätte sie am liebsten geohrfeigt.

War das ihre einzige Sorge?

Auf einmal wandte sich ein untersetzter Herr in Hemd und Krawatte an Nathaniel. Was kam jetzt? Wollte er sich offiziell beschweren?

»Guten Tag, ich weiß nicht, ob Sie mich kennen, ich bin Richard Edwin, der Bürgermeister. Darf ich fragen, was das für ein interessanter Ausflug ist, den Sie hier machen?«

Nathaniel lächelte ihm fachmännisch zu. »Aber gern doch. Wir kommen vom Rose Hill Sanatorium. Dieser Kinobesuch ist Teil eines neuen Therapieprogramms. Beschäftigungstherapie. Eine ausgeglichene Freizeit und die Arbeit an sich selbst kann den Therapieerfolg unglaublich vergrößern.«

»Interessant«, sagte er mit dröhnender Stimme. »Ich finde es großartig, was dort alles für die Patienten getan wird. Nach dem Besuchstag hatten schon einige Eltern von den Malkursen und dem bezaubernden Rosengarten berichtet. Senden Sie Professor Berker viele Grüße und meine Anerkennung.«

Nathaniel warf mir einen Blick zu und ich ergriff das Wort. »Danke, das werden wir ausrichten.«

»Warum hast du ihm nicht gesagt, dass es deine Idee war?«, flüsterte Nathaniel mir zu, sobald er wieder weg war.

»Weil ich glaube, dass wir es so besser für uns nutzen können. Wenn mein Onkel erfährt, wie gut unsere Aktion in der Öffentlichkeit ankommt, wird er uns vermutlich eher die Erlaubnis geben, sowas öfter zu machen.«

Er grinste. »Du hast recht.«

Plötzlich entdeckte ich *ihn*.

»Würdest du mich entschuldigen, ich wollte mich noch kurz frisch machen.«

Ich schlängelte mich durch die Menschen und zog Adrian sofort mit mir nach draußen.

Das Lächeln erstarb auf seinem Gesicht, noch bevor ich etwas gesagt hatte. »Was ist los?«

»Es gab leider eine Planänderung. Edmond, der Arzt, der dich rausgeschmissen hat, begleitet uns ...«

»Mist!« Mit der geballten Faust schlug er gegen die Kinomauer.

»Es tut mir so leid. Sie spricht zwar noch immer nicht viel, aber ich bin mir sicher, dass sie dich gern gesehen hätte. Zwischendurch holt sie immer wieder das Foto raus und betrachtet es.«

»Gut. Das ist ein gutes Zeichen. So viel Anteilnahme hat sie lange nicht gezeigt.«

»Ich habe auch das Gefühl, dass sie auf dem Weg der Besserung ist. Wenn es heute gut läuft, wollen wir regelmäßig Ausflüge machen. Ich versuche dann wieder Bescheid zu sagen.«

»Danke.«

Er hatte sich beruhigt. Es schien jetzt, als sei sämtliche Energie aus ihm gewichen.

»Ich weiß das wirklich sehr zu schätzen, was du alles für Lorna und mich machst. Ich bemühe mich, auch auf meiner Seite so viel zu helfen, wie möglich. Jede neue Ausgabe des Lancets lese ich von Anfang bis Ende. Inklusive der Fußnoten.«

»Der Lancet?«

»Eine sehr angesehene medizinische Fachzeitschrift. Sie berichten über revolutionäre Neuigkeiten und Fallstudien.«

»Oh, wie spannend.« Aus den Augenwinkeln sah ich, dass die Menschen in den Kinosaal strömten. »Ich muss leider los, aber das würde ich mir auch gern mal ansehen.«

»Komm jederzeit vorbei!«, rief er mir hinterher, als ich zurück zu den anderen ging.

Als ich den beeindruckenden Kinosaal betrat, war ich richtig aufgeregt. Es sah alles so edel aus. Die zweite Etage hatte kleine Balkone, die von dunkelroten Emblemen verziert wurden und in der Mitte hing ein überdimensionaler Kronleuchter.

Unauffällig bemühte ich mich, direkt neben Nathaniel den Platz zu ergattern, wobei dies nicht schwer war, da er alle anderen vor uns in die Reihe gehen ließ.

Der Film war keine große Sensation, aber Nathaniel lächelte mir zwischendurch immer wieder zu, sodass es sich fast anfühlte, als wäre es ein richtiges Date.

Das erste Date in meinem Leben, wie mir klar wurde.

War das armselig? *Junges Mädchen hat erstes Date bei Ausflug mit Irrenhaus-Patienten* – so sah ich schon die Schlagzeilen der Regenbogenpresse in meinem Kopf. Aber das war mir egal.

Unsere Hände hatten wie von selbst zueinander gefunden und der sanfte Druck seiner Finger schickte Wellen des Glücks durch meinen Körper.

Ich war im Begriff, meinen Kopf an seine Schulter zu legen, als er aufsprang und das Kino verließ.

KAPITEL 26

Dalina

Als Dalina am nächsten Morgen aufwachte, tat ihr jeder Knochen weh. Auch wenn es bereits 8:30 Uhr war, fühlte sie sich, als hätte sie die ganze Nacht durchgefeiert. Sie hatte nach dem nächtlichen Ausflug noch lange wach gelegen und fand es erstaunlich, dass es ihr überhaupt gelungen war, wieder einzuschlafen.

Was mochte es gewesen sein? Nur der Wind? Oder war jemand in ihr Haus eingedrungen?

Jared hatte es ja offensichtlich auch keinerlei Probleme bereitet.

Er hatte ihr gestanden, dass er ein Buch über das Türknacken gelesen hatte, nachdem er sich einmal ausgesperrt und 480 Pfund für den Schlüsseldienst zahlen musste, der innerhalb von dreißig Sekunden seine Tür geöffnet hatte.

Sie sah zu ihm rüber. Nach den nächtlichen Erlebnissen war er mit seiner Matratze ein Stück an sie herangerückt und lächelte. Im Schlaf sah er so viel friedlicher aus als im Alltag. Als ob er ihren Blick bemerkt hätte, schlug er plötzlich die Augen auf. Dalina beeilte sich wegzusehen, und er grummelte unwirsch etwas.

Typisch.

»Guten Morgen«, trällerte sie betont fröhlich.

Jared warf einen Blick auf seine Uhr. »Frühstück?«

»Ich sterbe vor Hunger.«

»Das habe ich mir gedacht. Wie wäre es, wenn wir zu mir fahren und duschen und uns danach ein Frühstückscafé suchen?«

»Erst mal duschen? Willst du mir damit etwas sagen?«, fragte sie neckisch.

Auf einmal war bei Jared wieder dieses schiefe Grinsen zu sehen, das ihn so unglaublich gut aussehend machte. »Na ja, ... du hast ja gestern noch geputzt, oder?«

»Ja?«

»Also ... äh ... du hast seit gestern Abend Schmutz auf der Stirn ...«

Anfangs hatte Dalina noch darüber gelächelt, wie er stammelte, aber er fing nicht an zu lachen. Sie griff nach ihrem Handy, rief die Kamera auf und betrachtete ihr Gesicht. Und da, tatsächlich! Ein riesiger Fleck auf ihrer Stirn. Sie warf ihm einen düsteren Blick zu. »Dann vielen Dank für diesen Hinweis.«

Sobald sie in seinem Auto saßen, entfernte sie mithilfe des Spiegels in der Sonnenblende und einem frischen Tuch den gröbsten Dreck, freute sich aber umso mehr, als sie endlich unter der Dusche stand. Selten hatte heißes Wasser so gutgetan – auch gegen den Muskelkater von der vorherigen Arbeit.

»Und, was hast du jetzt vor?«, erkundigte sich Jared, als sie endlich zusammen im Café beim Frühstück saßen.

Dalina zuckte mit den Schultern.

»Ich werde weiter auf Spurensuche gehen. Irgendwie muss ich herausfinden, was damals passiert ist. Ich kann nicht glauben, dass mein Großvater so ein schlechter Mensch gewesen sein soll. In den USA war er anerkannt ... So eine Kehrtwende kann doch kein Mensch machen, oder?«

Jared sah sie skeptisch an. »Ich weiß es nicht, aber wenn du nichts dagegen hast, würde ich dich gern bei der Suche unterstützen. Ich bin schon zu lange auf der Suche nach der Wahrheit und wenn sie irgendwo liegt, dann dort oben auf Rose Hill. Und du kannst sicherlich auch gut Hilfe gebrauchen, immerhin hat das Anwesen über dreißig Zimmer und es wird eine Ewigkeit dauern, bis du all die Bücher gesichtet hast.«

Dalina zog eine Augenbraue hoch. »Das heißt, wir schließen so lange Waffenstillstand?«

»Abgemacht.« Jared hielt ihr die Hand entgegen. »Aber was ist mit den Nächten? Willst du weiterhin in diesem Gruselkabinett schlafen?«

Dalina war überrascht. Er hatte so gewirkt, als würde ihm das alles nicht das Geringste ausmachen. Anscheinend hatte sie sich geirrt. »Darüber habe ich auch schon nachgedacht. Natürlich wäre es viel komfortabler, mir jetzt ein Zimmer zu suchen oder die Gastfreundschaft eines gewissen Jemands in Anspruch zu nehmen. Auf der anderen Seite bin ich auch extrem neugierig.«

Jared sah sie aufmerksam an.

»Wir sind uns doch einig, dass es so etwas wie übersinnliche Phänomene nicht gibt.«

Jared nickte. »Absolut.«

»Deswegen muss es eine logische Erklärung dafür geben, was da das letzte Mal passiert ist. Und ich habe auch schon eine Idee, wie wir das herausfinden können.«

»Wie willst du das machen?«

Dalina lächelte siegessicher. »Wir werden unserem Hausgeist eine Falle stellen.«

KAPITEL 27

Caitlin

»Ihr seid bescheuert! Habt doch alle ne Macke!« Braylees Stimme erfüllte den ganzen Raum. Er stieß die Staffeleien um und der kleine Tisch flog durch den Raum und polterte so laut über den Boden, dass alle im Raum zusammenzuckten.

Schwester Agnes stürzte zur Tür und rief etwas in den Flur. Kurz darauf erschienen zwei weitere Krankenschwestern mit der verhassten Zwangsjacke und Edmond. Er rammte eine Spritze in Braylee, seine Muskeln erschlafften und sie zwangen ihn in die enge Jacke und banden die Ärmel auf seinem Rücken zusammen.

»Herzlichen Glückwunsch, Sie haben soeben einen dreiwöchigen Aufenthalt in einer Einzelzelle mit Blick auf gar nichts gewonnen.« Edmond lachte über seinen geschmacklosen Scherz und sah danach zu mir herüber.

Ich schluckte meinen Kommentar hinunter und tat so, als hätte ich es nicht gehört. Zu gern hätte ich sie davon abgehalten, Braylee erneut zu isolieren, aber ich wusste, dass es aussichtslos war. Ich tauschte mit Lorna, die neben mir saß, einen Blick aus.

Dann stand ich auf und stellte die Staffeleien wieder hin. Auf einige der Patienten schien es tatsächlich eine beruhigende Wirkung zu haben auf den Leinwänden zu malen. Andere, so wie Monty, hatten schlichtweg einfach nur Spaß. Wo war er eigentlich? Es war ungewöhnlich, dass er nicht so wie sonst am frühen Vormittag an seinem Bild arbeitete. Ich entdeckte ihn in einer Ecke und ging zu ihm hinüber.

»Ich habe dir eine neue Leinwand besorgt.«

Monty zuckte mit den Schultern und hob nicht mal seinen Blick.

Ich zog mir einen Stuhl heran und stütze mich auf meinen Beinen ab. »Was ist los, geht es dir nicht gut?«

»Doch, es ist alles gut. Ich bin nur müde.«

»Das scheinst du in letzter Zeit ständig zu sein. Schläfst du schlecht?«

Monty schüttelte den Kopf. »Ich weiß nicht.«

»Vielleicht sollten wir dir auch ein Einzelzimmer besorgen?«

»Bloß nicht. Ich finde es toll, mit ganz vielen Freunden in einem Raum zu schlafen. Es ist wie eine große Pyjamaparty«, sagte er, aber der sonstige Enthusiasmus fehlte in seiner Stimme.

»Monty, es ist Zeit für deine Sitzung bei Doktor Edmond«, rief Schwester Agnes durch den Raum.

Ich runzelte die Stirn. »Was machst du denn bei Edmond?«

»Er gibt mit ein paar Vitamine. Durch eine Spritze!« Er war sichtlich fasziniert.

Nachdenklich sah ich ihm nach, wie er durch den Raum stapfte, und durch die Tür verschwand. Ich würde Nathaniel darauf ansprechen. Edmond gab bestimmt nicht aus purer Freundlichkeit Vitamine in Spitzenform aus. Wenn es so etwas überhaupt gab. Es klang nach einer Ausrede. Er würde doch nicht so weit gehen und seine Experimente an Monty durchführen?

Seit Nathaniel aus dem Kino verschwunden war, schien er mich zu meiden. Aber diese Frage war wichtiger als alles andere. Entschieden stand ich auf, um Nathaniel zu suchen. Ich hatte den halben Raum durchquert, als etwas mich innehalten ließ. Für einen Moment schloss ich meine Augen. Da war er wieder. Dieser bleierne Geruch, den ich zu hassen gelernt hatte.

~

Als ich wieder zu mir kam, wusste ich nicht, wo ich war. Es war weich und ich blickte in kaffeefarbene Augen. Nathaniel. Seine dunklen Haare fielen ihm verwegen in die Stirn und ließen ihn aussehen wie diesen jungen Mann auf den Filmplakaten und brachten mich zum Lächeln.

»Was ist passiert?«, fragte ich, während ich mich umsah und erkannte, dass ich in meinem Häuschen war.

Er strich mir die Haare zurück. »Du bist mit dem Kopf gegen einen Stuhl geschlagen und nach deinem Anfall ohnmächtig geworden.«

Schon wieder. Langsam sog ich die Luft ein, bis mein Bauch ganz damit gefüllt war, und ließ sie langsam wieder raus. Das beruhigte mich immer. Dann sah ich von der Wand zu Nathaniel. »Ich bin es so leid!«

Er nahm meine Hand und drückte sie. Es fühlte sich an, als würden sie sich wie Magnete einander anziehen.

»Ich weiß. Ich wünschte, es gäbe etwas, was ich tun kann. Vielleicht kann ich heute Nachmittag endlich noch mal nach Mayfield fahren und dort im Archiv weiter recherchieren.«

Eine Weile sagte keiner etwas, dann fiel mir wieder ein, was Monty erzählt hatte.

»Weißt du etwas darüber, dass Edmond Monty Vitamine mit einer Spritze gibt?«

Nathaniel sprang so abrupt vom Stuhl auf, dass er wackelte. »Er macht was?«

»Monty hat es mir vorhin erzählt. Und ich konnte mir nicht vorstellen, dass das stimmt.«

»Das wird es auch nicht. Er tuschelt schon die ganze Zeit mit Berker. Ich bin fest überzeugt, dass die zwei etwas planen.«

»Aber was könnte das sein?«

»Ich habe keine Ahnung. Aber ich werde sie auf jeden Fall im Auge behalten.« Er wandte sich zur Tür, aber ich konnte den Gedanken nicht ertragen, hier allein zu liegen. »Geh noch nicht.«

Er sah mich überrascht an.

»Bitte.«

Er kehrte an mein Bett zurück und nahm wieder auf dem Stuhl daneben Platz.

»Ich kann einfach noch nicht allein sein. Kannst du noch ein wenig bleiben?«

Nathaniel schaute auf seine Uhr. Dann lächelte er. »Ein klein wenig Zeit habe ich noch.«

Mein Blick fiel auf den Koffer mit den Schallplatten.

»Leg doch ein bisschen Musik auf. Ich brauche dringend was, um den Kopf frei zu bekommen. Heute sind so viele seltsame Sachen passiert und ich möchte ein paar Minuten einfach nur das Leben genießen können.«

Nathaniel ging rüber zum Plattenkoffer und ließ eine Platte nach der anderen nach vorne flappen, als er sie durchsah. Schließlich nahm er eine Platte mit einem bunten Cover heraus und legte sie in den Spieler. Sanfte Klänge erfüllten das Zimmer. Nathaniel trat mit einem Lächeln auf mich zu.

»Eine gute Wahl.«

Er setzte sich und diesmal war ich es, die nach seiner Hand griff und er zuckte nicht zurück. Für eine Weile sahen wir uns einfach nur in die Augen. Sie schillerten in unterschiedlichen Brauntönen und ich hätte sie ewig studieren können. Ich fühlte mich ihm so verbunden, als wäre er der letzte Halt in dieser grauen Welt.

Und plötzlich reichte mir das nicht mehr.

Ich wollte mehr. Nicht nur einen schönen Fleck in dieser Welt, sondern ihr gänzlich entfliehen und mit ihm unseren eigenen Kosmos erschaffen.

Ich zog ihn zu mir heran und spürte ein wildes Kribbeln in meinem ganzen Körper, als unsere Lippen nur noch wenige Millimeter voneinander entfernt waren. Mein Körper lechzte nach seiner Nähe, doch er rückte von mir ab.

»Caitlin, ich ...«

Ich legte meinen Finger auf seine Lippen. »Schschsch!«

Als hätte sich ein Schalter in ihm umgelegt, beugte er sich zu mir. Es fühlte sich wie das Natürlichste der Welt an, als sein Mund meinen fand. Ich spürte die Bartstoppeln auf meiner Haut und sog seinen Geruch tief in mich ein. Ich wollte ihn gedanklich abspeichern und nie mehr vergessen. Ich schlang meine Arme um seinen Körper, ertastete die Muskeln unter dem Arztkittel.

Wir lösten uns nur für einen winzigen Moment, damit er mir das Nachthemd über den Kopf ziehen konnte.

Seine Berührungen, seine Nähe, ließen mich alles vergessen. Es war, als hätte die Zeit aufgehört zu existieren. Durch unsere vereinten Körper entstand ein sorgenfreies Vakuum. Ich verlor mich in ihm und er sich in mir.

Wenn es doch für immer so bliebe!

Ich wollte diese Zeit mit ihm bis zur Unendlichkeit auskosten, doch irgendwann schliefen wir dicht aneinander gekuschelt ein.

Als ich wieder erwachte, nahm ich mir Zeit, sein wunderschönes Gesicht zu studieren. Wie es wohl wäre, wenn wir nicht in einer psychiatrischen Klinik leben würden? Wenn wir uns im normalen Leben kennengelernt hätten? Wenn er nicht mein Arzt wäre?

Er kehrte ebenfalls in die Realität zurück und zog mich schlaftrunken enger an sich.

Dann schlug er die Augen auf.

Die Hingabe, die ich zuvor in seinen Augen entdeckt hatte, verwandelte sich in etwas anderes. Etwas, das an Angst und Schmerz erinnerte.

Er richtete sich auf. »Es tut mir leid. Ich muss leider los«, sagte er und tätschelte mir noch einmal die Schulter. Dann zog er sich mit raschen Bewegungen an und verließ das Häuschen.

Mit einem lauten Knall schloss sich die Tür hinter ihm. Sie fiel nicht ins Schloss. Sie fiel direkt in mein Herz.

KAPITEL 28

Dalina

Mit einem Klemmbrett bewaffnet liefen Dalina und Jared von Raum zu Raum. Beim Frühstück hatte er vorgeschlagen, dass sie strukturierter an ihre Suche herangehen müssten. Dieses riesige Haus überforderte Dalina. Es nahm so viel Platz in ihren Gedanken ein mit seinen gefühlt tausend Zimmern, dass sie nicht gewusst hatte, wo sie anfangen sollte.

Und es war ja nicht nur das. Da gab es auch noch das Baby, ihre Mutter, die fehlende Unterkunft, George. Es fühlte sich an, als hätte sie statt eines Gehirns nur noch ein zerwühltes Wollknäuel im Kopf und immer, wenn sie es anzapfen wollte, verlor sie sich im Wirrwarr.

Deswegen war sie Jared unendlich dankbar, als er einen Plan aufgestellt hatte. Es wirkte fast, als gehöre die

Durchsuchung von riesigen Herrenhäusern zu seinem Tagesgeschäft und nicht die Verwaltung eines kleinen Archivs. Aber auf der anderen Seite war der Unterschied vielleicht gar nicht so groß, denn das Archiv war über und über mit Büchern gefüllt und auch die mussten alle kategorisiert und katalogisiert werden, um jederzeit auffindbar sein.

Sonnenlicht fiel durch die riesigen Fenster und Rose Hill wirkte jetzt gar nicht mehr gruselig, sondern einfach nur wie eine todtraurige Diva, deren verblasste Schönheit man nur noch erahnen konnte. Es tat nahezu weh, überall die bröckelnden Wände, den Schutt und die sich ablösenden Tapeten voll dunkler Flecke zu sehen.

»Okay, was haben wir hier?«, erkundigte sich Jared.

»Sieht aus wie ein Schlafsaal.« Dalina blickte in den riesigen Raum, wo vereinzelt nackte, verrostete Eisengestelle von Krankenhausbetten standen. Selbst einige Trennwände, an denen noch zerfetzte Blümchenstoffreste hingen, waren übrig geblieben. Die filigranen Blümchen auf dem vergilbten Stoff ließen ihr Vintage-Herz sofort höher schlagen. Doch dieser idyllische Stoff wirkte vollkommen fehl am Platz. Dieser Hauch von Menschlichkeit in dem zerstörten Gebäude ließ eine Gänsehaut über ihren Körper wandern und sie musste sich schütteln.

Es machte alles so real.

Hier hatten wirklich einmal Menschen gelebt und vermutlich auch gelitten. Rose Hill war nicht einfach nur ein Museum, mit Ausstellungsstücken von unbekannten, lange verstorbenen Menschen, wo durch Glas und grelle Lichter Distanz geschaffen wurde.

Ihre Großmutter hatte hier gelebt.

Vielleicht hatte sie in dem Bett zu ihrer linken geschlafen. Wie das gewesen sein mochte, so ganz ohne Privatsphäre? Hatte sie es genauso gehasst, wie Dalina es hassen würde?

Jared notierte etwas auf seiner Liste und sie war froh, den Schlafsaal verlassen zu können. Die nächsten Räume waren, abgesehen von herumliegenden Brettern, kaputten Möbeln und undefinierbarem Müll leer.

Hinter der nächsten Tür verbarg sich eine Überraschung. Eine schmale Steintreppe führte in die Tiefe. »Ich habe mich schon gefragt, wo der Keller sein mag.«

Jared beugte sich tiefer, um mehr erkennen zu können. Er zuckte mit den Schultern. »Dann mal rein ins Batcave.«

Dalina zog eine Augenbraue hoch. »Du bist Batman-Fan?«

»Die Tage sind lang im Archiv. Man muss lesen, was man kriegen kann.«

Der Anflug von Heiterkeit wurde von der Trübsinnigkeit des Kellergangs erstickt. Die Luft war modrig und abgestanden. Ein langer Gang tat sich vor ihnen auf, von dem links und rechts Türen abgingen. Schwere Eisentüren, die vor langer Zeit einmal weiß gewesen sein mussten. Mittig hatten sie jeweils eine kleine Klappe. Einige waren nur halb zugezogen, sodass leicht zu erkennen war, was sich hinter dieser Klappe verbarg. Drei kleine Gitterstäbe.

Dalina betrat eine der Zellen, um ein Gefühl dafür zu bekommen. Die Enge war beklemmend. Jared war ihr gefolgt und deutete auf die große Schrift an der Wand.

Tür zur Hölle hatte jemand dort hingeschrieben.

»Ist das ...?«

Dalina nickte. »Blut.«

Sie gingen schweigend den Flur entlang und nur das schmatzende Geräusch ihrer Schuhe begleitete sie, denn der gesamte Boden stand zwei Zentimeter tief unter Wasser.

»Sieh dir das an.« Jared trat in einen Raum, wo ein klobiger Behandlungsstuhl stand. Der Rost hatte sich bereits hochgefressen und die riesige Lampe über der Liegefläche wackelte bedrohlich. Unter einer dicken Staubschicht erkannte Dalina Gurte. Sie schluckte. Zweifellos waren sie dafür gedachte, die Arme und Beine der Patienten festzuschnallen.

Unwillkürlich kam in Dalinas Kopf die Frage auf, ob ihr Großvater diesen Stuhl auch genutzt hatte? War auch er daran beteiligt gewesen, Menschen zu quälen? Wenn auch im guten Willen? Alle Tatsachen sprachen dafür, auch wenn er ein herzensguter Mensch gewesen war, so wie sie ihn in Erinnerung hatte. Aber gab es nicht auch Dokumentationen über KZ-Aufseher, denen man so eine Grausamkeit niemals zugetraut hätte? Oder diese Experimente, wo geprüft wurde, wie weit Menschen bereit waren zu gehen, wenn sie Anordnungen befolgten. War auch er ein Opfer der Anforderungen seiner Zeit geworden?

Nachdem sie Stunden später endlich das gesamte Haus besichtigt hatten, verkündete Jared ihre Bestandsaufnahme.

»Wir haben zweiunddreißig Räume, aber in nur acht Räumen gibt es die Möglichkeit, Hinweise zu finden, da in allen anderen Räumen keine Bücher oder Papiere sind.«

Er notierte etwas. »Die schlechte Nachricht ist, dass es in einem der Räume ungefähr knietief die Bücher gibt, die wir neulich schon angefangen haben durchzugehen. Ich gehe davon aus, dass unsere Chancen hier am höchsten sind. Ich werde ein paar Kartons besorgen und dann können wir alle Bücher ordnen, je nachdem, ob sie für uns hilfreich sein könnten oder nicht.«

Wenig später kehrte Jared mit den Kartons und auch ein paar Sandwiches für das Lunch zurück. Sie begannen ihre Arbeit an der Tür und arbeiteten sich langsam in den Raum hinein. Die Bücher ordneten sie nach Interessantem für das Archiv, den Trödelmarkt und es gab auch einen Karton für den Müll, da einige Bücher und Hefte auseinanderfielen und nicht mehr zu gebrauchen waren.

In alles, was nach Psychiatrieakte aussah, schauten sie hinein, aber bisher hatten sie kein Glück. Irgendwann entdeckte Dalina eine wunderschöne Ausgabe von *Stolz und Vorurteil.* Sie schlug den Buchdeckel auf und ihr Herz flatterte auf, als sie den Namen ihrer Großmutter im Inneren entdeckte. Sie war also wirklich hier gewesen. Und sie hatte dieses Buch gelesen. Warum hatte sie es wohl nicht mitgenommen?

»Hast du was gefunden?«

Dalina nickte und hielt das Buch hoch. »Es hat meiner Großmutter gehört.«

Ein Lächeln zeichnete sich auf seinem Gesicht ab. »Dann hat sie auf jeden Fall einen guten Geschmack gehabt.«

Sie wusste nicht, wie lange sie weitergearbeitet hatte,

als sie beschloss, sich die Glieder zu vertreten. Hustend klopfte sie sich den Staub aus der Kleidung und machte sich auf die Suche nach Jared, der schon vor einer Weile den Raum verlassen hatte, um zur Abwechslung in einem anderen Raum weiterzuarbeiten. Sie fand ihn in dem ehemaligen Behandlungszimmer des Arztes. Sämtliche Schubladen der alten Kommode waren geöffnet und er hatte mehrere Stapel um sich herum aufgebaut.

»Ist was Interessantes dabei?«

Er zuckte zusammen. Abrupt klappte er die Akte zu und schüttelte seinen Kopf. »Nein, nichts. Ich habe mich nur festgelesen.«

Dalina trat auf ihn zu. »Ja? Dann lass mich doch auch mal sehen. Es schien ja ziemlich spannend zu sein.«

»Sind diese historischen Dokumente nicht alle spannend?«

»Für einen Archivar vielleicht.«

Er hielt die Akte noch immer fest umschlossen. Dalina griff danach, aber er ließ sie nicht los. »Jetzt zeig schon her.«

»Später. Wollen wir nicht erst mal Pause machen? Du. Hast. Doch. Bestimmt. Wieder. Riesigen. Hunger.« Mit jedem Wort wurde die Akte von einem zum anderen gezogen. Keiner bereit, aufzugeben.

»Erst. Muss. Ich. Das. Sehen.«

Plötzlich stolperte Dalina nach hinten und die Blätter segelten in alle Richtungen durch die Luft.

»Ich bin so ein Idiot!« Jared war sofort neben ihr. »Ist alles okay? Geht es dir gut?« Stöhnend richtete Dalina sich auf und bewegte prüfend Arme und Beine. »Es ist alles in Ordnung. Nichts passiert.«

Sie betrachtete die vergilbten Blätter, die sie umgaben. »Darf ich jetzt endlich sehen, was so spannend war?«

Jared seufzte ergeben. Er sammelte die Blätter ein und überflog jedes einzelne mit seinen Augen. Schließlich reichte er ihr einen der Zettel rüber.

Dalina fand sofort, was Jareds Aufmerksamkeit erregt hatte, denn ihre Augen blieben ebenfalls daran hängen.

Nathaniel Woodrow.

Eingeteilt für den Dienst bei der Insulinschock-Therapie. Sie schluckte. Ihr war bewusst, was damals in der ICT gemacht wurde.

Und sie wusste, dass das ganz und gar nicht gut war.

Jared legte einen Arm um sie und gegen ihre Willen lehnte sie sich an ihn. Kämpfte die Tränen zurück.

»Komm, lass uns von hier verschwinden. Frische Luft wird uns beiden guttun.«

Sie gingen durch den ehemaligen Garten in das parkähnliche Gelände hinter dem Haus. In einiger Entfernung lag ein großer See und aus den Augenwinkeln nahm sie wild wuchernde Rosen wahr, hatte aber keine Zeit, sie länger zu betrachten.

Sie wollte nur noch weg.

Weg von diesem Haus und dieser schrecklichen Vorstellung, dass ihr Großvater so etwas getan hatte. Dass all seine Preise und Auszeichnungen, die er in den USA bekommen hatte, nur eine Farce waren. Dass er nicht der Mensch gewesen war, von dem sie dachte, dass er es war.

Jared brach die Stille, als sie den See halb umrundet hatten. »Es hat nichts zu bedeuten, Dalina. Jede Insulinschock-Therapie wurde damals anders durchgeführt.

Vielleicht war diese nicht so schlimm.«

Dalina sah ihn skeptisch an. »Woher weißt du überhaupt etwas über diese Therapie?«

»Na ja, ich habe ziemlich viel recherchiert, was es gewesen sein kann, was meiner Großmutter damals angetan wurde. Und die Insulinschock-Therapie war dabei.«

»Und woher dein plötzlicher Stimmungsumschwung? Bis vor kurzem wolltest du nicht mal mehr mit mir reden, weil mein Großvater deiner Großmutter das hier angetan hat.«

Er sah zu Boden und antwortete nicht sofort.

»Zum einen wissen wir noch gar nicht, was passiert ist«, sagte er schließlich. »Und dann habe ich noch mal darüber nachgedacht. Ich kann dich nicht dafür verantwortlich machen, was dein Großvater getan hat. Du hast damals nicht einmal gelebt. Ich denke, der Schock war damals einfach zu groß. Dieser Name ... *Woodrow* ... er geistert einfach schon zu lange wie der Inbegriff des Bösen durch mein Leben. Ich habe überreagiert und es tut mir leid.«

Dalina nickte langsam. »Das stimmt, ich kann nichts dafür. Mir wird trotzdem ganz anders, wenn ich daran denke, für was er verantwortlich sein könnte.«

Sie gingen weiter schweigend nebeneinander her und gönnten ihren Lungen eine Pause von dem ganzen Feinstaub im Haus.

Aber was war das?

Dalina blieb unvermittelt stehen. In der Ferne zeichneten sich etwas ab. Ein Gebäude. Rote Backsteine, helle Fenster mit Mittelstreben und ein geschwungenes Dach.

»Das muss das Pförtnerhäuschen sein«, sagte Jared.

»Das hatte ich ganz vergessen!« Er ging darauf zu und bedeutete ihr mitzukommen. »Das müssen wir uns genauer ansehen.« Sie traten durch das hohe Gras und Dalina wischte mit den Fingern eine Stelle im Fenster frei, um hindurch spähen zu können.

»Ich kann nicht viel erkennen. Aber es sieht aus, als wäre noch jede Menge Zeugs hier.« Dalina deutet auf das Schloss. »Dann zeig mal, was du kannst.«

Jared legte den Kopf schräg. »Es ist jetzt nicht so, dass ich nur ‚Alohomora' sagen muss und dann öffnet sich das Schloss. Ich brauche schon mein Werkzeug.«

Verwirrt sah sie ihn an. »Alo... was?«

»Jetzt sag mir nicht, dass du Harry Potter nicht kennst!?«

»Natürlich kenne ich Harry Potter.«

»Aber du hast es nie gelesen.«

»Das Medizinstudium lässt einem nicht viel Freizeit ...« Er legte den Kopf schräg. »Nicht mal die Filme gesehen?«

»Na ja ... Die wenige Freizeit wollte ich nicht mit Filmen vergeuden.«

»Aber es geht um Harry Potter! Das nicht zu lesen kommt einem Kapitalverbrechen gleich.«

Dalina verdrehte die Augen. »Lass uns einfach zurück zum Haus gehen und den Schlüsselbund holen.«

»Na gut.« Jareds Handy begann zu klingeln. Er kramte es aus der Tasche und warf einen Blick auf das Display. »Geh schon mal vor, ich komme gleich nach.«

»Okay, bis gleich«, rief sie über ihre Schulter und joggte zum Haus zurück.

Als sie an der Haustür ankam, zog sich alles zusammen. So etwas Widerwärtiges hatte sie noch nie gesehen.

KAPITEL 29

Caitlin

Ich setzte mich auf die hölzerne Arbeitsplatte vor dem Fenster, ließ meine Beine baumeln und beobachtete Marigold, wie sie Karotten wahnsinnig flink in feine Stückchen schnitt und in den Topf gab. Dann nahm sie sich die Kartoffeln vor und ich sprang von meinem Platz, um ihr beim Schälen zu helfen.

»Na Liebes, nun aber mal raus mit der Sprache. Was ist los?«

»Nichts. Wieso?«

Marigold deutete mit dem Kartoffelschäler in der Hand auf mich.

»Du bist schon einige Monate hier und ich kenne dich doch. So still wie in den letzten Tagen warst du eigentlich noch nie. Nicht mal bei deiner Ankunft.«

Dann war es also zu offensichtlich. Wie könnte es auch anders sein? Egal, was ich versuchte, der Schmerz eroberte wieder meine Gedanken. Jedes Mal, wenn ich Nathaniel aus der Ferne sah, schlug die Wut, die Trauer, das ganze Unverständnis in mich ein wie ein Blitz. Und wenn ich ihn nicht zu sehen bekam, weil er mich offensichtlich mied, brodelte der Schmerz konstant wie das Ticken einer Uhr vor sich hin.

»Ach, ich denke nur nach. Es gibt einen Menschen, von dem ich weiß, dass ihn etwas sehr bedrückt, aber er will sich mir einfach nicht anvertrauen. Ich überlege, wie ich ihn dazu bringen kann, mir zu vertrauen.«

»Hmmm. Das ist schwierig.« Sie ließ die Kartoffel ins Wasser gleiten, bevor sie weitersprach. »Manchmal vertrauen Leute einem ihr Geheimnis an, wenn man ihnen selbst etwas über sich verrät.«

Ich überlegte. Was könnte ich Nathaniel erzählen, was er nicht bereits wusste? Ich hatte ihm bereits gesagt, dass ich um meinen Vater auch ein Stück weit getrauert hatte, weil ich nun die letzte Montgomery war. Mein dunkelstes Geheimnis, dass Berker mein letzter verbliebener Verwandter war, wusste er ebenfalls. Und ich hatte das unbestimmte Gefühl, dass wenn ich ihm gestehen würde, dass ich mich in ihn verliebt hatte, ihn das nur noch weiter fortdrängen würde.

»Erzählst du mir dein dunkelstes Geheimnis?«, fragte ich sie mit einem Augenzwinkern.

Marigold lachte auf. »Lieber nicht.«

»Na komm schon. Ich schwöre hoch und heilig, es nicht weiterzuerzählen. Und ich bin sicher, dass es mich auf andere Gedanken bringen würde – insbesondere, wenn es so brisant ist.«

»Brisant ist es nicht. Eher traurig.«

»Wenn das so ist ... Ich bin die Expertin für Traurigkeit. Vielleicht weiß ich ja ein Gegenmittel.«

»Ein Gegenmittel?« Nachdenklich warf Marigold die nächste Kartoffel in den Topf und schien nicht zu merken, dass sie nur halb geschält war. »Das müsste dann schon gegen mich wirken.«

»Warum das?«

»Weil ich ein schlechter Mensch bin.«

»Das ist absurd!« Ich lachte auf. »Ich habe selten einen so herzensguten Menschen wie dich kennengelernt. Also, was ist es?«

Sie sah mich nicht an und blieb einen Moment still. »Ich wünschte, ich hätte dich zur Tochter und nicht meine eigene«, flüsterte sie schließlich.

»Au!«, erschrocken ließ ich das Messer fallen und steckte kurz meinen Daumen in den Mund, um den Blutfluss zu stoppen. »Aber wieso ...«

Marigold zuckte mit den Schultern, griff nach einer besonders großen Kartoffel und schien eher zu ihr zu sprechen als mit mir. »Es ist einfach so. Marjorie ist ein grässliches Kind, wenn ich ehrlich bin. Erst letzte Woche hat sie ihre beste Freundin beim Lehrer verpetzt und als der ältere Herr, der in unserem Bed & Breakfast zu Gast war, die Treppe heruntergestürzt ist und sich böse die Hüfte geprellt hat, da hat sie gelacht! Nur weil er etwas nach Wiesel roch. Und ständig lästert sie über den dicken Hintern der kleinen Florentine mit den Zöpfen von nebenan – dabei ist sie selber ja auch keine Gazelle.«

Tränen sammelten sich in ihren Augen und ich legte das Messer beiseite und tätschelte ihre Schulter.

»Inzwischen ist es schon so weit, dass ich sogar lieber

hier bin als zu Hause – weil ich ihren arroganten Gesichtsausdruck kaum ertrage.« Mit einem Zipfel ihrer Schürze tupfte sie sich die Augen trocken. »Ich weiß einfach nicht, was ich falsch gemacht habe.« Sie vergrub ihr Gesicht in den Händen und ich schloss sie in die Arme.

»Aber das muss doch nicht an dir liegen!«, beteuerte ich. »Manchmal entwickeln sich die Menschen in eine ganz seltsame Richtung, die niemand hätte vorhersehen können. Das scheint in einigen Menschen verankert zu liegen. Wir haben auch eine schreckliche Person in der Familie. Der Bruder meiner Mutter, dabei war sie so wundervoll und meine Großeltern ebenso. Ich bin mir sicher, dass du nichts falsch gemacht hast!«

Tapfer lächelte sie mich an. »Ich fürchte, jetzt musst du mir noch ein Geheimnis erzählen, damit *ich* auf andere Gedanken komme.«

Krampfhaft durchwühlte ich die Bilder in meinem Kopf – und stieß auf ein besonders brisantes.

»Okay ... da gäbe es etwas, was ich wirklich noch niemanden erzählt habe. Aber das ist ziemlich ... pikant. Du dürftest es daher unter keinen Umständen weitererzählen.«

Sie nickte eifrig. »Her damit!«

»Also vor einigen Wochen habe ich Edmond erwischt. In flagranti sozusagen.«

Ihr Mund klappte nach unten und sie sah mich mit weit aufgerissenen Augen an. »Nein!«

»Doch. Und das Beste kommt noch: Mit Schwester Edith.«

Sie schlug beide Hände vor den Mund – und prustete los. »Das gibt es ja nicht!!!«

»Ja, ist es nicht seltsam? Sie ist doch bestimmt zehn Jahr älter als er. Und doppelt so breit.«

»Eifersüchtig?«

»Bist du wahnsinnig?«

»Wieso, schlecht sieht er doch nicht aus.«

»Das mag objektiv betrachtet so sein.« Er hatte immerhin eine gute Statur und volles blondes Haar. »Aber jemanden, der so einen schlechten Charakter hat, den kann ich nicht attraktiv finden.«

»Ich verstehe, was du meinst.« Marigold griff wieder nach ihrem Kartoffelschäler und wurde ernst. »Und ich habe auch eine Ahnung, was da los war.«

»Ja?« Damit hatte ich nicht gerechnet. »Was denn? Hat er eine Schwäche für ältere Frauen?«

»Indirekt schon. Sofern sie mit den richtigen finanziellen Mitteln ausgestattet sind ... Und Ediths Familie ist sehr wohlhabend.«

»Wirklich? Woher weißt du das mit Edmond?«

»Er kommt vor hier, da bekommt man einiges mit. Sein Vater war ein Säufer. Hat den Ehrgeiz seines Sohnes nie unterstützt. Edmond hat lange jeden Job angenommen, um sich das Medizinstudium leisten zu können.« Sie hielt für einen Moment inne. »Doch dann starb er. Und ließ Edmond und seine Mutter mit einem Haufen Schulden zurück.«

»Oh.« Jetzt tat er mir richtig leid. Wer hätte sowas geahnt?

»Jeder wusste, dass er das Studium jetzt würde abbrechen müssen. Aber das tat er nicht.«

Ich runzelte die Stirn. »Was hat er denn gemacht?«

»Das weiß keiner. Es wurde nur immer öfter gesehen, wie er aus den Häusern von alleinstehenden Damen kam.« Sie sah mich beschwörend an. »Von alleinstehenden *reichen* Damen.«

»Du meinst ...« Ich schnappte nach Luft. »Du meinst, er war sowas wie eine Prostituierte? Nur in männlich?«

Marigold zuckte mit dem Schultern. »Das weiß keiner so genau. Aber die Gerüchteküche brodelte natürlich.«

~

Nachdem das Mittagessen vorbereitet war, lief ich auf Umwegen zum Dayroom. Das machte ich immer wieder, um zu vermeiden, den gleichen Weg zu oft zu gehen. Als ich die Treppe zum zweiten Stock passierte, beschloss ich, auch noch einen Abstecher nach oben zu machen. Nachdem ich dort schon den Stoff für die Trennwände gefunden hatte, gab es vielleicht noch andere Dinge, die wir für die Beschäftigungstherapie nutzen konnten.

Auf leisen Sohlen schlich ich hoch. Ich spähte in die Räume, deren Möbel mit Tüchern bedeckt waren und gelangte schließlich in die Bibliothek, die ich bei meinem ersten Besuch noch nicht entdeckt hatte.

Ich musste mich davon abhalten vor Freude zu hüpfen, denn das hätte man vielleicht unten hören können. Was für ein Traum! Ich begann sofort die Buchrücken zu studieren. Ich hatte nach unserem Kinobesuch die Idee gehabt, dass wir vielleicht sogar ein eigenes kleines Theaterstück aufführen könnten. Einigen der Patienten würde es sicherlich gefallen, in andere Rollen zu schlüpfen und die Texte zu lernen. Dann könnten wir eine Aufführung für die Bürger von Mayfield machen und ihnen möglicherweise ein bisschen die Angst und die Beklommenheit nehmen, die viele verspürten, wenn sie mit psychisch kranken Menschen zu tun hatten. Auf spielerische Art und Weise.

Vielleicht gab es ja einen Klassiker oder eine andere schöne Geschichte, die ich als Vorlage für das Theaterstück nehmen konnte. Als ich die Hälfte der Bibliothek durchkämmt hatte, war mir so, als würde ich ganz leise Stimmen hören. Ich verließ den Raum und horchte in den Flur hinein. Ja, es waren eindeutig zwei Stimmen. Sie waren hier deutlicher zu hören. Ich folgte den Geräuschen und linste durch einen Türspalt. Edmond und Berker standen im Zimmer und diskutierten heftig. Es fühlte sich falsch an, aber meine Neugierde war zu groß. Daher schlich ich in das anliegende Zimmer und legte mein Ohr an die Wand. Ich konnte nur Wortfetzen verstehen, die allerdings in meinem Kopf keinen Sinn ergaben.

Ich hörte *Experiment ... Kombination von Therapie mit hohen ... Krankheit Nobelpreis... Risiko... Zelle im Keller...* Es war nicht viel und ich hatte keine Ahnung, worüber sie sprachen aber das, was ich hörte, ergab kein schönes Gesamtbild. Ich wollte mich schon davonschleichen, als ich noch etwas hörte, was mich den Atem anhalten ließ.

Monty.

Und dann ganz deutlich *»Ja, Monty könnte der Erste sein«*.

Nur durch Aufbringung meiner gesamten Willenskraft konnte ich mich davon abhalten, an die Wand zu hämmern und laut »Nein. Ihr werdet gar nichts mit ihm machen. Denn er ist nicht krank« zu rufen.

Aber es ging nicht.

Ich verzog mich in die Ecke des Zimmers und

wartete viele, viele Minuten, die sich ewig in die Länge zogen, bis ich endlich Schritte hörte. Sicherheitshalber blieb ich noch eine halbe Stunde, dann verließ ich das obere Stockwerk. Ich rannte zum Dayroom – nur um kurz vorher zum Stehen zu kommen und meinen Atem zu beruhigen. Ich ging hoffentlich sichtlich gut gelaunt in den Raum hinein und steuerte direkt auf Monty zu.

»Monty, wie würdest du's eigentlich finden, wenn du wieder nach Hause gehen würdest?«

Wir sprachen so leise, dass uns niemand anderes im Raum verstehen konnte.

»Oh, toll.«

»Ich habe das Gefühl, dass deine Eltern dich total gern zu Hause hätten. Wie wäre es, einfach mal mit ihnen zu telefonieren und sie zu fragen, ob sie dich abholen wollen?«

Monty klatschte in die Hände. »Klasse.«

»Hast du ihre Telefonnummer?«

»Nein, aber man kann ja mal die nette Dame in der Leitung fragen.«

»Du hast natürlich recht. Das werden wir machen. Das einzige Problem ist nur, dass Schwester Agnes nicht möchte, dass wir das Telefon nutzen. Deswegen sollten wir das heute spät abends machen. Bist du dabei?«

Monty nickte heftig.

»Super. Dann hole ich dich heute Nacht ab und dann rufen wir deine Eltern an.«

Ich wusste nicht, wie ich den restlichen Tag hinter mich gebracht hatte und auch nicht, wie ich Montys Eltern erklären sollte, warum sie ihn unbedingt auf der Stelle abholen und nie wieder zurückbringen sollten.

Und das alles mitten in der Nacht.

Aber es war die beste Lösung, die mir einfiel. Beim Familienbesuchstag hatten seine Eltern sehr nett gewirkt, wenn auch seine Mutter etwas streng war.

Seit ich in dem kleinen Pförtnerhäuschen wohnte, war es nicht mehr ganz so einfach für mich, durch die Gänge zu schleichen. Mit meinem Wintermantel machte ich mich auf den Weg zum Haupthaus. Zum Glück schien der Mond so hell, dass ich keinerlei Probleme hatte, die Wege zu erkennen.

Im Schlafsaal musste ich Monty mehrere Male sanft rütteln, bis er bemerkte, dass ich da war. Als er mein Gesicht sah, strahlte er sofort und folgte mir leise durch den Raum. Die anderen schliefen tief, atmeten regelmäßig und laut. Wir erreichten den Dayroom und setzten uns mit zwei Stühlen an den Tisch, auf dem das Telefon für Notfälle stand. Ich gab der Vermittlung den Namen und dann lauschten wir dem Klingelton.

KAPITEL 30

Dalina

Dalina starrte noch immer auf die tote Ratte, als Jared neben sie trat. Er blickte auf das Tier und dann auf die blutverschmierte Schrift auf der Tür.

Nächstes Mal bist du dran.

»In was für einem schlechten Krimi hat er sich das denn abgeguckt?! Aber auf jeden Fall scheint unser Hausgeist doch von unserer Welt zu sein. So viel ist klar.«

»Sieht ganz so aus.«

Dalina sah sich suchend um und hob schließlich einen langen Stock auf, den sie in der Nähe der Tür entdeckte.

»Was hast du vor?«

»Das Ding beseitigen, damit ich reingehen kann.«

»Bist du verrückt? Wir müssen die Polizei verständigen.«

»Die Polizei? Was soll ich denen sagen? ›Officer, Hilfe, ich habe eine tote Ratte vor meiner Tür gefunden?‹«, fragte sie mit Piepsstimme.

Jared verdrehte die Augen.

»Mag ja sein, dass eine aufgespießte Ratte in den USA das gängige Begrüßungsgeschenk der Nachbarn ist. Aber ist dir vielleicht entgangen, dass da vorne eine blutverschmierte Schrift prangt?« Anklagend deutete er auf die Tür.

»Natürlich nicht. Aber ich habe keine Lust, hier stundenlang auf die Polizei zu warten, die mir nur sagt, ›Tut uns leid, da können wir leider nichts machen.‹ Dann kann ich die Sache auch genauso gut alleine in die Hand nehmen.«

Jared zog eine Augenbraue hoch. »Meinst du etwa genauso gut wie deine Geisterfalle?«

Dalina stemmte die Hände in die Hüften. »Tut mir leid, ich bin es nun mal noch nicht gewohnt mit Häusern zu planen, die sieben Eingänge haben. Und zwei der Türen konnten wir immerhin mit den Kameras überwachen. Vielleicht haben wir da was darauf.«

»Mit Sicherheit. Weil Leute, die Ratten überbringen, immer die Haupteingangstür nehmen. Aus Höflichkeit natürlich. Ich hab doch gesagt, wir hätten zwei Hintertüren nehmen sollen.«

»Ja, Mister Besserwisser. Das bringt uns auch nicht weiter. Lass uns lieber schnell die Sachen holen, es sind nur noch ein paar Stunden bis zum Sonnenuntergang. Vielleicht haben wir das Pförtnerhäuschen bis dahin sauber genug, um heute Nacht da drin schlafen zu können. Es ist noch um einiges besser erhalten als das Haus.«

Jared sah sie entgeistert an. »Du willst allen Ernstes immer noch hier schlafen, nachdem wir mehrmals Leute im Haus gehört haben und du jetzt sogar eine Todesdrohung bekommen hast?«

Dalina zuckte mit den Schultern. »Na klar, warum nicht? Wenn ich klein beigebe, bekommen sie doch, was sie wollen. Ich bin mir sicher, dass man sich das Häuschen sehr schön herrichten kann.«

Jared nickte zu ihrer Überraschung. »Wenn man drei Monate Zeit hat, mit Sicherheit. Und wenn man Elektrizität hätte, würde das auch helfen. Bist du eigentlich immer so ein Workaholic? Warum bist du nicht vernünftig und kommst heute Nacht mit zu mir?« Er zögerte einen Moment. »Also, als mein Gast natürlich. Auf die Besuchercouch.«

Sie sah ihn amüsiert an. »Als was denn sonst?«

»Na ja, du weißt schon. Egal. Lass uns gehen, das reicht für heute. Ich werde im Archiv Urlaub einreichen, ich habe jede Menge Tage übrig. Dann haben wir die ganze Woche Zeit.«

Sie schlenderten zu seinem verbeulten Kleinwagen rüber. »Was hast du mit dem Anwesen eigentlich vor?«, fragte er nach einer Weile und Dalina spürte, dass es eine Art Friedensangebot war.

»Gute Frage. Ich weiß es noch nicht so recht. Das alles kam ziemlich überraschend.«

»Das wundert mich, ehrlich gesagt.«

»Dass ich nicht jeden Tag damit gerechnet habe, ein-

riesiges altes Herrenhaus auf einem anderen Kontinent zu erben?«

Jared lachte leise. »Nein, aber dass du überlegst. Ich hätte darauf gewettet, dass du es sofort meistbietend verkaufst.«

»Ja, vermutlich werde ich das auch. Es ist nur so … In Rose Hill ... Ich spüre, dass es etwas Besonderes ist. Ich habe es gleich ins Herz geschlossen – egal wie runtergekommen es ist. Es hat doch einen gewissen Charme und die ganzen Möglichkeiten, die sich mit so einem Anwesen ergeben, sind enorm. Außerdem ist es verlockend, wenn einem bewusst wird, dass man sein Leben noch mal vollkommen neu gestalten kann.«

»Andererseits kann das auch beängstigend sein.«

»Du würdest das Archiv also nie verlassen?«

»Ich weiß es nicht. Ich liebe Bücher, ja, aber manchmal frage ich mich, ob ich nicht besser einen Job haben sollte, wo meine Arbeit einen Unterschied für die Menschen macht. Etwas richtig Sinnvolles. Am liebsten mit Kindern. Aber wir führen das Archiv schon seit vier Generationen, daher stand von Anfang an fest, welchen Job ich machen würde. Und nun, wo das alles ein Ende haben soll, bin ich etwas überfordert.«

»Was meinst du damit?«, erkundigte sie sich, während er den Wagen auf der ausladenden Einfahrt in die Runde lenkte.

»Hast du es nicht auf den Schildern gesehen? Das Archiv, es wird zum Jahresende geschlossen.«

»Oh. Das tut mir sehr leid.« Dalina fehlten die Worte. »Aber kannst du es dann nicht als Chance sehen und diesen anderen Job machen?«, fragte sie nach kurzer Überlegung.

»Das ist leider nicht so einfach. Die zur Verfügung stehenden Jobs in Mayfield lassen sich an zwei Händen abzählen. Es gab vor Kurzem eine Gelegenheit in der Nähe von Brighton, aber das hat sich wieder zerschlagen. Und für einen noch größeren Umbruch bin ich noch nicht bereit. Ich ... habe gerade eine schwierige Phase hinter mir.«

Es war offensichtlich, dass er nicht mehr dazu sagen wollte. »Verstehe«, sagte sie daher schlicht und suchte angestrengt nach einer Lösung, kam aber auf keine Idee.

»Was ist mit deiner Familie? Wie stehen sie zu dem Haus?« Er wechselte den Gang und sah sie an.

»Meine Mutter ist begeistert. Eigentlich hat ja sowieso sie das alles hier geerbt. Aber wir haben abgemacht zu teilen und ich denke, wenn man sie erst über den großen Teich bekommen hat, würde sie es hier auch sehr nett finden.«

»Und die anderen?«

»Welche anderen?«

»Sonst gibt es niemanden?«

»Nein.«

Jared warf ihr einen skeptischen Blick zu.

»Wieso? Wir leben doch nicht mehr in den Fünfzigern und es ist ja wohl vollkommen normal, dass es Frauen gibt, die auch mit Ende zwanzig Single sind.«

»Nein, nein, ich hätte nur gedacht, dass« Jared winkte ab. »Ach, egal. Wollen wir gleich noch essen gehen? Du hast ja noch eins gut bei mir.«

»Was denn, sag schon!«

Er sog Luft ein und atmete sie langsam aus. »Na ja, in deinem Zustand ...«

»Was meinst du denn mit meinem *Zustand*?«

Jared betrachtete hochkonzentriert die Straße. »Ich ... äh .... Also, du weißt ja, wie es ist auf dem Land ...«

»Keine Ahnung, worauf du hinaus willst. Meinst du, die Leute machen sich darüber lustig, wenn wir schon wieder essen gehen? Ist das deine Sorge, dass wir zu oft zusammen gesehen werden und die Leute dann tuscheln?«

»Nein«, Jared lachte auf, »das wäre meine geringste Sorge. Aber ich … Also, es ist so, mir ist zu Ohren gekommen, dass du ...«

»Was?«

»Schwanger bist.«

KAPITEL 31

Caitlin

Es dauerte eine Weile, aber schließlich wurde der Hörer abgehoben. »Hallo?«, fragte eine müde Stimme.

»Hallo, hier ist das Rose Hill Sanatorium.«

»Ist etwas passiert?«

Die Stimme klang nun hellwach.

»Nein, es ist nichts passiert. Ich habe mich nur öfter mit Monty unterhalten, und er hat mir erzählt, wie gern er wieder nach Hause kommen würde. Ich denke, er hat einen Punkt erreicht, an dem er sehr gut alleine zurechtkommen könnte und die Hilfe hier im Sanatorium nicht mehr benötigt.«

»Und deswegen rufen Sie hier mitten in der Nacht an? Hätte das nicht bis Morgen Zeit gehabt?«

Die Stimme vibrierte vor Zorn. Ich musste dringend meine Taktik wechseln.

»Hören Sie, ich weiß, es ist ungewöhnlich, aber ich muss Sie wirklich bitten ihn abzuholen. Ich kann nichts Genaueres sagen, aber ich weiß, dass es hier sonst kein gutes Ende für ihn nehmen wird. Eigentlich dürfte ich Sie auch gar nicht anrufen, und da mir Monty so wichtig ist, wird es mir auch das Herz brechen, wenn er nicht mehr da ist, aber es ist wichtiger, ihn in Sicherheit zu wissen.«

»Wer ist denn da überhaupt? Sind Sie eine Schwester?«

»Nein.« Ich zögerte. Sollte ich die Wahrheit sagen? »Hier ist Caitlin. Die mit dem Rosengarten.«

»Eine Patientin? Das gibt es ja nicht. Und ich habe mir ernsthaft Sorgen gemacht und jetzt stellt sich heraus, dass eine psychisch Gestörte hier zu nachtschlafender Zeit anruft. Geh wieder in dein Bett!« Den letzten Satz sprach sie langsam und überdeutlich, als sei ich ein kleines Kind.

»Bitte, ich bin nicht geistesgestört.«

Hatte da eine Tür geklappt? Ich musste mich beeilen. »Sie müssen Monty abholen.«

»Das werde ich nicht. Wir zahlen ein Heidengeld an das Sanatorium und wissen ihn dort in den besten Händen. Professor Berker hat sogar versprochen, ein besonderes Augenmerk auf ihn zu haben. Vielleicht wird er bald geheilt. Er sprach von einer neuen Therapie!« Die Hoffnung in ihrer Stimme überlagerte die Empörung.

»Hat er gesagt, um was für eine Therapie es geht?«

»Nur, dass man in den USA bei anderen Krankheiten

bereits großartige Erfolge damit erzielt. Und er möchte als Pionier die Methode bei Mongolismus anwenden.«

Sie schien nicht das geringste Problem damit zu haben, dass ihr Sohn als Versuchskaninchen herhalten sollte. Im Gegenteil. Sie schien stolz zu sein. Berker musste seine gesamten rhetorischen Künste bei ihr eingesetzt haben.

Ich wusste mir nicht mehr zu helfen. Es gab nur noch eins, was ich tun konnte. Ich hielt Monty den Hörer hin. »Hier, sag du etwas.«

Bedächtig nahm er den Hörer entgegen, schaute ihn einen Moment an, bevor er sprach. »Mama, darf ich bitte nach Hause kommen?«

Kurze Zeit später gab er mir den Hörer bereits zurück. Ich hielt ihn gegen mein Ohr, doch da war nur noch ein Piepton.

~

Ich zog den Mantel enger um mich, während ich über den Rasen zurück zu meinem Häuschen lief. Noch mehrere Male hatten wir bei Montys Eltern angerufen, doch es hob keiner mehr ab. Ich trat ein und stieß einen Schrei aus. Ein Schatten hatte sich erhoben und kam auf mich zu.

»Ich bin's nur«, sagte Nathaniel.

Erleichtert schnappte ich nach Luft. »Warum bist du hier?«

»Wo bist du mitten in der Nacht?«

»Das geht dich gar nichts an.«

Nathaniel senkte den Blick. »Vermutlich hast du recht. Aber ich mache mir Sorgen um dich.«

»Ich habe belauscht, wie Edmond und Berker miteinander gesprochen haben. Sie haben etwas Grauenvolles mit Monty vor. Deswegen habe ich versucht dafür zu sorgen, dass er morgen von seinen Eltern abgeholt wird.«

Nathaniel setzte sich auf den großen Sessel. »Hat es geklappt?«

»Ich weiß es nicht. Vermutlich nicht. Und warum bist du hier?«

Nathaniel schluckte. »Ich ... ich schulde dir eine Erklärung. Ich wollte dich nicht verletzen. Aber das mit uns beiden … Es geht einfach nicht.«

Er sah zu mir auf und seine Augen waren so voller Traurigkeit, dass ich am liebsten zu ihm herübergegangen wäre und ihn in den Arm geschlossen hätte. Aber das sollte ja offensichtlich nicht mehr sein.

»Nathaniel, wenn es darum geht, dass ich hier Patientin bin ... Ich bin sicher, dass ich mit Berker sprechen kann und er mich aus dem Sanatorium entlassen kann. Anscheinend kann man hier sowieso nichts für mich tun.«

»Nein, das ist es nicht nur. Da gibt es noch etwas. Es ist etwas, was du mir nie verzeihen würdest und deswegen muss ich mich von dir fernhalten. Ich habe es von Anfang an versucht, aber ich konnte es nicht. Aber das kann so nicht weitergehen, dafür bist du mir zu wertvoll.«

»Wertvoll? So wirkt es momentan aber überhaupt nicht, so wie du mir ständig aus dem Weg gehst. Ich habe eher das Gefühl, dass ich dir vollkommen egal bin. Sag mir doch einfach, was du getan hast. Ich bin sicher, dass ich damit zurechtkommen werde.«

Nathaniel stand langsam auf.

»Caitlin, du hast mich von der ersten Sekunde, in der ich dich getroffen habe, fasziniert. Ich weiß noch genau, wie du da mit deinem zierlichen Körper in diesem riesigen Stuhl festgekettet warst. Am liebsten hätte ich Berker auf der Stelle erwürgt. Nur dafür, dass er dir das angetan hat. Aber gerade deswegen muss ich dir weiterhin aus dem Weg gehen. Sonst wird es zu schwer dagegen anzukommen.«

Ich ging auf ihn zu. »Aber dann geht es dir doch genauso wie mir. Lass uns versuchen, damit zurechtzukommen. Wir werden einen Weg finden.«

Er atmete tief ein. »Ich kann es dir nicht zumuten. Und jetzt werde ich gehen.«

»Wenn du jetzt gehst, Nathaniel, dann …«

Herausfordernd sah mich an. »Was dann?«

»Dann war's das.«

»Perfekt«, sagte Nathaniel traurig. »Dann habe ich ja genau das, was ich wollte.«

KAPITEL 32

Dalina

Dalina vergrub ihr Gesicht in den Händen und Jared warf ihr einen Seitenblick zu. »Alles okay?«

»Wie hältst du das aus?«, fragte sie zwischen den Fingern hindurch.

»Was?«

»Dieses Landleben. Dass jeder alles von jedem weiß. Das ist einfach grauenhaft!«

Jared lachte und zuckte die Schultern. »Man gewöhnt sich daran, schätze ich.«

Dalina atmete hörbar aus, während sie sich wieder aufrichtete, und legte den Kopf an die Stütze. »Es ist verrückt, jetzt wissen auf diesem Kontinent schon mehr Menschen von ...« Sie fischte nach dem richtigen Wort, fand aber keins, das ihr über die Lippen kommen wollte, »... meiner Schwangerschaft als in den USA.« Sie beobachtete, wie die ersten Häuser von Mayfield an ihr vorüberzogen. »Und der, der Bescheid weiß, würde vermutlich alles darum geben, dass die Worte niemals seinen Gehörgang betreten hätten.«

»Er hat sich nicht gefreut?«

Obwohl Jared den Wagen bereits in der Nähe des Archivs geparkt hatte, machte er keine Anstalten auszusteigen und versuchte gar nicht erst, seine Fassungslosigkeit zu verstecken.

Dalina schüttelte stumm den Kopf, da sie nicht sicher war, ob sie ihrer Stimme trauen konnte. Doch als er sie voller Mitleid ansah, griff sie entschlossen nach der Türklinke.

»Egal! Momentan habe ich echt andere Sorgen. Ich wollte nur beweisen, wie absurd es ist, dass hier das halbe Dorf Bescheid weiß, während ich es noch nicht mal meiner eigenen Mutter gesagt habe.«

Jared nahm ihr die Tasche aus der Hand. »Dann lass mich dir beweisen, dass es auch durchaus Vorteile haben kann, wenn man nicht alles mit sich allein ausmacht.«

Sie sah ihn fragend an, doch er winkte ihr lediglich zum Mitkommen. In der Wohnung deutete er auf einen ausladenden Schaukelstuhl, der mit einer kuschelweichen Decke vor dem Kamin stand.

»Hinsetzen.«

Bevor sie protestieren konnte, verschwand er in der Küche und so sah Dalina sich um und ließ sich dann kapitulierend auf den Stuhl sinken. Sie merkte, wie das latente Schwindelgefühl, das sie schon seit Wochen begleitete, weniger wurde. Mutete sie sich und dem

Baby zu viel zu? Auf jeden Fall war das erste Trimester wirklich anstrengend.

Kurze Zeit später kam Jared mit einem riesigen Becher, aus dem eine Pyramide aus Schlagsahne ragte, die mit Kakaopulver bestreut war. Es duftete wunderbar schokoladig, als er ihr die Tasse unter die Nase hielt.

»Trinken!«

Eigentlich mochte Dalina keine Schlagsahne. Doch auf einmal konnte sie sich nichts Köstlicheres vorstellen und konnte es kaum abwarten, den langstieligen Löffel in dem weichweißen Berg aus Sahne zu versenken. Jared verschwand durch die unscheinbare Tür neben dem Kamin. Dalina nippte vorsichtig am Kakao und war sofort überzeugt, dass sie nie etwas Besseres getrunken hatte.

Jared tauchte wieder auf und legte ihr ein schmales rotes Buch mit einem gezeichneten Cover auf dem Schoß. Ein dunkelhaariger Junge stand vor einem Zug und es sah sehr kindlich aus.

Sie las den Titel, der in dicken gelben Lettern auf dem Cover prangte, laut vor. »Harry Potter?!«

Jared nickte stolz. »Ich kann nicht zulassen, dass du als Ärztin so eine Bildungslücke hast. Du kannst es lesen, während ich koche. Worauf hast du Lust? Ich kann ein Bärlauch-Risotto mit geschmolzenen Tomaten machen, meinen letzten Entenbraten auftauen, habe sicherlich noch alle Zutaten für ein Chili con Carne im Haus oder vielleicht einfach nur eine Zucchini-Picatta mit Tomatenkompott, Ruccolapesto und Nudeln?«

»Das klingt ganz so, als würdest du was von der Sache verstehen.«

»Mayfield gibt einem nicht viele Möglichkeiten für Hobbys.

Wenn nichts für dich dabei ist, kann ich aber auch einfach nur zum Imbiss runtergehen und ein paar Burger mit Pommes holen.«

Shit.

Er hatte es gesagt.

Pommes.

Jetzt, wo sie dieses Wort gehört hatte, ließ der tierische – oder war es der schwangere? – Teil in ihr nicht mehr zu, dass sie irgendetwas anderes zu sich nahm. Egal, wie verlockend die Gerichte vorher geklungen hatten. Leider auch egal, wie unhöflich es wäre, tatsächlich die Imbissvariante zu wählen.

»Was ist eine Picatta? Das klingt interessant.«

»Du willst die Pommes.«

»Nein, das klang alles ganz verlockend. Ich kann mich gar nicht entscheiden!«

»Trotzdem willst du die Pommes.«

»Ach, es ist einfach ...«

Dalina ließ sich im Stuhl zurücksinken und schaukelte kräftig vor und zurück.

»Kein Problem.« Jared griff nach seiner Jacke. »Ich verstehe das. Und Schwangere sollen ja das essen, was der Körper verlangt. Wenn deiner Pommes will ...« Er machte eine tiefe Verbeugung und ließ den Arm dazu seitlich kreisen.

»Kann ich dich solange mit Harry alleine lassen?« Mit dem Kinn deutete er auf das Buch.

»Glaubst du nicht, dass ich noch genügend Kinderbücher lesen kann, wenn das Kleine erst mal da ist?«

Jared grinste. »Lies einfach.«

Dalina zählte die Leute, die vor ihr in der Schlange standen. Acht. Dieser Bäcker musste wirklich verdammt gut sein. Oder der einzige, der um diese Zeit bereits geöffnet hatte. Sie hatte einfach nicht mehr liegen können und beschlossen, sich bei Jared für seine Gastfreundlichkeit mit frischen Bagels und Scones zu bedanken. Lag auch das an ihrer Schwangerschaft, dass sie nur noch in Essenskategorien dachte?

Unwillkürlich musste sie lächeln, als sie daran zurückdachte, wie er am Vorabend nach Hause gekommen war und sie sich einfach nicht von dem Buch hatte loseisen können. Warum hatte sie es eigentlich nicht mitgenommen?

Sie schüttelte den Kopf über sich selbst. Jetzt hatte sie jahrelang weder gelesen, noch Filme oder Serien geschaut und nun, wo sie wieder auf den Geschmack gekommen war, konnte sie nicht aufhören.

Dabei musste sie sich dringend wieder auf ihre Aufgabe konzentrieren. Was sollte sie mit Rose Hill machen? Tatsächlich verkaufen? Welche andere Option gab es schon? Sie konnte ja schlecht ihr eigenes Krankenhaus aufmachen. Bei dem Gedanken schreckte etwas in ihr hoch, das aber sogleich vom Klingelton ihres Handys fortgescheucht wurde. Sie sah auf das Display.

Ihre Mutter.

Ups. Sie hatte in der Aufregung der letzten Tage vollkommen vergessen, ihr regelmäßig Bericht zu erstatten. Schweren Herzens gab sie ihren Platz in der Schlange auf und zog sich in eine ruhigere Ecke des Cafés zurück.

»Was ist los? Warum bist du nicht mehr im B&B bei

dieser reizenden Marjorie? Und was hast du mit diesem Schwerenöter zu schaffen? Du sollst nicht auf sein gutes Aussehen hereinfallen.«

»Mom, was zum Teufel ...!?«, unterbrach Dalina das Wortgewitter, das ihre Mutter auf sie hereinprasseln ließ.

»Er hat schon dem halben Dorf den Kopf verdreht, aber da kommt nichts Gutes bei raus.«

»Woher hast du all diese Informationen?«

»Dann stimmt es also.«

»Was? Nein. Ich wohne zwar nicht mehr im B&B, aber das hat gute Gründe. Mit Sicherheit habe ich keine Affäre mit einem Hallodri.«

»Da habe ich aber was anderes gehört. Und wie kommst du dazu, die arme B&B-Besitzerin dermaßen anzufahren? Sie wollte nur dein Bestes und du bist die Unhöflichkeit in Person. Immer musst du mich blamieren! Ich musste mich erst mal bei ihr für dich entschuldigen.«

»Du hast mit Marjorie gesprochen!?« Dalina wurde heiß und danach sofort eiskalt. Wenn ihre Mutter mit Marjorie gesprochen hatte und Marjorie bereits im halben Dorf verbreitet hatte, dass sie schwanger war ... Sie würde doch nicht!?

»Was hatte ich denn für eine Wahl? Tagelang habe ich nichts von dir gehört. Immer nur die Mailbox oder eine Computerstimme, die verkündet, dass du gerade nicht erreichbar bist. Du hättest ja auch schon tot unter einem Dachbalken liegen können, so marode wie der alte Kasten ist, den wir geerbt haben. Viel werden wir dafür wohl nicht mehr bekommen, sagt Marjorie.«

»Soso. Sagt sie das?«

»Ja, wir können vermutlich froh sein, wenn wir überhaupt noch Käufer finden. Mit diesen riesigen Häusern hat man ja heutzutage einfach einen Klotz am Bein und die Renovierungskosten gehen ins Bodenlose. Wer will das schon noch?«

Dalina atmete tief ein und versuchte sich nicht anmerken zu lassen, wie sehr es sie störte, dass Marjorie ihrer Mutter schon so viel von Rose Hill erzählt hatte.

»Ich weiß nicht, vielleicht findet sich ja noch der ein oder andere Liebhaber für alte Häuser. Du musst wissen, es sieht schon von Weitem mit seinen bodentiefen Fenstern sehr beeindruckend aus und dann ranken sich auch noch wilde Rosen an den Mauern hoch ... Es hat etwas Märchenhaftes.«

»Dann aber wohl eher ein Schauermärchen. Marjorie sagte, dass im Inneren sogar schon Pflanzen wachsen und alles voller Schutt und Graffiti ist.«

»Quatsch! Okay, ein paar Pflanzen gibt es und einige Räume sind runtergekommen, aber andere Zimmer sind wiederum ziemlich gut erhalten. Ich schicke dir später Fotos rüber. Was hat Marjorie denn sonst noch so gesagt?«

»Oh, sie wusste so einige spannende Sachen. Da gibt es diesen Jared, von dem sie meinte, dass du dort wohnst. Er hat wohl seit einigen Jahren keine Frau mehr gedated, obwohl er heiß gefragt ist. Sogar nachdem er seine schwangere Freundin von heute auf morgen hat sitzen lassen. Es gab keinerlei Erklärung dafür, anscheinend -«

»Schon gut, schon gut. Ich meine abgesehen von Jared.« Sie kam sich verräterisch vor, hinter seinem Rücken den Dorfklatsch anzuhören, auch wenn sie neugierig geworden war. Aber wenn er seine Geschichte mit ihr teilen wollte, sollte er das von sich aus tun. »Gab es da noch irgendetwas ... ganz besonders Spannendes?«

Wobei sie ihr mit Sicherheit schon die Hölle heiß gemacht hätte, wenn sie es wüsste, oder?

»Ja, also der Apotheker, der war ja in vierzig Jahren noch nie krank und Marjorie vermutet, ob er nicht hin und wieder -«

In diesem Moment durchzuckte ein Stechen Dalinas Unterleib. Ihr glitt das Handy aus der Hand. In vergeblicher Mühe, den Schmerz zu lindern, legte sie die Hände auf den Bauch.

»Schnell, rufen Sie einen Krankenwagen«, rief sie den umstehenden Menschen zu, die sie besorgt ansahen. »Ich bin schwanger.«

Dann sank sie auf den Boden.

KAPITEL 33

Caitlin

Lorna deutete auf eine besonders hübsche Rose. »Sollen wir die hier auch mitnehmen?«

»Eine gute Wahl«, sagte ich schlicht und versuchte mir nicht anmerken zu lassen, wie sehr es mich freute, dass sie immer öfter ihr Schneckenhaus verließ. Ich schnitt die Blume ab und legte sie zu den anderen in den Korb. Wir verteilten sie regelmäßig in den Vasen im Haus, um eine Wohlfühlatmosphäre zu schaffen.

»Manchmal erinnern mich die Rosen an uns«, sagte sie mit einem Lächeln.

»An uns? Wie das?«

»Na ja, wir sind auch mitunter wild und eigensinnig. Und keiner wusste wohin und was er tun sollte, bis du gekommen bist und dem ganzen einen Rahmen gegeben hast.«

Ich lachte erfreut auf über ihre lieben Worte, doch dann zog ein dunkler Bentley, der die Auffahrt hinauffuhr, unsere Aufmerksamkeit auf sich.

»Was will der denn hier?«, fragte Lorna und deutete auf den untersetzten Mann, der gerade ausstieg. Für eine Sekunde hatte ich gehofft, dass es der Fahrer von Montys Eltern war, aber die Art, wie er sich bewegte, zeigte sofort, dass er eine Autoritätsperson war.

Langsam ging ich in seine Richtung und beobachtete durch den Torbogen, der den Garten von der Auffahrt trennte, wie Marigold ihm öffnete und er im Inneren von Rose Hill verschwand.

Kurze Zeit später kam er mit Berker an der Seite zu uns in den Garten. Berker deutete auf mich. »Das ist die Patientin, von der ich Ihnen erzählt hatte – und nebenbei bemerkt meine Nichte.« Nun wandte er sich an mich. »Du erinnerst dich an Richard Edwin, den Bürgermeister? Führ ihn doch bitte herum und erzähle von den verschiedenen Projekten, die hier laufen.«

»Ich?«

Der Bürgermeister lächelte mir aufmunternd zu. »Ich habe schon gehört, dass der Professor sogar für diese Zwecke die Patienten einspannt – für die Förderung der Autonomie. Also, keine falsche Scheu.« Er lachte wie ein Bär, während ich schluckte.

Autonomie, alles klar.

Wir setzten uns in Bewegung. »Nun ja, seit einigen Wochen werden auch die therapiefreien Zeiten für eine sogenannte Beschäftigungs- oder Ergotherapie genutzt. Hier stehen mehrere Möglichkeiten zur Verfügung. Zum einen kann man unsere Köchin bei der Arbeit unterstützen oder ein paar Stunden im Garten verbringen.«

»Das scheint sich ja zu lohnen.« Mr. Edwin ließ seinen Blick über die Rosen und akkurat geschnittenen Buchsbaumeinfassungen der Beete gleiten.

Nachdem wir den Garten durchschritten hatten, betraten wir durch die Hintertür den Südflügel.

»Das läuft alles auf freiwilliger Basis, aber der Garten ist tatsächlich bei vielen beliebt. Für wen das nichts ist, der kann eines der Kreativangebote nutzen.« Inzwischen hatten wir den Aufenthaltsraum erreicht und ich öffnete die Tür.

»Wir haben Webrahmen, man kann malen oder neuerdings auch an der Theatergruppe teilnehmen.«

Berker warf mir einen überraschten Blick zu, aber Mr. Edwin war begeistert. »Eine Theatergruppe, wie spannend! Wird es eine Vorführung geben?«

»Ich ... äh, dazu gibt es noch keine Pläne.« Nervös sah ich zu Berker, den ich bisher nicht um Erlaubnis gefragt hatte. Dieser lächelte Mr. Edwin fachmännisch an.

»Aber selbstverständlich. Wir werden das gesamte Dorf einladen.«

»Großartig! Dadurch wird sicherlich vielen Einwohnern die Scheu genommen. Es ist wirklich beeindruckend, was Sie hier arrangiert haben. Waren das alles allein Ihre Ideen?«, fragte er an den Professor gewandt.

»Die Ideen ...« Der Bürgermeister bemerkte es vermutlich nicht, aber ich hörte die Unsicherheit in seiner Stimme. »Ja, das waren meine. Ich konnte es nicht mehr mit ansehen, wie meine Patienten tagaus tagein dem gleichen langweiligen Leben nachgingen.«

Ich lachte auf und konnte nur hoffen, dass der

Bürgermeister nicht bemerkte, dass mir eigentlich nach dem Gegenteil zumute war.

»Aber Professor! Geben Sie doch ruhig zu, dass Sie einen Fachartikel nach dem anderen verschlungen haben, um herauszufinden, was uns guttun würde. Wie hieß der Experte aus den USA? William Rush Dunton?«

»Ja, genau, das war er. Aber wir wollen unseren Bürgermeister doch nicht mit trockenen Fakten langweilen.«

»Aber das ist doch alles andere als langweilig! Ich bin auch nicht ohne Grund gekommen – ich plane etwas ganz Besonderes und wollte mich nur vergewissern, ob ich mit meinen Vermutungen richtig liege und Sie konnten mich überzeugen! Was Sie hier ins Leben gerufen haben, ist einzigartig. Ich kenne die anderen großen Sanatorien in Südengland und nirgendwo geht es den Patienten so gut wie hier.«

»Ist das nicht aufregend? Der Bürgermeister kommt extra vorbei, weil er so viel Gutes gehört hat.«

In mir sprudelte die Aufregung, da ich mich so sehr über die indirekte Anerkennung des Bürgermeisters freute.

»Komm mit.« Hatte er jedoch nur knapp angeordnet.

In seinem Büro ging das Donnerwetter los. »Noch nie in meinem ganzen Leben wurde ich so gedemütigt! In Zukunft lässt du mich genau wissen, was du hier änderst und einführst. Oder besser noch: Lass es einfach.

Das sind doch alles nur Kinkerlitzchen, die nichts bringen.« Betreten sah ich zu Boden. Ich hatte Berker tatsächlich nicht mehr wegen der Staffeleien gefragt und die Schwestern ließen mich machen – vermutlich, da sie mittlerweile wussten, dass wir verwandt waren.

»Aber den Patienten geht es so besser«, flüsterte ich.

»Papperlapapp! Du kannst mir nicht erzählen, dass ein bisschen Rumgekleckse und Unkraut zupfen einen Unterschied machen«, herrschte er mich an.

»Aber Rush Dunton hat bewiesen, dass Beschäftigung einen positiven Effekt auf die Gesundheit -«

»Caitlin, du verstehst das nicht. Bei den Menschen ist hier oben im Gehirn was fehlgeschaltet.«

Er kreiste mit dem Zeigefinger neben seinem Kopf. »Da muss man schon zu härteren Methoden greifen, um etwas zu erreichen. In Zukunft gibt es keine Vorzugsbehandlung mehr für dich. Du läufst durch das ganze Haus und benimmst dich, als würde es dir gehören. Und heute hast du mich bis auf die Knochen blamiert.«

»Aber ich -«

Mit einer einzigen Handbewegung brachte er mich zum Schweigen.

»Das war's Caitlin. Ich hab dir viel Freiraum gelassen ... Ich dachte, wir könnten als Familie zusammenwachsen. Aber du hast deine Freiheiten schamlos ausgenutzt. Wenn ich dich noch einmal bei einem Alleingang erwische, bleibt mir nichts anderes übrig, als dich in die Isolation zu stecken.«

Das laute Pochen an meiner Tür ließ mich aus dem Schlaf schrecken. »Caitlin, wach auf. Ich muss dringend mit dir sprechen«, hörte ich gedämpft von außen.

Eilig lief ich zur Tür und öffnete sie.

Nathaniel stand da und im ersten Moment wollte ich schimpfen, hatten wir doch abgemacht uns nicht mehr zu sehen. Doch ein Blick in sein Gesicht belehrte mich eines Besseren. Ohne weitere Zeit zu verlieren, kam er ins Häuschen.

»Du musst mir helfen! Es geht um Monty. Ich war heute bei Adrian im Archiv und wir haben ausgemacht, dass er ihn heute Nacht zu seinen Eltern bringt.«

»Noch heute Nacht?«, fragte ich und schlang die Arme um meinen Oberkörper.

»Es muss sein. Ich hab bei Berker etwas mitbekommen und bin mir ganz sicher, dass er nichts Gutes in Schilde führt. Es kann keine der bisherigen Therapien sein, denn die müsste er nicht vor mir verheimlichen.«

Er nahm meinen Mantel von der Garderobe und drückte ihn mir in die Hand. »Monty will einfach nicht mit mir kommen. Vermutlich vertraut er mir nicht. Deswegen dachte ich, dass du vielleicht ...«

Er musste den Satz nicht zu Ende bringen. Ich war bereits in meinen Mantel geschlüpft, zog beim Verlassen des Hauses noch die Schuhe an und wir machten uns auf den Weg zurück ins Haupthaus.

Auf leisen Sohlen schlichen wir zum Schlafsaal und schnell hatte ich Montys Bett entdeckt. Sanft rüttelte ich ihn an seiner Schulter, nachdem er auf meine Worte nicht reagiert hatte.

»Monty, wach auf, wir müssen los.«

Verschlafen schaute er sich um. »Was ist? Muss ich schon aufstehen? Warum ist es so dunkel? Gibt es Frühstück?«

»Nein, es gibt noch kein Frühstück, aber du musst

tatsächlich aufstehen und deine Sachen packen. Wir haben eine Mitfahrgelegenheit für dich gefunden, die dich mit zu deinen Eltern nehmen kann.«

Sofort richtete er sich auf. Sein Gesicht leuchtete. »Ich darf zu meinen Eltern?«

»Ja, aber wir müssen sofort los. Hast du eine Tasche? Dann können wir deine wichtigsten Sachen zusammenpacken.« Wir gingen zu seinem Schrank. Dort lag in einer Ecke ein altersschwacher Rucksack. In Windeseile füllten wir ihn mit so vielen Sachen wie möglich. Nathaniel, der an der Tür gewartet hatte, schulterte ihn und dann machten wir uns auf den Weg.

»Laufen wir die ganze Strecke? Der Bus wird zu laut sein, oder?«

»Darüber habe ich mir auch schon Gedanken gemacht. Wir müssen uns wahnsinnig beeilen. Um fünf wird eine neue ICT-Einheit beginnen und dann ist Berker wach und wir könnten ihn überall im Gebäude antreffen. Lass uns dein Fahrrad nehmen.«

Entsetzt schaute ich ihn an. »Das Fahrrad? Zu dritt?«

»Ich fürchte, wir haben keine Wahl. Es sei denn, Monty würde nur mit mir ...«

Monty klammerte sich umgehend an mir fest, als er Nathaniels Worte hörte und ich drückte beschwichtigend seine Hand. »Schon gut, ich komme mit.«

Und so fuhren wir dann tatsächlich den Berg runter. Ich hatte mich im Damensitz zwischen Nathaniels Armen auf die Stange gesetzt und Monty hüpfte auf den Gepäckträger. Wir rasten so schnell den Hügel hinunter, dass die kühle Luft sämtliche Müdigkeit vertrieb und obwohl das Rad ins Schlingern geriet, rief Monty so laut

»Juchuuuu«, dass ich fürchtete, er würde ganz

Mayfield damit wecken – inklusive Berker. Aber seine Freude war so ansteckend, dass auch Nathaniel und ich anfingen zu lachen.

Adrian wohnte in einer kleinen Wohnung über dem Archiv und er kam drei Sekunden, nachdem wir geklingelt hatten, abfahrbereit die Treppe runter. Freundlich lächelte er Monty an.

»Du bist also der junge Mann, für den es heute nach Hause gehen soll?«

Monty nickte heftig.

»Dann komm mal mit.« Er bewegte sich auf ein dunkelgrünes Auto zu, doch dann hielt er inne. »Ach ja«, er zog einen mittelbraunen Briefumschlag aus seiner Tasche hervor, »das wollte ich euch noch geben. Ich dachte, der Artikel könnte vielleicht für euch interessant sein.«

Uns blieb keine Zeit, den Artikel genauer zu lesen, denn mittlerweile war es bereits halb fünf.

»Mach's gut, mein Großer!«, sagte ich und kämpfte die aufsteigenden Tränen zurück.

»Ich hab die ganzen Süßigkeiten im Geheimfach vergessen. Die darfst du haben!«

Ein letztes Mal schloss ich ihn in eine feste Umarmung. Ich würde diesen kleinen Sonnenschein vermissen. Aber das Wichtigste war, dass er in Sicherheit war.

Auch Nathaniel verabschiedete sich und mahnte zum Gehen, als ich mich noch mal bei Adrian bedankte.

»Caitlin, wir müssen in spätestens zwanzig Minuten da sein!« Da es nun steil bergauf ging, kam Nathaniel mit dem altersschwachen Fahrrad und dem zusätzlichen Gewicht nur schleppend voran. Irgendwann wechselten wir uns mit dem Fahren ab, während der andere nebenher rannte, da wir so am schnellsten vorankamen.

Und schließlich lag Rose Hill wieder in seiner beeindruckenden Größe vor uns. In dem verwitterten Grau der Dämmerung wirkte es wie ein Gruselschloss, aber doch fühlte ich eine gewisse Wärme in meinem Herzen für dieses Gebäude.

»Es scheint gut gegangen zu sein. Alles dunkel«, flüsterte Nathaniel.

»Ein Glück. Er wäre nicht auszudenken, was wir hätten sagen müssen, wenn wir erwischt worden wären.«

Berkers Warnung erwähnte ich absichtlich nicht.

Als wir noch näher an das Gebäude herankamen, musste ich meine Augen zusammenkneifen, um besser sehen zu können. Mittlerweile schoben wir das Rad und versuchten mit unseren Sohlen so wenig Kieselsteine wie möglich zu berühren. Stand da jemand vor dem Haupteingang?

Oder war es ein Schatten?

Wir gingen weiter und ich hörte Nathaniel nach Luft schnappen. Keiner von uns sagte ein Wort. Was hätten wir auch sagen sollen? Er war mittlerweile in Hörweite und vermutlich waren unsere beiden Gehirne damit beschäftigt, auf die Schnelle eine glaubhafte Ausrede zu finden. Mit verschränkten Armen stand er da. Sein Blick hätte kochendes Wasser zum Gefrieren bringen können.

»Darf ich fragen, wo ihr herkommt?«

KAPITEL 34

Dalina

Das Erste, was Dalina sah, als sie aufwachte, waren steingraue Augen. Ruckartig richtete sie sich auf und griff nach ihrem Bauch, als könne sie bereits etwas ertasten. »Das Baby?«

Jared nahm ihre Hand. »Es ist alles in Ordnung. Die kleine Raupe ist in ihrem Kokon und weiterhin damit beschäftigt, sich groß und dick zu futtern.«

Dalina sank zurück ins Kissen und genoss die sonnigwarme Erleichterung, die sie durchzog.

»Sie haben dich zur Kontrolle vierundzwanzig Stunden hierbehalten und du hast die meiste Zeit geschlafen. Offensichtlich gab es da noch ein wenig Nachholbedarf.« Er zwinkerte ihr zu. »Wie bist du hier hergekommen?«, erkundigte sie sich bei Jared.

»Mit dem Auto.«

Dalina legte den Kopf schief und sah ihn warnend an. »Komm schon, ich kenne die Regeln. Wie hast du es geschafft, dass sie dich durchlassen? Bist du hier mit dem halben Personal etwa auch per Du?«

»Nein, das nicht. Wir sind hier ja nicht mehr in Mayfield. Aber genau das ist mir hier auch zugutegekommen. So hat keiner blöde Fragen gestellt, als ich behauptet habe, dein Verlobter zu sein.« Seine Stirn kräuselte sich. »Wobei die eine Schwester mich ganz schön irritiert angeguckt hat.«

»Du hast was?«, rief Dalina entsetzt.

»Ach, komm schon, ich habe mir Sorgen gemacht und es ist ja nicht so, als wenn der Raupenvater hier jeden Moment um die Ecke kommen würde ...«

Da hatte er auch wieder recht. Sie wusste selbst nicht, warum sie so erschrocken war. Letztendlich war es doch nur eine Notlüge gewesen.

»Wann kann ich gehen?«

»Jederzeit. Du sollst dich nur noch mal kurz bei den Schwestern abmelden.« Er stand auf und lief zum Schrank. »Ich habe mir erlaubt, deinen Koffer mitzubringen. Ich hatte keine Ahnung, was du daraus brauchen würdest.« Mit einer einzigen Bewegung wuchtete er das riesige Ding hervor. »Puh! Wie lange wolltest du noch mal bleiben?«

Dalina zuckte mit den Schultern und grinste. »Für immer vielleicht.« Eigentlich hätte sie jetzt mit einer Anekdote zum Cecilia-Ahern- Buchtitel gerechnet, den sie zitiert hatte, doch er sah sie mit einem undefinierbaren Blick an, dem sie nicht standhalten konnte. Sie schlug die Bettdecke zurück, nur um dann festzustellen, dass sie lediglich eines dieser viel zu kurzen Krankenhausnachthemden trug, die kaum ihre Beine bedeckten.

Statt Blut floss Lava durch ihre Adern in den Wangen.

Warum war ihr nie aufgefallen, wie verletzlich ihre Patienten sich in diesen Hemden fühlen mussten?

Jared drehte sich zum Fenster und gab ihr Gelegenheit, in ihre Sachen zu schlüpfen.

»Können wir direkt nach Rose Hill hochfahren? Ich brenne darauf, das kleine Pförtnerhäuschen zu durchsuchen. Es sah wirklich sehr vielversprechend aus.«

Ruckartig fuhr Jared herum und kümmerte sich nicht mal darum, dass Dalina noch dabei war, ihre Jeans zuzuknöpfen. Immer wieder zerrte sie den festen Stoff nach vorne, als können sie ihn durch das Ziehen weiten.

»Du glaubst doch nicht, dass ich dich heute noch arbeiten lasse!«

»Arbeiten? Ich will doch nur ein bisschen in alten Sachen stöbern. Das ist eher wie bummeln über den Trödelmarkt.«

»Dalina, du vergisst wohl, dass ich in den letzten Tagen dabei war. Du wirst wieder stundenlang unermüdlich von einer Ecke in die andere springen, jedes noch so kleine Fitzelchen Papier durchlesen, während hinter unserem Rücken vielleicht der Nächste die Haustür mit toten Tieren dekoriert. Das ist zu viel für einen Tag wie heute.«

»Aber i-«

Mit einem Kopfschütteln brachte er sie zum Schweigen und sah auf seine Holzkernuhr. »Es ist auch schon fast vier. Wenn wir jetzt erst losfahren würden, würdest du bis Mitternacht da bleiben wollen. Das lasse ich nicht zu. Wir können stattdessen im Archiv recherchieren, das wolltest du doch sowieso noch.«

»Na gut.«

Niedergeschlagen versuchte sie ein letztes Mal den Knopf zu schließen, nachdem sie sämtliche Luft aus ihrem Bauch ausgeatmet hatte.

»Hast du ein Haarband? Dann kannst du das als Knopflocherweiterung nehmen.«

»Woher ...« Dalina begann in ihrem Koffer zu kramen. »Ich will gar nicht wissen, woher du das schon wieder weißt.«

Jared lag noch ein Lächeln auf den Lippen, als er ihren Koffer den langen Flur entlang trug. Doch als Dalina ihn wenig später im Archiv erbost anfunkelte, war davon nichts mehr zu sehen.

KAPITEL 35

Caitlin

Mit einem lauten Knall fiel die Tür hinter mir ins Schloss. Dann dieses kratzende Geräusch, mit dem der Riegel vorgeschoben wurde. Ich umfasste meine Arme, um mich selbst zu wärmen.

Diese Kellerluft.

Der Geruch nach feuchtkalten Steinen, der zu lange zwischen den Wänden gesessen hatte, als dass er auch nur einen Hauch von Frische in sich haben könnte, erinnerte mich an jene Nacht.

Die grausigste Nacht in meinem Leben. Ich war voller Euphorie gewesen, da ich endlich von dem Landsitz, wo ich mit mehreren Kindern untergebracht war, nach Hause kommen durfte. Der Krieg war fast vorbei, hatten sie gesagt und als an diesem Abend der Fliegeralarm ertönte, war es nur noch eine lästige Routine, dass wir in den Luftschutzbunker im Keller mussten.

Doch dann kam das ohrenbetäubende Geräusch. Es folgten Schreie. Poltern und Donnern. Überall waren Steine. Ich kreischte, rief nach Mum und bekam einen Hustenfall von dem feinen Staub, den ich in meine Lunge sog. Und dann fühlte ich nur noch Schmerz.

Als ich wieder zu mir kam, hatte der Staub sich gelegt. Die Decke verlief in einem seltsamen Winkel. Sie war eingestürzt.

»Mum!«, rief ich verzweifelt. Meine Beine waren unter einem Balken eingequetscht. Verzweifelt versuchte ich mich zu befreien. »Mum«, rief ich wieder. Sie lag einen Meter von mir entfernt.

Sie hatte weniger Glück.

Ein großes Stück der Zementdecke lag auf ihrer Brust. »Caitlin«, ächzte sie und meine Erleichterung war endlos.

Sie versuchte meine Hand zu erreichen. Ich reckte mich ihr entgegen, konnte aber gerade mal mit den Fingerspitzen ihre Haut berühren.

Stundenlang schrien wir gemeinsam um Hilfe. Bis wir zu erschöpft waren. Resigniert starrten wir die Trümmerhaufen an.

Es gab nichts, was wir machen konnten.

Mit gebrochener Stimme erzählte sie mir von den lauen Sommertagen in Grandpas Wochenendhaus.

»Aber da ist noch jemand in meiner Erinnerung«, hatte ich gesagt. »Ein junger Mann. Er hat mir seine goldene Uhr gezeigt, die so ein sanftes Ticken hatte. Wer ist es?«

Ihr Gesicht verdüsterte sich. »Das wird dein Onkel

gewesen sein. Er hat die Uhr seines Großvaters geerbt.«

»Mein Onkel? Warum kenne ich ihn nicht?«

Die Stimme meiner Mutter war schmerzverzerrt. »Wir haben den Kontakt abgebrochen.«

»Warum?«, fragte ich nach einer Weile.

»Wir hatten unterschiedliche Ansichten. Ich habe einen Zeitungsartikel für dich aufbewahrt, der alles erklärt.«

Es war offensichtlich, dass sie nicht weiter darüber sprechen wollte und so hauchte ich nur ein »Okay«.

»Caitlin?«, hatte sie gehaucht und ich reckte meine Finger wieder so weit, dass ich ihre Fingerspitzen berühren konnte. »Vergiss nicht, dass ich dich liebe.«

»Ich liebe dich auch, Mum.«

»Lass uns jetzt schlafen.«

Sie hatte ihre Augen geschlossen und nichts mehr gesagt. Ich tat es ihr gleich.

Als ich wieder aufwachte, war es still. Zu still.

»Mum?«, fragte ich vorsichtig.

Sie reagierte nicht.

»Mum, wach auf. Bald kommt sicherlich Hilfe. Die Suchtrupps müssen sich nur erst mal durcharbeiten.«

Stille.

Ich reckte mich, soweit ich konnte. Streckte meine Fingerspitzen nach ihr aus. Sie war eiskalt.

Dieser Geruch holte alles zurück.

Vorsichtig trat ich in die Dunkelheit. Nach zwei Schritten nach vorne und drei zur Seite war Schluss. Viel zu erkunden gab es in der Zelle also nicht.

Erkunden konnte ich es auch nicht nennen. Es war eher ein Ertasten. Es war so dunkel, dass ich mich immer wieder fragte, ob die Luft wirklich so undurchdringlich schwarz war, oder ob meine Augen kein Licht mehr wahrnehmen konnten.

In einer Ecke kauerte ich mich zusammen und versucht mich so klein wie möglich zu machen, um möglichst wenig von mir der Kälte auszusetzen. Irgendwann ging auch das nicht mehr und ich stand auf, ertastete weiter meine Umgebung.

Hinter der Tür war der Boden bröckelig. An der am weitesten entfernten Wand gab es Erhebungen, die mich vermuten ließen, dass es dort einmal eine Art Fenster oder zumindest einen Kellerschacht gegeben hatte.

Wie viel Zeit mochte vergangen sein? Waren es Tage? Oder doch erst ein paar Stunden? Ich wusste es nicht, lebte nur noch in diesem pechschwarzen Loch.

Was war schlimmer?

Dass mein Onkel mich hier wegen einer Nichtigkeit eingesperrt hatte?

Dass heutzutage überhaupt noch Menschen in Zellen gesperrt wurden?

Dass mein Onkel mich in einem Keller eingeschlossen hatte, obwohl er wusste, dass ich in einem solchen meiner Mutter hatte beim Sterben zusehen müssen?

Was, wenn ich hier einen Anfall bekam? Schnell verdrängte ich den Gedanken wieder, rieb mir über die Arme und zwang mich, in kleinen Kreisen durch die Zelle zu laufen, um warm zu bleiben.

Vor einiger Zeit war ein übel gelaunter Edmond gekommen, der mir Essen und Trinken gebracht hatte.

Mein Stolz hatte es jedoch verweigert. Außerdem war mir so schlecht, dass allein der Gedanke an Essen Übelkeit heraufbeschwor.

Mittlerweile bereute ich meine Entscheidung.

Ich würde alles für ein Stück Brot oder mittlerweile sogar Rosenkohl geben. Kraftlos ließ ich mich zu Boden gleiten. Ich begann sämtliche Lieder, die ich kannte, von Anfang bis zum Ende zu singen. Meine Stimme klang fremd, grässlich verzerrt von den zu nahen Wänden.

Aber das hielt mich nicht davon ab, mir auch den Text von Shakespeares *Sommernachtstraum,* den ich dank der Theaterproben mittlerweile ziemlich gut kannte, zu erzählen. Danach machte ich mit *Stolz und Vorurteil* weiter. Ich war gerade an der Stelle mit dem missglückten Heiratsantrag, die mich irgendwie zum Weinen brachte, als das metallische Scheppern mich hochschrecken ließ. Ich hielt die Luft an und lauschte in die greifbare Dunkelheit.

Nichts.

Ich konzentrierte mich darauf, gedanklich die Stelle aus Jane Austens Buch wiederzufinden, als direkt hinter mir eine Stimme ertönte und mich zusammenfahren ließ.

»Caitlin?«

Eine sehr bekannte Stimme. So viel Angst und Anspannung fiel von mir ab, als diese Vertrautheit, die zuvor scheinbar undurchdringliche Schwärze hinter sich ließ.

Die kleine Luke wurde geöffnet und noch einmal rief er meinen Namen.

Mit einem Satz war ich an der vergitterten Öffnung, wischte die Tränen fort.

»Geht es dir gut?«

»Ja, es ist alles in Ordnung.« Ich zwang mich zu einem Lächeln und einer Portion Pragmatismus. »Nur, dass ich beinahe vor Hunger sterbe.«

»Dann ist es ja gut, dass ich das hier für dich mitgebracht habe.« Er hielt etwas hoch, das ich in dem fahlen Licht nicht erkennen konnte.

»Als Marigold mitbekommen hat, dass Berker dich in diese Zelle gesteckt hat, hat sie die halben Küchenvorräte für dich eingepackt.«

Beinahe hätte ich schon wieder losheulen können – diesmal vor Glück. Was war denn nur los mit mir?

Karotte für Karotte, Apfel für Apfel reichte er durch den schmalen Schlitz, da Berker ihm die Schlüssel für die Zellen zuvor abgenommen hatte. Auch Brot war dabei, das er jedoch dreimal durchbrechen musste, damit es durch die Öffnung passte. Ich sammelte alles auf einem Geschirrtuch, das er mir zuvor gegeben hatte.

»Und da dein Fiesling von Onkel ja noch nicht mal erlaubt hat, dass du dir was Ordentliches überziehst, habe ich noch eine Kleinigkeit organisiert.«

Wieder hielt er etwas hoch, das ich nicht erkennen konnte.

»Was ist das?«

»Ach, ich bin auch blöd. Das hier hätte ich dir wohl zuerst geben sollen.«

Was er mir jetzt durch die Luke reichte, erkannte ich sofort – dieses warme, hartweiche Material, das einen immer dazu verleitet, dass man seine Fingernägel hineinbohren will. Wachs.

»Gott, ich könnte dich küssen!«

Sofort zündete ich die Kerze mit den Streichhölzern

an, die er mir dazu gereicht hatte und stellte sie auf den Boden.

»Ich hoffe, du nimmst es mir nicht übel, dass ich deine Kleidung durchwühlt habe, aber ich musste schließlich Dinge finden, die dünn genug sind, dass sie durch diesen Schlitz passen«, sagte er während er ein Halstuch, ein Unterhemd, Strumpfhose und Wollsocken durch die Öffnung presste. »Dabei ist mir aufgefallen, dass du so ein schönes pfirsichfarbenes Kleid hast. Das mit den aufgenähten Blumen und den Perlen. Ich bin schwer enttäuscht, dass du mir das vorenthalten hast. Du siehst bestimmt fantastisch darin aus.«

Es war klar, dass er mich lediglich von meiner trostlosen Lage ablenken wollte, aber ich konnte nicht verhindern, dass ein kleiner Teil in mir sich trotzdem freute. »Danke, jetzt fühle ich mich schon viel besser«, sagte ich, nachdem ich die neue Kleidung angezogen hatte. Mit meiner Hand hielt ich mich an einer der fingerdicken Metallstreben der Luke fest. Er legte seine Hand um meine und mit einem Mal war jegliche Kälte aus meinen Gliedern verschwunden und wurde durch ein wohliges Glühen ersetzt. Es war, als würden durch unsere verbundenen Hände Glückspartikelchen aus seinem Körper zu mir herüberwandern. Trotzdem lag in seinem Blick eine unendliche Traurigkeit, als er das Wort nun ergriff. »Ich wünschte so sehr, dass ich noch mehr für dich tun könnte.«

»Aber du machst doch schon so unglaublich viel.«

Er schüttelte den Kopf. »Es ist alles meine Schuld. Hätte ich es geschafft, Monty alleine zu überzeugen, wärst du nicht in diesem grässlichen Kerker.«

Damit hatte er leider die richtige Bezeichnung für

diesen Raum gefunden. Im dämmrigen Kerzenschein war es noch eindrücklicher, wie klein diese Isolationszelle war. Die ehemals weißen Wände waren überall mit Schmutz bedeckt und an der Wand neben der Tür hatte jemand in riesigen Buchstaben *Tür zur Hölle* geschrieben und ich hatte meinem Kopf umgehend verboten, darüber nachzudenken, was als *Tinte* verwendet worden war.

»Aber es war doch meine Idee, Monty wegzubringen und wenn überhaupt jemand schuld ist, dann Berker. Zum einen war er der Grund, warum wir so schnell handeln mussten, zum anderen hat er mich hier reingesteckt.«

Wir schwiegen beide und beobachten die Schatten, die die Kerze auf den schmutzigen Wänden tanzen ließ.

»Konntest du noch etwas rausfinden?«, erkundigte ich mich schließlich.

Nathaniel lachte traurig auf. »Leider nicht. Ich kann vermutlich froh sein, dass er mich wegen des Ärztemangels nicht im hohen Bogen rausschmeißen kann. Immer wieder sehe ich Edmond und Berker zwar miteinander reden, aber sobald ich in Hörweite komme, verstummen sie oder wechseln das Thema. Ich weiß nur, dass Berker irgendwo einen Bericht über seine Forschungsergebnisse einreichen möchte. Und die sollen offensichtlich die Leute beeindrucken.«

»Die ICT-Ergebnisse? Werden die denn irgendwo verglichen?«

Nathaniel zuckte mit den Schultern. »Manchmal arbeiten Kliniken schon zusammen. Eigentlich sollten sie das noch viel öfter machen, wenn sie wirklich vorankommen wollen. Oder man veröffentlicht halt in Fachzeitschriften. Aber dazu muss es einen gewissen Neuigkeitseffekt haben. Apropos ...« Er brach ab und zögerte.

»Was ist?«

»Ich habe mir den Brief angesehen, den Adrian uns mitgegeben hat.«

»Den hatte ich glatt vergessen! Was stand drin?«

»Es war ein Artikel aus einer medizinischen Zeitschrift. Darin wurde eine Fallstudie beschrieben, die in einem anderen Land durchgeführt wurde und zu sehr guten Ergebnissen geführt hat. Es geht um Lithium. Es könnte eine Chance sein, deine Epilepsie einzudämmen.«

»Wirklich?« Auf einmal war ich innerlich ganz aufgeregt. Ich hatte das Gefühl, dass er etwas herausgefunden haben könnte.

»Es könnte tatsächlich etwas bringen?«

»Ja, es sieht ganz danach aus. Ich könnte das Lithium in der Apotheke in Mayfield besorgen.« Dann wich er meinem Blick aus, bevor er weitersprach.

»Es gibt nur ein Problem.«

»Was ist es?«

Er nahm sich Zeit, bis er antwortete. Legte für ein paar Sekunden den Kopf in den Nacken, ließ ihn wieder nach vorne schnellen und sah mich an. Dann sprach er endlich.

»Die tödliche Dosis liegt nur einen Hauch über der wirksamen Dosis.« Ich starrte ihn an. Meine Stimme versagte mir den Dienst und verließ heiser meinen Mund. »Das bedeutet ...«

»... dass du sterben wirst, wenn wir es auch nur einmal falsch dosieren.«

KAPITEL 36

Dalina

»Und du bist nicht auf die Idee gekommen, dieses kleine Schmuckstück mir gegenüber mal zu erwähnen, als ich das letzte Mal hier war?« Dalina klopfte sachte auf den Bildschirm des hochmodernen Computers, der vor ihr stand.

»Du hast nicht gefragt?« Vorsichtig lugte Jared sie über den Rand seiner Brille an.

»Aber als ich gesagt habe, dass ich sämtliche Ausgaben der Zeitung aus Mayfield will, habe ich nicht gesagt, dass ich sie in ihrer meist veralteten Form will.«

Grummelnd nahm sie auf dem Holzstuhl hinter dem Computer Platz.

»Ich weiß, ich weiß. Du hast recht. Ich war sauer auf dich und habe mich kindisch benommen. Kannst du mir noch mal verzeihen?« Er fixierte sie mit seinen regenwolkengrauen Augen und Dalina war nicht mehr sicher, ob sie auf einem festen oder einem Drehstuhl saß. Eigentlich war sie nicht sicher, ob sie überhaupt saß.

»Ausnahmsweise.« Schnell wandte sie den Blick ab. »Aber ich hab was gut bei dir.« Im selben Moment erkannte sie, dass das Unsinn war. Sie wohnte bei ihm. Er hatte sie vom Krankenhaus abgeholt. Unterstützte sie bei der Recherche, obwohl ihr Großvater seiner Großmutter etwas Grauenhaftes angetan hatte. Er sorgte dafür, dass sie regelmäßig aß und hatte ihr verdammt noch mal die zauberhafte Welt von Harry Potter gezeigt. Und sie verlangte noch mehr?

»Wie funktioniert das jetzt hier?«, fragte sie, um ihre Verlegenheit zu überspielen.

Jared zeigte ihr, wie sie die erweiterte Suche nutzen konnte und schon bald hatten sie sämtliche Artikel aus den Fünfzigern, in denen das Rose Hill Sanatorium erwähnt wurde, herausgefiltert.

Es gab Stellengesuche, Einladungen zum Tag der offenen Tür, eine kurze Notiz über die Schließung.

»Wie es aussieht, wurde tatsächlich mit ungewöhnlich modernen Methoden für die Zeit gearbeitet«, rief sie Jared zu, der damit begonnen hatte, Bücher wieder einzusortieren. »Es gibt hier einen Artikel über Ausflüge ins Dorf, die die Patienten anscheinend regelmäßig gemacht haben.«

»Das ist in der Tat ungewöhnlich.« Er trat hinter sie und legte seine Hand auf die Rückenlehne des Stuhls. Dalinas Nackenhaare sonnten sich in der Wärme, die sein Arm abstrahlte und ihr nur allzu bewusst war. »Was genau haben sie gemacht?«

Dalina klickte auf die Überschrift, um den Artikel zu öffnen. Sie konnte es kaum fassen. »Da ist sie!«, murmelte sie. Auf dem vergilbten Foto war ihre Großmutter in jungen Jahren zu sehen. Sie stand zwischen einer hübschen jungen Frau und einem jungen Mann mit Trisomie 21 und lächelte strahlend in die Kamera. Den dunkelhaarigen Mann am Rand, der sie von der Seite beobachtete, erkannte sie ebenfalls auf den ersten Blick. Ihr Großvater.

»Das gibt es ja nicht«, flüsterte Jared und beugte sich so nah zum Bildschirm, dass Dalina wieder dieser Hauch von Aftershave mit Meeresbrise in die Nase stieg.

»Was?«

»Meine Großmutter ist auf dem Bild.« Er deutete auf die dunkelhaarige Frau. »Wie konnte mir das bisher entgangen sein? Ich bin unzählige Male alle Zeitungsartikel durchgegangen. Vielleicht ist diese Digitalisierung gar nicht so schlecht.«

»Dann haben sie sich tatsächlich gekannt.« Obwohl das Archiv gut geheizt war, bekam Dalina eine Gänsehaut. Was mochte passiert sein, dass ihr Grandpa, der auf dem Foto zwar traurig, aber alles andere als grausam wirkte, sich auf fragwürdige Therapien eingelassen hatte? Hatte es einfach keinen anderen Ausweg gegeben? Musste sie es hinnehmen, wie die Generationen, die damit leben mussten, dass ihre Eltern oder Großeltern im Krieg getötet hatten? Entschuldigten die gesellschaftlichen Umstände menschenunwürdiges Verhalten? Jared riss sie aus ihren Gedanken. »Hier steht, dass derartige Ausflüge regelmäßig veranstaltet wurden und zu Berkers Therapiekonzept zählten.« Er klang ganz aufgeregt. »Das ist großartig. Weißt du, was das bedeutet?«

Dalina schüttelte den Kopf. Ihre Gedanken trieften noch zu sehr mit Beklommenheit, dass sie ihrer Stimme nicht trauen konnte.

»Dass sie wenigstens ein halbwegs schönes Leben im Sanatorium gehabt hat.« Er schluckte. »Zumindest bis zu dem Tag, wo alles anders wurde.«

Bis ihr Großvater das Leben zerstört hatte.

Es war feige, aber Dalina schloss den Artikel wieder und kehrte zur Übersicht zurück. »Erste Theatervorstellung auf Rose Hill wird abgebrochen«, las sie die nächste Überschrift vor, die ihr ins Auge gesprungen war. »Was mochte da los gewesen sein?« Sie öffnete auch diesen Artikel und versuchte Jareds Nähe, der sich nun einen Stuhl herangezogen hatte und sich dicht neben ihr vor den Bildschirm beugte, zu ignorieren.

»... erste Vorstellung mit Patienten der Psychiatrie ... Shakespeares Sommernachtstraum ... Leitung einer Patientin ... endete im Tumult, noch bevor das Stück zu Ende war.« Jared lehnte sich wieder zurück und Dalina bewegte ihre Knie zur Seite, die seins wie selbstverständlich berührt hatten. »Das klingt wirklich merkwürdig. Aber es gibt keinerlei Erklärung.«

Jetzt fiel ihr ein, was ihre Mutter am Telefon gesagt hatte. Dass er ohne jegliche Erklärung seine schwangere Freundin verlassen hatte.

»Hast du eigentlich Kinder?«

Mit einem Hauch von Panik im Blick sah er sie an und an der Bewegung seiner Wange konnte sie erkennen, dass er die Zähne zusammenbiss.

»Nein.«

Okay, er wollte also nicht darüber reden. Musste er ja auch nicht. Aber es verletzte sie, dass er sie anlog.

KAPITEL 37

Caitlin

»Du bist vollkommen sicher, dass du es tun willst?«, hatte Nathaniel mich in der kleinen Bibliothek gefragt. Nach drei Tagen hatte Berker endlich ein Einsehen gehabt. Nachdem Edmond mich während eines epileptischen Anfalls am Boden der Zelle gefunden hatte, hatte er mir meine eingeschlossene Freiheit zurückgegeben.

»Du weißt, ein paar Gramm Lithium zu viel und das war's.«

Mit wurde übel und ich konzentrierte mich auf meine Atmung, da ich wusste, dass ich die Übelkeit dadurch vertreiben konnte. Zeitgleich versuchte ich, Nathaniel zu versichern, dass ich hundertprozentig fit war, damit er nicht merkte, dass es mir mal wieder nicht gut ging. Er war sowieso schon skeptisch und übervorsichtig. Wenn er merkte, dass ich noch immer unter den Nachwirkungen der Isolationszelle litt, würde er das Ganze vermutlich abblasen. Aber mir war es so wichtig, alles zu versuchen, was gegen die Epilepsie helfen konnte.

Ich dachte an meine letzte Unterredung mit Berker zurück.

»Was ist das hier?«, hatte er getobt. Er hielt ein weißes Stück Papier in die Luft und drückte es so fest, dass es zerknitterte. »Ein Brief von Montys Eltern. Sie freuen sich, dass er jetzt bereit für ein Leben außerhalb des Sanatoriums ist und bedanken sich für alles«, beantwortete er seine eigene Frage und pfefferte das Papier auf den Boden. »Stammt dieser Humbug von dir?«

»Ja«, sagte ich kleinlaut.

»Bist du von allen guten Geistern verlassen? Wie kommst du dazu, eigenmächtig Patienten zu entlassen? Du denkst wohl, du kannst dir alles erlauben.«

Er war so wütend gewesen, dass ich fürchtete, er würde mich wieder in die Zelle stecken. Es war wirklich Zeit, dass ich von hier fortkam. Und wenn die Epilepsie verschwand, hatte ich gute Argumente.

»Wir können die Dosen ja beide jeweils doppelt und dreifach überprüfen, bevor ich sie einnehme, dann -« Ich verstummte, da ich nicht sicher war, ob ich ein Geräusch gehört hatte und legte den Zeigefinger vor die Lippen. Wenn Berker mitbekam, dass wir schon wieder etwas im Alleingang planten, würde er endgültig ausrasten. Auf Zehenspitzen tapste ich durch den Raum zum Flur und lauschte gebannt. Es schien, als lausche das Haus mit mir, denn nicht mal das Summen war zu hören.

Nichts.

Vorsichtig spähte ich in die Nebenräume. Aber auch hier war niemand zu entdecken. War da das Knarren einer Bodendiele?

Nichts. Ich musste es mir eingebildet haben.

Leise schloss ich die Tür zur Bibliothek und kehrte zu Nathaniel zurück.

»Falscher Alarm«, sagte ich mit einem Lächeln auf den Lippen.

Er lächelte ebenfalls. »Das ist gut.« Für einen Moment verwebten sich unsere Blicke miteinander und er hob seine Hand, um mich berühren. Doch dann ließ er sie abrupt wieder sinken. »Okay, also wann wollen wir beginnen?«, fragte er fachmännisch.

»Wie schnell kannst du das Lithium besorgen?«

Ich konnte es kaum abwarten, das Lithium einzunehmen. Wie es wohl schmecken würde? Wie schmeckte der Beginn eines neuen Lebens?

Tock-tocktocktock-tock. Langsam, dreimal schnell und langsam, mit unserem geheimen Zeichen klopfte ich an die Tür zu Nathaniels Zimmer. Ich betrat den Raum – und erschrak. Überall lagen Kleidungsstücke, die Bettdecke hing über dem Schreibtisch, der Kleiderschrank stand offen, alle Schubladen waren herausgezogen.

»Was ist denn hier los?«

»Es ist das passiert, was auf keinen Fall passieren durfte«, sagte Nathaniel, der gerade unter den Teppich schaute. »Was?« »Es ist weg.«

Ich legte die Hände an meine Wangen, um sie zu

kühlen, denn ich fühlte mich auf einmal viel zu hitzig. »Das Lithium? Es ist verschwunden?«

Nathaniel nickte. »Ich hatte es hier in einer kleinen Schachtel unter meinem Bett versteckt. Und jetzt ist es weg.« Wie zum Beweis hielt er mir die leere Schachtel unter die Nase.

»Aber das kann doch nicht sein! Wer würde denn deine Sachen durchwühlen?«

»Jemand, der davon wusste oder jemand, der mir auf jeden Fall schaden will.«

»Edmond?«

Nathaniel zuckte mit den Schultern.

»Ich bin ihm schon von Anfang an ein Dorn im Auge. Warum auch immer. Ich möchte seine Speichellecker-Stelle bei Berker auf keinen Fall einnehmen.« Er pfefferte die Schachtel gegen die Wand. »Entschuldige«, setzte er hinzu. »Ich wollte deinen Onkel nicht beleidigen.«

Ich stieß die Luft aus. »Du weißt genau, dass ich ihn weder respektiere, noch als meinen Onkel ansehe.«

Nathaniel setzte sich auf das Bett und stützte seinen Kopf in die Hände. »Es darf auf keinen Fall in die falschen Hände gelangen. Wenn meinetwegen noch mal etwas passiert, dann weiß ich nicht, wie ich damit noch weiterleben soll.«

Ich stutzte. »W-was meinst du damit?«

Er sah gebannt auf den Fußboden, als könne er jeden Moment den Aggregatzustand wechseln.

»Nathaniel, was willst damit sagen?«

»Du wirst mich verabscheuen, wenn du es erfährst.« Er kickte mit seinem Fuß ein Paar Schuhe zur Seite. »Ich verabscheue mich ja selbst.«

Ich setzte mich auf den Stuhl neben seinem Schreibtisch. »Was ist passiert?«

Er nahm sich Zeit, bevor er antwortete.

»Es war in meiner alten Klinik. Wie ich dir gesagt habe, wurden dort noch sehr viel mehr modernere Methoden, als hier angewendet. Eine davon war die Elektroschocktherapie.«

Ich schnappte nach Luft.

»Es war schrecklich. Die Patienten wurden ans Bett gefesselt und dann kam diese riesige Maschine ... Drähte führten von ihr zur Brust der Patienten. Ich musste mit ansehen, wie mein Vorgesetzter den Regler wieder und wieder hochdrehte. Die Menschen wirkten jedes Mal, als würde es sie innerlich zerreißen. Sie bäumten sich auf, so weit die Fesseln es zuließen, verrenkten ihren Körper, in einer Weise, wie ich es noch nie gesehen hatte.« Er schluckte. »Es wirkte, als wären sie vom Teufel besessen«, setzte er flüsternd hinzu.

Seine Worte riefen ein mulmiges Gefühl in mir hervor, aber ich blieb still, damit er weitersprach.

»Die Ärzte störten sich nicht daran. Es sei Teil der Therapie, denn durch diese Entladungen würden Stoffe im Körper freigesetzt, die angeblich zur Heilung beitrugen. Egal, wie sehr die Patienten flehten und wimmerten. Wieder und wieder drehten sie an dem Regler der Maschine. Ich sehe bis heute in meinen Träumen, das kleine schwarze Dreieck, das auf die Zahlen zeigt und immer weiter nach rechts wandert. 100, 200, 300 und schließlich sogar 450 Volt.

Immer weiter.

Die Schreie der Patienten stecken noch immer in meinen Knochen, hallen von Zeit zu Zeit in meinen

Ohren wider. Ich sehe die Haut, helle, weiche Haut, inzwischen durchzogen von roten Striemen. Zu oft haben sie gegen die Fesseln gekämpft, um dem unendlichen Schmerz zu entkommen.«

»Deswegen hast du so ungehalten reagiert, als du uns bei deiner Ankunft alle fixiert vorgefunden hast.«

Nathaniel nickte. »Ich war so froh, dieser Hölle entkommen zu sein – nur um dann in die eingefrorene Variante der Hölle zu kommen. Auch wenn das Höllenfeuer hier noch nicht entfacht war, gab es doch diese stille Qual. Vielleicht ist sie sogar noch viel stärker, wenn sie nur im Kopf stattfindet. Abgeschottet, von jeglichen anderen Reizen. Zuerst dachte ich, ich hätte mich im Haus geirrt, es war so unheimlich ruhig. Aber dann kam ich in den Raum und merkte, dass ihr alle resigniert hattet.«

»... und hast uns gerettet! Du kannst das andere Kapitel doch einfach hinter dir lassen.«

»Wenn das alles gewesen wäre, vielleicht. Aber meine Schuld liegt tiefer vergraben.«

Was wollte er damit sagen?

»Es kam der Tag, an dem ein junger Mann sich ganz besonders heftig gegen die Elektroschocks wehrte. Er war während seiner Zeit in der Psychiatrie vollkommen abgemagert. Seine Augen lagen in tiefen, dunklen Höhlen und die Haare hatte er sich büschelweise ausgerissen. Und doch hatte er noch so viel Kraft.

Er verdrehte seinen Körper in die wildesten Posen, warf sich immer wieder hin und her. Seine Schreie mussten im gesamten Gebäude zu hören gewesen sein.«

»Und die Ärzte?«

»Sie waren sich so verdammt sicher.« Nathaniel

schüttelte den Kopf. »Es hatte all die Male zuvor geklappt. Sie wollten auch diesen Menschen bezwingen und durch die Stromschläge gefügig machen.«

Er sah mich an und seine Augen waren so sehr mit Traurigkeit gefüllt, dass ich mich den Tränen nahe fühlte.

»Sie haben nur eine Kleinigkeit unterschätzt.«

»Was?«, flüsterte ich, als er nicht weitersprach.

»Die Kämpfernatur einiger Menschen. Stunde um Stunde zog sich die sogenannte Therapie hin. Doch er gab nicht auf. Selbst nach Schocks von der allerhöchsten Stufe riss er kurz danach wie ein Tiger an seinen Fesseln. Der Arzt verkürzte die Abstände zwischen den Schocks immer weiter, sodass bald alle zehn Sekunden eine Stromladung durch seinen Körper geschickt wurde.

Und irgendwann lag er da.«

Wieder musste Nathaniel schlucken, damit seine Stimme bei ihm blieb.

»Auf dem Gesicht des Arztes sah ich ein triumphierendes Lächeln und sein Assistent murmelte zufrieden ›Na endlich‹. Ich wusste, dass sich bei mir zumindest eine Erleichterung hätte einstellen sollen, dass die Behandlung nun vorbei war, doch stattdessen kroch Panik in mir hoch, legte sich auf meine Lunge, dass ich kaum atmen konnte. Es war still.

Zu still.

Ich fühlte, dass etwas nicht stimmte. Also stand ich auf und beugte mich über den reglosen Körper, um den Puls zu ertasten.«

»Und?« Atemlos sah ich Nathaniel an, doch er mied meinen Blick.

»Nichts«, flüsterte er.

»Er war tot.«

Aus einem Impuls heraus stand ich auf, setzte mich zu Nathaniel auf das Bett und griff nach seinen Händen.

»Das ist wirklich ganz fürchterlich, was du erzählt hast«, sagte ich voller Mitleid.

»Aber dafür kannst du doch nichts. Was hättest du denn tun sollen? Du warst den Ärzten doch unterstellt und die hätten sowieso nicht auf dich gehört, oder?«

»Vermutlich nicht. Aber das ist noch immer nicht alles. Die Geschichte geht noch weiter.«

»Ja?« Ich drückte seine Hände. Was konnte jetzt noch kommen? Er würde doch nicht ...

»Was ist dann passiert?«

»Am nächsten Tag trat der Oberarzt an mich heran. Er verkündete freudig, dass ich so weit sei und bei dem heutigen Patienten an der Maschine sitzen dürfe. Ich fragte nach, in der Hoffnung, dass ein Missverständnis vorlag, aber es war so. Ich sollte die Schocks verabreichen.«

Ich schnappte nach Luft.

»Natürlich habe ich mich geweigert. Aber dann zog er andere Bandagen auf. Er drohte mir, wenn ich seinen Anweisungen nicht folgte, könne ich mir sofort einen neuen Job suchen und er würde dafür sorgen, dass ich nirgendwo mehr unterkam.«

Für eine Weile sprach er nicht weiter und ich merkte, wie er mit seinen Gefühlen kämpfte. Dann flüsterte er etwas mit gebrochener Stimme, etwas, auf das ich nicht vorbereitet war.

»Sie ist tot, Caitlin.«

KAPITEL 38

Dalina

Anscheinend hatte er bemerkt, dass sie mit seiner Antwort nicht zufrieden war.

Er stand auf und streckte die Hand nach ihr aus. »Komm, das war genug Recherche für heute.« Lächelnd griff er mit seinen Fingern ein paar Mal in die Luft und signalisierte, dass er sie hochziehen wollte.

Zögerlich nahm sie seine Hände. Sie waren angenehm warm und scheinbar mühelos zog er sie hoch. Noch während sie in seinem Duft versank und sich fragte, warum die Nähe sich so gut und selbstverständlich anfühlte, sagte er: »Ich habe eine Idee. Was hältst du davon, wenn wir heute auf den Spuren unserer Großmütter wandeln?« Dalina runzelte die Stirn.

»Ich dachte, du bist dagegen, dass wir noch mal auf Rose Hill übernachten?«

»Doch nicht auf Rose Hill! Das Kino. Das gibt es noch heute. Hättest du Lust?« Wie ein aufgeregter Cocker Spaniel sah er sie an. »Wie du ja schon ganz richtig meintest, schulde ich dir sowieso noch etwas. Und wäre es nicht spannend, wenn dir da sind, wo vor fast siebzig Jahren unsere Großmütter gemeinsam waren?«

Das wäre in der Tat irgendwie nett. »Aber nur, wenn ich dich einladen darf«, sagte sie grinsend.

»Na dann komm!« Es gefiel ihr, dass er noch immer ihre Hand nicht losließ. Mit George war das natürlich niemals möglich gewesen. Es war viel zu gefährlich, sich so in der Öffentlichkeit mit einem verheirateten Mann zu zeigen, aber es hatte ihr nichts ausgemacht, da Händchenhalten etwas für verliebte Teenager war. Doch nun merkte sie, dass es ein fantastisches Gefühl von Geborgenheit geben konnte.

»Wollen wir vorher noch einen Happen essen? Meine Kochangebote stehen nach wie vor. Aber wenn du lieber Pommes willst?«

»Oh, oh. Du weißt doch, was passiert, wenn du dieses Wort sagst ...«

»Wirklich? Schon wieder Pommes?« Seine Schultern sanken so tief, dass sie wirkten wie die Äste einer Trauerweide.

»Nein. Heute kann ich es kaum abwarten dieses Risotto zu probieren.« Dalina hoffte tapfer, dass der Pommes-Hunger verschwand, sobald der Risotto-Geruch ihre Nase umschmeichelte.

»Du willst die Pommes.«

»Nein, nein. Auf gar keinen Fall. Dein Risotto klingt auch sehr verlockend. Alle Gerichte, die du aufgezählt hast. Und du bist sicherlich ein großartiger Koch.«

Er lächelte stolz und Dalina freute sich. Aber dann sah er auf die Uhr.

»Weißt du was? Du kriegst deine Pommes. Es ist schon nach sieben und wenn wir den Zwanzig-Uhr-Film erwischen wollen, müssen wir uns beeilen.« Er griff nach seiner Jacke. »Es sei denn, du möchtest lieber erst übermorgen ins Kino? Es gibt nur freitags, samstags und mittwochs Vorstellungen. Ansonsten lohnt es sich für die Betreiberin wohl nicht. Ihr gehört auch das große Kino in Brighton.«

Und dann noch einen lauschigen Abend mit ihm vor dem Kamin verbringen? Das konnte einfach nicht mehr lange gut gehen. Aber sie musste sich von ihm fernhalten. Sie hatte sich fest vorgenommen, keine Arschloch-Männer mehr zu daten, und was er seiner letzten Freundin angetan hatte, war arschig ersten Grades gewesen. Wenn sie es schon für sich nicht geschafft hatte, dann jetzt wenigstens für die kleine Raupe.

»Doch, ich möchte unbedingt in das Kino gehen, wo unsere Großmütter schon waren. Wer weiß, vielleicht sitzen wir sogar auf ihren Plätzen?« Das barg eine seltsame Aufregung in sich, obwohl das natürlich auf dem gesamten Rose Hill Anwesen der Fall sein könnte.

»Okay, dann lass uns jetzt beim Schnellimbiss vorbeischauen und dann geht's sofort weiter zum Kino.« Er zögerte. »Gott, ich hoffe, ich mute euch nicht zu viel zu.« Er strich sanft über ihren Bauch und Dalina hätte sich nicht gewundert, wenn er zu blubbern angefangen hätte, denn so fühlte es sich unter ihrer Haut an, dort, wo seine Hand sie berührt hatte.

~

»Was war eigentlich der letzte Film, den du im Kino gesehen hast?«

Dalina überlegte lange. »Gone Girl.«

»Puh, dann wird es ja wirklich Zeit, dass du mal wieder in ein Kino kommst.«

»Ja, und dann ist es gleich so ein wunderschönes!« Sie ließ ihren Blick über die pompösen seitlichen Lampenhalter, den klassischen roten Samtvorhang und die dazu passenden Sitze gleiten.

»Ein wunderschönes Kino für eine wunderschöne Frau.«

Dalina sah ihn skeptisch von der Seite an und Jared prustete los. »Sorry! Das war so eine gute Vorlage ... Ich wollte einfach mal ausprobieren, wie es sich anfühlt, wenn man so plumpe Komplimente macht.«

»Ich erzähle dir nie wieder was von meinen Verabredungen! Aber, wie war es denn auf Glenns Spuren zu wandeln?« Während ihrer Suche auf Rose Hill hatte sie ihm alles von dem Abend mit dem Notar berichtet und Jared hatte herzlich gelacht.

»Bescheuert! Man fühlt sich einfach nur dämlich. Wie kriegen die das dauerhaft hin?«

»Als wenn du nie willkürlich Komplimente verteilt hättest, um bei Frauen zu landen.«

»Das habe ich natürlich nie.«

»Da habe ich aber was ganz anderes gehört.«

»Auch als Stadtmensch solltest du mittlerweile aber

wissen, dass an dem Dorftratsch nicht immer was dran ist.«

Das stimmte. Umgehend sprießte die zarte Hoffnung in ihr auf, dass er vielleicht doch nicht seine schwangere Freundin sitzen gelassen hatte.

»Wenn ich Komplimente verteile, dann nur ernstgemeinte«, fuhr er fort.

»Ach ja? Dann leg mal los«, sagte sie zum Spaß. »Und du findest besser was Überzeugendes, sonst stecke ich dich in die gleiche Charmeur-Schublade wie Glenn.«

»Pfui!« Jared schüttelte sich. »Dann lass mich kurz überlegen. Hmmm. Ja, dir würde ich zum Beispiel sagen, dass ich es süß finde, wie deine Hand nach den Schokokugeln tastet und immer wieder daneben greift, wenn du in Harry Potter vertieft bist. Und dass du selbst mit der gerunzelten Stirn, die du ziehst, wenn du ein vergilbtes Buch nicht entziffern kannst, noch umwerfend aussiehst und dass ich das versonnene Lächeln auf deinem Gesicht liebe, wenn du über deinen Bauch streichst und vergessen hast, dass du nicht alleine bist.«

»Ruhe!«, zischte jemand aus den hinteren Reihen, da der Film jetzt begann, und Dalina war der unbekannten Person dankbar.

Denn sie war sprachlos.

Sie sah ihn unsicher an. Er erwiderte ihren Blick. Diesmal war keine Spur von spöttischem Lachen zu erkennen. Stattdessen griff er nach ihrer Hand, drückte sie kurz und ließ sie nicht mehr los.

Erst, als auch der letzte Name und der allerletzte Filmförderfonds des Abspanns verschwunden waren, alle Menschen um sie herum den Saal bereits verlassen hatten und es absolut keine Ausrede mehr gab, noch weiter sitzen zu bleiben, ließ er ihre Hand wieder frei.

Sie fühlte sich kalt und unvollständig an, bemerkte Dalina, als sie ihren Mantel zuknöpfte.

»Hat dir der Film gefallen?«, fragte sie Jared.

»Ja ... äh, also, das war ja wirklich mal ... was ganz anderes.«

»Die Tanzeinlagen waren sehr ... speziell.«

»Und er hatte eine unglaubliche Tiefe. Nicht so mainstreamig, wie das, was man sonst sieht«, sagte Jared beim Verlassen des Kinosaals.

»Es war der schrecklichste Film, den du je gesehen hast, oder?«

»Na ja ...« Jared lachte los und Dalina stimmte ein. Seine Hand fand wieder ihre, als sie das Foyer durchschritten. »Also ich will jetzt nicht sagen DER schlechteste, es gibt immer noch *Sharknado* und *Angriff der Raketenwürmer,* aber ...«

Dalina lachte inzwischen so sehr, dass sie sich mit der freien Hand eine Träne aus dem Augenwinkel wischen musste. »Das klingt wirkl-«

Sie kam nicht dazu, den Satz zu beenden.

»Dalina!« Jemand stürzte auf sie zu und legte die Arme um sie.

Erst als er wieder von ihr abrückte, erkannte sie, wer es war. Sie hätte es sofort wissen müssen, aber er gehörte nicht hierher.

Es war nicht seine Welt.

Es passte einfach nicht. Er gehörte arrogant und rechthaberisch in einem weißen Kittel ins Krankenhaus. Und nicht unterwürfig wie ein Welpe in Barbourjacke in ein englisches Nest an der Küste.

KAPITEL 39

Caitlin

Mit weit aufgerissenen Augen starrte ich ihn an. Mir wurde abwechselnd heiß und kalt und ich wusste nicht, was ich sagen sollte.

Hatte er recht? Verabscheute ich ihn jetzt wirklich? Weil er auf Anordnung eine Therapiemethode angewandt hatte? Ich wusste ja, dass er keine andere Wahl gehabt hatte. Und doch waren diese Neuigkeiten ungeheuerlich und ich hatte das Gefühl, als sei mein Kopf zu klein, um das ganze Ausmaß dieser Neuigkeiten zu erfassen.

Er ergriff wieder das Wort. »Aber es war nicht so, dass ich die Elektroschocks verabreicht hatte. Es war das Gegenteil.«

Ich musste aufpassen, nicht deutlich auszuatmen, so

groß war die Erleichterung, die sich in mir ausbreitete und nicht mal mehr für die Atemluft Platz ließ.

»Aber das ist doch gut«, wisperte ich.

Nathaniel schüttelte den Kopf.

»Eben nicht. Es ist meine Schuld. Manchmal sind diese krassen Therapiemethoden eben doch notwendig. Und in meinem Fall ist die Patientin am nächsten Tag gestorben, weil ich mich geweigert habe, die Elektroschocks zu geben.«

Wortlos sah ich ihn an.

»Sie ist gestorben, Caitlin! Weil ich mich den Anordnungen widersetzt habe. Ich dachte, ich wüsste es besser. Ich habe meinem einfachen Menschenverstand getraut und nicht den Studien, die beweisen, wie wichtig diese Elektroimpulse für das Gehirn sein können. In Zeitschriften wie diesen«, er hob den *Lancet* hoch, »steht es immer wieder beschrieben. Man kann mit solchen Therapiemethoden enorm viel erreichen. Trotzdem habe ich mich geweigert, weil es mir zu grausam erschien. Wegen dieser naiven Entscheidung habe ich einen Menschen auf dem Gewissen. Damit werde ich nun den Rest meines Lebens zurechtkommen müssen. Ich habe mir meine Zukunft verbaut, denn der Oberarzt hat zudem seine Drohung wahr gemacht. Er hat mir ein grauenvolles Arbeitszeugnis geschrieben und in seinem weitläufigen Bekanntenkreis verbreitet, dass ich ein unfähiger Arzt bin.

Monatelang war ich arbeitslos, habe vermutlich jedes Krankenhaus und jede noch so kleine Klinik in ganz Großbritannien und Irland angeschrieben.«

Er lachte tonlos auf. »Berker war tatsächlich der Einzige, der mich genommen hat. Er sagte, er hält nicht viel davon, was andere sagen und sich von einem kleinen Fehler das ganze Leben verbauen zu lassen.«

»Sollte er am Ende doch ein Herz haben?«

»Ich weiß es nicht. Auf jeden Fall bin ich ihm zu Dank verpflichtet. Und ich darf nicht allzu sehr auffallen, denn, wenn ich diese Stelle verliere, bin auch ich verloren. Und wenn das Lithium in die falschen Hände gerät und ich einen weiteren Menschen auf dem Gewissen habe, weiß ich nicht, wie ich damit weiterleben soll.«

~

»Kann ich dir vielleicht helfen?«, fragte eine freundliche, mir unbekannte Stimme, doch es war bereits zu spät. Die Wurzel des Unkrauts, an dem ich so heftig gezogen hatte, um sie im Ganzen zu entfernen, gab nach und ich landete mit einem erstickten Schrei auf meinem Hintern.

Als ich hochsah, stand Braylee vor mir. Und er lächelte. Deswegen hatte ich seine Stimme auch nicht erkannt, in diesem anderen Gemütszustand wirkte er wie ein anderer Mensch. Mir war auch nie aufgefallen, wie gutaussehend er war.

Schnell rappelte ich mich hoch und klopfte mein graues Kleid ab.

»Ja, es wäre großartig, wenn du das Beet vor dem Haus vom Unkraut befreien könntest, dann haben die Wildrosen mehr Kraft sich zu entwickeln.«

»Sehr gern. Ich liebe es, wenn die Rosen in kräftigen Farben blühen, dann wirkt unser kleines Gefängnis fast wie ein elegantes Luxushotel.« Er zwinkerte mir zu und ich konnte es nicht glauben. Sollte eine von Berkers Therapien tatsächlich Wirkung gezeigt haben?

Ich lief zu Lorna rüber, die sich einen Stuhl herausgeholt hatte und die Sonne in ihr Gesicht scheinen ließ. »Na, genießt du die Sonne?«

Sie lächelte mich an. Ich stellte mich hinter sie und begann ihr Haar zu einem französischen Zopf zu flechten, von dem sie mir neulich zugeflüstert hatte, dass er ihr gefiel. Das war an dem Tag gewesen, als ein Journalist da gewesen und Berker zu den beschäftigungstherapeutischen Maßnahmen befragt hatte. Ich hatte mich extra schick gemacht, falls er auch mich befragte. Es sollte ein großer Artikel in der Zeitung erscheinen, in dem auch unser Theaterstück angekündigt wurde. Gestern hatte mich sogar der menschenscheue Braylee gefragt, ob er ebenfalls dabei sein könne. Ich sah zu ihm herüber und beobachtete, wie er eifrig das Unkraut herauszog und in den alten schwarzen Eimer warf. Ein Viertel des Beetes hatte er schon geschafft.

Meine Neugier ließ mir keine andere Wahl. Ich musste es wissen. Die anderen Beete inspizierend schlenderte ich zu ihm und machte gedanklich einen Plan, welche Arbeiten im Garten in der nächsten Zeit noch anstanden.

»Du kommst ja gut voran«, sagte ich zu Braylee, als ich ihn erreicht hatte.

»Hmmm.« Er arbeitete weiter, während wir sprachen. »Macht ja auch Spaß.«

»Eine Weile habe ich dich aber kaum gesehen. Warst du in der Isolation oder hattest eine Therapie?« Das Wort *Therapie* hätte ich am liebsten in Anführungszeichen gesetzt.

»Nein, ich hatte mich zurückgezogen, weil es mir nicht gut ging.«

»Aber jetzt ist es besser?«, fragte ich das Offensichtliche und hätte mit allem gerechnet – nur nicht mit dieser Antwort.

»Ja.« Er richtete sich auf und stützte die Hände auf den Rücken. »Und das habe ich nur euch zu verdanken. Dir und Nathaniel.«

KAPITEL 40

Dalina

George pfiff anerkennend, als er Rose Hill zum ersten Mal sah. »Du scheinst ja ne richtig gute Partie zu werden.«

Sie stiegen aus seinem Mietwagen.

»Warte, bis du es von drinnen siehst.«

Am Vorabend hatte er sie um ein Gespräch gebeten. Im ersten Moment wollte sie ablehnen. Dann entschied sie sich, zumindest anzuhören, was er zu sagen hatte.

Immerhin war er der Vater ihres Kindes.

Immerhin hatte sie ihn geliebt. Ob die Gefühle noch da waren, wusste sie nicht. Vielleicht hatten sie für immer ihr Herz verlassen, vielleicht waren sie aber auch nur in tiefen Winterschlaf gefallen und warteten auf einen neuen Frühling. Daher wollte sie ihm wenigstens eine Chance geben – auch wenn die Verletztheit in Jareds Gesicht ihr einen Stich gegeben hatte.

Sie war ins gleiche Hotel wie George gezogen, hatte sich aber ein eigenes Zimmer genommen. Während sie sich bettfertig machte und die sterile Bettwäsche und die charakterlose Einrichtung betrachtete, bemerkte sie, wie sehr sie die kuscheligen Abende in Jareds Wohnung vor dem prasselnden Kaminfeuer vermisste.

Aber vielleicht war es auch gut, dass es hier nahezu keine anderen Einflüsse von außen gab. Dann konnte sie in Ruhe nachdenken.

»Es tut mir unendlich leid«, hatte George in einer kleinen Ecke der Hotelbar beteuert. »Ich habe diesen Anruf vom Krankenhaus in Brighton bekommen, anscheinend stehe ich als Notfallkontakt in deinem Portemonnaie. Mir wäre beinahe das Herz stehengeblieben, aus Angst, dass dir etwas passiert sein könne.« Er zögerte. »Oder dem Kind.«

»Es ist alles okay.«

»Ich weiß. Ich habe die Chefarztkarte gezogen und sie gezwungen, mir alle Details zu nennen.« Seine Miene verdunkelte sich. »Dass du dich inzwischen aber schon mit anderen Typen vergnügst, hat sie allerdings nicht erwähnt.«

Na wenigstens das, dachte Dalina.

»Aber mir ist durch diesen Weckruf klar geworden, was ich an dir hatte!« Er griff nach ihren Händen.

»Ich will das, Dalina. Ich will dich! Ich will das Kind! Ich will dieses neue Leben mit dir. Ich werde Martha sofort verlassen – das hätte ich längst tun sollen.«

Sie betrachtete ihn nachdenklich. Konnte sie ihm trauen?

»Ich habe auch ein gutes Wort bei der Krankenhausleitung für dich eingelegt. Die neue volle Arztstelle ist dir sicher!«

Hatte er nicht immer beteuert, dass er da nichts machen könne?

»Lass uns noch mal ganz von vorne anfangen!«, hatte er sie gebeten.

Sie hatte um Bedenkzeit gebeten und war froh, dass sie am Morgen beim Frühstück erst mal nur über belanglose Dinge gesprochen hatten. Und dann wollte sie ihm Rose Hill zeigen.

Er rümpfte die Nase, als sie ins Innere kamen und ihm die abgestandene Luft entgegenschlug.

»Puh, mein herzliches Beileid. Dieser Kasten hier ist ja mehr als ein Klotz am Bein. Hast du es schon schätzen lassen?«

»Nein, dazu bin ich noch nicht gekommen.«

Er schüttelte den Kopf. »Meine kleine Dalina«, sagte er zärtlich. »Planlos wie immer. Du musst dringend lernen, ordentlich Prioritäten zu setzen.« Er strich ihr über den Rücken. »Aber jetzt bin ich ja da. Ich werde gleich mal einen Termin mit einem Immobilienmakler machen.« Er zückte sein iPhone, aber Dalina legte ihre Hand auf seine.

»Warte noch. Ich bin mir ja noch nicht mal sicher, ob ich es überhaupt verkaufen will.«

»Was willst du denn damit machen? Eine Privatklinik eröffnen?«

Dalina reckte ihr Kinn zur Seite.

»Vielleicht.« Er lachte auf.

»Zunächst gibt es noch etwas, das ich herausfinden muss.« Sie erzählte ihm von ihrer Großmutter, den

Anschuldigungen gegen ihren Großvater und die Dinge, die sie bereits herausgefunden hatte.

»Und jetzt erwartest du von mir, dass ich hier, in diesem riesigen Haus mit unzähligen Türen, jeden Schnipsel mit dir durchkämme und nach irgendwelchen Hinweisen suche, bei denen die Wahrscheinlichkeit hoch ist, dass sie noch nicht mal existieren?«

Dalina lächelte. »Nicht das Haus.« Sie zeigte ihm den Weg zum Pförtnerhäuschen, wo Jared und sie vor einer gefühlten Ewigkeit ihre Suche beendet hatten – allerdings vermied sie gekonnt den Ausgang mit der toten Ratte. »Heute steht das hier auf dem Plan.«

George spähte skeptisch durch die Fenster. »Ich sag dir was, Dali. Warum tust du nicht, was du tun musst? Ich muss noch ein paar Telefonate führen und Nachrichten beantworten. Also würde ich sagen, fahre ich runter ins Dorf und hole dich später wieder ab? Ruf einfach an, wenn du durch bist.«

Beklommen sah Dalina sich in dem Häuschen um. Da war ein riesiger Kamin, eine kleine Küchenzeile, ein kaputter Schaukelstuhl, verstaubte Teppiche und überall stapelten sich überfüllte Kartons und Kisten. Allesamt von einer dicken Staubschicht bedeckt. Wo sollte sie anfangen? Was würde Jared machen?

Sie musste grinsen. Vermutlich würde er sagen, dass sie systematisch vorgehen sollte. Vielleicht würde er ihr sogar noch mal helfen? Immerhin brannte er genauso darauf zu erfahren, was mit seiner Großmutter passiert war. Kurz entschlossen rief sie ihn an –

aber nach sechs Klingeltönen antwortete nur seine Mailbox.

»Hey Jared, hier ist Dalina. Ich bin jetzt im Pförtnerhäuschen und beginne mit der Suche. Komm doch vorbei, wenn du möchtest.« Nach einem Moment Bedenkzeit fügte sie noch hastig etwas hinzu. »Ich würde mich freuen.«

Sie schaffte sich einen freien Platz auf dem alten Bettgestell, damit sie sitzen konnte, während sie suchte. Jeden fertig durchstöberten Karton stellte sie in die Küchennische. Sie wollte es sich nicht wirklich eingestehen, aber Jared sollte stolz auf sie sein, wie systematisch sie vorging, wenn er dazukam.

Immer wieder kontrollierte sie, ob der Ton ihres Handys auch angestellt war. Oder ob er geschrieben hatte. Oder sie einen Anruf überhört hatte.

Doch das Handy blieb stumm.

Mit einem flauen Gefühl im Magen suchte sie weiter. Er wusste natürlich nicht, dass sie sich ein Einzelzimmer genommen hatte, fiel ihr ein. Und dass George nicht bei ihr war.

Und dass sie sich immer sicherer wurde, dass ihr Herz sich nicht mehr für ihren Ex erwärmen konnte.

Aber sie konnte ihn ja schlecht erneut anrufen und ihm all das sagen. Vielleicht war es ihm auch egal. Vielleicht war er ja einfach nur ein freundlicher Gastgeber.

Sie merkte, dass sie so in ihren Gefühlen versunken war, dass sie kaum darauf achtete, welche Bücher sie von der einen in die andere Kiste packte. Sie legte das ledergebundene Wörterbuch auf das hellblaue Buch mit den aufgestickten Blümchen in die Aussortierkiste und stand auf.

KAPITEL 41

Caitlin

Braylee durchschritt mein kleines Häuschen und sah sich sichtlich beeindruckt um.

»Und warum kriegst du diese Extrawurst?«

»Es hat sich herausgestellt, dass ich Berkers Nichte bin.«

Ich wollte, dass er ehrlich zu uns war, also musste ich ebenfalls aufrichtig sein.

Er stieß einen kleinen Pfiff aus. »Puh. Und ich dachte, ich hätte es schwer mit meiner Verwandtschaft getroffen.«

Ich deutete für ihn auf den Schaukelstuhl und Nathaniel und ich nahmen auf dem Bett Platz.

»Also, was hast du uns zu berichten?«

Für einen Augenblick war der unzugängliche, grummelige Braylee wiederzusehen. »Zunächst muss ich euch wohl etwas beichten.«

»Beichten, es wird doch wohl kaum-«

»Ich ... habe euch belauscht«, unterbrach er mich.

Belauscht? Wann? Nathaniel und ich warfen uns einen Blick zu. Etwa als Nathaniel von seinen schlimmen Erfahrungen berichtet hat? Oder doch nicht etwa ... als wir miteinander geschlafen hatten? Aber das hatte man draußen doch wohl kaum gehört, oder? Und wenn doch, was würde er beichten wollen? Hatte er uns etwa in einem umnachteten Zustand bei Berker verpfiffen? Das wäre eine Katastrophe!

Zum Glück ergriff Nathaniel das Wort und erkundigte sich, wobei Braylee uns belauscht haben wollte.

»Vor ein paar Wochen in der Bibliothek. Ich wollte es nicht, ich verstecke mich dort oben öfter, wenn ich die Menschen nicht mehr ertrage. Ich saß im Nebenraum im Salon auf einem Stuhl mit grünem Samtbezug. Obwohl alles um mich herum so edel war, konnte ich nur an eins denken.«

»Was?«, fragten Nathaniel und ich wie aus einem Munde.

»Wie es mir gelingen könnte, mich umzubringen.«

Erschrocken starrte ich ihn an und Nathaniel stammelte »Was ... Wieso?«

»Berker hatte die nächste Insulinkur angeordnet und ich wusste, dass darauf wieder die Isolation folgen würde, da sie mich jedes Mal noch aggressiver macht. Und beides ist so grauenvoll ...« Seine Stimme brach. »Ich konnte das einfach nicht noch mal über mich ergehen lassen. Wozu auch? Es änderte doch sowieso nichts. Ich hatte die Nase voll von all diesen Quälereien, die eiskalten Hydrotherapien, die anstrengenden Insulinschocktherapien, die Isolation ... Ich wollte nur noch meine Ruhe haben. Für immer.«

Er presste die Lippen zusammen.

»Ich wusste nur nicht wie. Die Medikamente stehen unter ständiger Bewachung, so wie auch die Messer. Das Gelände dürfen wir nur mit Sondergenehmigung verlassen, die ich niemals bekommen würde und zum Erhängen fehlen die Seile. Und dann habe ich euch gehört. Nathaniel hatte was von *tödlich* gesagt.«

Wieder tauschten Nathaniel und ich Blicke aus. Das war kurz bevor ich das Geräusch gehört hatte.

»Ich war so abrupt aufgesprungen, dass ich aus Versehen gegen den Tisch stieß und er samt Kerzenständer wackelte. Deswegen versteckte ich mich schnell hinter dem Vorhang. Ich war heilfroh, dass du meine Fußspitzen nicht entdeckt und mein laut klopfendes Herz nicht gehört hast.«

Er grinste mir zu und ich wusste nicht, ob es sich gehörte, das Lächeln in dieser Situation zu erwidern.

»Als ich euch wieder sprechen hörte, nahm ich eins der Kristallgläser aus der Vitrine, legte es an die Wand und lauschte. Ich habe alles gehört, was ihr über das Lithium gesagt habt.«

Ich schnappte nach Luft.

»Dass Nathaniel es in der Stadt besorgen würde und ...«

Er machte eine Pause, bevor er weitersprach,

»... dass es tödlich ist, wenn man zu viel nimmt.« Nun senkte er den Blick. »Deswegen ... habe ich dir jeden Tag die Pillen geklaut, Caitlin.«

Ich klappte den Mund auf und wieder zu. Bevor ich

die Frage stellen konnte, musste ich mich noch etwas sammeln.

»Und was habe ich dann genommen?«

»Schüßler Salze.«

»Was sind Schüßler Salze?«

»Schwester Agnes schwört darauf. So eine Art homöopathische Mittel, die gegen alle möglichen Beschwerden helfen. Die Schwester hatte mir eine ganze Dose davon gegeben, als meine Erkältung nicht abklingen wollte. Ich wusste ja, dass Nathaniel dir die Tabletten in dem versteckten Fach im Flur übergeben wollte, da Berker euch bewacht wie ein Schlosshund. Der Austausch war relativ einfach.«

»Aber es hat zum Glück trotzdem nicht geklappt.«

Braylee begann zu schaukeln und lachte auf. »Nein, das hat es nicht. Es ist anscheinend doch nicht so einfach, wie ich dachte. Ich habe die Pillen der ersten drei Tage aufbewahrt und dann auf einmal genommen. Als nichts passierte, habe ich Nathaniels Zimmer durchsucht. Aber da waren nur noch zwei Pillen in der Packung. Mir blieb also nichts anderes übrig, als die nächsten Rationen abzuwarten. Sobald eine neue kam, nahm ich sie sofort ein, um meinen Lithiumspiegel so schnell wie möglich wieder zu erhöhen.«

»Du kennst dich gut aus«, sagte Nathaniel mit gerunzelter Stirn.

»Die Leute denken, wir kriegen bei der Insulinschocktherapie nichts mit, aber das stimmt nicht. Ich habe dort einiges über den Insulinspiegel gelernt und dachte mir, dass es mit dem Lithium ähnlich funktioniert.«

»Im Prinzip tut es das auch.«

Braylee nickte. »Aber ich war zu ungeduldig. Ich hätte länger warten müssen, das weiß ich jetzt. Wobei mir das mittlerweile zugutekommt, denn ich habe etwas anderes an mir festgestellt.«

»Was denn?«

»Mir geht es prächtig!« Er strahlte, machte eine ausladende Geste in den Raum und stand auf. »Anfangs dachte ich, ich freue mich nur auf die neue Tablettenration und meinen Plan, aber irgendwann habe ich gemerkt, dass ich an sich fröhlich bin. Ich genieße den Sonnenschein, summe vor mich hin und fühle ... eine Art Licht und Leichtigkeit in meinem Herzen. Ich möchte auf keinen Fall dieses wundervolle Leben verlassen.« Er deutet hinaus ins Grüne, wo der See in der Sonne glitzerte und zwei Schwäne gemächlich ihre Bahnen zogen.

Nathaniel nickte langsam. »Und du glaubst, das hängt mit dem Lithium zusammen?«

»Ich bin mir sicher. Es gab keine anderen Therapien. Berker hat sogar die ICT abgesagt, als er gesehen hat, dass ich gerade in so einer guten Phase bin.« Er sah uns beschwörend an. »Nur, dass ich mir ziemlich sicher bin, dass es keine Phase ist.«

Ich schlug beide Hände vor den Mund. Dann reichte es nur noch für ein »Tschuldigung«, das ich unter der Hand stammelte, während ich zur Toilette rannte.

KAPITEL 42

Dalina

Dalina stand an der Auffahrt von Rose Hill und zählte die Fenster, um sich die Wartezeit zu vertreiben. Endlich hörte sie das Motorengeräusch eines herankommenden Autos. Aber sie blickte wenig später nicht auf den dunklen Mercedes, den George gemietet hatte.

Sondern auf ein gelbes Cabriolet.

George saß am Steuer und unterhielt sich angeregt mit Glenn. Wo hatte er den denn aufgegabelt? Auf jeden Fall waren die zwei ein typischer Fall von *gesucht und gefunden*. Er fuhr einen rasanten Bogen und kam dann direkt vor ihr zum Halten.

»Können wir Sie mitnehmen, schöne Frau?«

Bevor sie antworten konnte, wendete er sich jedoch

an Glenn. »Oder möchtest du dich noch mal im Haus umsehen?«

»Nein, danke. Ich kenne es ja.«

Strahlend drehte George sich zu Dalina, die auf die schmale Rückbank geklettert war. »Ich habe Glenn gebeten, uns eine Verkaufsschätzung für den alten Schuppen zu geben. Wusstest du, dass dein Nachlassverwalter auch Makler ist?«

»Ja, er erwähnte so etwas«, murmelte Dalina, während sie versuchte, sich nicht zu ärgern, dass George sich mal wieder über ihren Kopf hinweggesetzt hatte.

Ihr Handy machte *Pling* und sie sah nach, wer geschrieben hatte.

Ein Lächeln stahl sich auf ihr Gesicht, als sie den Namen sah.

Jared.

Und verlor sich wieder, als sie die Nachricht las.

Sorry, habe heute keine Zeit.

»Warst du denn erfolgreich bei deiner Suche, Schatz?«

George hatte Glück, dass Dalina es hasste, wenn sich Pärchen vor dritten Personen stritten. Sie verzichtete daher sowohl darauf, ihn zu erinnern, dass sie es hasste, mit diesem Standard-Kosenamen angeredet zu werden, als auch, dass er noch lange nicht in der Position war, sie überhaupt mit irgendwelchen Kosenamen anzureden.

»Nein, leider nicht.« Sie beobachtete, wie die bunten Wimpelketten, die seitdem Morgen überall im Dorf hingen, im Wind flatterten.

»Siehst du? Ich sag doch, dass das nichts bringt. Glenn, was meinst du, wie schnell können wir einen Käufer für die überdimensionale Hundehütte finden?«

Glenn verzog das Gesicht, als wäre er mit dem kleinen Zeh am Türrahmen hängengeblieben.

»Hmmm, du weißt ja, wie das ist. Wenn man schnell verkaufen will, muss man mit dem Preis runtergehen.«

George warf ihm einen Blick zu, den Dalina nicht deuten konnte.

»Ich werde aber sehen, was ich tun kann.«

Sie durchquerten die Geschäftsstraße und Dalina musste innerlich lächeln, als sie das Café Erd-Bär sah. Doch dann erstarrte sie.

Da kam eine vertraute Gestalt durch die Tür.

Im karierten Hemd.

Mit einer Frau.

Glenn grummelte unwirsch vor sich hin.

»Hey, war das nicht der Typ vom Kino?«, fragte George.

»Was hast du mit Jared Bryson zu schaffen?«, fragte Glenn und Dalina kam sich ein bisschen wie in einem Verhör vor und verdrehte die Augen.

»Nichts, er hat mich nur bei sich übernachten lassen, als ich während des Festivals keine Unterkunft gefunden habe.«

»Warum hast du denn nichts gesagt? Ich hätte dir doch auch helfen können«, beteuerte Glenn.

»Was hast du gegen ihn?«

Sie hatten das charakterlose Luxushotel, das außerhalb von Mayfield lag und das George für seinen Aufenthalt ausgewählt hatte, jetzt fast erreicht.

»Nichts. Es gefällt mir nur nicht, dass er meine Schwester geschwängert und dann eiskalt sitzengelassen hat.«

»Das hat er getan?« Glenn nickte selbstgefällig.

»Wo ist sie jetzt? Wie geht es ihr?«

»Sie ist weggezogen.«

»Kommt sie alleine zurecht mit dem Kind?«

Das mochte etwas aufdringlich sein, aber da sie sich vor kurzem genau diese Fragen gestellt hatte, interessierte es sie einfach.

»Sie hat es abgetrieben.«

Dalina sah aus dem Fenster und las das Schild, das den Bau eines weiteren ebenso seelenlosen Hotelkomplexes mit Luxus-Golfplatz ankündigte. Ein Jammer, wenn diese traumhafte Gegend mit solchen Hotels verschandelt wurde.

George näherte sich von hinten und versuchte, ihren Nacken zu küssen.

»Na, was machen wir mit dem angebrochenen Abend?«

Dalina wand sich aus seinen Armen und zuckte mit den Schultern. Wollte nicht auf das eingehen, was er andeutete. »Ich habe was von einem Dorffest gelesen?«

George sah sie skeptisch an und massierte seine in Falten gelegte Stirn.

»Du weißt schon, dass du dich als Großstädterin auf einem Dorffest nur langweilen wirst? Da kann ich dich besser mal drüben bei uns in einen Vergnügungspark ausführen.«

»Aber es könnte doch ganz lustig sein. Anscheinend ist es ein historisch anmutendes Fest und es gibt noch die gleichen Stände wie vor fünfzig Jahren. In meinem Reiseführer steht, dass man sich das nicht entgehen lassen sollte.« Er rümpfte die Nase. Doch dann lächelte er. »Na gut. Dein Wunsch ist mir Befehl.«

Schon als sie aus dem Auto stiegen, schlug ihnen der Geruch nach gebrannten Mandeln entgegen und sie hörten die fröhliche Jahrmarktmusik aus der Entfernung. Dalina konnte es kaum abwarten, die verschnörkelten, nostalgisch anmutenden Stände aus der Nähe zu sehen.

Sie liefen die Hauptstraße entlang und passierten die gläserne Fassade von Glenns Büro und Dalina sah hinein. Zu ihrer Überraschung saß Glenn am Schreibtisch. Als er sie entdeckte, riss er seinen Arm in die Luft zum Gruß und stand auf. Dalina und George blieben stehen und warteten, bis er die Tür erreicht hatte.

»Gute Nachrichten, ich bin mit der Schätzung des Anwesens durch. Wollt ihr kurz reinkommen?«

Sie nahmen am Schreibtisch Platz und Glenn klickte auf dem Computerbildschirm herum. »Also. Ich denke, ihr könnt froh sein, wenn ihr eine Million Pfund bekommt.«

Dalina schnappte nach Luft. Das erschien ihr schon sehr wenig.

Glenn sah sie mitleidig an. »Ich weiß, es ist nicht das, was du dir erhofft hast, aber in dem Zustand, in dem es ist, kann man nicht mehr viel erwarten. Dazu stand es einfach zu viele Jahre leer. Und dass es mal eine Psychiatrie war ... Das finden viele Leute gruselig. Aber ...«, mit beiden Händen schlug er sanft auf den Tisch, »... ich habe auch gute Nachrichten.«

»Und die wären?«, erkundigte sich George.

»Ich habe meine Kontakte spielen lassen.« Er machte eine Kunstpause, bevor er weitersprach. »Und es gibt einen Interessenten.«

»Großartig. Wie viel will er springen lassen?«

»Er. Ist bereit ...«, eine weitere Kunstpause, die viel zu lange dauerte, »... eine Million und fünfhunderttausend zu zahlen!!!« Begeistert klatschte er in die Hände.

Dalinas Herz sank ins Grundwasser. Es war nicht nur dieser lächerliche Betrag. Auch die Vorstellung Rose Hill zu verkaufen, deprimierte sie.

»Fünfhunderttausend mehr«, fragte George skeptisch.

Glenn nickte gönnerhaft und setzte zu einer Antwort an, wurde jedoch unterbrochen.

»Du arbeitest noch?«, fragte eine Frau mit feuerroten Haaren, die ihren Kopf unbemerkt durch die Glastür gesteckt hatte. »Wir wollten doch auf das Stadtfest gehen.«

Jetzt erkannte Dalina, dass es Madeline war – Marjories Tochter. Sollte sie etwa Glenns Frau sein?

Glenn sprang auf. »Natürlich, Hase. Das können wir doch auch. Du bist übrigens wieder die wahrste Augenweide!« Er küsste seine Fingerspitzen und warf die imaginären Küsse in die Luft. »Dalina und George wollten sicherlich auch gerade zum Stadtfest. Lasst uns doch alle zusammen gehen, dann können wir auch das Restliche noch besprechen.«

Dalina musste sich zusammenreißen, keinen Schmollmund zu ziehen. Sie wollte nicht mit dem affektierten Glenn und dieser schlecht gelaunten Frau auf das Fest gehen. Sie wollte nicht über den Verkauf sprechen.

Sie mochte es nicht, dass Glenn nur in Georges Richtung gesprochen hatte, obwohl es ihr Haus war.

Sie wollte vor einem prasselnden Kaminfeuer sitzen und Harry Potter lesen.

George war vermutlich vom Stadtfest nicht so begeistert, doch er schlug sich wacker. Immerhin konnte er zwischendurch immer wieder mit Glenn fachsimpeln.

»Aber ich denke, bei dem Angebot wäre es doch besser, noch weiter abzuwarten. Man kann sicher noch mehr herausholen. Allein der Grundstückwert sollte doch weit über eine Million hinausgehen. Und es wird doch sicherlich irgendeinen bescheuerten Liebhaber geben, der sein ganzes Geld in eine heruntergekommene Ruine stecken will, nur weil sie so schön mit Rosen berankt wird.«

Glenn nickte eifrig. »Eben, die gibt es mit Sicherheit. Mein Interessent gehört auch dazu. Und gerade, weil sie noch so viel Geld in das Haus stecken müssten, wollen sie beim Kaufpreis sparen. Aber, besser den Spatzen in der Hand als die Taube auf dem Dach, oder? Wenn er Rose Hill nicht kaufen kann, wird er weitersuchen und dann müsstet ihr auch wochen- wenn nicht monatelang weiter nach einem Käufer suchen.«

»Warst du nicht der Gast bei meiner Mutter?«, fragte währenddessen Glenns Freundin mit eisiger Stimme.

»Hmm?« Dalina war hochkonzentriert gewesen, um im Gespräch der Männer nichts zu verpassen.

»Das Little Daisys B&B? Habe ich dich dort nicht gesehen?«

»Doch, ja. Aber ich habe inzwischen eine neue Bleibe gefunden.« Sie lächelte verlegen.

»War sie zu aufdringlich?«

Dalina wurde rot. »Na ja ...«

»Keine Sorge«, Madeline lachte, »Es wäre nicht das erste Mal. Irgendwie verträgt es sich nicht besonders gut, ein B&B zu haben und notorisch neugierig zu sein. Selbst ich bin ausgezogen, sobald ich alt genug war.«

Dalina nickte und hoffte, dass das Gespräch damit abgehakt war. Sie wollte unbedingt mitbekommen, was die beiden Männer besprachen.

»Aber Zeit ist ja auch Geld«, gab Glenn gerade zu bedenken. Wie George dazu stand, erfuhr Dalina nicht, denn Madeline schien plötzlich aus ihrem See aus schlechter Laune aufzutauchen. »Da vorne sind Jared und Joan!«

Sie sah zum Schießstand und entdeckte die Kellnerin aus dem Erd-Bär. Jared überreichte ihr gerade ein großes Kuscheltier, das er offensichtlich für sie geschossen hatte.

Jared und Joan – wie schön das zusammen klang. Dalina schluckte.

So oder so, selbst, wenn er nichts mit ihr hatte, musste sie sich ihn aus dem Kopf schlagen. Er hatte eine schwangere Frau sitzen lassen. Es war höchste Zeit, dass sie sich gesunde Beziehungen suchte.

»Kommt, lasst uns herübergehen.«

Glenn und Dalina setzten zum Protest an, doch Madeline lief bereits mit ausgestreckten Armen zu den beiden herüber und fiel ihnen um den Hals. Die anderen kamen zögerlich hinterher und die Begrüßung fiel etwas unbehaglich aus. Es wurde nicht besser, als George besitzergreifend einen Arm um Dalina legte und sie unauffällig versuchte, diesen wieder loszuwerden.

Zum Glück entwickelte sich Madeline zu einem Aufmerksamkeitsmagnet. Sie hängte sich an Jareds Arm und quengelte: »Oah, kannst du mir auch so ein Bärchen schießen? Glenn ist einfach ein hoffnungsloser Fall darin.« Sie drehte sich kurz zu ihn um. »Sorry, Hase. Aber wir beide wissen, dass es so ist.« Sie kicherte, bevor sie Jared wieder mit hoffnungsvollen Augen ansah. »Also?«

»Äh, ja. Natürlich.«

Er orderte noch drei Schuss und übergab Madeline kurz darauf das Bärchen.

»Können wir denn jetzt endlich weiter?«, fragte Glenn sichtlich schlecht gelaunt. Es war, als wenn er und Madeline die Rollen getauscht hätten.

»Moment noch, wir wollen ja keine der Damen außen vor lassen.« Jared warf Dalina ein schüchternes Lächeln zu und wandte sich danach zum Schießstandbesitzer.

»Aber natürlich!«, meldete sich George zu Wort und orderte zehn Schuss, bevor Jared irgendetwas sagen konnte.

Fünfundfünfzig Schuss später, von denen alle Anwesenden klug genug waren, sie nicht zu erwähnen, überreichte er Dalina voller Stolz ein rosa Häschen.

»Wollen wir weiter?«, fragte er mit geöffneten Händen in die Runde und die kleine Truppe setzte sich in Bewegung.

Trotz der leicht angespannten Atmosphäre in der Gruppe genoss Dalina das Stadtfest. Sie hätte das nostalgische Kinderkarussell am liebsten in den Koffer gepackt und fragte sich, wie es wohl werden würde, wenn sie erst am Rand warten würde.

Sie war versonnen stehengeblieben und beeilte sich, zu den anderen aufzuschließen. Joan hatte sich zu ihr umgedreht und wartete. Für eine Weile hielten sie Small Talk, aber dann konnte Dalina sich nicht mehr zurückhalten.

»Stört es dich nicht?« Mit dem Kopf nickte sie in Madelines Richtung, die Jared wie eine Motte umflatterte, als wäre er die einzige Lichtquelle in finsterster Nacht. Sie wäre zumindest nicht abgeneigt, einen Riesenstiefel herauszuholen und das Insekt zu zerquetschen.

Zum Beispiel, wenn sie so überzogen lachte.

So wie jetzt.

Ja, Jared war lustig. Aber dieses Gehabe war nun wirklich übertrieben.

Joan schüttelte den Kopf. »Ich habe höchstens Mitleid.«

»Mit Glenn?«

»Ja, mit dem auch. Aber vor allem mit Jared. Maddi steht auf ihn, seit sie dreizehn war, und wird in seiner Gegenwart zu einer ganz neuen Persönlichkeit. Er hasst es. Seit er wieder Single ist, ist es noch schlimmer geworden.«

»Aber ... dann seid ihr gar kein Paar?«

»Was? Jared und ich? Nein. Er weiß nur, dass ich momentan nicht so gut drauf bin, deswegen hat er mich hierher eingeladen, um mich abzulenken.«

»Das scheint ja gut zu klappen«, sagte Dalina kichernd.

Sie beobachteten, wie Maddi von einem Süßigkeitenstand zurückkam und Jared ein riesiges Lebkuchenherz um den Hals hängte.

Kleiner Stinker, prangte nun von seiner Brust.

Joan und Dalina sahen sich gequält an.

»Weil er immer so gut riecht! Versteht ihr?« Madeline sah erwartungsvoll in die Runde.

Jared griff nach dem Band, das das Herz hielt. »Also wenn hier jemand stinkig drauf ist, dann wohl er.« Mit diesen Worten hing er es Glenn um den Hals, der eine unverständliche Antwort grummelte.

George kam an ihre Seite gesprintet. »Möchtest du auch ein Lebkuchenherz, Schatz?«, flüsterte er ihr ins Ohr. Sie drückte ihn schnell weg und schüttelte vehement den Kopf. Nicht, dass Jared dachte, sie wären wieder zusammen.

»Das hat er gut gelöst«, sagte sie zu Joan, als sie wieder außer Hörweite waren.

»Ja, er will sie halt nicht verletzen.«

»Er scheint doch ein gutes Herz zu haben«, dachte Dalina laut.

»Das hat er auf jeden Fall!«

»Aber was war denn mit Glenns Schwester?«

»Du weißt davon?«

»Ja, inzwischen hat sogar mich der Dorftratsch erreicht.«

Joan wurde sehr ernst. »Eine dunkle Stunde in seinem Leben. Er spricht nicht gern darüber.«

Dann stimmte es also.

Maddie zerrte Jared nun in Richtung des Kettenkarussells. »Wollen wir fahren? Ich finde, du hast dir eine Aufmunterung verdient. Immerhin schließt das Archiv bald und mit der geplanten Kurklinik für Kinder und

Jugendliche wird es ja auch nichts mehr, seit diese blöden Hotelinvestoren hier alles aufkaufen.«

»Maddie, sei still«, fuhr Glenn erstmalig auf.

»Was denn? Ist doch wahr, wenn das so weiter geht, reiht sich hier bald Luxushotel an Luxushotel und wir werden von golfspielenden Touristen überschwemmt.«

»Ich meine ja nur ... George und Dalina wohnen in einem dieser Hotels ... Du willst unseren Gästen doch kein ungutes Gefühl bereiten.«

Dalina überlegte, ob jetzt ein guter Moment war »In *getrennten* Zimmern« einzuwerfen. Und schimpfte mit sich selbst. Wollte sie sich Jared nicht aus dem Kopf schlagen?

Ein Jugendlicher im grauen Kapuzenpullover und dunkler Jeans rempelte sie unsanft an, sodass sie taumelte und Joan sie stützen musste. Er steuerte direkt auf Madeline zu. Für einen Moment dachte Dalina, dass er sie überfallen wollte, aber dann hörte sie, was er sagte.

»Mum, hast du mal einen Zwannie?«

»Spinnst du? Ich hab dir heute Morgen erst Geld gegeben.«

Dalina sah Joan fragend an. Sie nickte und flüsterte. »Sie war erst achtzehn.«

Der schlechtgelaunte Junge wandte sich an Glenn. »Kannst du mir was geben?«

Seine Mutter antwortete für ihn. »Nein, kann er nicht.«

Der Junge sah Glenn fest in die Augen. »Sicher?«

»Lass mal gut sein«, sagte Glenn zu Maddie und zückte sein Portemonnaie. »Der Junge soll sich doch auch mal amüsieren können.« Unter Madelines Protestgemurmel zog er einen Schein hervor.

Beim Gehen stutze der Jugendliche kurz, als er Dalina sah, war dann aber so schnell verschwunden, wie er gekommen war.

»Also, Kettenkarussell?«, fragte Maddie Jared noch einmal, hatte aber ihre Energie verloren.

Aber Jared hatte nur Augen für sie. Das spürte Dalina.

Langsam kam er auf sie zu. »Eigentlich wollte ich gerade fragen, ob ich unserem Gast von Übersee jetzt die größte Attraktion der Mayfield Fair zeigen darf.« Er deutete auf das ziemlich kleine Riesenrad und hielt ihr seine Hand entgegen.

»Ich ...«, stammelte sie, als George auf sie zutrat und ihr die Sicht auf Jared versperrte. »So ein Zufall! Das wollte ich auch gerade fragen. Wollen wir?«

Zum Glück hatte er sie immerhin nicht Schatz genannt.

Was sollte sie tun?

Jared oder George?

Mit wem wollte sie in den Himmel fahren?

Eine dunkle Stunde in seinem Leben, hallten Joans Worte in ihrem Kopf wider. Aber George?

Sie legte eine Hand auf ihren Bauch. »Ich ... mir ist schwindelig«, stammelte sie.

»Oh nein«, Jared war sofort an ihrer Seite und stütze sie. »Sind es wieder Vorwehen? Soll ich dich ins Krankenhaus fahren?«

George versuchte ihn wegzudrängen. »Ich mach das schon!«

Dalina schüttelte beide ab. »Es geht schon. Ich will nur ins Hotel. In mein Zimmer.«

»Alles klar, lass uns fahren.« George bot ihr seinen

Arm an und nach einem Moment des Zögerns ergriff Dalina ihn. Nach einer kurzen Verabschiedung liefen sie zurück zum Auto.

»Wegen der Verkaufsdokumente melde ich mich morgen«, rief Glenn ihnen hinterher. Das Letzte, was Dalina von der kleinen Gruppe sah, war der Schock in Jareds Augen

KAPITEL 43

Caitlin

Es roch nach Zuckerwatte, Kinder lachten und die fröhliche Musik des Karussells schallte zu uns herüber. »Monty hätte es hier gefallen«, sagte ich und deutete auf die Stände zum Dosenwerfen, die bunten Süßigkeitenwagen, die geschmückte Straße mit den Wimpelketten und den ganzen Lichtern.

Die ausgelassene Stimmung passte jedoch nicht zu dem ernsten Thema, das Nathaniel und ich versuchten zu besprechen, während wir gleichzeitig die anderen Patienten im Auge behielten.

Zu diesem besonderen Anlass hatte Berker nahezu dem gesamten Sanatorium erlaubt, zur Mayfield Fair mitzukommen, obwohl der Betreuungsschlüssel für die Vielzahl der Patienten viel zu gering war.

»Wenn es bei Braylee so gut geholfen hat, müssen wir es einfach versuchen.« Nathaniel schien entschlossen.

»Ja, aber -« Ich unterbrach meinen Satz, als ich ein nur zu gut bekanntes Gesicht in der Menge entdeckt. »Sieh nur, da ist Adrian.«

Mit einem sonnigen Lächeln kam er auf uns zu.

»Hey, das ist ja großartig, dass ihr auch hier seid.«

»Na klar, wir dürfen uns doch nicht die große Show entgehen lassen. Berker läuft schon seit einer Woche mit geschwollener Brust durch die Gegend, seit er davon erfahren hat. Ich bin mir sicher, dass ihm auf der Stelle Pfauenfedern aus dem Hintern schießen werden, wenn er sie nur noch einen halben Millimeter weiter vorstreckt.«

Adrian lachte über Nathaniels Beschreibung. »Das kann ich mir vorstellen. Wer ist denn noch alles dabei?« Suchend sah er sich um.

»Alle. Wir sind alle hier.«

»Das heißt ...?« Fast schüchtern sah er mich an und ich nickte.

»Ja, Lorna ist auch hier. Es tut mir leid, ich hätte dir Bescheid gesagt, aber Berker hat nur ganz spontan entschieden, dass wirklich alle mitkommen dürfen. Deine Frau steht da vorne und beobachtet das Karussell.«

Wir sahen zu, wie er langsam, fast schon bedächtig zu ihr rüberging und ihr auf die Schulter tippte, als sie nicht sofort reagierte. Dann drehte sie sich zu ihm und ihr Lächeln blühte auf, als sie ihn erkannte. Er schloss sie in seine Arme und Nathaniel und ich setzten unseren Weg fort, um den beiden etwas Privatsphäre zu geben.

»Ich möchte einfach nicht, dass wir lebende

Personen als Versuchskaninchen benutzen. Dann sind wir kein Stück besser als Edmond und Berker.«

»Es gibt ja wohl einen Unterschied zwischen wochenlanger Erzwingung komatöser Zustände und der kontrollierten Einnahme eines Medikaments.«

»... das tödlich sein kann, wenn man es falsch dosiert.« Ich blieb stehen.

Nathaniel seufzt. »Deswegen kontrollieren wir die Einnahme ja.«

»Das haben wir bei mir auch gedacht ... Und sieh, wie es schiefgelaufen ist, obwohl wir sämtliche Vorsichtsmaßnahmen getroffen haben. Wir sind haarscharf an einer Tragödie vorbeigeschrabbt.«

Er atmete tief ein und aus und lächelte mich überraschenderweise an.

»Lass uns später weiter darüber reden. Wenn wir schon mal die Gelegenheit bekommen, die Luft der Freiheit zu genießen, sollten wir das auch nutzen. Wir können nicht immer nur Fachgespräche führen. Insbesondere nicht, da du eigentlich eine Patientin bist. Darf ich bitten?« Grinsend deutete er auf das Riesenrad, das ehrlich gesagt gar nicht so riesig war.

Ich betrachtete die Stahlkonstruktion und rümpfte die Nase. »Sieht nicht gerade vertrauenerweckend aus.«

»Na komm schon, du bist doch sonst nicht so ängstlich.« Er zog mich zum leise quietschenden Gefährt. Ein paar Schritte folgte ich ihm, doch dann blieb ich stehen. »Was ist, wenn ich da drin einen Anfall bekomme?«

»Wirst du nicht.«

»Woher willst du das wissen?«

»Weil ich dich seit Monaten beobachte, schon vergessen? Du bekommst in außergewöhnlichen Situationen und wenn du hoch konzentriert bist nie Anfälle. Das ist mir aufgefallen.«

Gedanklich ging ich alle Situationen durch, in denen ich die Epilepsie zuletzt bemerkt hatte.

Er hatte recht.

Also wagte ich es - und bereute es nicht. Trotz der geringen Höhe war der Ausblick über Mayfield fantastisch. Hoch oben auf dem Hügel konnten wir sogar Rose Hill entdecken, das stoisch wie ein Fels in der Brandung auf uns wartete. Wir sahen Lorna und Adrian, die Hand in Hand durch die Straße spazierten, Berker, der mit einem Zettel in der Hand herumlief und etwas einzustudieren schien. Edmond war natürlich in seiner Nähe. Die Schwestern begleiteten in Kleingruppen die anderen Patienten zu den Karussells und Süßigkeitenbuden.

Danach lud Nathaniel mich auf eine Portion Pommes ein, da mir beim Gedanken an Zuckerwatte, die er eigentlich vorgeschlagen hatte, unwohl wurde. Schließlich war es an der Zeit, uns auf dem Marktplatz vor dem Rathhaus einzufinden. Jetzt sollte die große Show beginnen.

Der Bürgermeister, heute ganz in grau gekleidet, betrat die Bühne und lief zielstrebig auf das Stand-Mikro zu. Ohne zu zögern, begann er zu sprechen. Ich war beeindruckt von seiner Souveränität.

»Liebe Bürger von Mayfield, ich hoffe, Sie amüsieren sich alle prächtig auf dem diesjährigen Stadtfest. Wie angekündigt gibt es in diesem Jahr eine besondere Überraschung. Einige von Ihnen mögen es vielleicht wissen, doch sehr vielen wird entgangen sein, dass wir einen ganz besonderen Bürger in unserer Mitte haben.

Jemand, der sich tagtäglich für die Kranken und Schwachen einsetzt.

Jemand, der nicht ruht, bis er das Bestmögliche für seine Patienten erreicht hat. Während in anderen Sanatorien die Patienten an die Betten gebunden werden, es eher eine Verwahrung- als eine Besserungsanstalt ist, hat er dafür gesorgt, dass die Patienten ihren Alltag mit sinnstiftenden Aufgaben erfüllen können. Es wird gemalt, geholfen, Theater gespielt, im Garten gearbeitet und regelmäßig gibt es Ausflüge in die Stadt.«

»Regelmäßig ist wohl etwas übertrieben«, flüsterte ich Nathaniel zu und genoss es, ihm so nah sein zu dürfen.

Er zuckte die Schultern. »Eine Lüge von vielen ...«

Ich grinste und wir lauschten, was der Bürgermeister sonst noch zu sagen hatte.

»Wie mir viele Patienten versichert haben, hat sich ihr Wohlbefinden durch diese Maßnahmen immens gesteigert. Verehrte Zuhörer, wir können stolz sein: Das psychiatrische Sanatorium in unserem Dorf gehört mit diesen Ansätzen zu den führenden in ganz Europa.«

Beeindrucktes Gemurmel entfaltete sich in der Menge und ich freute mich klammheimlich.

»Und dafür wollen wir uns heute bedanken. Danke, Professor Berker!«

Unter tosendem Applaus betrat er die Bühne.

Nathaniel senkte seinen Kopf zu mir und legte mir mit seinen Worten eine warme Decke ums Herz: »Das ist dein Applaus.«

Vor gut einer Woche war Berker in mein Häuschen gekommen. Der Bürgermeister hatte ihm von der geplanten Auszeichnung erzählt.

»Nun gut, Caitlin, du hattest zwar die Ideen zu den ergotherapeutischen Maßnahmen, aber es ist mein Sanatorium. Alles, was hier stattfindet, liegt in meiner Verantwortung. Und so fallen auch die Erfolge auf mich zurück. Ohne mein Sanatorium hättest du hier immerhin auch nichts einführen können.«

Ich lachte auf. »Soso. Dann kann ich jetzt also nicht zum Bürgermeister gehen und ihn darüber aufklären, wie die Veränderungen zustande kamen?«

Er hob drohend den Finger.

»Wenn du das machst, dann ...«

»Weißt du was? Ich werde es nicht tun. Mir ist es egal, wer dafür ausgezeichnet wird. Hauptsache den Patienten geht es besser. Du kannst die Auszeichnung annehmen. Ich habe nur eine Bedingung.«

»Ja?«

»Du lässt Lorna in Ruhe. Keine ICT. Keine Isolation. Keine Hydrotherapie mehr für sie. Und auch keine neuen Therapien, die du testen möchtest.«

»Na das ist doch kein Problem.«

Begeistert hatte er mir die Hand hingestreckt. Es machte mir wirklich nichts aus. Seit ich zumindest Lorna in Sicherheit wusste, konnte ich wieder besser schlafen.

Ich richtete meine Aufmerksamkeit wieder auf die Bühne.

»Professor, wir sind Ihnen für Ihre unermüdliche Arbeit zum Wohle der Patienten sehr verbunden und wollen uns mit einer Kleinigkeit erkenntlich zeigen.« Er stutzte. »Okay, vielleicht ist es auch keine Kleinigkeit. Nein, es ist ein riesengroßes Dankeschön! Genaugenommen reicht es von hier bis nach Rose Hill hinauf.«

In die ungefähre Richtung gestikulierend sprach er weiter, während ich mit gerunzelter Stirn zu Nathaniel sah, der mit den Schultern zuckte.

Eine Assistentin übergab dem Bürgermeister eine große, längliche Metallplatte.

»Wir haben beschlossen, für außergewöhnliche Leistungen ein außergewöhnliches Zeichen zu setzen.« Er betrachtete das Ding in seiner Hand, ließ uns aber noch nicht erkennen, was es war. Dann trat er wieder näher ans Mikro, als würde er sichergehen wollen, dass alle Anwesenden ihn hörten.

»Ab heute wird die Main Street nicht mehr Main Street heißen, sondern ... Berker Street.« Nun drehte er das Ding in seinen Händen um. Es war ein dunkelgrünes Straßenschild, auf dem in antiken weißen Lettern *Berker Street* stand.

Ich musste schlucken, aber in dem Moment flüsterte Nathaniel mir ins Ohr: »Und das müsste *Montgomery Street* heißen.«

Montgomery Street, was für eine absurde Vorstellung – auch wenn es mir irgendwie gefallen würde.

»Liebe Bewohner von Mayfield.« Berker räusperte sich. »Es ist mir eine große Ehre und Sie können sich sicher sein, dass ich mich auf diesem Erfolg nicht ausruhen werde. Schon mein Vater war wesentlich an der Forschung zu den Vitaminen beteiligt, die mit einem Nobelpreis ausgezeichnet wurde. Und ich werde dem in nichts nachstehen! Ich werde ...«

»Jetzt hat er vollkommen den Verstand verloren«, sagte ich zu Nathaniel und wir entfernten uns ein Stück von der Menschenmenge, da wir Berkers Selbstbeweihräucherung nicht ertragen konnten.

Nathaniel griff unser Gespräch vom Vormittag wieder auf.

»Du weißt am allerbesten, dass ich es mir niemals verzeihen könnte, noch einen Menschen auf dem Gewissen zu haben. Aber ich habe Braylee vorher erlebt und sowas wie dies ... das könnte DER bahnbrechende Erfolg sein. Wenn Lithium bei weiteren manisch-depressiven Menschen ähnlich wirkt ... wir könnten so viel Leid verhindern!«

In Ruhe dachte ich über seine Worte nach. Wenn das wirklich so war, mussten wir unbedingt herausfinden, wann und wie dieses Lithium wirkte.

»Aber wie sollen wir es herausfinden? Es gibt so viele Wenn und Aber, so viele Formen und Unterformen der Depressionen. Wo fangen wir an und wo hören wir auf?«

»In solchen Fällen ist es wichtig, einen Schritt nach dem anderen zu tun. Wir brauchen einen weiteren Patienten, dem wir regelmäßig Lithium geben. Und dann schauen wir.«

Ich nickte langsam. Depressionen waren die am häufigsten verbreitete Krankheit bei uns im Sanatorium. »Mit wem fangen wir an?«

Eine glockenhelle Stimme hinter uns ließ uns zusammenfahren.

»Ich mach's!«

KAPITEL 44

Dalina

»Du musst nur noch hier unterschreiben«, sagte Glenn mit einem professionellen Lächeln.

Zögerlich nahm Dalina den edlen Füller entgegen. Sollte sie es tun?

Sie dachte an das Telefongespräch mit ihrer Mutter zurück.

»Das kannst nur du entscheiden«, hatte sie gesagt. »Aber wenn ich mir die Fotos angucke, die du geschickt hast, kann ich nur sagen, dass ich dich auf jeden Fall unterstützen würde.«

»Wirklich? Du würdest dein Haus aufgeben und nach England kommen?«

»Spätestens seit ich diesen verwilderten Rosengarten gesehen habe, sofort. Mutter hat mir so viel über Rosen beigebracht ... Damals als Teenie fand ich das natürlich nicht so spannend, aber heute hätte ich richtig Lust, mich in die Arbeit zu stürzen und alles wieder herzurichten.«

Dalina konnte ein sonniges Lächeln in der Stimme ihrer Mutter heraushören.

»Und was es da alles einzurichten gäbe ... Das wäre ja ein Traum für mich.«

Dalina konnte sich direkt vorstellen, wie ihre Mutter bereits die ersten dekorativen Dinge aufstellte, während sie noch am Renovieren war.

Genauer gesagt, während sie und Jared die Tapete abkratzten. Schnell schüttelte sie den Kopf, um die Vorstellung zu vertreiben.

Das würde nie passieren.

Sie räusperte sich. Nicht weil es nötig war, eher um Mut zu schöpfen. Es war ein Jetzt-noch-mal-die-Stimme-klären-und-dann-los-Räuspern. »Es gibt da noch etwas, das ich dir sagen muss.«

»Ja? Dann mal raus mit der Sprache. Das kling ja dramatisch.«

»Ist es auch. Obwohl – eigentlich nicht. Es ist schön. Es ist etwas Wunderbares.«

»Jetzt mach mich nicht noch neugieriger, als ich eh schon bin!«

»Ich bin schwanger.«

Jetzt war es raus. Dalina hielt die Luft an und presste die Augen zusammen. Jetzt würde das Donnerwetter kommen. Wie oft hatte ihre Mutter ihr eingebläut, dass sie unter gar keinen Umständen den gleichen Fehler wie sie begehen sollte? Und nun war es fast wieder so gekommen. Eine alleinerziehende Mutter. »Du sagst ja gar nichts!?«, erkundigte Dalina sich vorsichtig. »Ich ... ich kann nicht«, schniefte Ordelia. »Ich werde Großmutter? D-das ist ja ... wundervoll!«

»Wundervoll?«

»Ich habe schon lange auf Enkel gehofft. Aber das war ja verlorene Liebesmüh, da du ja nicht mal einen festen Partner hast. Ist es ...«

»Ja, es ist von George.«

Stille.

»Und er will zu mir stehen, seine Frau verlassen.«

»Oh.«

»Freust du dich nicht?«

»Doch. Doch, das ist ganz hervorragend. Ich freue mich wahnsinnig. Und wäre nicht gerade mit Kind so ein Neuanfang in England, in einem Haus mit Garten, ach was sage ich denn? In einem Haus mit Park die beste Entscheidung? Mit einem Job, in dem du nicht achtzig Stunden pro Woche arbeitest?«

»Hmmm.« Dalina nickte langsam.

»Und ich wäre dann ja auch gleich vor Ort.«

»Aber George meinte, ich hätte sehr gute Chancen auf die volle Arztstelle.« Wäre nicht all die Mühe, die ganzen Überstunden, die versäumte Freizeit, wäre nicht all das vergebens gewesen, wenn sie ihren Job jetzt abbrach?

»Tja, wie gesagt, Liebes, entscheiden kannst nur du, was du willst. Ich werde dich immer unterstützen, egal welchen Weg du gehst.«

Sie sah zu George, der sich die Immobilienaushänge in Glenns Büro anschaute.

Er spürte ihren Blick und lächelte ihr zu und nickte in Richtung des Vertrags.

»Die Häuser hier werden aber alle eher höherpreisig verkauft.«

Glenn stand auf, zeigte sein Zahnpastawerbungsgrinsen und ging zu ihm herüber. »Ja, du weißt ja, wie das ist. Heutzutage wollen alle Neubauten. Mehr Komfort, besserer Klimaschutz ... und Rose Hill ist ja nun nicht gerade ein Niedrigenergiehaus.« Er lachte schallend und George fiel mit ein.

Danach schlenderte Glenn wieder auf Dalina zu. »Ich will ja nicht drängeln und ich kann mir vorstellen, dass dies nicht leicht für dich ist, Dalina, aber ich habe gleich noch einen Termin ...«

»Ja, verstehe. Entschuldige.« Sie sah auf den goldenen Füller in ihrer Hand, die leicht zitterte. Tief atmete sie ein und sah noch einmal durch die große Fensterfront nach draußen.

Jared lief vorbei. Warum gab es in diesem verdammten Dorf nur eine Straße, die alle ständig benutzten? Vermutlich aus Gewohnheit sah er ins Büro – und erstarrte, als er sie dort sitzen sah.

Für einen Moment trafen sich ihre Blicke.

Doch kurz darauf wandte er sich ab und schien sich zu beeilen weiterzukommen.

Dalina merkte, dass sie die Luft angehalten hatte, und atmete langsam aus. Sie setzte sie den Füller auf das Papier und fing an zu schreiben.

KAPITEL 45

Caitlin

Am Morgen ahnte ich noch nicht, dass es der dunkelste Tag in meinem Leben werden sollte. Wir hatten zunächst die Generalprobe.

»Okay, alle auf ihre Plätze.« Ich klatschte in die Hände. »Braylee, versuch dieses Mal, noch mehr Verliebtheit in deine Stimme zu bekommen. *Sie* ist das, was du am allermeisten begehrst auf der Welt. Ich weiß, dass du diesen Part noch nicht lange spielst, aber wir müssen die Leute heute Abend wirklich überzeugen.«

Er grinste. »Verliebtheit? Wie soll ich bitte schön Verliebtheit in meine Stimme bekommen?«

Bevor ich antworten konnte, fiel Lorna mir ins Wort. »Hör doch einfach mal Caitlin und Nathaniel zu, wenn sie miteinander sprechen.«

Ich warf ihr einen empörten Blick zu, sie sollte mich bei der Regie unterstützen und mir nicht in den Rücken fallen. Aber insgeheim freute ich mich. Seit wir ihr die kontrollierten Lithium-Dosen gaben, war sie ein vollkommen anderer Mensch geworden. Sie sprach sogar schon darüber, das Sanatorium bald zu verlassen und konnte es kaum abwarten zu Adrian und ihrem Sohn zurückzukehren. Das freute mich so ungemein, dass ich trotz meiner Publikumsscheu über die ganze Bühne tanzen könnte. Aber diese Woche mit unserem großen Ereignis, auf das wir seit Monaten hingearbeitet hatten, wollte sie noch miterleben. Zur Premiere kam immerhin mehr oder weniger das ganze Dorf und auch die Presse hatte sich angekündigt.

Wenn alles nach Plan lief, sollte das der Höhepunkt meiner Aktivitäten für die Ergotherapie werden. Es musste einfach klappen. Nicht nur, damit die Schauspieler nicht enttäuscht wurden, es war mir wichtig, einen anderen Blick auf die Bewohner einer Psychiatrie zu vermitteln, denn auch ich war damals voller Vorurteile hier eingezogen.

Deswegen sollte es nicht wie ein dahingepfuschtes Stück einer Laientruppe wirken, das die Zuschauer nur lobten, weil die Schauspieler beeinträchtigt waren. Nein, darauf konnte ich verzichten.

Darauf konnten wir verzichten.

Es sollte ihnen der Mund offen stehen bleiben und am Ende sollten alle vor Begeisterung aufstehen. Und deswegen war es mir so wichtig, auch an den feinen Nuancen der Stimme zu arbeiten.

»Wie auch immer du dich inspirieren lässt, ist mir egal. Hauptsache du versuchst es. Und jetzt alle auf

Startposition der ersten Szene aus Akt drei. Wir beginnen mit -«

Ich konnte den Satz nicht beenden und verließ fluchtartig den Raum. Da war sie schon wieder. Diese merkwürdige Übelkeit die mehr oder weniger die epileptischen Anfälle in den letzten Wochen ersetzt hatte. Anfälle hatte ich momentan nur sporadisch, der Schwindel und der Brechreiz hingegen überkamen mich täglich mehrmals. Im kühleren Flur atmete ich tief ein und aus und merkte, dass ich es geschafft hatte, die Übelkeit wieder wegzuatmen. Ich wurde immer besser darin. Da ich den Schwindel nicht wegatmen konnte, ließ ich mich auf einen der Stühle sinken, die hier überall für die Patienten im Flur standen. Ich hörte Schritte auf dem steinernen Fußboden und blickte auf. Lorna kam auf mich zu. Sie setzte sich neben mich und sah mich mitfühlend an.

»Die Übelkeit wieder?«

Ich nickte.

»Und ist diese Übelkeit unterschwellig fast immer da, wird von Zeit zu Zeit stärker und dann ist dir auch immer wieder schwindelig?«

Ich sah sie überrascht an.

»Woher weißt du das?«

»Weil es mir damals genauso ging. Als ich mit Logan schwanger war.«

Ich sprang auf. »Du willst doch nicht etwa ...« Langsam ließ ich mich wieder auf den Stuhl nieder.

Lorna legte den Kopf schräg. »Du bist überfällig, oder?«

Wieder nickte ich. Zunächst musste ich abwarten, bis meine Stimme wieder in meinen Körper fand, denn momentan hatte jegliches Zubehör meinen Körper verlassen. Inklusive meines Gehirns.

»Wie konnte ich nur so naiv sein?«

Lorna zuckte mit den Schultern. »Na ja, du hast ja auch ganz schön viel gemacht in den letzten Wochen. Die Sache mit Monty und du organisiert dieses Theaterstück, die Malstunden und bist ständig auf der Suche, wie du die Bedingungen noch verbessern kannst. In jeder freien Minute arbeitest du im Garten. Da kann man es schon mal verpassen auf seinen eigenen Körper zu achten.«

»Wie er wohl reagieren wird?«

»Berker oder Nathaniel?«

»Nathaniel natürlich. Berker geht es ja wohl kaum was an.«

Lorna sog zischend die Luft ein. »Da wäre ich mir nicht so sicher. Vermutlich verstößt es gegen irgendwelche Regeln – immerhin bist du eigentlich Patientin und er ist dein Therapeut. Aber vielleicht ist es der richtige Zeitpunkt, um einfach noch mal von ganz vorne zu beginnen und euch ein neues Leben aufzubauen, so wie ich es vorhabe.«

Ich legte meine Hand auf ihre und drückte sie. »Du hast recht. So habe ich das noch gar nicht gesehen. Aber eigentlich ist hier kaum noch etwas für mich, wenn du auch weg bist. Braylee hat auch schon angedeutet, dass er nicht mehr lange bleiben will. Es ist wirklich an der Zeit, dass etwas Neues kommt.« Ich erhob mich wieder. »Dann lass uns ein letztes Mal das Stück vor dem großen Abend angucken und hoffen, dass nicht mehr allzu viele Patzer passieren und dann … werde ich es ihm sagen.«

. . .

Gleich nach der Probe suchte ich Nathaniel an all den gewohnten Orten, doch ich konnte ihn nirgendwo finden. Während der ganzen restlichen Generalprobe hatte ich mich kaum konzentrieren können und wäre am liebsten sofort losgestürmt, aber ich schuldete es den anderen, sie bei der letzten Gelegenheit zur Probe zu unterstützen.

Während ich Nathaniel suchte, überlegte ich, wie ich diese überraschenden, aber auch großartigen Neuigkeiten rüberbringen konnte. Doch alles, was mir einfiel, erschien mir banal und nicht angemessen für dieses Wunder des Lebens. Als ich zum dritten Mal in seinem Zimmer nachschaute, hatte ich endlich Glück. Dort stand er und schaute aus dem Fenster.

»Da bist du ja!«, ich stürmte auf ihn zu und wollte ihn in die Arme schließen. Obwohl wir, nachdem er klargemacht hatte, dass er nicht mit mir zusammen sein konnte, keine solch intimen Gesten mehr miteinander getauscht hatten, konnte ich in diesem Moment einfach nicht anders. Die Freude über das heranwachsende Leben in mir war so stark, dass ich das Gefühl hatte, überall im Haus wäre fröhliche Musik zu hören und selbst die Wände würden auf mich herablächeln.

Doch bevor ich meine Arme um ihn legen konnte, griff Nathaniel nach meinen Handgelenken und hielt mich davon ab. »Caitlin, das dürfen wir nicht.«

»Aber -«

»Ich hatte meinen Standpunkt dazu doch klargemacht.«

»Schon, aber du glaubst nicht, was passiert ist.« Ich

versuchte, nach seinen Händen zu greifen, doch er riss sie ruckartig weg und wandte mir den Rücken zu.

»Lass das!« Seine Stimme war laut geworden. »Wie oft muss ich es dir noch erklären?«

»Du verstehst nicht, ich -«

»Caitlin, ich bitte dich!«

Er klang so kalt und abweisend, dass ich nicht verhindern konnte, dass mir Tränen in die Augen schossen. »Na schön!«, schrie ich. »Dann brüte doch hier in deinem bescheuerten Selbstmitleid vor dich hin und verpass das reale Leben.« Mit großen Schritten ging ich zur Tür. Bevor ich sie öffnete, blieb ich noch mal davor stehen. »Manchmal frage ich mich wirklich, wer hier eigentlich Patient und wer Arzt ist.«

Dann rannte ich los. Vor der Tür zum Garten wäre ich fast mit Berker zusammen geprallt.

»Ist die Premiere abgesagt worden?«, fragte er geschockt, als er mein tränenüberströmtes Gesicht sah.

Genervt blieb ich stehen. »Wie kommst du darauf?«

»Dann läuft alles nach Plan? Ich kann mich darauf verlassen, dass du alles managst? Ich selber werde leider nicht dabei sein können.«

»Ja.« Ohne ein weiteres Wort schlängelte ich mich an ihm vorbei und schlüpfte durch die Tür. Den Weg zu meinem Häuschen rannte ich. Auch, wenn ich mich am liebsten aufs Bett geworfen und geweint hätte, blieb mir keine Wahl. In drei Stunden war die Premiere. Vorher wollte ich den anderen beistehen.

Also stellte ich den Badeofen an, damit ich duschen konnte. Während das Wasser erhitzt wurde, ging ich wieder und wieder meinen Kleiderschrank durch.

Jedes Mal kam ich zu dem gleichen Ergebnis.

Es musste das apricotfarbene Kleid mit den aufgenähten Blumen und Perlen sein, von dem Nathaniel mir gesagt hatte, dass er mich so gern einmal darin sehen würde. Dies war das einzige festliche Kleid, das ich eingepackt hatte.

Das waren alles nur leere Wort gewesen. Nun war es mir klar. Er hatte nie mehr als eine Freundschaft gewollt, denn wenn er mich lieben würde, würden wir einen Weg finden. Und wenn wir auswandern müssten, damit er wieder einen Job bekam – ich wäre zu allem bereit.

Aber wofür?

Offensichtlich war ich ihm gleichgültig.

Ich verbot mir, noch weiter an ihn zu denken, denn nur so konnte ich die Tränen zurückkämpfen.

Schließlich war es Zeit zum Haupthaus zurückzukehren und mich mit den Schauspielern und Lorna zu treffen. Als ich in den Raum hinter die Bühne kam, hörte ich aufgeregtes Schnattern und alle liefen durcheinander. Ich sah Flint mit riesigen Ohren, aber noch ohne Hose. Braylee war immerhin schon fertig und die Mädels machten sich gegenseitig die Haare.

Lorna war auch schon da, eilte von einem zum anderen und sah überall auf einen Blick, was noch fehlte. Als die anderen mich entdeckten, ebbte spontan ein kleiner Applaus auf. »Dein großer Abend, Caitlin!«

»*Euer* großer Abend!«, korrigierte ich.

Trotzdem war alles in mir aufgewühlt und ich schickte tausend Stoßgebete gen Himmel, dass alles gut gehen möge und unser Stück nach außen hin so gut ankam, wie ich es mir erhoffte. Dies hier war eine einmalige Gelegenheit für hervorragende Publicity, die ich mir nicht entgehen lassen wollte. Denn obwohl es mir natürlich am wichtigsten war, dass die Patienten ein sinnerfülltes Leben hatten, wollte ich auch, dass noch sehr viele andere Patienten in anderen Sanatorien ähnliche Verbesserungen erfahren würden. Und das ging nur, wenn man diese Methoden bekannt machte. Immerhin hatte ich auch nur durch Zufall davon gelesen.

Die Schauspieler verwandelten sich durch das Anziehen der Kostüme immer mehr in Shakespeares Figuren. Ich konnte es mir nicht verkneifen, durch das kleine Loch hinter der Bühne zu gucken, um zu schauen, wie viele Zuschauer schon da waren.

Der Anblick verschlug mir den Atem.

Obwohl es noch eine halbe Stunde dauern sollte, bevor das Theaterstück losging, war der Raum schon halb gefüllt. Ich unter anderen sah den Bürgermeister und erkannte einige Ladenbesitzer aus dem Dorf. Adrian hatte sich einen Platz ganz vorne gesichert.

Nathaniel war nicht zu sehen. Natürlich nicht. Wieso hatte ich überhaupt Ausschau gehalten?

Ich zwang mich zu einem Lächeln, da ich wusste, dass auch künstliches Lächeln die Laune steigert. »Ist alles vorbereitet?«, fragte ich in den Raum.

Und dann war es soweit.

Ich weiß nicht, wie oft ich inzwischen diesen verdammten Text gehört hatte und wie viel Zeit und Mühe in die Proben und das Schneidern der Kostüme geflossen war. Jetzt war unser großer Augenblick gekommen. Und natürlich war mir wieder schlecht. Aber ich wusste nicht, ob ich es auch diesmal auf die Schwangerschaft schieben konnte.

Zum Glück trugen mich meine Beine wie von selbst zur Mitte der Bühne, wo ein Stand-Mikrofon aufgebaut war und ich eröffnete den Abend. Kurz fasste ich zusammen, wer bei diesem Projekt mitmachte, wie lange wir geprobt hatten und was das Ziel war. Um die Menschenmenge nicht zu langweilen, hielt ich meine Rede kurz.

Endlich begann das Theaterstück. Ich verfolgte alles durch das kleine Loch hinter der Bühne. Mein Herz machte einen kleinen Hüpfer, als Flint die Stelle meisterte, über die er sonst immer gestolpert war, die Mädels ihren Einsatz nicht verpassten und bereits Braylee vollkommen überzeugend den Verliebten mimte. Alles war hervorragend.

Bis Berker kam, um Lorna zu holen.

KAPITEL 46

Dalina

Dalina führte den edlen Füller wie wild über das Papier und strich den Vornamen, den sie bereits geschrieben hatte, mehrfach durch. Wie oft musste sie das machen, damit der Vertrag mit Sicherheit keine Rechtsgültigkeit hatte?

»Ich kann das nicht!«, schrie sie und sprang auf, um das Büro zu verlassen. George und Glenn drehten sich zu ihr um und sahen sie verwirrt an.

»Schatz, was ist denn?« George kam auf sie zu und griff nach ihr.

Sie schlug seine Hände davon. »Lass das!« Sie stürmte auf die Tür zu, doch dann hielt sie noch mal inne. »Und nenn mich nicht *Schatz*. Das bin ich nicht, war ich nicht und möchte ich nie wieder sein.«

So schnell sie konnte, rannte sie die Hauptstraße entlang. Ziellos. Aber dann sah sie das Café Erd-Bär.

»Bitte, bitte lass sie arbeiten!«, flüsterte sie und atmete erleichtert aus, als sie Joan hinter dem Tresen entdeckte.

Sie steuerte auf die dunkelhaarige Frau zu, wurde aber von Madeline, die alleine an einem Tisch saß, aufgehalten.

»Ist es soweit? Hast du dafür gesorgt, dass nun auch Mayfield von dem Touristenansturm, der die gesamte Südküste überfällt, überrollt wird?«

»Ich habe keine Ahnung, wovon du sprichst.«

»Der Verkauf! Sobald er besiegelt wurde, können doch die Bauarbeiten am Luxusresort beginnen. Sag nicht, dass Glenn dir nicht davon erzählt hat. Er und meine Mutter gehören doch zu den Anteilseignern. Sie würden jede Menge Geld verlieren, wenn es doch nichts wird. Was dabei aus unserem Dorf wird, ist ihnen vollkommen egal.«

»Nein, das hat er nicht erwähnt. Aber ich kann dich beruhigen, ich werde Rose Hill nicht verkaufen.«

Madelines Gesicht hellte sich auf und sie wollte noch etwas sagen, aber Dalina unterbrach sie. »Ich habe leider keine Zeit mehr, lass uns irgendwann in Ruhe darüber sprechen, okay? Ich muss jetzt erst mal dringend etwas erledigen.« Sie zögerte. »Hast du vielleicht ein Auto oder ein Fahrrad, das du mir leihen könntest?«

Madeline schüttelte den Kopf. Also eilte Dalina weiter zum Tresen.

Joan hatte anscheinend schon gehört, was sie wollte. »Ich hab leider auch kein Auto, aber ich könnte dir mein Fahrrad leihen. Es steht gleich draußen vor dem Café.«

Sie deutete auf ein einfaches Fahrrad, das knallrot und mit weißen Punkten bemalt war.

»Das wäre super! Ich nehme alles, was mich schneller nach Rose Hill bringt.«

Wenig später ächzte Dalina den steilen Hügel hinauf. Sie war erleichtert, als sie das Anwesen endlich in der Ferne entdecken konnte. Eine wohlige Freude breitete sich in ihr aus, jetzt wo klar war, dass sie es behalten würde. Es schien fast, als würde auch das Haus milde lächeln, dass sie endlich den Weg gefunden hatte.

Es war eine wahnsinnige Entscheidung gewesen, aber sie fühlte sich so gut an, dass Dalina keinen Zweifel daran hatte, dass sie richtig war.

Oben angekommen machte sie einen Abstecher in das Haupthaus, holte die Putzsachen heraus, und ging dann auf direktem Wege zum Pförtnerhäuschen. Beim Putzen hatte sie schon immer am besten nachdenken können. Sie wischte überall Staub und fegte dann das ganze Häuschen aus und riss überall die Fenster auf. Nun fühlte es sich schon viel besser an – bis sie das verräterische Knatschen von Gummi auf Kies hörte.

Es war keine Überraschung, dass Georges dunkler Mercedes wenig später in ihrem Sichtfeld auftauchte und schon am lauten Knallen der Tür konnte sie erkennen, wie sauer er war.

Wild gestikulierend kam er auf sie zu.

»Dalina, was soll der Scheiß?«, rief er aufgebracht. »Du kannst nicht allen Ernstes hierbleiben wollen. Wir können doch nicht unser Leben in den USA aufgeben!«

Dalina schnaubte. »Was du machst, ist mir egal. Ich werde hierbleiben.«

»Du gibst mich auf? Für diese Bruchbude? Was willst du nur damit?« Er machte eine Handbewegung in Richtung Rose Hill.

»Das kann dir egal sein, du hast nichts damit zu tun. Ich werde alles alleine machen. Es ist mein Leben und ich treffe die Entscheidungen«, sagte Dalina kühl.

»Glenn hat uns einen guten Preis gemacht. Ich kann nicht verstehen, dass wir da nicht zugreifen!« George stemmte die Hände in die Hüfte.

Dalina lachte auf. Natürlich hatte Glenn ihn weiterhin im Dunkeln gelassen. »Ich bin mir nicht so sicher, dass er mir den besten Preis gemacht hat. Ich habe erfahren, dass hier ein Luxushotel aufgebaut werden soll und erfahrungsgemäß steigt der Preis mit der Nachfrage ... Es hört sich eher danach an, als wenn dein guter Kumpel mich gehörig übers Ohr hauen wollte.«

»Selbst wenn es so ist«, rief er aufgebracht, »mit einem Herrenhaus in England können wir sowieso nichts anfangen.«

»Ich kann nicht glauben, dass du noch immer von einem *Wir* sprichst. Wie oft muss ich dir erklären, dass es ein *Uns* nicht mehr gibt?«, schrie Dalina zurück.

Er kam auf sie zu und hob drohend den Zeigefinger. »Dalina, du packst jetzt sofort deine Sachen und steigst ins Auto!«

Dalina sprang auf. »Du hast mir gar nichts vorzuschreiben. Ich lasse mich nicht mehr von anderen herumkommandieren. Ich werde das machen, was ich für richtig halte. Und im Moment ist es, das Erbe meiner

Großmutter anzutreten und etwas Wunderschönes aus diesem einzigartigen Haus zu machen.«

George fuhr sich mit den Händen durch die Haare. Er schüttelte den Kopf. Es war für ihn vermutlich eine neue Erfahrung, dass etwas nicht so lief, wie er es wollte. »Das kann doch alles nicht wahr sein«.

»Doch, ich habe mich entschieden.«

George sah sie verwirrt an, fragte aber nicht nach. Noch einmal sah er in die Runde und blieb resigniert an ihr hängen.

»Das ist also dein letztes Wort? Du willst wirklich hier in England bleiben und auf mich und dein Leben und deine Karriere in Boston verzichten?«

Dalina ließ einen Moment alles auf sich wirken, dann lächelte sie. Mit festem Blick sah sie ihn an.

»Ja, ich will.«

Kälte und Verletzung spiegelten sich auf Georges Gesicht wider. »Hast du ein Glück, dass ich mit Martha noch nicht Schluss gemacht hatte.« Dann ging er laut fluchend davon, die Hände zu Fäusten geballt. Dalina sah ihm nach. Komisch, sie war gar nicht traurig, wie sie vermutet hätte. Nein, da war nur eine federleichte Freude.Sie pfiff leise vor sich hin, als sie auch die letzten Möbel vom Staub befreite. Dann setzte sie sich auf das Bett, um die Kartons durchzugehen.

~

Sie griff nach dem dicken ledergebundenen Wörterbuch und legte es zur Seite. Darunter entdeckte sie entzückt das blaue stoffgebundene Büchlein mit den kleinen Blumen darauf und strich darüber. *Wie hübsch,* dachte sie. Dann schlug sie es auf und jedes Blutkörperchen in ihr schien die Augen aufzureißen.

Tagebuch von Caitlin Montgomery stand auf der ersten Seite.

Dalina musste sich mehrmals ermahnen langsam zu lesen, denn ihre Augen huschten so schnell über den Text, so begierig war sie, alles in sich aufzunehmen, dass sie immer wieder Passagen überlas.

Es war einfach zu spannend. Endlich erfuhr sie all das, was ihre Großmutter erlebt hatte.

Sie las davon, wie unwohl Caitlin sich gefühlt hatte, als sie zunächst angekommen war. Und wie sie sich langsam doch eingelebt und sogar Freunde gefunden hatte. Entsetzt durchlebte sie mit ihr die Hydrotherapie und den ekeligen Edmond. Litt gemeinsam während der unerträglich langen Tage, an denen alle Patienten fixiert worden waren. Sie konnte die Erleichterung spüren, als Nathaniel, ihr Großvater, Rose Hill betreten hatte.

Sie war beeindruckt, wie sehr sich ihre Großmutter schon damals für die Ergotherapie eingesetzt hatte. Es klang fast so, als wenn dieser Professor Berker gar nichts gemacht hätte und alles nur auf Initiative ihrer Großmutter hin entstanden wäre.

Aber, wäre das nicht absurd? Immerhin war sie Patientin und er hatte mehrere Auszeichnungen dafür bekommen. Sogar die ganze Straße war nach ihm benannt worden. Welcher Mensch würde das denn machen und sich dermaßen mit fremden Lorbeeren schmücken? Als sie weiterlas, bildete sich eine Gänsehaut auf ihren Armen.

Alles schien sich gerade zum Guten wenden zu wollen. Und dann gab es diesen grauenvollen Abend.

KAPITEL 47

Caitlin

Alles lief bestens. Bis Flint seinen Einsatz verpasste.

Auf der Bühne hatte Braylee bereits zweimal das Stichwort genannt und nichts passierte. Immer mehr Stimmen im Publikum begannen zu wispern. Ich verließ meinen Posten hinter dem Guckloch.

Was war los?

Dass Flint sein Stichwort verpasste, war nichts Ungewöhnliches. Genau deswegen waren wir dazu übergegangen, dass Lorna darauf achtete und ihn mehr oder weniger auf die Bühne schubste, wenn es so weit war. Meine Augen glitten wieder und wieder durch den Raum. Doch nirgendwo konnte ich Lornas lange dunkle Haare entdecken. Wo war sie? Irgendjemand hatte Flint dann doch noch auf die Bühne geschickt und das Stück nahm seinen Lauf, während ich hinter der Bühne durch den Raum tigerte und in jeder Ecke nach meiner Freundin suchte. Lucinda kam an mir vorbei und ich bedeutete ihr stehenzubleiben.

»Hast du Lorna gesehen?«

Sie zuckte mit den Schultern und ging weiter.

Noch einmal ließ ich meinen Blick durch den Raum wandern, doch ich konnte sie nirgendwo entdecken. Ich befragte die Mädchen, doch auch sie hatten Lorna nicht gesehen.

Schließlich kam Braylee von der Bühne und er konnte mir endlich weiterhelfen.

»Ich habe sie vorhin mit Berker und Edmond den Raum verlassen sehen. Eigentlich wollte ich etwas sagen, aber dann musste ich dringend auf die Bühne und komme erst jetzt wieder runter ... Ich frage mich aber auch, was die mit ihr vorhaben. Gerade heute und um diese Uhrzeit ...«

Ich bekam Angst. Das konnte wirklich nichts Gutes bedeuten.

»Braylee, seht zu, dass ihr das Stück irgendwie – egal wie – über die Bühne bekommt. Ich muss sofort nach ihr suchen!«

Ich verließ den Raum hinter der Bühne. Einige überraschte Gesichter aus dem Publikum flogen mir zu, als ich durch den Nebeneingang kam. Ohne sie zu beachteten, hastete ich am überfüllten Sitzbereich vorbei in den Flur. Ich bekam noch mit, wie Flint auf der Bühne ins Stottern geriet, doch ich raste weiter.

Ohne zu wissen, wo ich als Erstes suchen sollte, rannte ich den ersten Flur entlang.

Wo mochten sie sie hingebracht haben? Ich jagte zum Westflügel, aber wie immer war die Tür zum ICT-Trakt geschlossen. Also rannte ich panisch zurück und als ich gerade erneut den Dayroom durchqueren wollte, hörte ich ganz leise eine Stimme, abgeschirmt durch die dicken Mauern.

Lornas Stimme.

Und sie schrie.

Mir stellten sich die Haare auf. Aber jetzt wusste ich, wo ich sie suchen musste. In den Isolationszellen. Immer zwei Stufen auf einmal nehmend, hastete ich die Treppe runter. Ich sah die Türen, auch die, hinter der ich mehrere Tage verbracht hatte. Die Stimmen waren mittlerweile viel lauter.

Lornas Schreie hatte einen Unterton, den ich noch nie bei ihr gehört hatte.

Und doch kannte ich ihn.

Bilder aus dem Bunker tauchten in mir auf. Die Panik in den Augen meiner Mutter. Gefüllt mit der Gewissheit, dass das Ende nah war. Ihre Schreie hatten den gleichen Unterton.

Ich riss die nächste Tür auf und fand mich in einem Raum wieder, der deutlich größer war als die anderen Zellen.

Und hier waren sie.

Berker und Edmond.

Und zu meiner Überraschung auch Nathaniel – nur dass er auf einem dieser Fixierungsstühle saß, von denen er uns damals befreit hatte. Sein Kopf hing schlaff zur linken Seite. Ich hörte einen erstickten Laut. Da war sie. Lorna lag in diesem Ungetüm von Stuhl, den wir in der Garage gesehen hatten. Eine unglaublich große Lampe schwebte über ihren Kopf und Berker hatte eine Spritze in der Hand.

Ich stürzte zu ihr. »Was geht hier vor?«, schrie ich und begann an den Lederriemen zu zerren.

Edmond zog mich weg. Wild strampelnd versuchte ich, mich aus seinem festen Griff zu befreien.

»Soll ich sie wegbringen lassen?«, fragte Edmond unbeeindruckt.

Berker überlegte kurz. »Nein. Vielleicht ist es gut, wenn meine Nichte direkt dabei ist, wenn ich Medizingeschichte schreibe.«

Edmond sog zischend die Luft ein, als meine Hacke sein Schienbein traf.

»Was soll das? Was habt ihr vor?« Meine Stimme klang schräg.

»Edith, besorge einen Stuhl für Caitlin. So einen, wie ihn Nathaniel hat.«

Erst jetzt sah ich, dass Schwester Edith und Britany in einer Ecke standen. Edith löste sich aus dem Schatten und verschwand. Wenig später trug sie einen der mir sehr bekannten Fixierungsstühle herein.

»Auf keinen Fall werde ich mich da reinsetzen.« Kreischte ich und versuchte in Edmonds Arm zu beißen. »Und ich will endlich wissen, was das werden soll! Du hast versprochen, ihr nichts zu tun«, sagte ich zu Berker.

Er blieb seelenruhig.

»Entschuldige, Liebes. Planänderung. Ich brauchte unbedingt jemand mit Depression ohne manische Phasen. Und diese Symptomatik finden wir momentan nur bei Lorna.«

Ich spielte meinen kläglichen Trumpf aus. »Wenn ihr

nicht sofort aufhört, verrate ich jedem, dass du mit der Ergotherapie rein gar nichts zu tun hast.«

Berker lachte auf. »Das macht mir nichts. Wenn das hier glückt, werde ich durch dieses Verfahren auf der ganzen Welt angesehen.«

Edith kam mit dem Stuhl herein. Ich wandte meine gesamte Kraft gegen Edmond an, aber er drückte mich auf die Sitzfläche.

»Zumachen!«, wies er Edith an und sie schloss die Riemen, während ich lautstark protestierte und er mich festhielt.

Ich war wieder gefangen.

Nahezu gelähmt. Plötzlich wurde mir schwindelig und ich wusste ich nicht mehr, ob ich wirklich hier war der im Luftschutzbunker mit meiner Mutter. Das Gefühl der Hilflosigkeit war das gleiche.

Edith hatte den Stuhl mit Blick auf Lorna aufgebaut. Sie schluchzte immer wieder laut auf.

»Ich werde dich hier rausholen«, versicherte ich ihr mit unsicherer Stimme. »Nathaniel!«, rief ich. Er saß auf der gegenüberliegenden Seite im Raum, zu Lornas Kopfende und wirkte weggetreten. Auch auf mein Rufen reagierte er nicht.

Berker klatschte in die Hände. »Ruhe bitte! Ich werde jetzt beginnen.«

Er wandte sich an Edmond. »Lies vor, was als Erstes zu tun ist.«

»Ihr Schweine!«, kreischte ich. »Lasst sie gehen!«

»Jetzt halt dein loses Mundwerk, oder ich sorge dafür.« Er hielt eine Spritze in die Höhe und ich verstummte. Betäubt würde ich Lorna nicht helfen können.

Edmond räusperte sich. »Der Anfang ist einfach. Sie muss zunächst lokal anästhesiert werden.«

Er reichte Berker eine Spritze und dieser setzte sie an Lornas Hals und entleerte sie vollständig darin. Ihre Schreie erfüllten den ganzen Raum und wurden uns von den Wänden immer wieder vorgehalten.

In mir zog sich alles zusammen. Erneut kämpfte ich einem weiteren sinnlosen, aber so vehementen Kampf gegen die Lederriemen, dass meine Handgelenke zu bluten begannen.

Der panische Ausdruck in Lornas Augen nahm mir den Atem. Ihr bitterliches Flehen zerriss mein Herz.

»Was wird das?«, schrie ich erneut in den Raum, hörte, wie meine Stimme sich überschlug. Ich sah flehentlich die beiden Schwestern an, da ich wusste, dass Berker und Edmond mir nicht antworten würden.

Schwester Edith zeigte keine Reaktion. Britany schaute nur vollkommen verängstigt und deutete ein Kopfschütteln an.

Die Antwort von der anderen Seite des Raumes kam überraschend. »Ich weiß auch nicht, was sie vorhaben«, sagte Nathaniel stockend.

»Berker hat mich hergeschafft, weil ...«, ich sah ihn ebenfalls mit den Riemen kämpfen, »... weil sie Lorna Elektroschocks verabreichen wollen. Ich habe mich geweigert mitzukommen.«

Er nickte zu einem Gerät hinüber und erst jetzt sah ich das hellgelbe Gerät auf dem Tisch. *Siemens Konvulsator* stand unter einer Sekundenanzeige. Mir wurde ganz anders, als ich erkannte, was unter den anderen Knöpfen stand. Stromstärke, Netzangleich und Auslöser. Der Auslöser war ein harmlos wirkender silberner

Knopf. Ich mochte nicht darüber nachdenken, welch immense Schmerzen er auszulösen vermochte.

»Seid ihr wahnsinnig geworden? Das dürft ihr nicht machen, auf gar keinen Fall! Das könnte sie umbringen!«

Mir wurde schwindelig. Verzweifelt versuchte ich noch mal mich loszureißen, die Panik hatte mir neue Kraft gegeben.

Berker drehte sich seelenruhig zu mir um. Er lächelte mich freundlich an, bevor er sprach. »Du musst mir schon vertrauen. Ich habe alles genau recherchiert und weiß, was ich mache. Das wird phänomenal! Lorna wird danach wieder vollkommen hergestellt sein und kann endlich das Leben führen, das sie verdient.«

»Aber es ging ihr schon wieder viel besser«, rief ich und Nathaniel stimmte mir zu. »Sie war kurz davor, sich ausweisen zu lassen.«

»Das wollte sie nicht!« Mit einem wütenden Schnauben und der Spritze in der Hand, drehte er sich zu Edmond. »Was kommt jetzt?«

Edmond reichte ihm einen ellenlangen Stab aus Eisen. Er sah aus ... wie ein Eispickel.

Ich hörte Nathaniel nach Luft schnappen. »Das ist das typische Werkzeug, mit dem man eine Lobotomie macht, Caitlin!«

»Eine Lobotomie?«, kreischte ich hysterisch. »Ihr seid wahnsinnig! Lasst das, hört auf der Stelle auf.«

»Jetzt müssen Sie das Augenlid anheben und die Spitze des Werkzeugs oberhalb des Augapfels einführen und dann, Moment, ich blättere weiter, ach ja ... dann zum Schädel durchschlagen.«

Nathaniel redete wie wild auf die beiden ein.

Ich fühlte mich kraftlos, als hätte ich meinen Körper

verlassen. Schwebte an der Decke des muffigen Raumes, sah das verzweifelte mittelblonde Mädchen im schicken Kleid auf dem staubigen Stuhl sitzen. Es schrie immer schriller »Nein!«

Ein letzter kläglicher Teil in meinem Kopf erkannte, dass ich so nicht weiterkam. Ich war keine dreizehn Jahre mehr und diesmal musste ich nicht gegen herabgefallene Steine kämpfen.

Es waren Menschen.

Mit einem Herz und einer Seele.

Oder zumindest mit einem Willen und einem Ziel.

Also änderte ich meine Taktik. Ich zwang mich dazu, durchzuatmen und nachzudenken.

»Edmond«, flötete ich, aber es klang jämmerlich. »Warum machst du das Ganze eigentlich mit? Warum bist du Berkers Handlanger? Du weißt genau, dass du all das nicht bekommen wirst, was er verspricht. Du wirst immer der arme Schlucker bleiben, der du bist. Aber das muss nicht sein, wenn es dir darum geht an Geld zu kommen, kann ich dir alles geben, was wir haben. Du musst nur auf der Stelle aufhören und ich überschreibe dir jeden einzelnen Penny!«

Edmond lachte sarkastisch auf. »Du bist so dumm, Caitlin. Du glaubst nicht allen Ernstes, dass ich nicht bereits nachgeforscht habe, wie es um deine finanziellen Mittel bestellt ist? Denkst du, ich wollte dich ebenso wegen des Geldes bumsen? Du solltest nur eine schnelle Nummer zwischendurch sein, das war alles. Ich weiß, dass du arm bist wie eine Kirchenmaus.«

Schwester Edith schnappte nach Luft und verließ wortlos den Raum. »Edith, mach uns los, bitte!«, rief ich ihr hinterher, doch sie kehrte nicht zurück.

»Wenn es dir wirklich nur um Geld geht«, ertönte nun auf einmal Nathaniels tiefe melodische Stimme, »hätte ich eine Lösung.«

Ich war überrascht. Er hatte nie erwähnt, dass er ein größeres Familienvermögen besaß. Hatte er nicht auch alles im Krieg verloren?

»Wir haben etwas entdeckt, das höchst wirksam für depressive Patienten ist. Lithium. Du hast dich doch auch schon gewundert, warum es Lorna und Braylee so unglaublich viel besser ging. Das kam alles nur, weil wir ihnen täglich eine gewisse Dosis an Lithium gegeben haben. Wenn du möchtest, überschreibe ich dir hier und jetzt den Fund. Dann kannst du diese Entdeckung an die Pharmaindustrie verkaufen. Du weißt genau, dass das eigentlich große Geld dort sitzt.«

Edmond zögerte tatsächlich.

Berker schien dies auch zu bemerken. »Papperlapapp, Edmond. Was wir hier machen, ist nobelpreisverdächtig. Ich schwöre dir, wenn wir das hier zusammen machen und gewinnen, werden wir den Preis teilen. Und dann haben deine finanziellen Sorgen endlich ein Ende.«

»Für den Nobelpreis kriegt man nur knapp 17.000 Pfund«, piepste es aus der hinteren Ecke des Raumes. Britany war so still gewesen, dass ich ihre Anwesenheit schon wieder vergessen hatte. Aber die Idee war brillant. Vermutlich wusste auch sie, wie geldversessen Edmond war. Ich nahm ihr Argument sofort auf. »Das stimmt, Edmond. Mit dem Geld vom Nobelpreiskomitee - solltet ihr ihn überhaupt gewinnen - kommt man nicht weit, aber so ein patentiertes Medikament … Das kann dich zum Millionär machen.«

Zum Glück war Edmond zwar widerlich, aber weiß Gott nicht dumm.

»Britany, geh sofort rauf und hole Zettel und Stift.«

Sie war mit wenigen Sätzen aus dem Raum verschwunden und gefühlte drei Lidschläge später zurück. Sie drückte Edmond einen Notizblock und einen Kugelschreiber in die Hand.

Bevor er schrieb, sah er Berker noch einmal an. »Du bist sicher, dass du das hier durchziehen willst? Wir könnten sonst auch halbe-halbe machen.«

»Pah!« Berker verschränkte die Arme. »Ich mache das doch nicht wegen des Geldes. Es gibt etwas, das viel wichtiger ist.«

Edmond zuckte die Achseln, notierte ein paar Sätze auf dem Block und löste dann Nathaniels Handfessel und ließ ihn unterschreiben.

Er wollte aus dem Raum verschwinden, aber Nathaniel hielt ihn auf. »Caitlin muss ebenfalls unterschreiben. Wir haben es gemeinsam entdeckt.«

Fluchend kam er zu mir herüber und hielt mir den Stift hin. Mit dem Kinn deutete ich auf meine gefesselten Hände. »Ich kann so nicht schreiben.«

Genervt stöhnte er auf, begann dann aber die Riemen zu lösen.

Mit zittriger Hand kritzelte ich meine Unterschrift auf den Zettel.

Und dann war er verschwunden.

Berker griff nach der langen, spitzen Eisenstange und ich beobachtete mit angehaltenem Atem Nathaniel dabei, wie er mit der nun freien rechten Hand schmerzhaft langsam die Gurte der linken öffnete. »Wie mache ich das nun am besten?« Mit Daumen und Zeigefinger öffnete er Lornas rechtes Augenlid. »Haben Sie schon mal eine Lobotomie gemacht?«

Nathaniel gefror in seinen Bewegungen und setzte sich kerzengerade hin. »Nein, Professor.«

»Stimmt, was frage ich auch? Sie kriegen ja schon bei ein paar Stromstößen die Hasenfuß-Krankheit.« Er lachte sein bellendes Lachen, was kein bisschen in dieses Kellerverlies passte. Jetzt beugte er sich tief über Lorna und schien zu testen, wo er die Eisenstange einführen konnte, während sie leise wimmerte.

»Gut jetzt muss ich nur noch wissen, wie tief dieses Ding in das Gehirn soll.«

Lornas Augen spiegelten Todesangst wider und ich schob meine rechte Hand Millimeter für Millimeter zu den Gurten um meine linke, die allerdings in einem schwierigen Winkel angebracht waren.

Nathaniel hingegen arbeitete schon an der Fußfessel.

Berker klappte mit gerunzelter Stirn das Buch zu, das er konsultiert hatte. »Anscheinend soll man den Stab so weit einführen, bis man das Gefühl hat, genügend Gewebe zerstört zu haben. Ergänzend kann man den Patienten ein paar Fragen stellen.« Er hielt den Stab in dreißig Zentimeter Entfernung vor sich hin und betrachtete ihn abschätzend.

»Bitte nicht«, flehte Lorna und ich stimmte mit ein. »Ja, bitte lass es, Onkel Nyle. Bitte, bitte, bitte! Tu ihr das nicht an!«

»Wartet doch erst mal ab. Und jetzt Ruhe, ich muss mich konzentrieren.« Noch einmal betrachtete er abschätzend den Eisenstab und schlug probeweise ein paarmal mit einem kleinen Holzhammer auf das Ende. Ich schielte zu Nathaniel und stellte erleichtert fest, dass er inzwischen fast frei war. »Na gut. Probieren geht über Studieren.« Bevor er loslegte, deutete Berker jedoch auf Nathaniel. »Den brauchen wir jetzt nicht mehr und er wird zu aufmüpfig. Britany, verpassen Sie ihm eine Ladung!«

Mit großen Augen sah sie die Spritze an, die Berker vom Instrumenten-Tablett genommen hatte und ihr entgegenhielt. Zögerlich ging sie darauf zu und streckte in Zeitlupe ihre Hand danach aus. In derselben Geschwindigkeit ging sie zu Nathaniel rüber.

»Nun mach schon, Kindchen, oder willst du, dass unsere Patientin mitten in der Lobotomie doch wieder etwas fühlt?«

»Nein«, flüsterte sie und drehte sich zu Nathaniel. »Entschuldige«, wisperte sie ihm noch zu, bevor sie in einer einzelnen fließenden Bewegung die Spritze hob. Doch dann drehte sie sich zu Berker und rammte ihm die Spritze in den Arm.

Er schrie auf.

Ich zerrte an den Riemen um mein Handgelenk, doch meine Bewegungen waren zu fahrig.

Berker wirbelte herum. Sofort riss er die Spritze aus seinem Oberarm und schmiss sie fort. Blitzschnell griff er nach einer frischen und injizierte den Inhalt ohne zu zögern in Britanys Hals. Sie glitt zu Boden, wo sie regungslos liegen blieb.

Nathaniel war endlich frei und stürzte sich auf Berker. Doch er schlug ihm mit voller Kraft den Ellbogen ins Gesicht.

Nathaniel schrie schmerzerfüllt.

Synchron mit seinem Körper sank mein Herz in meiner Brust zusammen.

~

Berker hatte einige Male tief durchgeatmet und wandte sich nun wieder Lorna zu. »Bitte tun Sie mir nichts«, flehte sie.

»Onkel Nyle, bitte! Wenn du das wirklich für die Familie tun willst ... Dann muss ich dir sagen, dass das nicht nötig ist.«

Berker fuhr herum und herrschte mich an. »Du bist genau wie deine Mutter! Ihr habt einfach keine Visionen. Aber ich werde nicht so sang- und klanglos von dieser Welt gehen. Immer bloß im Schatten eines anderen stehen, so wie Vater. Ich werde etwas Bleibendes für die Menschheit hinterlassen. Mein Name wird in den Geschichtsbüchern stehen, die Leute werden sich erinnern.«

»Aber muss es denn durch eine Lobotomie sein? Kannst du nicht etwas Unverfänglicheres machen wie Großvater?«

Er schnaubte verächtlich. »Das war damals vielleicht möglich. Heute ist doch alles schon da gewesen. Man kann höchstens Erkenntnisse erweitern und neu kombinieren. Und das werde ich jetzt machen.«

»Bitte nicht«, wimmerte Lorna.

»Alles wird gut, meine Liebe!« Er tätschelte sie an der Schulter und hob die Eisenstange an.

Lornas Schreie vermischten sich jetzt mit meinen. Wir schrien, flehten, brüllten und kreischten in vollkommener Panik und Verzweiflung und schufen gemeinsam eine Symphonie der Grausamkeit.

Doch er ließ sich nicht davon beirren.

Meine Stimme war rau und heiser. Trotzdem flehte

ich weiter, dass er aufhören sollte, dass er sie in Ruhe lassen sollte und zerrte dabei an meinen Fesseln.

Doch dann begann der Raum vor meinen Augen zu verschwimmen. Die Schreie katapultierten mich in die Vergangenheit. Waren es Lornas oder die von Mutter?

Es roch nach Metall.

Nicht jetzt!, dachte ich, bevor ich die Kontrolle über meinen Körper verlor.

Aber etwas war anders. Meine Beine zuckten, mein Oberkörper wurde hin und her geworfen.

Und doch war ich noch da.

Ich bekam mit, wie Berker zwischen Zeigefinger und Daumen Lornas Lid öffnete.

Lornas markerschütternde Schreie, als er den Augapfel an die Seite drückte. Und wie er unendlich langsam, Millimeter für Millimeter, den spitzen Stab an ihren Augapfel vorbei immer tiefer in die Augenhöhle führte.

Wenn ich gekonnt hätte, hätte ich die Augen geschlossen.

Denn es kam noch schlimmer.

Berker griff nach einem hölzernen Hammer. Er begann mit kurzen heftigen Stößen immer wieder auf den langen Stab einzuhämmern. Das dumpfe Geräusch war widerlich.

Mein Körper kämpfte noch immer gegen den unbekannten Gegner.

Aber etwas hatte sich verändert.

Es war ruhiger.

Lorna.

Sie wimmerte nur noch. Ihre Stimme hatte ihre Kraft verloren. Ich hingegen warf mich wild hin und her, als sei ich besessen. »Wie viel ist fünf plus sieben?«, erkundigte Berker sich nun bei Lorna.

Sie antwortete nicht.

Er schien zufrieden.

Endlich legte er den Hammer beiseite. Vorsichtig zog er danach den Stab wieder raus.

Er war blutrot.

Und nun nahm er den Eispickel erneut in die Höhe. Das linke Auge war dran.

KAPITEL 48

Dalina

Gebannt las Dalina, wie Lorna in den Keller geführt worden war und die schlimmste aller *Therapie*methoden durchgeführt wurde.

Eine Lobotomie.

An der besten Freundin ihrer Großmutter. Ihre Oma hatte alles dermaßen realitätsnah beschrieben, dass Dalina sich mehrmals die runterfließenden Tränen aus dem Gesicht wischen musste.

Als sie ein Geräusch an der Tür hörte, schrak sie zusammen.

Jared.

Er stand in der Tür und sah sie vorsichtig an. »Ich wollte nicht stören, ich …«

Dalina schüttelte den Kopf, ging auf ihn zu und warf

sich in seine Arme. Sie wollte jetzt nur noch festgehalten werden, was er tat, erst zögerlich, doch dann wurde seine Umarmung fester, und er streichelte beruhigend ihren Rücken. Sie weinte bitterlich. Es dauerte eine ganze Weile, bis sie sich wieder löste.

»Was ist denn los? Ist es wegen der Trennung? Bereust du deine Entscheidung?«

Offenbar hatte der Buschfunk seine Rekordgeschwindigkeit erreicht.

»Nein, das ist es nicht.«

»Gott sei Dank. Ich habe nämlich gehofft, dass du ... dass ich ... vielleicht ... auch eine kleine Rolle gespielt habe, in deiner Entscheidung?«

Sein vorsichtiges Lächeln machte ihn unglaublich attraktiv und Dalina wandte schnell den Blick ab.

»Nicht?« Die Enttäuschung versteckte sich nicht in seiner Stimme.

»Jared, ich mag dich unglaublich gern und ich bin dir sehr dankbar, für alles, das du für mich getan hast. Aber für mehr ...«

»... reicht es nicht?«

»Na ja«, stammelte sie. »In meinem Zustand und mit deiner Vergangenheit ... ich denke einfach, dass wir nicht gut füreinander wären.«

Er wirkte fast erleichtert. »Das ist der einzige Grund?«

Sie nickte und er kam herüber und griff nach ihren Händen. »Aber ich bin mir sicher, dass ich damit klarkommen werde. Sicherlich wird es immer schmerzhaft für mich bleiben, aber ich bin endlich bereit für einen Neuanfang.«

Wütend riss Dalina ihre Hände fort. »Schmerzhaft

für dich? Was denkst du eigentlich, wie schmerzhaft es für deine Freundin war, als du sie hast sitzen lassen? Mein Gott, sie war schwanger, sie hatte dein Baby im Bauch!«

Entsetzt sah er sie an. »Das denkst du?« Kraftlos ließ er sich auf das Bettgestell sinken.

»Ja.« Mitgerissen vor seiner Bestürzung senkte sie ihre Stimme wieder. »War es denn nicht so?«

»Nein«, flüsterte er. »So war es ganz und gar nicht.«

»Was ist passiert? Sie war gar nicht schwanger?«

»Doch, Janine war schwanger. Und ich fühlte mich wie der glücklichste Mensch auf Erden. Aber leider lief nicht alles wie geplant.«

»Oh. Das tut mir leid.«

Dalina setzt sich zu ihm aufs Bett. »Hat sie es verloren?«

Er schüttelte den Kopf. »Es wurde im Ersttrimester-Screening eine Behinderung festgestellt. Wie stark sie sein würde, war noch unklar. Wir waren uns nicht einig, wie wir damit umgehen wollten. Ich hätte das Kind gern behalten, Janine nicht.«

Dalina strich über seinen Rücken und er nahm sich einen Moment Zeit, bevor er weitersprach. »Ich respektiere ihre Entscheidung, wer weiß, vielleicht war es auch besser für das Baby. Aber uns hat es zerstört. Wir konnten den Anblick des anderen nicht mehr ertragen. Also ist sie weggezogen. Ich hätte es auch gemacht, aber zu der Zeit hat mein Vater noch gelebt. Er war sehr krank und ich dadurch an Mayfield gebunden.«

»Das tut mir alles so leid«, sagte Dalina mit sanfter Stimme und schloss ihn in die Arme. Die ganze Zeit hatte sie so schlecht von ihm gedacht, dabei hätten ihre

Instinkte ihr doch zeigen müssen, dass er viel zu gutherzig für so etwas war.

In diesem Moment hörten sie etwas Knacksen.

Sehr nah. Unter ihrem Fenster. Gleichzeitig sahen sie auf das nach hinten hinausgehende Fenster. Jemand rannte davon. Sie hasteten sofort nach draußen und setzten der Person hinterher, die extrem schnell durch das waldähnlichen Gelände raste.

Natürlich hatte Jared Dalina nach wenigen Metern abgehängt. Bald sah sie die beiden nicht mehr und konnte nur noch anhand von Jareds Rufen die Richtung halten.

Schließlich entdeckte sie die zwei.

Jared hatte einem Teenager seinen Arm auf den Rücken gedreht und verstärkte seinen Griff, wenn dieser sich rauswinden wollte.

Als er Dalina kommen hörte, drehte er sich zu ihr um. »Sieh mal an, wen ich hier gefunden habe.«

»Ist das nicht …«

»Ja, Madelines Sohn.«

»Was hast du hier zu suchen?«

Er blieb stumm.

»Ich werde sofort Madeline und Glenn anrufen, wenn du nicht auf der Stelle sagst, was du hier vorhattest.«

Er lachte sarkastisch aus auf. »Macht doch.«

»Ich habe noch eine andere Idee«, sagte Dalina und bedeutete Jared ihr ein bisschen Raum zu lassen, damit sie an den Rucksack von Madelines Sohn kam. Sie zog ihn von seinem Rücken. »Dann wollen wir mal.« Vorsichtig griff sie hinein und ertastete einen harten Gegenstand. Heraus zog sie ein digitales Aufnahmegerät.

Neugierig drückte sie auf *Play* und sofort schwirrten absonderliche, vermeintlich gruselige Geräusche durch die Luft.

Jared und sie warfen sich vielsagende Blicke zu. Sie tastete weiter. Fand ein großes Schlüsselbund mit sieben Schlüsseln und ein noch viel größeres Taschenmesser.

Dann stießen ihre Fingerspitzen auf etwas Weiches.

In Plastik. Sie zog es hervor und hätte den Beutel beinahe fallen lassen. Er war blutrot. Was vermutlich daran lag, dass es Blut war.

»Was zur Hölle?«, setzte Jared an, aber Mads sagte schnell »Es ist nur Schweineblut, Mann.«

»Kommt, lasst uns ins Haus gehen und das hier wie Erwachsene besprechen. Von Kinderkram habe ich echt genug«, entschied Dalina.

Sie kehrten zurück, setzten sich auf die spärlichen Sitzgelegenheiten im Pförtnerhäuschen und sahen Mads aufforderungsvoll an.

»Also?«, erkundigte sich Dalina, als er nicht sofort sprach.

Er schaute sich einmal rundherum in dem Häuschen um.

»Früher oder später, wirst du es sowieso sagen müssen. Wir werden nicht eher rausgehen, bis du uns genauer sagst, was du vorhattest und was es damit auf sich hat. Also kannst du uns allen diesen Tag etwas leichter machen, indem du einfach gleich rausrückst mit der Sprache.«

Er verdrehte seine Augen, dachte einen Moment nach und begann dann tatsächlich zu sprechen.

»Es war alles Glenns Idee. Er will dieses Grundstück an die Luxushotelbauer verticken und musste deswegen sichergehen, dass ihr, also du«, jetzt sah er zu Dalina, »das Haus auf keinen Fall behalten möchtest. Und um das zu erreichen, dachte er sich, dass er ein bisschen nachhelfen sollte. Er hat mir nen Fuffi dafür gegeben, dass ich herkomme und diese Musik spiele und Türen klappen lasse. Ich dachte mir, es wäre leicht verdientes Geld. Aber dann hat er mich sogar mitten in der Nacht hierher geschickt. Auch jetzt sofort sollte ich unbedingt noch mal herkommen und irgendwas machen. Er sah wohl seine Felle davon schwimmen. Ich hätte nie auf diesen Wichser hören sollen.«

»Woher wusstest du, wann wir hier sind?«

Er zuckte die Schultern. »Glenn hat mir immer Bescheid gesagt. Manchmal hat er vorher mit Grandma telefoniert.« Jared atmete resigniert aus. »Marjorie.«

Dalina rümpfte die Nase. »Aber was ist mit der toten Ratte? Kommt die auch von dir?«

»Ja.« Mads machte sich ganz klein. »Als das alles so lange dauerte, wollte Glenn, dass wir härtere Bandagen auffahren. Das gesamte andere Land um Rose Hill hat er schon aufgekauft. Wenn er den Bauunternehmern nicht bald die Zusage machen kann, bleibt er auf dem dann wieder wertlosen Land sitzen. Aber die Ratte war schon tot! Die Katze von Phil hatte sie angeschleppt. Ich dachte mir, dass es wie gerufen kommt. Also habe ich sie mitgenommen und vor der Hintertür in Szene gesetzt. Eigentlich war das keine große Sache.« Dalina und Jared sahen sich erneut an.

»Und? Darf ich jetzt wieder gehen?«

Dalina überlegte. Was sollten sie mit ihm noch hier machen? Aber eine Art von Konsequenz sollten seine Aktionen schon haben. »Erst mal«, sagte sie daher.

»Aber das hier war nicht unser letztes Gespräch. Wir werden uns etwas überlegen, wie du die Sache wiedergutmachen kannst.« Sie sah sich um und lachte kurz. »Arbeit haben wir hier immerhin genug.«

In typischer Teenager-Manier zuckte er mit den Schultern und schlurfte davon.

Jared legte den Kopf in den Nacken und wirkte gequält. »Die Luxushotels! Mann, warum bin ich nicht gleich darauf gekommen? Ich wusste doch, dass die hier überall ihre Fühler ausstrecken. Das hübsche Anwesen in der Nähe von Brighton haben sie auch schon aufgekauft. Es war das, wo ich mich beworben hatte. Als Leiter einer Anstalt für schwer erziehbare Kinder.«

Dalina grinste. »Vielleicht, weil es kein Buch darüber gab.«

»Haha, als ob ich nur Bücher lesen würde«, sagte er empört und kam ihr gefährlich nah, sodass Dalina sich wieder wie von einer frischen Meeresbrise umweht fühlte und sich fragte, ob in seinen wolkengrauen Augen Bewegung herrschte.

»Was war nun eigentlich mit dir, als ich gekommen bin? Was hatte dich so aufgewühlt?«

»Ich habe das hier gefunden.« Sie hielt das Tagebuch ihrer Großmutter hoch. »Hier steht alles drin. Ich weiß endlich, was mit Lorna passiert ist. Es ist … Es war …«

Sie übergab ihm das Buch. »Lies einfach. Ich weiß nicht, wie ich es dir sagen soll.«

Dalina wartete geduldig, bis auch Jared das Buch gelesen hatte. Geräuschvoll klappte er es zu. Mit Entsetzen in den Augen sah er sie an. »Das ist… grauenvoll!«

»Ja«, stimmte Dalina ihm zu.

»Professor Berker war ein Monster«, sagte Jared. »Und das halbe Dorf vergöttert ihn. Die Hauptstraße ist immer noch nach ihm benannt und das, obwohl er meiner Großmutter, und wer weiß wem sonst noch, solch entsetzliche Dinge angetan hat.«

»Es tut mir so leid«, flüsterte sie.

»Was?«

»Was mein Großonkel Lorna angetan hat. Es muss entsetzlich gewesen sein. Für sie. Aber auch für deinen Großvater und sicherlich auch für deinen Vater.«

Jared nickte. »Sein Leben lang wollte er die Wahrheit herausfinden. Großvater starb, bevor er es ihm gesagt hatte. Er wollte wohl immer warten, bis er alt genug ist und dann ... war es zu spät. Vielleicht war ich deswegen auch so besessen davon, es herauszufinden. Ich habe ihn so lange bei seinen Nachforschungen begleitet, dass auch mich die Frage nicht mehr losließ.«

»Was ist aus Lorna geworden? Konnte sie sich erholen?« Jared wandte den Blick ab. »Leider nicht. Sie hat nie wieder gesprochen und war nur noch ein Schatten ihrer selbst. Weißt du, ob deine Großeltern noch Kontakt zu Adrian hatten?«

»Ich weiß es nicht. Grandma hat ihn nie erwähnt. Aber das ist natürlich auch nicht gerade eine Geschichte, die du einer Vierzehnjährigen erzählen würdest. Aber ich weiß, dass sie nie nach England zurückgekehrt sind.«

»Und hat sie ihr Versprechen gehalten?« Dalina wusste sofort, was er meinte.

»Ja«, sagte sie sanft. »Ich hätte nie vermutet, wie viel Geschichte, wie viel Bedeutung hinter dem Namen meiner Mutter steckt.

Sie heißt Lorna Ordelia Woodrow.«

KAPITEL 49

Caitlin

Mit der linken Hand hielt er Lornas Auge fest, während er sich mit der rechten und dem Stab in der Hand ganz langsam dem Auge näherte.

Meine Atmung beruhigte sich. Ich konnte meine Bewegungen wieder steuern.

Berker sah über seine Schulter in meine Richtung.

Schnell stöhnte ich auf und warf mich von einer Seite zur anderen.

Er wandte sich wieder Lorna zu.

Ich begann unter meinen wilden Bewegungen die Lederriemen zu öffnen.

In mir zog sich alles zusammen. Er war kurz davor, mit dem Stab in die Augenhöhle einzudringen.

Hochkonzentriert bemerkte er nicht, dass ich inzwischen nur noch die Geräusche simulierte. Ich beugte mich nach unten und zitternd löste ich die Riemen um die Füße, die Edith nur nachlässig geschlossen hatte.

Der Anfall hatte mich erschöpft. Meine Sinne schwanden immer wieder.

Keller. Dunkelheit. Verzweifeltes Wimmern.

Mutter?

Ich musste sie retten.

Das Atmen fiel mir schwer. Stück für Stück kroch ich über den kalten Boden. Den modrigen Gestank in der Nase.

Fand die Spritze, die Britany benutzen wollte.

Die Schreie verstärkten sich.

Ich musste sie retten. Aber es war so schwer, meinen Arm zu heben.

Ächzend zwang ich ihn in die Höhe.

Berker drehte sich um.

Ein klirrendes Geräusch.

Der Eispickel war zu Boden gefallen.

»Caitlin!? Was ...«

Ich holte aus und rammte die Spritze in sein Bein.

Er sank zusammen. Fassungslosigkeit in seinen Augen. Dann verließ ihn das Bewusstsein.

Ich ließ ihn liegen. Zog mich am Operationsstuhl hoch.

»Lorna?«

Sie reagierte nicht. Lag nur da und starrte in die Leere. War leichenblass. Allein das Blinzeln verriet, dass sie noch am Leben war.

Am Boden regte sich etwas und ich fuhr zusammen.

Nathaniel fasste sich stöhnend an den Kopf.

»Gott sei Dank, Nathaniel! Bist du in Ordnung?«

Er stürzte an meine Seite. »Was ist passiert? Hat Berker es durchgezogen?«

In wenigen Worten fasste ich zusammen, was er verpasst hatte.

Er untersuchte Lornas Reflexe.

»Sie reagiert normal. Trotzdem sollten wir so schnell wie möglich hier verschwinden.«

»Was machen wir mit Schwester Britany? Wir können nicht Lorna und sie tragen.«

Nathaniel zog die Stirn kraus. »Wir lassen sie hier. Berker wird ihr nichts tun, wenn er aufwacht. Er ist zwar wahnsinnig, aber kein kaltblütiger Mörder.«

Gemeinsam trugen wir Lorna die Stufen hinauf. Der Flur nahm kein Ende und Lornas Gewicht drückte auf uns.

Als wir die Tür neben dem Dayroom passierten, öffnete sie sich und Braylee kam hinausgestürmt.

»Caitlin, da bist du! Ich habe mir Sorgen gemacht.«

Das Theaterstück! Ich hatte es vollkommen vergessen. Was war das für eine wundervolle Welt, die ich vor kurzer Zeit dort verlassen hatte. Nun bestand sie nur noch aus Dunkelheit.

»Geht es dir gut?«

Traurig schüttelte ich den Kopf. Dann wurde mir eins klar.

Adrian.

Er saß im Publikum. Stolz, dass seine Frau so weit genesen war, dass sie für einen reibungslosen Ablauf hinter den Kulissen sorgte. Nichtsahnend, was eigentlich los war.

Ich stürmte in den Raum.

»Adrian? Adrian Bryson?«

Unzählige Gesichter wandten sich von der Bühne ab und mir zu. Der Schock muss mir im Gesicht gestanden haben, denn es wurde augenblicklich still.

»Adrian?«, fragte ich leise.

Er erhob sich aus der ersten Reihe vor der Bühne, der von mir aus letzten. »Was ist los? Ist etwas mit Lorna?«

Ich winkte ihn zu mir und sagte mit erstickter Stimme: »Komm bitte mit!«

Ich wollte nie wieder zurückkehren.

Aber ohne Geld und unsere Papiere konnten wir das Land nicht verlassen – und das war es, was wir wollten. Wenn schon nicht für uns, dann für das neue Leben in meinem Bauch.

Manchmal dachte ich, dass Nathaniel es ohne diese neue Hoffnung nicht geschafft hätte. Ich kann nicht sagen, dass er überglücklich war, als er es erfahren hat, denn das war an diesem Tag unmöglich. Doch seit er es wusste, lächelte er wieder häufiger und ich spürte neue Kraft und Energie in ihm.

Es gab wieder etwas, wofür es sich lohnte zu leben.

Aber es war nicht leicht. Noch immer hatte ich dieses Bild im Kopf.

Von Lorna.

Spürte wieder diese quälende Hilflosigkeit, die irgendwann in Wut umschlug, die ich gegen nichts als gegen mich selbst richten konnte.

Ich dachte daran zurück, wie Nathaniel den Kleinbus aufbrach und ihn so schnell hinunter zum Archiv lenkte, dass die Reifen quietschten.

In der Wohnung kam der kleine Logan herbeigelaufen. Er rief wieder und wieder begeistert »Mummy!«

Doch sie reagierte nicht.

Wir legten Lorna ins Ehebett, während Adrian Logan zurück ins Bett brachte. Ich konnte ihre Hand nicht loslassen und flüsterte immer wieder beruhigend auf sie ein.

Alles wird gut.

Alles wird gut.

Und doch war da dieses nagende Gefühl, dass es nicht stimmte. Dass ich sie anlog, damit sie sich besser fühlte. Vielleicht auch, damit ich mich besser fühlte. Aber wie sollte das gehen?

Jemand hatte einen Stab in ihr Gehirn gebohrt. Mein Onkel hatte einen Stab in ihr Gehirn gebohrt.

Mir war klar, dass ich mir das niemals würde verzeihen können. Und dann das Gespräch mit Adrian. Die Fassungslosigkeit in seinem Gesicht. Das Entsetzen. Der Schmerz.

»Bitte geht jetzt«, flüsterte er zum Schluss.

»Und kommt niemals wieder.«

Was hätten wir tun sollen, wo hätten wir hingehen sollen? Für ein paar Stunden streiften wir durch Mayfield. Sanken erschöpft auf einer leuchtend gelb gestrichenen Bank vor der Küste nieder und ließen unsere Seelen ein wenig von der stetigen Brandung streicheln. Die meiste Zeit schwiegen wir in geteilter Fassungslosigkeit, gingen mit nur wenigen Worten unsere Optionen durch, um festzustellen:

Wir hatten keine.

Selbst, wenn wir bereit waren, alles hinter uns zu lassen, uns alles neu zu erarbeiten – wir brauchten unsere Pässe.

Also kehrten wir zurück. Gezwungenermaßen.

Das märchenhafte Anwesen, das auf seinem Hügel thronte, konnte mein Herz diesmal nicht erwärmen. Auch, wenn es nichts für seine grauenvollen Bewohner konnte, wurde mir nur einmal mehr bewusst, dass auch die hübschesten Rosen Dornen hatten. Und die konnten gefährlich werden.

Ich fühlte mich für die Konfrontation mit Berker noch nicht gewappnet, und da es gerade mal vier Uhr morgens war, gingen wir zunächst in mein Häuschen zurück. Das Urige, das ich sonst so liebte, gab mir einen Stich. Es war alles viel zu niedlich für diese grausame Welt.

Es war sinnlos, aber ein letztes Mal stellte ich alle Dinge auf ihren Platz zurück, wozu ich vor der Premiere nicht mehr gekommen war. Ein letztes Mal holte ich das hellblaue Büchlein mit den Blumen hervor und vertraute ihm nun auch mein dunkelstes Geheimnis an.

Danach saßen Nathaniel und ich nur noch aneinandergeklammert da. Bis es Zeit war rüberzugehen.

~

»Soso, ihr wollt also Caitlins Pass.« Berker wirkte erstaunlich ausgeschlafen und lehnte sich auf seinem Thron zurück, als sei es ein vollkommen normaler Tag.

»Das ist gar kein Problem. Natürlich dürft ihr ihn haben.« Ich runzelte meine Stirn.

»Glaubt ihr, ich möchte euch auch nur einen weiteren Tag hier haben, nach dem, was ihr mir angetan habt? Ihr zwei seid gemeingefährlich!«

Ich streckte meine Hand aus. »Dann gib mir meine Papiere.«

»Nicht so schnell«, er grinste diabolisch. »Ich habe noch eine Bedingung.«

»Und die wäre?«

»Ihr dürft keiner Menschenseele verraten, dass ich die Lobotomie durchgeführt habe und die Beschäftigungstherapie geht weiterhin auf mein Konto.«

Nathaniel und ich tauschten einen Blick aus und wir beide nickten leicht. Früher oder später würde durch Lorna sowieso herauskommen, dass er sie operiert hatte, das wäre mir wichtig. Aber wenn er vorher weiterhin die Lorbeeren für die Ergotherapie einheimsen wollte – meinetwegen. Das würde immerhin bedeuten, dass die Kurse weiterliefen, auch wenn ich nicht mehr da war.

»Einverstanden«, sagte ich daher und streckte meine Hand aus, um meinen Pass entgegenzunehmen.

Er wühlte einen Moment in seinem Schreibtisch und legte ihn dann auf den Schreibtisch. Erleichtert griff ich danach und Hand in Hand verließen Nathaniel und ich das Büro.

»Übrigens«, rief er uns noch mal zurück, als Nathaniel die Hand auf die Klinke hatte. »Sollte doch ein Wort nach draußen dringen, mache ich überall publik, dass du eine Patientin geschwängert hast. Dann bist du deine Lizenz los.«

Als er Nathaniels Irritation bemerkte, brach er in sein bellendes Gelächter aus, in dem sich ein Hauch von

Wahnsinn schlich. »Ich bin seit über dreißig Jahren Arzt. Sowas erkenne ich schon an den Ohrläppchen.«

Draußen atmeten wir noch einmal tief die Luft mit einem Hauch von Rose ein.

»Stimmt das?«, fragte er mit einer Mischung aus Faszination und Panik in der Stimme und legte vorsichtig die Hand auf meinem Bauch.

Ich nickte. »Wenn es ein Mädchen wird, will ich sie Lorna nennen.«

KAPITEL 50

Dalina

»Daaaaalina«, flüsterte eine Stimme direkt neben ihrem Ohr und sie fuhr hoch.

»Was? Ist was passiert?«

»Das kann man wohl sagen.« Jared strahlte sie an. »Mir ist was eingefallen.«

Dalina gähnte herzhaft. »Mitten in der Nacht?«

»Caitlin hat doch erwähnt, dass sie im Archiv recherchiert hat.«

»Hmmm«, murmelte Dalina zustimmend, während sie sich wieder in die Decke kuschelte.

»Vielleicht hat sie ja was ausgeliehen!« Sie konnte seinen Enthusiasmus nicht nachvollziehen und murmelte erneut ein zustimmendes

»Hhhmmm.« Jared schlug auf die Bettdecke.

»Verstehst du nicht, Dalina?« »Hmhm.« Diesmal verneinend. »Will schlafen, wir haben morgen einen anstrengenden Tag«, nuschelte sie ins Kissen.

Er rüttelte an ihren Beinen. »Wir können gucken, ob sie sich auf einer der Leihkarten eingetragen hat und so beweisen, dass sie die Neuerungen auf Rose Hill eingeführt hat.«

Ruckartig richtete Dalina sich auf und starrte Jared an. »Das wäre ja großartig! Lass uns gleich morgen früh nachgucken.« Sie wollte sich gerade wieder zurücklehnen, doch Jared hielt sie fest.

»Vergisst du da nicht eine Kleinigkeit?«

Sie dachte angestrengt nach und schließlich kam ihr Gehirn zurück aus der Traumwelt. »Die Spedition!« In wenigen Stunden würde sie kommen und alle Bücher und Kartons aus dem Archiv fortschaffen. Die Digitalisierung war abgeschlossen.

»Wurden die Leihkarten auch digitalisiert?«

»Ich fürchte nicht.«

~

Endlich war es so weit. Die Spedition hatte alle Kartons aus dem Archiv abgeholt und Dalina war jetzt noch ganz aufgeregt, wenn sie daran zurückdachte, wie sie im dritten von den sieben Kartons, die Leihkarte mit dem handschriftlichen Eintrag ihrer Großmutter gefunden hatte.

Das wäre in der Tat ein Beweis.

Aber würde er reichen?

Zunächst hatten sie allerdings andere Sorgen. Als Nächstes sollten Jareds Sachen und Möbel in den

Südflügel von Rose Hill gebracht werden, den sie bereits fertig renoviert hatten.

Ihre Mutter wohnte schon dort und managte die Umbauarbeiten. Sie hatte mit Unmengen von Beruhigungsmitteln den Flug überstanden und schien nun vollkommen in ihrem Element zu sein.

»Haben wir alles?«, fragte sie Jared. Um sie herum standen Kartons und es gab auf den ersten Blick keine frei herumliegenden Dinge mehr.

»Ja, es fehlt nur noch der Dachboden.«

Dalina sah ihn entsetzt an. »Es gibt hier einen Dachboden?«

Er lachte. »Ja, aber keine Sorge. Er ist nicht so zugestellt, wie die meisten Dachböden. Dort sind nur noch ein paar Kleinigkeiten, wenn ich mich richtig erinnere.«

»Berühmte letzte Worte«, murmelte Dalina und er warf ihr einen mahnenden Blick zu, bevor er nach dem Stab griff, mit dem er die Dachbodenklappe herunterzog.

Viel war es wirklich nicht. Ein kaputter Stuhl, eine Lampe, eine Handvoll Kartons und eine riesige Truhe. Jared bestand darauf, alles alleine herunterzuschleppen, da Dalina sich mit ihrem riesigen Bauch nur wie ein Walross bewegen konnte.

Nur an der Truhe scheiterte er. Sie ließ sich keinen Zentimeter bewegen.

»Da hilft nur eins«, entschied Dalina. »Ausräumen und es dann noch mal versuchen.«

Es war hauptsächlich alte Kleidung und ein paar obligatorische Bücher.

Jared machte einen erneuten Versuch, die Truhe zu heben.

Vergebens.

Dalina wurde stutzig. Wenn dieser Bär von einem Mann die Truhe nicht bewegen konnte, dann stimmte etwas nicht.

Sie betrachtete sie skeptisch, beugte sich dann hinein und begann die Truhe abzuklopfen.

»Ha!«, sagte sie schließlich. »Wie ich vermutet habe. Das Ding hat einen doppelten Boden.«

Sie versuchten alles, um diesen zu öffnen. In ihrer Verzweiflung sagte Dalina irgendwann sogar »Alohomora«. Das brachte zwar Jared zum Grinsen, öffnete die Truhe aber ebenso wenig.

Frustriert trat Dalina dagegen.

Und etwas im Inneren machte *klick*. Sofort beugten sich beide hinein. Auf dem Boden war nun eine kleine Ausbuchtung zu sehen, in die Jared seinen Finger hineinschob und die Bodenfläche nach oben zog.

Dalina konnte nicht glauben, was sie darunter sah.

Bücher.

Schon wieder jede Menge Bücher. Und Briefe.

Sie griff nach einem Bündel und spürte, dass ihr Herz einen Schlag aussetzte. Der Absender war ihre Großmutter.

»Caitlin Woodrow«, sagte Jared, als er von seinem Bündel aufsah.

Sie waren alle von Caitlin. Adressiert an Lorna oder Adrian.

Und alle ungeöffnet.

»Denkst du, es ist okay, wenn ich ...«

»Vielleicht hilft es uns ja weiter. Ich denke also schon.«

Vorsichtig löste Dalina das Papier und las einen herzerwärmenden Entschuldigungsbrief ihrer Großmutter. Auch die anderen vier Briefe enthielten mehr oder weniger den gleichen Inhalt. Manchmal erwähnte sie noch, was sie erlebte, doch manchmal beteuerte sie einfach nur, wie leid es ihr tat und wie sehr sie sich wünschte, etwas von den beiden zu hören.

»Adrian hat ihr anscheinend nie verziehen«, wisperte sie.

Jared schüttelte entschuldigend den Kopf.

»Komm, lass uns die mitnehmen und dann von hier verschwinden«, sagte sie kraftlos und drückte so viele Briefbündel an sich, wie sie halten konnte.

»Warte noch mal kurz, Dalina«, erreichte sie Jareds Stimme, als sie im Begriff war, die Leiter herunterzusteigen.

Er hielt einen Brief hoch, der anders aussah als die anderen. Blaugrau und die Schrift nicht so lieblich geschwungen.

»Von wem ist er?«

»Professor Berker.«

KAPITEL 51

Caitlin

Fünf Jahre später

Nathaniel sah von dem Stapel Briefe auf, als ich in meinem Kleid für die Gala die Treppe herabkam.

»Du siehst wunderschön aus!«

»Danke.« Ich hauchte ihm einen Kuss auf die Wange und spähte über seine Schulter. »Ist was für mich dabei?«

Traurig schüttelte er den Kopf. »Sie haben wieder nicht geschrieben.« Er wusste, dass ich regelmäßig Briefe an Lorna und Adrian schickte. Ich hoffte noch immer, eines Tages zu erfahren, wie es ihnen ergangen war. Von Zeit zu Zeit rief ich auch an, aber der Telefonhörer wurde immer wieder aufgelegt, sobald ich etwas sagte.

Das konnte nichts Gutes bedeuten.

Anscheinend hatte Lorna sich nicht erholt. Sie hätte sonst geschrieben, das wusste ich. Selbst, wenn sie mir nie verzeihen könnte, was geschehen war, genauso wenig, wie ich mir selbst verzieh, hätte sie mich wissen lassen, dass sie in Ordnung war.

Aber das war sie nicht. Deswegen mied Adrian den Kontakt zu uns. Verständlicherweise. Und doch tat es weh. Auch, wenn wir das Land verlassen hatten, wollte ich für beide da sein, ihren Schmerz lindern, indem ich ihn teilte. Aber das ließ er nicht zu und so potenzierte er sich ins Unendliche. Es gab nur wenige Dinge, über die ich mich noch richtig freuen konnte. Selbst die heutige Gala, bei der ich als Dank für meine Bemühungen in den USA als Ehrenmitglied der Vereinigung für Ergotherapie aufgenommen wurde und eine Auszeichnung bekam ...

Natürlich freute ich mich. Aber seit jener Nacht würde da immer dieser kleine Teil in mir sein, der schwarz war und von Traurigkeit durchzogen wurde. Und mit jedem Jahr, in dem ich nichts von den beiden hörte, wurde dieser Teil größer.

Ich zwang mich zu einem Lächeln. »Wollen wir?«

»Gern«

Nathaniel sah in seinem Smoking umwerfend aus. Er legte eine Hand auf meinen Rücken, doch dann schien ihm etwas einzufallen. »Ach, bevor ich es vergesse ...« Er deutete auf den »Lancet«, das Fachmagazin für Ärzte, das er noch immer regelmäßig las. »Einen klitzekleinen Grund zur Freude gibt es doch.«

»Ja? Was denn?«

»Ich habe heute einen Artikel gelesen, dass zwei Forscher aus Dänemark bewiesen haben, das Lithiumsalze als Ersatz für die Elektroschocktherapie eingesetzt werden können.«

»Wirklich?« Ich schlug die Hände vor den Mund. »Das ist ja großartig!«

»Es wird außerdem erwähnt, dass bereits 1949 die medizinische Wirkung von einem australischen Psychiater wiederentdeckt wurde, nachdem sie viele Jahre in Vergessenheit geraten war.«

»1949? Das war drei Jahre, bevor wir die Wirkung entdeckt haben. Dann konnte Edmond das Mittel gar nicht patentieren lassen.«

»Das konnte er so oder so nicht.«

Ich runzelte die Stirn. »Warum nicht?«

»Lithium ist ein natürlicher Stoff. Man kann nur neu entwickelte Medikamente schützen lassen.«

»Das heißt, Edmond hat gar nicht bis an sein Lebensende ausgesorgt und trinkt nur noch aus goldenen Bechern?«

Nathaniel schüttelte grinsend den Kopf.

»Er wird wie wir alle für seine Brötchen arbeiten müssen.« Er sah auf seine Uhr.

»Nun müssen wir uns aber beeilen. Du bekommst ja nicht täglich eine Auszeichnung der Amerikanischen Vereinigung für Ergotherapie für besondere Verdienste. Freust du dich?«

Es war schon eine riesige Ehre. Die Leute, über die ich in Mayfield im Archiv gelesen hatte, haben hier sogar eine Vereinigung gegründet und sind auf mein Wirken hier in Boston aufmerksam geworden. Zu gern hätte ich ihnen auch von England erzählt, aber wir wollten lieber nichts riskieren.

»Ja. Aber noch mehr freue ich mich auf Montag. Wenn ich vor der Klasse stehe und alle an meinen Erfahrungen teilhaben lassen kann.«

»Ich bin stolz auf dich.« Nathaniel küsste mich auf die Stirn. »Nicht jeder würde mit deiner Konstitution sich trauen zu unterrichten.«

Ich winkte ab. »Zum Glück kommen die Anfälle ja nur noch ganz selten. Aber jetzt lass uns noch mal schnell nach Ordelia sehen und dann losfahren.«

Eigentlich hätte sogar ihr Rufname Lorna werden sollen. Aber das hielt ich nicht durch. Ich wollte meine süße Tochter nicht jedes Mal mit so viel Schmerz in Verbindung bringen, also wurde ihr Zweitname zu ihren Rufnamen.

Mir blieb nichts, als zu hoffen, dass Lorna mir irgendwann verzeihen möge.

EPILOG

Es war ein kühler Sommertag, als Dalina vor dem Grab stand. Sanft wippend, damit das Baby, das sie im Tragetuch dabeihatte, nicht aufwachte. Der Friedhof war menschenleer, der regenverhangene Himmel entzog den Farben ihre Kraft und eine Krähe rief ihren Unmut in die Welt hinaus.

»Hey Grandma«, flüsterte Dalina. »Ich bin gekommen, um dir deinen Urenkel zu zeigen. Adrian. Wir haben ihn nach Jareds Großvater benannt.«

Dalina sah auf die Wildrosen, die sie auf das Grab gepflanzt hatte. Der Friedhofsgärtner würde sich fortan um sie kümmern.

»Leider bin ich heute zum letzten Mal hier. Jared und ich werden auf Rose Hill eine Klinik für Kinder und Jugendliche mit psychischen Problemen eröffnen.«

Sie schluckte.

»Ich weiß, dass auf Rose Hill schlimme Sachen geschehen sind. Aber gerade deswegen haben wir uns entschieden, dieses Haus in etwas Gutes zu verwandeln. Dir würde es gefallen. Mutter ist auch eingezogen und vollkommen in ihrem Element als Hausdame.«

Sie schmunzelte bei der Erinnerung, wie Ordelia die Bauarbeiter von einer Ecke in die andere kommandierte.

Dann wurde sie wieder ernst.

»Es tut mir unendlich leid, dass deine Freundin so sehr gelitten hat und du dich dafür verantwortlich gefühlt hast«, flüsterte Dalina mit tränenerstickter Stimme. »Aber das bist du nicht.«

Adrian bewegte sich im Schlaf und sie strich sanft über seinen Rücken.

»Wusstest du, dass dieser Professor Berker sogar noch einen Entschuldigungsbrief an Lorna geschrieben hat?

An all die anderen ebenso.

Kurz bevor er gestorben ist, wollte er sein Gewissen beruhigen.«

Dalina schüttelte ihren Kopf.

»Es ist so verrückt. Die ganze Zeit hatte ich die Zeitungsartikel der 50er durchforstet. Dabei wurde Rose Hill erst in den frühen 60ern geschlossen. Es war ein Riesenskandal. Berker hatte fünfundzwanzig weitere Lobotomien durchgeführt. Jahre später, als herausgekommen war, wie schädlich diese Operationen sind, sind die Angehörigen auf die Barrikaden gegangen. Sie haben dafür gesorgt, dass Rose Hill geschlossen wurde. Und was hat er gemacht?«

Dalina wischte sich eine Träne von der Wange.

»Er hat alles Grandpa in die Schuhe geschoben. Das Sanatorium wurde trotzdem geschlossen, aber er hat sich weiter feiern lassen wie ein Held.

Fast wäre sein Plan aufgegangen.«

Ein älterer Herr schlich an Dalina vorbei und sie wartete, bis er außer Hörweite war, bevor sie weitersprach.

»Aber wir haben für Gerechtigkeit gesorgt. Das Dorf weiß jetzt Bescheid. Es gab eine große Gegendarstellung in der Zeitung. Keiner denkt mehr, dass Grandpa die grausigen Methoden angewendet hat. Es wissen alle, dass es Berker selbst war.«

Dalina lächelte, als sie daran zurückdachte, mit wie viel Freude Jared ihr den Artikel gezeigt hatte. Er hatte auf die Gegendarstellung bestanden. Immerhin hatte die Zeitung vor all den Jahren die Gerüchte zur gedruckten Wahrheit gemacht. Schon ganz früh hatte er gleich drei Ausgaben beim Kiosk besorgt und Dalina zusammen mit einem deftigen Frühstück ans Bett serviert.

Kurz darauf hatte der Bürgermeister um ein Gespräch gebeten.

»Ich habe auch noch eine gute Nachricht: Die Berker Street ist nicht mehr die Berker Street. Nein. Dir zu Ehren wurde sie umbenannt. Es ist jetzt offiziell die Montgomory Street. Es gab ein riesiges Einweihungsfest und wir waren stellvertretend für dich die Ehrengäste.

Wir wohnen jetzt also in der Montgomory Street Nummer eins. Und auch, wenn es jetzt zu spät ist ...«

Dalina stockte der Atem. Auf den Unterlidern sammelte sich das Wasser und ihr Hals wurde heiß. »Vielleicht ist es dir ja ein kleiner Trost, dass ich mit Adrians Enkel zusammen bin und er uns verzeihen konnte.

'Woodrow', hat er vor kurzem gesagt. 'Über all die Jahre habe ich gelernt, diesen Namen zu hassen. Wer

hätte gedacht, dass sich diese Gefühle mal ins Gegenteil verkehren?‘

Wenn du also vielleicht hin und wieder über uns wachst, musst du nicht mehr ins kalte Boston kommen. Du kannst nach Südengland zurückkehren und dich um die Rosen kümmern.«

Ein Windhauch fuhr durch Dalinas Haare und erfrischte ihr Gesicht. Sanft brachte er die rosafarbenen Rosenblüten zum Flattern und Dalina lächelte.

NACHWORT

Dies ist ein fiktionaler Roman. Es gab nie ein Rose Hill Sanatorium, vielleicht gibt es irgendwo einen idyllischen Ort, der Mayfield heißt, der im Buch war jedoch ausgedacht.

Es gab aber viele Dinge, die durch die Geschichte inspiriert sind und sich tatsächlich so zugetragen haben.

So gab es tatsächlich die Hydrotherapien, wo Patienten tagelang im kalten Wasser ausharren mussten.

Auch die Insulinschocktherapie (Insulin Coma Therapy) wurde von 1935 bis 1955 bei Schizophrenie und Depression als Behandlungsmethode eingesetzt.

Die ICT war aber immer umstritten, da sie zu vergleichsweise vielen Todesfällen führte und die Patienten sehr gelitten haben.

Nachdem die ersten Psychopharmaka auf den Markt kamen, wurde die ICT immer mehr von ihnen verdrängt. Ursprünglich sollte Nathaniel übrigens eins der ersten Psychopharmaka entdecken.

Aber die hatten damals so starke Nebenwirkungen, dass es nicht zu diesem Roman passte. Er musste daher mit Lithium, das als Vorläufer der Psychopharmaka gilt, vorliebnehmen.

Ich denke, dass es wirklich die grausigen Lobotomien gegeben hat, ist keine Überraschung. Geschockt war ich bei meiner Recherche aber, als ich gelesen habe, dass sie wirklich nach Gefühl durchgeführt wurden.

In der Anleitung stand tatsächlich, dass man den Stab so weit einführen soll, bis man das Gefühl hat, genügend Gewebe zerstört zu haben. Auch die Operation bei Bewusstsein mit nur einer lokalen Betäubung, damit die Patienten noch befragt werden können, war keine Erfindung von mir.

Laut Wikipedia hat Walter Freeman, der Erfinder der Operationsmethode bei der Lobotomie mit dem Eispickel durch die Augenhöhlen, nur dann die Substanzzerstörung im Gehirn für ausreichend befunden, wenn seine Patienten ernsthafte kognitive Probleme, bei bspw. Mathematikaufgaben, zeigten.

Ob es Entschuldigungsbriefe nach den Lobotomien wirklich gab, weiß ich nicht. Ich hätte es aber schön gefunden.

Zur Ergotherapie wollte ich gerne noch sagen, dass mir durchaus bewusst ist, dass man durch ein paar kleine Beschäftigungsmöglichkeiten sicherlich nicht die damaligen Zustände in einer Psychiatrie verbessern konnte. Aber zum einen ging es mir darum anzudeuten, dass sicherlich hinter vielen Ideen, Änderungen und Verbesserungen in der Geschichte eigentlich eine Frau stand, man es jedoch nur nie richtig mitbekommen hat.

Zum anderen habe ich die schockierende Dokumentation »Die Hölle von Ueckermünde« gesehen. Dort wird das Leben in einer vollkommen unterbesetzten Psychiatrie gezeigt und man kann nicht glauben, dass es bereits die frühen 90er Jahre sind. Daher habe ich mich gefragt, wie es wohl erst in den 50ern war und obwohl es an so vielem mangelte, ging mir die Frage nicht aus dem Kopf, ob nicht wenigstens ein paar Grundbedürfnisse befriedigt hätten werden können.

Nun ist dies aber immer noch ein Roman der Unterhaltungsliteratur und ich weiß, dass ich Ihnen mit der Lobotomie sehr viel zugemutet habe, aber ganz so schlimm mochte ich die Zustände doch nicht darstellen.

Was die Trisomie 21 und die Epilepsie betrifft, entschuldige ich mich für die klischeehafte Darstellung. Mir war es wichtig, einen Menschen mit geistiger Behinderung im Roman zu haben, um zu zeigen, wie absurd es ist, dass diese damals in Psychiatrien abgeschoben wurden. Ich entschuldige mich für die Verwendung des diskriminierenden und veralteten Begriffs, den ich nur wegen der geschichtlichen Richtigkeit verwendet habe. Okay, es passte zugegebenermaßen auch zu Berker und Edmond.

Bei der Epilepsie gibt es hunderte verschiedene Arten der Anfälle. Es hätten auch kleine Absencen, Sprechschwierigkeiten, Anfälle im Schlaf, einfach Starren oder sogar Lachanfälle sein können.

Für die Dramaturgie und damit ich nicht viel erklären muss, habe ich mich aber für die Art von

Anfällen entschieden, die meistens in den Medien dargestellt wird.

Und meine Schwester, die Gärtnerin ist, besteht auf den Hinweis, dass Rosen niemals so lange ohne Pflege überleben würden. Diesen Fakt musste ich aber der Romantik des Buches opfern. Ich hatte einfach dieses zerfallene Herrenhaus mit dem verwilderten traurigschönen Rosengarten vor Augen. Ich hoffe, Sie verzeihen mir diese kleine Unkorrektheit zugunsten der Romantik.

Wer wissen möchte, welche Bilder mich beim Schreiben inspiriert haben, kann sich meine **Pinterest-Pinwand** anschauen.

Wer mehr zum Entstehungsprozess des Buches erfahren möchte, kann sich mein Video dazu angucken.

Wer lieber ein eigenes Buch schreiben möchte, kann gern meine **Tipps zum Buchschreiben auf YouTube** und meinen Newsletter abonnieren.

Danke, dass Sie sich die Zeit genommen haben, dieses Buch zu lesen. Vielleicht denken Sie ja noch hin und wieder an Caitlin, Lorna, Monty, Nathaniel, Dalina oder Jared zurück.

Haben Sie noch 5 Minuten Zeit?

Mit einer kleinen **Rezension** auf Amazon oder einem anderen Onlineshop, würden Sie mich sehr unterstützen. Rezensionen sind wichtig für die Sichtbarkeit und eine Entscheidungshilfe für andere Leser. Ein paar Sätze genügen schon. Danke!

Sie möchten ebenfalls ein Buch schreiben?

Ich bin Lektorin und habe für alle, die selbst mit dem Schreiben angefangen haben oder anfangen wollen, einen YouTube-Kanal. Dort bekommt man regelmäßig Tipps zum Schreiben von Romanen, ich zeige, welche Anfängerfehler vermieden werden sollteten und gebe hin und wieder Einblicke in die Verlagswelt.

Hierzu gibt es schon Videos:

- Erste Sätze im Roman
- Typische Anfängerfehler
- Schreibtipps allgemein
- Aufbau eines Romans
- Inquitformeln
- Arbeit im Lektorat
- Schreibmotivation
- Lebendige Charaktere

Es ist aber noch viel mehr geplant und es können auch jederzeit Themen vorgeschlagen werden.

WEITERE BÜCHER DER AUTORIN:

Das Glitzern des Glücks

Cassie weiß weder ein noch aus vor Schmerz. Ihr Freund hat Schluss gemacht und sie ist überzeugt, dass es allein ihre Schuld ist. Als sich die Chance ergibt, in die Vergangenheit zu reisen, ergreift Cassie sie, ohne zu zögern – ungeachtet aller Gefahren. Es beginnt eine spannende Reise durch ihr Leben, voller Überraschungen und ungeahnter Entwicklungen. Wird sie es schaffen, ihre Liebe zu retten?

Der Zauber der Sterne

Sie liebt, dass er sie ohne ein Wort versteht.
Sie liebt sein charmantes Lächeln.
Sie liebt seinen intensiven Blick, der eine Gänsehaut bei ihr hervorruft.
Zu blöd, dass er ihr bester Freund ist.

Liebe lässt sich nicht lenken. Ansonsten hätte sich Vicky garantiert nicht in Matt verliebt.
Matt, mit dem sie jede freie Minute verbringt. Ihr bester Freund, mit dem sie lachen, weinen und diskutieren kann. Der unwiderstehlich gutaussehende, intelligente und humorvolle Student – der eine oberflächliche Tussi nach der anderen anschleppt.
Vicky würde alles tun, um sich wieder zu entlieben.
Doch dann trifft Matt eine Entscheidung, die alles verändert und Vickys Leben vollkommen aus der Bahn wirft …
Gibt es dennoch eine Chance für die beiden?

Das Flüstern der Träume

Kann jemand, den du noch nie gesehen hast, dein Leben verändern?

Emma hat keine Zeit für die Liebe, denn sie verfolgt ihren großen Traum: ein eigener kleiner Laden in der urigen Hafenstadt Southcranton. Endlich ist er zum Greifen nahe, doch das notwendige Praktikum erweist sich als englische Version von »Der Teufel trägt Prada«. Auch ihr Vorsatz, sich von der Liebe nicht ablenken zu lassen, löst sich in Luft auf, als sie eine sehr vertraute Stimme in einer nächtlichen Talkshow hört.

Blake, ihre Radiobekanntschaft, hat schon ihr Teenagerherz einen Takt schneller schlagen lassen. Jetzt, sieben Jahre später, verstärkt sich seine Anziehung mit jeder Mail, die er ihr schreibt. Doch als sie sich endlich treffen ist er … anders. Und auf einmal droht sie alles zu verlieren, wofür sie gekämpft hat. Hat sie dem Falschen vertraut?

Und jetzt?

Im Internet berichte ich regelmäßig über meine neusten Projekte. Schauen Sie gerne vorbei, ich würde mich sehr freuen:

www.facebook.com/SerenaAvanlea
www.instagram.com/serena.avanlea

Oder abonnieren Sie meinen Newsletter auf:
www.serenaavanlea.de